Kapłan Najmiłosierniejszego Zbawiciela

BARBARA VUJCIC

PODZIĘKOWANIE

Pragnę przede wszystkim podziękować Miłosiernemu Bogu za ogromny dar, jakim była możliwość pisania powieści biograficznej o błogosławionym księdzu Michale Sopoćko i ubogacania się jego świętością, a także otwierania swego serca na głębię Bożego Miłosierdzia, które zawsze było blisko mnie i którego łask doświadczam przez całe życie.

Słowa serdecznej wdzięczności kieruję do księdza biskupa Henryka Ciereszki, który zachęcił mnie do napisania tej książki, a także udostępnił wiele pozycji książkowych, które ułatwiły mi pracę nad powieścią, a następnie służył pomocą poprzez cenne wskazówki oraz uzupełnienia o istotne treści.

Bardzo dziękuję siostrom ze Zgromadzenia Sióstr Jezusa Miłosiernego w Białymstoku za ciekawe informacje o błogosławionym oraz książkę o życiu s. Faustyny Osińskiej. Dziękuję księżom: ks. prof. Józefowi Zabielskiemu, ks. Ryszardowi Pasturkowi, ks. Leonowi Grygorczykowi i ks. Janowi Filewiczowi za bezcenne wspomnienia, Helenie Łuniewskiej, która opowiedziała mi swój niezwykły sen i pozwoliła na umieszczenie go w tej książce, a także Barbarze i Wojciechowi Joczom za interesujące ciekawostki o błogosławionym oraz możliwość zobaczenia znaczków uzyskanych od bł. ks. Sopoćki. Dziękuję również moim bliskim i przyjaciołom za interesujące pozycje książkowe oraz nieocenioną pomoc i motywację.

Szczególne podziękowania płyną też do moich najbliższych, mojego męża Zivana i syna Daniela za nieustające wsparcie w pisaniu i wydaniu tej książki.

Wnuczce Aleksandrze poświęcam,
która jest darem Miłosierdzia Bożego.

1 WSZYSTKICH ŚWIĘTYCH

„Świat ujrzałem w Nowosadach – Juszewszczyzna, parafii Zabrzeskiej, 1 XI 1888 r."[1]

W dniu narodzin księdza Michała Sopoćki Kościół świętował uroczystość Wszystkich Świętych. Na wieży biły dzwony, a w świątyni rozbrzmiewały modlitwy i rzewny śpiew wiernych. Przy kościele i na cmentarzu grzebalnym przystrojono groby i zapalono świece. Ludzie snuli się w zadumie po alejkach, wspominali swoich bliskich i szeptali modlitwy. Listopadowy kapuśniaczek zimnymi kroplami obmywał krzyże, a jesienny wiatr pląsał w gałęziach i zrywał ostatnie liście, które szeleściły cicho pod stopami.

Wincenty Sopoćko zdecydował, że nie pojadą do kościoła, który był oddalony o 18 kilometrów, ponieważ Emilia spodziewała się rozwiązania na dniach. Z rana całą rodziną odśpiewali godzinki. Trzyletni Piotruś, sześcioletnia Zosia na równi z przyrodnim bratem, piętnastoletnim Ignacym włączali się do pobożnych śpiewów: „Przybądź nam miłościwa Pani ku pomocy, a wyrwij nas z potężnych nieprzyjaciół mocy…". Potem odprawili modlitwy mszalne, a na koniec odmówili różaniec.

Tego dnia w izbie słychać już było cichy płacz nowonarodzonego dziecka. Starsze dzieci, uradowane maleńkim braciszkiem, dokazywały głośno, nieświadome, że ten chłopczyk, choć najmłodszy już niebawem stanie się dla nich wsparciem i źródłem nadziei w nadchodzących trudnych latach, które zmiotą z powierzchni ziemi sielski spokój domowej zagrody.

– Masz tylu patronów, że nie powinnam się o ciebie martwić – matka szepnęła niemowlęciu do ucha i podała zawiniątko mężowi.

– Niech ci błogosławią wszyscy święci i strzegą od złego. Niech cię święty Michał Archanioł ma w swojej opiece – powiedział ojciec i uśmiechnął się z dumą.

Wincenty, po wieloletniej służbie w carskim wojsku, wynajmował się jako zarządca w majątkach. Ożenił się z Emilią Krejczman, która zrodziła mu syna Ignacego. Nie cieszyli się długo szczęściem małżeńskim. Emilia niebawem zmarła. Ożenił się po raz drugi, także z Emilią, ale z domu Pawłowicz. Oboje mieli szlachecki rodowód, lecz

---

[1] Błogosławiony Ksiądz Michał Sopoćko, Dziennik, Białystok 2015, s.66.

dzielili losy podobnych sobie polskich rodzin, zubożałych w ciężkich czasach niewoli. Dzierżawili folwark w Juszewszczyźnie, zwanej też Nowosadami, w gminie Wołożyn w powiecie oszmiańskim. Własnymi rękami zbudowali dom, zabudowania folwarczne, ale ziemia, którą od lat uprawiali w pocie czoła – zapamiętana przez długie lata w okolicy, jako „sopoćkowe pole" – nie była ich własnością. Należała do hrabiego Michała Tyszkiewicza, któremu za dzierżawę Wincenty Sopoćko zobowiązany był płacić wysoką tenutę.

***

Michaś przyszedł na świat u progu zimy. Matka otulała dziecko chustami, drżąc na samą myśl, czy aby przeżyje mroźne miesiące. Zawieje usypywały trudne do przebrnięcia zaspy. Zapas drewna opałowego, zebranego w szopie, topniał nieubłaganie. Dom jednak trwał wśród siarczystych mrozów i ogrzewał mieszkańców ogniem buzującym w piecu i żarem codziennej modlitwy.

Dziecko było słabe i chorowite. Matka nie raz wyczuwała jego rozpalone czoło, ale gorącą modlitwą do Matki Bożej Ostrobramskiej odpędzała złe duchy. Gdy synek płakał, brała go na ręce i chodziła po izbie. Pieściła i śpiewała maryjne pieśni prosząc Najświętszą Panienkę o łaskę przetrwania srogiej zimy.

Z wiosną Michaś coraz żywiej spoglądał na rodziców. Uśmiechał się wdzięcznie i dodawał wszystkim nadziei. Niemowlę napawało rodziców tkliwością i wyzwalało troskę i czułość. Latem matka wystawiała go na ciepło słonecznych promieni, a chłopiec rósł na pociechę rodzicom, radośnie wierzgając w niebo nóżkami i gaworząc wesoło, jakby przekomarzając się ze swoim aniołem stróżem.

2 PIERWSZE KROKI

„Niezmiernie kochałem wszystkich, a szczególnie rodziców, darzących mnie nadzwyczajną czułością."[2]

Był to jeden z tych beztroskich, lipcowych dni. Słońce prażyło jak na patelni, a na niebie stało zaledwie kilka białych, kłębiastych chmurek.

– Zosiu, Zosiu złap mnie – zawołał Michaś i nie czekając, aż siostra

---

[2] Tamże, s.65.

się odwróci, biegł za Piotrkiem na złamanie karku przez podwórze.

– Jeden, dwa, trzy… – odliczała głośno Zosia.

Dziewczynka wybuchła śmiechem. Całkiem rozbawił ją ten braciszek, który zawsze chciał być pierwszy na mecie.

Zwykle zajmowało jej to kilka chwil, żeby dogonić i złapać niemal w locie rozpędzonego malucha. Tym razem uciekał zręcznie, odpychając się bosymi nóżkami o zieloną murawę. Przygniatał kwiatki stokrotek, które zaraz podnosiły główki, jakby dotknęły ich stópki małego skrzata. W końcu chwyciła go mocno za koszulkę i pociągnęła do siebie. Braciszek stracił równowagę i wywinął fikołka nad ziemią.

– Ojej – wykrzyknął i chwycił rączką za otarte kolano.

Siostra pochyliła się nad nim. Otarła mokrą od łez twarzyczkę i wzięła na ręce. Michaś miał zaledwie trzy latka, ale dla dziewięcioletniej Zosi, był to spory ciężar do udźwignięcia. Mimo to niosła go cierpliwie, przytulając jak matka, a on wbił jej w szyję paluszki tak mocno, że z trudem oddychała.

– Zosiu, boli – skarżył się cichutko, gdy opłukiwała mu ranę wodą, lecz gdy tylko kropelki krwi zastygły na kształt czerwonych kryształków, poderwał się znów do zabawy.

– Chodź, proszę! – Michał z Piotrkiem ciągnęli dziewczynkę za ręce.

W końcu dała się poprowadzić w stronę sadu. Tam pod jabłonią matka rozłożyła kocyk, na którym dzieci mogły odpocząć. Zosia położyła się w cieniu i obserwowała braci, jak bawią się patykami na trawie. Jednak po kilku minutach dziewczynkę zmorzył sen, a chłopcy pozbawieni kontroli pobiegli przed siebie.

Przebrnęli przez gąszcz ogromnych liści łopianu, w których cieniu leżał kotek. Michaś pogłaskał go po miękkim, burym futerku i zamienił z nim kilka słów. Potem uwagę chłopca przyciągnęło niebieskie szkiełko, które z zaciekawieniem obejrzał i jako cenny skarb włożył do kieszeni.

W głębi podwórza słychać było głośne stukanie młotka. To Ignaś reperował drewniany płot okalający siedlisko. Od czasu do czasu spoglądał w stronę, gdzie bawiło się młodsze rodzeństwo. Był dumny, że jest duży i silny, jednak głęboko w sercu uwierało go uczucie zazdrości. Gdyby matka żyła, wszystko wyglądałoby inaczej. Kiedy widział pieszczoty, jakimi Emilia obsypywała swojego najmłodszego synka, przypominał sobie twarz zmarłej matki i gorzkie łzy spływały mu po sercu.

Zosia i Piotr rozpoznawali te odczucia przyrodniego brata i nie garnęli się zbytnio do niego, co rodzicom wydawało się naturalne, ze względu na wiek Ignasia, ale maleńki Michaś widział w nim tylko ukochanego brata. Nagle podbiegł do niego i uchwycił się jego spodni.

– Ignaś pobaw się ze mną – zawołał radośnie.

– Jak skończę – obiecał.

Chłopak uśmiechnął się mimowolnie. W tym dziecku, w jego ufnych oczach było coś, co rozbrajało dorastającego młodzieńca.

Upał dawał się we znaki nawet u schyłku dnia. Duchota, że całkiem nie było czym oddychać. W kwiatach brzęczały pszczoły, a wokół roznosił się słodki zapach lipowego nektaru. Domownicy zajęli się wieczornymi pracami. W oborze matka doiła krowę. Raz po raz rozlegało się ciche pomrukiwanie zwierząt i strzykanie mleka o krawędzie blaszanego wiadra.

Michaś jak zwykle plątał się pod nogami. Jego drobne, bose stópki skakały zwinnie po wyścielonym słomą podłożu. Pogłaskał krasulę po szyi, porozmawiał z owieczką, przemknął obok konia i pociągnął go za grzywę.

– Uważaj! – zawołał Ignaś – chcesz, żeby cię kopnął?

Michaś spojrzał krzywo na brata i odszedł na parę kroków od zwierzęcia. Na nic mu nie pozwalają. Piotrek może już sam nosić obrok dla konia, sypać sieczkę, a jemu wzbraniają nawet wstępu do stajni. Urażony, włożył ręce do kieszeni płóciennych spodni i wyszedł ze spuszczoną głową.

Na podwórku szybko znalazł sobie nowe zajęcie. Na krzewach malin dojrzały już owoce, więc zerwał kilka i włożył do ust. Słodko kwaśny smak wykrzywił mu nieco buzię, ale sięgnął po następne. Nagle dostrzegł na gałązce dużego, czarnego pająka. Odruchowo cofnął rękę i odskoczył od krzewu. Usłyszał prucie perkalowej koszulki i szczypiący ból na przedramieniu. Strużka krwi spłynęła mu aż na dłoń. Skrzywił się, wytarł dłoń o spodnie i znów ruszył przed siebie. Pozostawiony samemu sobie, biegał po podwórku i coraz to nowe przedmioty przykuwały jego uwagę.

W piasku znalazł kawałek sznurka. Z miękkich gałązek czarnego bzu wyłamał dwa patyki, złożył je na krzyż i przewiązał mocno. Między splątane nitki wsunął odłamek szkła, który nosił w kieszeni. Zachwycił się swoim dziełem.

– Mamo, mamo, zrobiłem krzyżyk!

– Panu Jezusowi na pewno się podoba – pochwaliła go matka.

– Zrobię jeszcze ołtarzyk – Michaś zawołał z entuzjazmem i po chwili zniknął za drzwiami.

Krążył między domem i ogrodem, aż w salonie na stoliku pojawił się stroik z kwiatów i wetkniętym do środka krzyżykiem.

– Pięknie – matka uśmiechnęła się i pogładziła synka po ciemnej główce – a teraz wołaj wszystkich na kolację.

Michał uwielbiał zadanie zwoływania wszystkich na posiłek. Wpadł z rozpędem do obory i zawołał:

– Kolacja!

W kuchni na długim drewnianym stole rozstawione były kubki, w których pieniło się ciepłe mleko, a na talerzu pachniały kromki razowego chleba, posmarowane świeżo ubitym masłem.

Ojciec pobłogosławił posiłek krótką modlitwą, wszyscy przeżegnali się i jedli w milczeniu. Kiedy dzieci zaspokoiły pierwszy głód, rozpoczęły się rozmowy.

– Nauczyłam Michasia czytać – pochwaliła się Zosia, patrząc z dumą w stronę najmłodszego braciszka.

– To niemożliwe, jest jeszcze za mały – powątpiewał ojciec.

– Ale naprawdę – upierała się Zosia – Michasiu, przynieś książkę.

Michaś zeskoczył z krzesła i pobiegł do dziecięcego pokoju. Książka leżała na półce. Musiał przystawić krzesło, żeby dosięgnąć, ale zrobił to szybko i zręcznie. Słychać było tylko tupot bosych nóżek, gdy podbiegł do matki, wdrapał się na kolana i otworzył książkę na chybił trafił. Przez moment w skupieniu wpatrywał się w krótki wierszyk i umieszczoną poniżej ilustrację, po czym bezbłędnie wyrecytował cały wierszyk.

– Coś takiego! – rzekła z podziwem matka.

Zachęcony pochwałą czytał dalej. Przekładał kolejne kartki, wpatrywał się w ilustracje i z pamięci recytował całe wierszyki. Wywołało to salwy śmiechu starszego rodzeństwa, ale dziecko wcale tym nie zrażone deklamowało dalej.

– Masz dobrą pamięć, czas już zacząć uczyć się literek – skomentował ojciec, dumny z najmłodszego potomka.

Był to jeden z wielu szczęśliwych wieczorów, jakie spędzili na serdecznych rozmowach i wesołych żartach, gdy śmiech dzieci i dorosłych unosił się nad rodzinnym stołem i z wolna mieszał się z odgłosami nadchodzącej nocy, rechotem żab i pohukiwaniem sowy.

Po kolacji, gdy uprzątnięto stół, cała rodzina zebrała się w salonie na wieczorną modlitwę. Ojciec zapalił świecę, ukląkł i oparł się lekko o stolik, na którym obok większego krzyża stał mały krzyżyk z patyków i bukiecik kwiatów ustrojony przez Michasia. Wincenty rozpoczął: „Ojcze nasz… Zdrowaś Maryjo… Dziesięcioro przykazań…” Słowa modlitwy podchwycili domownicy i wszyscy zgodnym chórem, w skupieniu, powtarzali codzienne paciorki.

Michał złożył rączki i zapatrzył się w duży, brązowy krzyż z Panem Jezusem. Spoglądał na swoje rączki i na ręce Boga, przybite do krzyża. Zdziwił się, bo przecież Pan Jezus był dobry. Wszyscy ludzie, których znał, byli dobrzy, ale gdzieś na świecie czaiło się zło. Przypomniał mu się wielki, czarny pająk i ból, gdy zranił się przy malinach.

Knot świecy wydłużył się i płomień zaczął migotać i drżeć. Michał znużony długim pacierzem wodził wzrokiem po ścianie, przyglądając się cieniom klęczących postaci. Wszyscy byli lekko pochyleni do przodu, skupieni na modlitwie. Ojciec z pokorą i szacunkiem skłaniał się w stronę ołtarzyka, a matka wznosiła ku Bogu głowę, prosząc o coś, czego nie wypowiedziała.

Za oknem ćma zastukała w szybę i rozległ się krzyk wystraszonego ptaka. Zapadała ciemna noc, która pokrywała świat mrokiem, tylko tutaj przy domowym ołtarzu, przy rozmodlonych rodzicach było ciepło i bezpiecznie. Michał przytulił się do matki i zamknął powieki, walcząc ze znużeniem.

3 PO RAZ PIERWSZY W WILNIE

„Chwile z tej podróży często przypominam w życiu."[3]

— Pojedziemy kałamaszką! — zawołał uradowany Michaś, przyglądając się jak ojciec z najstarszym bratem przypinają konie do wozu.
sprawdził chomąto, naciągnął powrozy, poprawił uprząż i wrzucił na wóz worki z sieczką i owsem. Sprawdził bagaże podróżnych, koce i kosz z jedzeniem.

— Wszystko gotowe — zapewnił ojca.

— Zostawiam ci dom pod opieką — Wincenty zatrzymał się na chwilę i popatrzył synowi prosto w oczy.

— Niech się tata nie martwi, zajmę się gospodarstwem.

— Miej baczenie na wszystko — rzekł rodzic i ścisnął go za ramię.

Piotruś z Michasiem usadowili się już na przednim siedzeniu, walcząc o to, który z nich będzie trzymał lejce. Wincenty pomógł żonie i córce usiąść wygodnie z tyłu, okrył je pledem, gdyż mimo lata poranny

---

[3] Tamże, s. 65.

chłód dawał się we znaki. Zanim ruszyli, kazał jeszcze chłopcom zająć miejsce obok matki. Usiadł wreszcie sam na przodzie, obejrzał się jeszcze raz na Ignasia stojącego pośrodku podwórza, popędził konie i odjechali.

Nad „sopoćkowym polem" malowała się poranna zorza, a pojedyncze promienie słońca wyzierały nieśmiało zza horyzontu i kładły się na rosie, która mocno skropliła się na trawach i ziołach. Pokryła ziemię białym welonem, który rozścielił się miękko po ziemi. Monotonny poszum obracających się kół, szybko ukołysał wcześnie zbudzone dzieci do snu.

Podróż trwała kilka dni. W Oszmianie ojciec zrobił dłuższy postój, gdyż wszyscy: i ludzie, i konie potrzebowali odpoczynku. Michał przyglądał się ciekawie miejskim widokom. Jego szczególną uwagę przykuło żółte okno w miejscowym kościele, w którym odbijała się smuga słonecznych promieni.

Następnego dnia o świcie przejeżdżali przez Miedniki Królewskie. Na wschodzie ranna jutrzenka rozświetliła niebo paletą barw, a zza horyzontu zwolna wyłoniła się jaskrawa i gorejąca jak rozpalony węgielek, oślepiająca kula ognia. Michaś urzeczony widokiem, oglądał w zachwycie wschód słońca.

Docelowo zatrzymali się w Werkach na obrzeżach Wilna, gdzie Michał Pawłowicz, krewny Emilii, zarządca majątku i serdeczny przyjaciel ojca udzielił im gościny. Michaś, jako niespełna czteroletnie dziecko, chłonął wszystko szeroko otwartymi oczami, jednocześnie tuląc się do matki, szukając bezpieczeństwa wobec nowych, przerastających wyobraźnię dziecka wrażeń.

Jeszcze większe przeżycie czekało Michała w katedrze wileńskiej, gdzie przybyli na obrzęd bierzmowania. Chłopiec ciekawie wpatrywał się w ołtarz, na którym paliły się świece i wszystko lśniło w ich blasku. W górze rozbrzmiewała muzyka organowa, której wtórowały śpiewy nabożnych pieśni.

Ojciec wziął synka na ręce i ustawił się wraz z innymi w głównej nawie kościoła. Na znak kapłana zrobiono przejście. Od strony ołtarza w wysokiej mitrze i z pastorałem w dłoni nadchodził biskup. Zatrzymywał się przy każdym kandydacie, namaszczał mu czoło świętym olejem, błogosławił i przechodził dalej. Serce Michasia zadrżało, gdy ubrana w połyskującą złotem kapę postać biskupa zbliżyła się do niego. W 1892 r. w wieku 3 lat i 8 miesięcy Michał Sopoćko przyjął sakrament bierzmowania. Po ceremonii zostali jeszcze w świątyni, by zwiedzić świątynię. Zatrzymali się dłużej przy kaplicy św. Kazimierza.

— Był synem królewskim — wyjaśniał dzieciom Wincenty —

sprawiedliwy, pobożny i święty za życia. Był oddanym czcicielem Najświętszej Maryi Panny. Najstarszy syn Kazimierza Jagiellończyka. Zmarł na gruźlicę w wieku 26 lat w Grodnie. Za jego wstawiennictwem ludzie wciąż doświadczają cudów. Są znane liczne uzdrowienia, a nawet z martwych powstanie za jego przyczyną. Hetmani i królowie zginali kolana przed jego relikwiami w podzięce za cudowne zwycięstwa nad licznymi wrogami. Kiedy po 118 latach otworzono grób, jego ciało było zupełnie nienaruszone, jak w dniu śmierci.

— Nie miał zdrowia, żeby rządzić Litwą, ale z nieba wspiera nas tutaj od stuleci — dodała matka.

Ojciec wykorzystał czas pobytu w stolicy, by pokazać dzieciom Ostrą Bramę, najpiękniejsze świątynie i najciekawsze miejsca starego grodu. Był to okres nasilonych represji i rusyfikacji dlatego część kościołów była zamknięta. Tak też było w przypadku kościoła św. Michała Archanioła. Długo stali przed jego fasadą, wpatrując się w namalowaną na szczycie postać św. Michała Archanioła walczącego ze smokiem. Bestia, przygwożdżona do ziemi włócznią anioła, wiła się w śmiertelnych konwulsjach. Rozwścieczone, złowrogie ślepia łypały z nienawiścią w stronę nowo bierzmowanego chłopca.

Wnętrze świątyni mogli oglądać już tylko przez szpary w uchylonych drzwiach. Przyciskali twarze do drzwi, aby ogarnąć wzrokiem i objąć sercem ołtarz, malowidła i rzeźby świętych. Wincenty otarł łzę, patrząc na odpadający tynk i odrapane ściany.

— Kto się dzisiaj zatroszczy się o ten dom Boży? — powiedział, nie oczekując odpowiedzi.

4 CHOROBA

„Straszne były te cierpienia i nadzwyczajna troskliwość matki, dzięki której pozostałem przy życiu."[4]

Po krótkiej, lipcowej nocy za oknem rzedniał już mrok. Z rzadka pokrzykiwały ptaki, a blednejące niebo zapowiadało rychłe nadejście poranka. Dom pogrążony był jeszcze we śnie, gdy nagły podmuch wiatru

---

[4] Tamże, s.66.

rozwarł na oścież okiennice i przez otwarte okno powiało do wnętrza lodowatym powietrzem. Chłód przeniknął ciało śpiącego Michasia i wybudził go ze snu.

Chłopiec otworzył szeroko oczy, popatrzył w okno i dostrzegł, że do pokoju zagląda potężny łeb potwora. Wielkie łapy zakończone ostrymi pazurami chwyciły za parapet i nagle całe ciało smoka wślizgnęło się do środka. Potwór zbliżył się do łóżeczka, ziewnął złowrogo, a w rozwartej paszczy zabłysły kły. Obrzydliwa bestia łypiąc wzrokiem na bezbronne dziecko, spięła się do skoku.

– Mamo, mamo, maaa… – wrzasnął Michaś i głos uwiązł mu w gardle, bo każde wypowiedziane słowo zadawało okropny ból.

Wtem skrzypnęły drzwi i matka, chwilę wcześniej obudzona niejasnym przeczuciem, weszła do pokoju. Na jej widok smok czmychnął niezauważony i tylko poruszenie firanek zdradzało jego wizytę.

– Wszystko dobrze synku? – kobieta podeszła do łóżeczka i położyła dłoń na główce malca. Miał rozpalone czoło, zamglony wzrok i twarz wykrzywioną grymasem bólu.

– Mamo, był tu smok, boję się.

– Już dobrze, masz gorączkę, ale, wyzdrowiejesz – powiedziała, aby go pocieszyć, a przede wszystkim, aby samą siebie trochę uspokoić, bo nagły lęk o dziecko sprawił, że ugięły się pod nią kolana.

Pospiesznie wysłała męża po lekarza, a sama położyła na czole Michasia wilgotny ręcznik i domowym sposobem starała się zbić temperaturę. Strwożona czuwała przy jego łóżeczku, czekając na doktora.

Medyk zbadał dziecko i spojrzał z litością w pełną niepokoju twarz matki. Ten chłopiec już nie raz przysporzył rodzicom zmartwień. Przeszli już razem niejedno: przeziębienia, choroby zakaźne: wietrzną ospę, różyczkę czy szkarlatynę, ale to z czym teraz miał do czynienia, przekraczało jego kompetencje.

– Dyfteryt – wyrzekł z ciężkim westchnieniem – dziecko musi przede wszystkim odpoczywać, nie nadużywać głosu, najlepiej, żeby nic nie mówiło.

Wypisał receptę na miksturę, by dać rodzicom choć fałszywą nadzieję, że tę groźną chorobę można leczyć. W rzeczywistości był bezradny, wiedział, że medycyna nie znała jeszcze skutecznego leku na tę plagę, która zabijała rocznie tysiące istnień ludzkich. Szczególnie bezbronne były dzieci. Zaraza ta nie bez powodu zdobyła sobie przydomek: „anioł dusiciel". Przebieg choroby był nadzwyczaj przykry

15

dla pacjenta. Temperatura, męczący kaszel, wymioty i duszność, która w większości przypadków prowadziła do śmierci przez uduszenie.

— Panie doktorze, co możemy zrobić? — pytała matka, a przerażenie w jej oczach wyrażało pytanie: „czy będzie żyć?"

— Trzeba wierzyć w siły obronne organizmu — rzekł i uśmiechnął się blado, aby nie zdradzić się ze swoimi wątpliwościami — wszystko w rękach Boga — dodał.

Matka trzymała małą dłoń Michasia w swojej dłoni, a usta szeptały słowa modlitwy. Chłopiec dyszał ciężko, zanosił się kaszlem i dusił, a z jego ust wydobywał się nieprzyjemny, kwaśny odór.

Przykro było patrzeć na zbolałe ciałko, słuchać jęku i płaczu dziecka. Rozpacz ogarniała rodziców, a i rodzeństwu serce krajało się z żalu. Zosia ukradkiem ocierała łzy. Piotruś przynosił mu znalezione na podwórku skarby: kolorowy kamyk czy piórko i kładł pod poduszkę. Ignaś stawał tylko w progu, spuszczał głowę, wzdychał ciężko i milczał.

Całą rodziną trwali na modlitwie. Zanosili błagania do Matki Miłosierdzia i zawierzali jej życie dziecka.

Przez wiele niekończących się godzin Michaś walczył z gorączką. Leżał półprzytomny, z zamkniętymi oczami, nie do końca świadomy, co się z nim dzieje. Jęczał boleśnie pokasłując i każdym odgłosem cierpienia jak sztyletem przeszywając serce matki. Emilia ocierała spoconą twarzyczkę, zwilżała naparem z ziół spierzchnięte usta i bezgłośnie wypowiadała słowa modlitwy.

Aż pewnej nocy zasnął cichym, spokojnym snem, w którym ustąpiła gorączka. Rano uśmiechnął się do wszystkich, zdziwiony, że matka stoi nad nim i płacze.

5 DOMOWA EDUKACJA

„Nauka czytania i pisania była dla mnie łatwa i prosta."[5]

Kiedy pokończyły się już prace w polu, a dnie stały krótsze i wydłużyły wieczory, ojciec siadał przy drewnianym, kuchennym stole i przy świetle naftowej lampy uczył swoje dzieci umiejętności czytania, pisania i rachunków. Starsze znały już literki, ale Michaś szybko doganiał

---

[5] Tamże, s.66.

je w tej umiejętności. Gdy nauczył się alfabetu, sam sięgał do domowej biblioteczki po książkę, aby gdzieś w kącie, nie wadząc nikomu, składać głośno wyrazy i ćwiczyć się w czytaniu. Potrafił tak się na tej czynności zatracić, że nie słyszał nawet głosu matki, która przywoływała go na posiłek.

Ulubioną powieścią przyszłego księdza była książka p.t. „Fabiola", napisana przez angielskiego kardynała Nicholasa Wisemana. Pochłaniała go bez reszty. Wraz z chrześcijanami Imperium Rzymskiego cierpiał prześladowania. Ze świętymi młodzianami: Pankracym i Tarsycjuszem niósł pomoc duchową więzionym przez cezara wyznawcom Jezusa. Czytając tę książę, pragnął gorąco, na wzór bohaterskich chłopców z powieści, być świadkiem Chrystusa. Oczami wyobraźni widział siebie ubranego w białą, haftowaną komżę, ze stułą na piersi, jak nie bacząc na wrogów, niesie biały opłatek, który daje biednym duszom pokarm na życie wieczne.

Przez zimę dzieci poczyniły takie postępy w nauce czytania i pisania, że ojciec, widząc ich entuzjazm, postanowił zatrudnić domowego nauczyciela, który wprowadzałby je w głębsze arkana wiedzy.

***

Czasem w niedzielne popołudnia odwiedzali ich sąsiedzi. Przychodzili, by posiedzieć przy szklance herbaty, posmucić się i poweselić razem. Była to okazja do wymiany zdań i przekazania wieści, niestety najczęściej ponurych, związanych z wrogimi działaniami zaborcy, ale też by się jednoczyć, wspierać i dodawać sobie sił do wytrwania w wierze i polskości.

Każdego dnia rodzina zbierała się wokół ołtarzyka na codzienne modlitwy. Michał lubił te chwile rodzinnych zgromadzeń. Dziwnie go jakoś przyciągały.

– Mamo, czy mogę dzisiaj poprowadzić pacierz? – pewnego razu zwrócił się z prośbą do matki.

– Jeśli tata pozwoli – Emilia popatrzyła pytająco na męża.

– Czemu nie? – ojciec chętnie się zgodził.

Nikogo nie zdziwiła ta prośba, bo Michaś już od dawna zawracał wszystkim głowę, że chce przewodzić na modlitwie.

Chłopak zapalił świeczkę, ukłąkł przed domowym ołtarzem i utkwił wzrok w stojącym na stoliku krzyżu. Drobna, szczupła postać dziecka wydała się wszystkim większa i dostojniejsza, chociaż jego ramiona nie sięgały jeszcze stołu. Cienkim głosem zaintonował modlitwę. Bez pomyłek i zatrzymywania się odmówił cały pacierz, potem zgasił świeczkę i odszedł od ołtarza. W półmroku naftowej lampy nikt nie zauważył dziecięcego wzruszenia, jakie odmalowało się na jego twarz.

6 POWOŁANIE

„Ktoś z otoczenia powiedział, że będę księdzem; to mi się bardzo podobało i postanowiłem nim zostać".[6]

Lata szybko mijały. Gdy przekroczył 11 rok życia, nadszedł czas przystąpienia do Komunii świętej. Na początek musiał przygotować się do spowiedzi, a następnie, zgodnie ze zwyczajem, dopiero za rok przyjąć Pana Jezusa.

W dniu spowiedzi czuł się czysty i nieskalany, a w jego sercu zrodziło się pragnienie, aby już na zawsze takim pozostać. Klęcząc wpatrywał się w ukrzyżowaną postać Chrystusa na ołtarzu i przyrzekał mu z całej duszy miłość i oddanie.

W drodze powrotnej z kościoła był dziwnie milczący i zamyślony. Rodzice spoglądali na niego ukradkiem i dziwili się, gdyż zwykle nie zamykała mu się buzia. Słychać było tylko odgłos końskich kopyt i chrzęst kół, które toczyły się ciężko po żółtym piachu gościńca.

Wincenty cmokał i popędzał konie, a jego myśli wybiegały w przyszłość, która malowała się blado i niepewnie. W jego ojcowskim sercu zagościły rozterki. Martwił się, że czas szybko ucieka i dzieci dorastają. Dla Michała nadeszła pora Pierwszej Komunii, Piotr wyrósł na postawnego młodzieńca, a Zosia stała się już prawie dorosłą panną. Trzeba było pomyśleć o posagu, by ją gdzieś przyjęto z należnym szacunkiem. A Ignacy? Pracował u ojca na równi z parobkami, ale już zapowiadał, że chce iść na swoje. Tylko dokąd? Nie miał ani wykształcenia, ani majątku.

— Tato, czy trudno zostać ministrantem? — Michał przerwał te rozmyślania.

— Ministrantem? — Wincenty westchnął głośno, wciąż zatopiony w swoich troskach.

— Chciałbym służyć do Mszy.

— No dobrze, trzeba porozmawiać z księdzem — ojciec nie widział w tym nic złego.

---

[6] Tamże, s.67.

Pewnej niedzieli po rozmowie z proboszczem Michał otrzymał małą książeczkę zatytułowaną: „Służba Boża", z której pilnie uczył się ministrantury. Aż wreszcie nadszedł ten niezwykły dla dziecka moment. W powszedni, grudniowy dzień ojciec zabrał syna saniami do kościoła. Pojechali tylko we dwóch. Prószył śnieg i chłodny wiatr przenikał przez palta. Wincenty otulił chłopca kocem i położył mu na nogi wełniany pled, aby nie przemarzł.

Niewielu było świadków tej znaczącej chwili. Kościół był prawie pusty. Tylko ksiądz, zakrystian, organista i ojciec byli obecni, gdy Michał służył po raz pierwszy do Mszy i przystąpił do Komunii świętej. Służył pewnie, bez omyłek i widać było, że dobrze się przygotował. Z wielkim przejęciem przyjmował po raz pierwszy Pana Jezusa, ale czuł też w sobie wielką radość. Przed kościołem stary kościelny Kajetan, przechodząc obok, rzucił mimochodem:

— Ten chłopak będzie księdzem.

Ojciec ukłonił się, ale nie zwrócił większej uwagi na te słowa, za to Michałowi spodobały się bardzo. Uświadomił sobie, że naprawdę pragnie zostać kapłanem.

W drodze powrotnej wydawało mu się, że wszystko wokół cieszyło się wraz z nim. Płatki śniegu tańczyły wesoło i całowały go po rękach. Drzewa kołysały się z wiatrem i kłaniały mu się uniżenie. Nawet szary zając wybiegł na drogę i stanął na tylnych łapach, by lepiej mu się przyjrzeć, zanim czmychnął do lasu.

— Przyjąłem dziś Pana Jezusa — zawołał radośnie Michał, gdy tylko przekroczył próg domu i mocno przytulił się do matki.

— Niech ci Pan Bóg błogosławi — rzekła Emilia, stawiając na czole syna znak krzyża.

***

Mijający rok był wyjątkowo ciężki. Mokre lato przyniosło same straty. Całą jesień siwe bicze deszczu smagały rozmoczoną ziemię. Wszędzie tylko czarne, kleiste błoto. Kopanie kartofli stało się prawdziwą udręką. Całą rodziną wraz z najemnikami, narzuciwszy na plecy grube kapoty, kopali motykami w ziemi, wygrzebując często nadgniłe już ziemniaki.

Z początkiem nowego roku Wincenty ubolewał nad stratami, których nie można było uniknąć. Straszyło go widmo opłaty dzierżawnej. Serce w ojcu płakało, kiedy któregoś styczniowego dnia, tuż po Trzech Królach, przy obiedzie przemówił do rodziny.

— Mam takie przeczucie, że to już ostatni rok jesteśmy razem. O Zosinej urodzie opowiadają w okolicy i niedługo nam ją zabiorą. Ignacy też chciałby własnego chleba spróbować, a nie na równi z parobkami u ojca robić. Chłopcy chcą się uczyć. Tak mi się zdaje, że tu niedługo z matką sami zostaniemy.

Zapadła cisza. Nikt się nie odezwał, bo chociaż słowa ojca wywołały morowy nastrój, to jednak trafiły w sedno i wszyscy to odczuli. Starsze dzieci wyrywały się na świat jak ptaki, gdy wyrosną im lotki. Nawet Michał nie starał się pocieszyć ojca, bo musiałby kłamać, gdyby powiedział, że zostanie w domu, by pracować na folwarku. Nauka pociągała go jak magnes i w szkołach widział swoje najbliższe lata.

Jeszcze tego roku Zofia wyszła za mąż za Michała Grzybowskiego z zaścianku Korycino w gminie krewskiej. A Ignacy po paru latach wynajął się
jako zarządca w jednym z okolicznych majątków.

7 NAUKA W ZABRZEZIU

„W tym czasie rozwinęła się u mnie głęboka pobożność[…].”[7]

− Umiłowani w Chrystusie Panu, bracia i siostry − przemówił do zgromadzonych na Mszy św. proboszcz Jan Kunicki − w niełatwych czasach przyszło nam żyć. Stajemy dziś przed Panem w naszej nędzy, poniżeniu i cierpieniu. Ale bracia, czy na te trudne czasy Bóg pozostawił nas samych? Czy nie cierpi wraz z nami na krzyżu? Słyszę o pokątnej produkcji alkoholu, którym zalewasz bracie swoje troski, usypiasz czujność, zatruwasz umysł. Ilu z was dla spokoju chodzi do cerkwi, nie bacząc, że jest to dzisiaj miejsce najskuteczniejszej rusyfikacji. Jeśli zaśniemy, jeśli nie będziemy czujni, jutro nasze dzieci zapomną, kim byli ich ojcowie, wyrzekną się wiary i kim wtedy się staną? Pokoleniem niewolników, którzy żyją tylko dla chleba. Czy to nie za nas Jezus oddał swoje życie, abyśmy teraz bez trwogi wzięli swój krzyż i poszli za nim. Trzeźwi i silni. Kto dzisiaj w tej godzinie przyrzeka uroczyście, że nie weźmie już alkoholu do ust?

Zapadła cisza, a po chwili wiele rąk uniosło się w górę. Michał, choć

---

[7] Tamże, s.67.

miał zaledwie 13 lat i nigdy jeszcze alkoholu nie próbował, porwany kazaniem księdza, podniósł dłoń. Stojący obok Piotr popatrzył na niego zdziwiony. Wydawało mu się, że pytanie skierowane jest do dorosłych nadużywających trunku i nie ma potrzeby brać do siebie słów księdza.

— Nie lękajcie się, bo przewodzi nam Chrystus, bo mamy Króla, chociaż nie z tego świata jest Jego Królestwo. Nikt nam nie może odebrać godności dzieci Bożych, ani naszego duchowego dziedzictwa. Gdy nas prześladują, skazują na zsyłkę, na katorgę, wciąż nic nie mogą nam uczynić, dopóki żyje w nas Bóg. Nasza święta wiara katolicka jest wszystkim, co posiadamy i tylko zdrajcy dla zysku i niepewnego poczucia bezpieczeństwa zapisują się do cerkwi. Kto Polak a wierny katolik, niech wie, że dziś pójście do cerkwi oznacza zdradę naszych duchowych wartości.

Michał zauroczony słowami swego pasterza poprzysiągł sobie w duszy, że jego noga nigdy w cerkwi nie postanie.

Odkąd bracia rozpoczęli naukę w ludowej szkole i zamieszkali w Zabrzeziu często chodzili do kościoła, gdzie Michał służył do Mszy świętej. Z radosnym entuzjazmem biegali na nabożeństwa prawie codziennie.

Lekcje w szkole wydawały im się łatwe, wręcz nudne. Poziom nauczania nie był wysoki i bystre umysły chłopców przyswajały wiedzę znacznie szybciej
niż przewidywał nauczyciel. Michał zbierał same bardzo dobre noty i zachowywał się grzecznie, ale nudził się na lekcjach śmiertelnie. Prawdziwą szkołą, w której pobierał naukę był kościół parafialny, a nauczycielem był sam Pan Jezus, obecny w tabernakulum, przed którym Michał spędzał często czas na rozmowie z Nim i wewnętrznym zasłuchaniu.

***

Właśnie budził się wilgotny, jesienny świt. Michał nie do końca jeszcze rozbudzony wpatrywał się w śliskie, lśniące kocie łby brukowanej drogi, która prowadziła do kościoła. Jego serce wypełniało radosne oczekiwanie chwili spotkania z Panem i służby przy ołtarzu.

Ksiądz proboszcz klęczał skupiony przed obrazem Matki Bożej. Na widok chłopca jego twarz rozjaśnił uśmiech.

— Widzę Michale, że masz dużo chęci, skoro jeszcze nie znudziła ci się poranna służba. Inni chłopcy rzadko się pokazują z rana.

— Ja nie zrezygnuję tak łatwo.

— Pożyjemy, zobaczymy — zaśmiał się na tę śmiałą deklarację ksiądz Jan — ale teraz pospieszmy się, bo czas już wychodzić do ołtarza.

Ksiądz Kunicki odprawiał Mszę powoli, dotykał hostii ze świadomością, że bierze do rąk samego Pana Jezusa. Michał dzwonił dzwoneczkami i posługiwał w skupieniu i zamyśleniu, jakby w harmonii z księdzem brał udział w misterium życia i śmierci Pana.

Ksiądz Jan swoją postawą i namaszczeniem, z jakim sprawował nabożeństwo, więcej uczył Michała o tajemnicy Chrystusowej ofiary, jaka dokonuje się w każdej Mszy świętej, niż uczone wykłady.

W niedzielę proboszcz zwykle wchodził na ambonę, by przemawiać do wiernych, nawracać i uczyć o Bogu. Był natchnionym mówcą, który porywał wiernych każdym słowem. Obserwując go, Michał pragnął zostać takim właśnie kapłanem.

8 EGZAMIN

„Wobec wielkich trudności gospodarczych ojciec nie zamierzał mnie uczyć, ale potem się zdecydował"[8]

— Mamo, chciałbym zostać księdzem — Michał zwierzył się matce i spojrzał uważnie w jej niebieskie oczy, sprawdzając, jakie uczucia te słowa wywołały w jej sercu.

— Jeśli taka jest wola Boża — odpowiedziała matka zasłaniając dłonią usta, jakby chciała te słowa powstrzymać, albo im zapobiec.

Wiedziała, czuła to od dawna, że Michał zmierza w tym kierunku, ale czy zdołają go wykształcić? Przecież to oznacza jeszcze kilka lat nauki, za którą trzeba słono płacić. A co na to inne dzieci?

***

— I co my teraz zrobimy? — zmartwiła się Emilia i potarła mocno policzki, wpatrując się w poszarzałą twarz męża — skąd my weźmiemy taką sumę, przecież ledwo opłacamy obecną tenutę.

— To nieuczciwe — kręcił głową Wincenty — tak nie może być — powtarzał chodząc nerwowo po pokoju, tam i z powrotem.

Nowiny, jakie przyniósł mu plenipotent na początku 1902 r. zmroziły go, przeraziły i zupełnie pozbawiły logicznego myślenia. Jeszcze nigdy nie czuł się tak bezradny i osaczony.

---

[8] Tamże, s.67.

— Sprzedaje majątek?! Toż pracujemy tu od trzydziestu lat. Wszystko, co tu stoi, własnymi rękami zbudowałem. Ziemia, którą wziąłem w dzierżawę, to był szczery ugór. Uprawiłem, wypieściłem, żeby dawała plony, a teraz on chce to wszystko sprzedać komuś innemu?

— Trzeba zaufać Bogu, On nas nie opuści — pocieszała męża Emilia.

Wincenty zatrzymał się w pół kroku, zwrócił twarz ku żonie i nagle jakieś światełko zabłysło mu w oczach.

— Ty masz rację, jeszcze nic straconego, musimy odkupić ten folwark. Toż on się nam po sprawiedliwości należy. Możemy wziąć pożyczkę! Że też wcześniej o tym nie pomyślałem — przyznał i głośne westchnienie ulgi wyrwało się z jego piersi.

— Już nie raz było trudno, ale zawsze jakoś Pan Bóg bronił — pocieszyła go Emilia.

— Tylko chłopaków trzeba zabrać ze szkoły, każdy grosz składać, żeby jakoś wybrnąć z tej sytuacji.

— A co z Michałem? — zatroskała się.

— Nie damy rady — rzekł przez zaciśnięte zęby i pokręcił przecząco głową.

Kobieta nie odpowiedziała. Wyraz przygnębienia wykrzywił delikatne rysy jej twarzy. Wincenty nie zniósł tego widoku, chwycił czapkę i wyszedł na podwórze. Miał przed oczami postać najmłodszego syna i jego usilne prośby. Chłopak chce się uczyć, ale on musi myśleć o ratowaniu domu i ziemi, która ich karmi i odziewa. Ignacy został na zimę w cienkim płaszczu, bo palta nie ma za co kupić. Jakim kosztem ma się odbyć ta nauka? Głęboko w sercu Wincenty postanowił nie ulegać prośbom Michała, bo byłaby to jawna niesprawiedliwość wobec starszych dzieci.

Gdy nadeszły wakacje, ojciec oznajmił chłopcom, że Tyszkiewicz chce sprzedać ich dzierżawę. Jeśli zrezygnują ze szkoły, zacisną pasa i wszyscy się wezmą do pracy, to uda się zaoszczędzić trochę pieniędzy, a resztę może bank dołoży i wykupią tę ziemię na własność.

Cóż było robić? Piotr posłusznie zgodził się z wolą ojca, jednak Michał, przynaglany wewnętrznym głosem powołania, dręczył rodzica nieustannymi prośbami. Mimo to Wincenty trwał niewzruszony w swojej decyzji.

Jednak życie Michała było w troskliwych dłoniach miłosiernego Boga, który zna rozwiązanie każdego problemu.

Pewnej niedzieli w przyjaznym domu Sopoćki gościli znajomi z sąsiedztwa. Ich dwaj synowie byli uczniami gimnazjum w Mirze. Wieczór upływał na wesołej pogawędce, kiedy w pewnej chwili rozmowa zeszła na tematy edukacji i dzieci sąsiadów zaczęły z entuzjazmem opowiadać o swojej szkole. Michałowi żal się zrobiło okropnie, że nie może kontynuować nauki.

— Tato, ja też chciałbym się uczyć. Wiem, że mógłbym pójść od razu do trzeciej klasy! — Michał zwrócił się do ojca i zrobił jedną ze swoich słodkich minek, która zawsze ujmowała bliskich za serce.

— Panie Wicku, pana syn ma szczere chęci. To godne pochwały, a z dziećmi to różnie bywa. Czasem są tak oporne na wiedzę, że choćbyś najlepszych nauczycieli znalazł, to i tak psu na budę.

Wszystkim zrobiło się wesoło, a serce ojca napełniła duma.

— No chłopcy, przeegzaminujcie Michała, czy on się aby nadaje do trzeciej klasy?

Dwaj młodzieńcy na zmianę zasypali Michała pytaniami. Chłopak częściowo odpowiadał, ale więcej zastanawiał się i milczał, żeby się nie ośmieszyć przed gośćmi.

— Niestety Michale, za wysokie progi na panicza nogi.

— W żadnym wypadku nie zdasz do trzeciej klasy! Nie masz szans! — wyrokowali jeden przez drugiego.

Michał spojrzał ojcu prosto w oczy. Jego twarz przybrała poważny i surowy wyraz. Jeszcze raz zebrał wszystkie siły, całą odwagę i determinację, by przebłagać ojca.

— Proszę, niech tatko się zgodzi, co mi szkodzi spróbować?

— No dobrze synu — ojciec zgodził się niechętnie, nie chcąc wobec sąsiadów okazać się bezdusznym, a w sercu mając pewność, że i tak nic nie straci — jeśli zdasz egzaminy do trzeciej klasy, to się ucz, ale jeśli nie, to masz mi więcej
nauką głowy nie zawracać, tylko pomagać w gospodarstwie.

Michał popatrzył na ojca z niedowierzaniem. Serce zakołatało mu w piersiach, a na twarz wystąpił ciemny rumieniec. Wprost nie dowierzał swemu szczęściu, że nadarzyła się jednak szansa dalszej nauki. Wiedział, że nie może jej zaprzepaścić. Do egzaminów zostało zaledwie dwa tygodnie, z których postanowił wykorzystać każdą chwilę. Dzień i noc pilnie ślęczał nad książkami.

Piętnastego sierpnia w święto Wniebowzięcia Najświętszej Maryi Panny ojciec wraz z synem zaprzęgli konie do wozu. Oszmiana oddalona była o 56 kilometrów. Czekała ich więc długa i męcząca podróż. Na domiar złego od wielu dni padało. Woda pozrywała mosty, pozalewała pola i drogi. Czy w ogóle dojadą?

Deszcz siekł niemiłosiernie. Konie pochyliwszy karki brnęły niechętnie do przodu, raz po raz potrząsając łbami, jakby chciały strząsnąć z pyska wodę, która zalewała im oczy i zatykała nozdrza. Michał przejął od ojca lejce i potrząsał nimi lekko. Delikatnie zachęcał rumaki, aby nie zniechęcały się i dowiozły go tam, gdzie pragnął rozpocząć nowy etap swojego życia.

Podróż trwała cały dzień, w nieustannym deszczu, przez błoto i kałuże, które porobiły się w każdym dołku i zagłębieniu drogi. Przybyli przemoknięci do suchej nitki.

Następnego dnia zgłosili się do szkoły z prośbą o przyjęcie Michała w poczet uczniów. Ku cichej satysfakcji ojca zostali poinformowani, że jest już ponad 40 chętnych, a wolnych miejsc zaledwie kilka. Michał po paru dniach podszedł do egzaminu.

Na ogłoszenie wyników kandydaci wraz z rodzicami zebrali się w jednej sali, nieco ściśnięci, z wyrazami oczekiwania i niepokoju na twarzach. Tylko Wincenty był dziwnie spokojny, choć i jemu udzieliła się atmosfera rywalizacji. W pewnej chwili zapragnął, aby i jego dziecko nie wypadło najgorzej.

— Najlepszy wynik osiągnął Michał Sopoćko, na drugim miejscu… — dyrektor, ubrany w odświętny garnitur, czytał powoli nazwiska przyjętych uczniów, ale Wincenty już ich nie słyszał.

Na czoło Sopoćki seniora wystąpiły kropelki potu. Odwrócił głowę, aby syn nie dostrzegł rozterki w jego oczach. Tymczasem uradowany chłopak uśmiechał się szeroko i z triumfem ściskał ojca za rękę, który stał osłupiały i zaskoczony ogłoszonym wynikiem.

Z grupy ponad czterdziestu kandydatów przyjęto zaledwie cztery osoby. Wincenty w najmniejszym stopniu nie spodziewał się takiego obrotu sprawy, ale było już za późno, aby cofnąć dane Michałowi słowo. Zrozumiał, że odtąd życie syna potoczy się poza jego planem. Zafrasował się, bo nie wiedział, jak dadzą radę z opłaceniem szkoły, stancji i utrzymania. To przekraczało ich skromne możliwości. Ale jeśli taka jest wola Boża? Pobożny i pokorny mężczyzna ukorzył się przed nią. Kochał bez miary swoje najmłodsze dziecko i rozczulało go pragnienie chłopca, by podążyć drogą powołania kapłańskiego.

Za oknem nadal siąpiło kapuśniakiem, deszcz stukał nieprzyjemnie o szybę i straszył wizją mokrej powrotnej drogi. W domu kuzynostwa było gwarno i przyjaźnie. Krewni rozpływali się w pochwałach. Hojnie częstowali ich ciepłym posiłkiem, herbatą i plackiem.

— Co ja mam teraz robić? Nie dowierzałem, że mu się uda, ale widocznie wola Nieba — kłopotał się stary Wincenty, jakby złapany we własne sidła.

— Zostaw chłopaka u nas, a sam jedź poradzić się żony — namawiała kuzynka.

– Racja, tak będzie najlepiej – Wincenty z wdzięcznością przystał na tę propozycję.

Pożegnał się serdecznie z Michałem. Zmierzwił jego gęste, ciemne włosy i poklepał po policzku, widząc szczęście w oczach syna. W drodze powrotnej znów siekł deszcz. Wincenty pociągał nosem i ocierał mokrym rękawem policzki. Sam wobec niemych świadków dawał upust emocjom. Codzienna walka o przetrwanie, bezradność wobec losu i to rozstanie z ukochanym dzieckiem, które pragnie zostać księdzem, napełniło go taką żałością, że płakał zalewając twarz gorącymi łzami ze szczęścia i rozpaczy.

Po kilku dniach powrócił do Oszmiany z żoną. Emilia znalazła synowi tanie lokum u poleconej przez rodzinę pani Sielickiej, która za pozwoleniem inspektora szkolnego prowadziła stancję dla kilkunastu gimnazjalistów. Zamówiła u krawca szkolny mundurek i czarny, wełniany płaszcz z podwójnym rzędem guzików. Dotykała, gładziła i długo gniotła w dłoniach sukno, rozmyślając, czy uchroni ono syna od chłodu, czy jeszcze trzeba będzie pomyśleć o cieplejszym palcie na największe mrozy. Bała się nawet wspomnieć mężowi o kolejnych wydatkach.

9 W OSZMIANIE

„W roku 1902 wstąpiłem do szkoły miejskiej w Oszmianie".[9]

Dla Michała rozpoczął się nowy okres w życiu. Zaangażował się w zdobywanie wiedzy i życie szkoły. Gdy dom rodzinny był daleko i nieczęsto mógł widywać najbliższych, ogarnięty tęsknotą szedł do kościoła. Siadał w bocznej nawie i w głębokim zamyśleniu wpatrywał się w obraz Matki Boskiej Częstochowskiej. W ołtarzu paliła się czerwona lampka przed tabernakulum, a z krzyża spoglądał na niego umęczony Zbawiciel. Z czasem nastoletni gimnazjalista zżył się z Panem Jezusem obecnym w Eucharystii i swoją drugą Matką – Maryją jak z dobrymi przyjaciółmi.

Słońce wschodziło późno i ospale, z jesiennym ociąganiem się i

---

[9] Tamże, s.67

niechęcią, zamglone i przyćmione szarymi firankami mgły. Michał napawał się porannym powietrzem, a na ustach błąkał się uśmiech. Jakaś miła błogość ogarnęła jego serce na myśl, jak bardzo Bóg zatroszczył się o niego. Jak w każdej chwili i na każdym kroku obdarza go łaskami nieprzebranej dobroci. Wdzięczne serce chłopca chwaliło Ojca w tym chłodnym, wilgotnym poranku, który dla kogoś innego mógłby wydać się tylko zimnym i nieprzyjemnym świtem.

Kolejny szkolny dzień rozpoczął się jak zwykle od pacierza i prawosławnych pieśni w języku rosyjskim. Młodzieńcowi zrobiło się żal, że Polacy, którzy stanowią ponad połowę uczniów tej szkoły, modlą się w obcym języku. Z opowieści starszych uczniów dowiedział się, że kiedyś modlono się tutaj w ojczystym języku przed obrazem Matki Bożej Częstochowskiej, który teraz z nakazu władz zamknięto w szafie. Mimo to Michał starał się szczerze, nawet w języku zaborcy, zwracać do Pana. Prawosławna pieśń wielbiąca Boga płynęła z jego ust czystym, dźwięcznym tenorem tak przejmująco, że obserwujący uczniów rosyjski inspektor, Paweł Mordwiłko, przyglądał mu się z zainteresowaniem.

Michał Sopoćko już po kilku tygodniach nauki dał się poznać jako pilny i rozumny uczeń, wyraźnie wybijający się inteligencją na tle klasy. Nawet inspektor, który żywił wyraźną niechęć do polskich uczniów oraz ich języka, w osobie tego prymusa czynił wyjątek i darzył go sympatią.

Na najbliższej lekcji religii Mordwiłko poinformował, że wybrani uczniowie jeszcze tego samego dnia udadzą się na próbę chóru do cerkwi.

– Obecność obowiązkowa – oznajmił i głosem nie znoszącym sprzeciwu wyczytał nazwiska uczniów, wśród których znajdował się Sopoćko.

Michał spuścił głowę. Inną rzeczą było śpiewać w chórze na terenie szkoły, a zupełnie inną wstąpić do prawosławnej świątyni. Nie mógł tam pójść, choćby miał zapłacić za to skreśleniem z listy uczniów. Dawno temu dokonał wyboru i teraz musiał wytrwać w postanowieniu.

Rok wcześniej, przyrzekając Bogu, że nie przestąpi progu prawosławnej świątyni, nie przypuszczał, że już wkrótce będzie musiał udowodniać, ile warte są jego słowa.

– Tylko udawaj, że śpiewasz, trzeba jakoś przetrwać – radzili koledzy.

– Za nic w świecie nie pójdę – zdecydował i w czasie, gdy inni szli posłusznie do cerkwi, skręcił w bok, kierując samotnie kroki do kościoła.

Ukłąkł przed obrazem Czarnej Madonny, zmartwiony i niepewny swego. „Czy dobrze zrobiłem Matko?" Łagodny wzrok Maryi uspokajał i dodawał odwagi. Patrząc w Jej oczy, zrozumiał, że Wszechmogący, który sprawił, że został uczniem tej szkoły, postawił go teraz przed kolejną próbą. Poczuł na ramionach ciężar, który tylko przy Bożej pomocy był w stanie udźwignąć. Z ufnością pogrążył się w modlitwie.

Następnego dnia rano został wezwany do gabinetu inspektora. Pełen obaw, ale też ufności w Bożą Opatrzność udał się na spotkanie.

– Przepraszam, ale w dzieciństwie ciężko chorowałem i pozostała mi po tym słabość w płucach, dlatego nie jestem w stanie uczęszczać na próby chóru.

Mordwiłko parsknął śmiechem na taką wymówkę. W milczeniu chodził nerwowo po pokoju, zaskoczony niesubordynacją swojego pupila. Następnie udzielił mu nagany i zapowiedział, że na przyszłość nie przyjmie żadnych tłumaczeń.

Sytuacja powtórzyła się jeszcze kilka razy, ale uczeń żadnymi groźbami nie dał się zastraszyć, a nagany, choć raniły jego dumę, przyjmował z pokorą. Wreszcie inspektor postawił surowe ultimatum.

– Jeśli dziś nie zobaczę kogoś w cerkwi, będzie to jego ostatni dzień w tej szkole.

Po lekcjach wielu polskich gimnazjalistów skierowało swoje kroki do cerkwi na próbę chóru. Michał jednak odłączył się od nich. Z podniesioną głową i poważnym wyrazem twarzy popatrzył smutnym wzrokiem na uczniów, którzy szli posłusznie wykonać nakaz nauczyciela.

– Nie bądź głupi, chodź z nami! – radzili przyjaciele.

– Nie – Michał pokręcił głową i odszedł w kierunku stancji.

W swoim małym pokoiku, usiadł przy stole na skrzypiącym krześle i popatrzył przed siebie. Za oknem ptaki wzbijały się w niebieskie przestworza i swobodnie szybowały w otwartą przestrzeń. Pozazdrościł im tej wolności. Jego wielkie, niebieskie oczy zaszkliły się od łez. Wydalenie ze szkoły byłoby utratą jedynej szansy realizacji marzeń, jaką niespodziewanie otrzymał. Ale czyż Bóg nie widzi jego serca? Wtedy przyszła mu na myśl postać doktora Jabłonowskiego, starego przyjaciela ojca.

Otarł dłonią łzy. Zostawił na stole rozłożone książki i wyszedł do miasta, by tam szukać pomocy. Odnalazł mieszkanie lekarza, któremu zwierzył się ze swojej troski.

– Musimy jakoś temu zaradzić. Napiszę ci zwolnienie i może na jakiś czas to wystarczy, ale uważaj na tego inspektora. To mściwy człowiek i lepiej obchodzić się z nim ostrożnie, jeśli chcesz skończyć szkołę.

– Nie mogłem inaczej postąpić – z łagodnej i jasnej twarzy Michała promieniowała stanowczość.

Następnego dnia przedstawił zwolnienie lekarskie inspektorowi. W ten sposób konflikt został zażegnany, a Mordwiłko, nie ukrywając niezadowolenia, ustąpił, nie chcąc wydalać ze szkoły jednego z najlepszych jej uczniów.

Z czasem sprawa nieobecności Michała w cerkwi ucichła i inspektor pewnie nie wróciłby już do tego tematu, gdyby w katolickim kościele ksiądz dziekan Ejdziatowicz nie zorganizował polskiego chóru. Jeszcze tego samego dnia, w którym ogłoszono nabór, Michał pospieszył do kościoła na próbę.

Mordwiłko z całą energią zabrał się do śledzenia katolickich chłopców, by dowiedzieć się, który z nich uczęszcza na próby chóru. Ze szczególną pasją pragnął zdemaskować Michała i wreszcie utrzeć nosa zarozumiałemu młodzieńcowi. Pofatygował się nawet, by odwiedzić w godzinach próby chóru jego mieszkanie, a gdy go nie zastał, wysnuł oczywisty wniosek, że chłopiec mimo chorych płuc śpiewa w katolickim chórze. Następnego dnia z satysfakcją zwycięskiego detektywa, wezwał ucznia do swego gabinetu.

− Gdzie byłeś wczoraj wieczorem, gdy wizytowałem twoje mieszkanie?

− Byłem w kościele na modlitwie − odpowiedział spokojnie student.

− Czy raczej na śpiewach? Jesteś chory, gdy trzeba śpiewać w chórze cerkiewnym, a szybko zdrowiejesz, gdy powstaje chór katolicki.

− Jestem katolikiem i modlę się śpiewem w swojej świątyni, a tego przecież pan mi nie może zabronić − odpowiedział śmiało uczeń.

− To się jeszcze okaże − wymamrotał tamten przez ściśnięte zęby.

10 W SZKOLE MARYI

"Zawdzięczam to Matce Boskiej, do której miałem wielkie nabożeństwo i która mię broniła w wielu trudnościach i niebezpieczeństwach, … ". [10]

Michał przez kolejne lata gimnazjum był pierwszym uczniem w klasie, ale nikt nie wiedział ile żmudnych godzin spędzał nad książkami w małym pokoiku w towarzystwie jedynie skrzypiącego krzesła i kopcącej się naftowej lampy. Ile natchnień i zachęty do pracy zyskał

---

[10] Tamże, s. 68

klęcząc przed obrazem Matki Bożej, przed tabernakulum i służąc do Mszy świętej.

Nie każdego dnia udawało mu się być w kościele, lecz w dni świąteczne spieszył radośnie do świątyni. Pewnego razu w uroczystość Niepokalanego Poczęcia pragnął przed lekcjami pójść na Mszę świętą, skorzystać z sakramentu pokuty i przyjąć Komunię świętą. Obudził się wczesnym rankiem, który w krótkie grudniowe dni był podobny do nocy. Było jeszcze zupełnie ciemno, gdy przekonany, że jest już około szóstej, ubrał się i wyszedł, zatrzaskując za sobą drzwi.

Mróz ścisnął ziemię i pokrył szronem drzewa, których gałęzie skrzyły się w księżycowej poświacie. Michał zachwycał się urodą mroźnego poranka, chociaż dziesięciostopniowy mróz szczypał go po twarzy i przenikał przez cienki płaszcz. Ku swemu zaskoczeniu drzwi kościoła zastał zamknięte. Kilka razy naciskał klamkę, gdyż obawiał się, że jest raczej spóźniony. Za każdym razem drzwi nie ustępowały, tylko dźwięk metalowej rączki dzwonił głośno, burząc spokój grudniowej nocy.

Postanowił nie wracać do domu, by nie budzić gospodyni. Przeszedł się tam i z powrotem wzdłuż alejki prowadzącej do kościoła, a potem wrócił na przykościelny cmentarz. Chodził energicznie wokół kościoła, próbując się rozgrzać. Od czasu do czasu wpatrywał się w mrok, wyczekując kroków zakrystiana, ale wciąż trwała głucha cisza, przerywana tylko trzaskiem zmarzniętych gałęzi i skrzypieniem butów na mrozie. Wydawało mu się, że ktoś nadchodzi. Oglądał się, ale nie widział nikogo. Mijały kwadranse, przeszły może trzy godziny. Przemarzł na kość, ale czekał cierpliwie pocieszając się, że ranek wreszcie nadejdzie, a on w nagrodę będzie pierwszym, który przystąpi w tym świątecznym dniu do spowiedzi.

Lata gimnazjum stawiały przed nim też inne wyzwania. Wszedł właśnie w wiek nastoletni, kiedy w młodym człowieku rodzi się chęć imponowania kolegom i szukania przede wszystkim ich przyjaźni i aprobaty. W gronie uczniów byli i tacy, którzy nie stronili od sztubackich wybryków i frywolnych rozrywek, zakrapianych alkoholem. Lubili Michała i chętnie widzieliby w nim towarzysza wspólnych zabaw.

Pewnego wieczoru, w drodze do kościoła spotkał swoich szkolnych kolegów z gimnazjum.

− Chodź z nami, będzie wesoło − zachęcił Józio, przyjaciel z klasy.

− Czemu nie − wybąkał niepewnie.

− No to idziemy!

Michał uszedł zaledwie kilka kroków, ale zatrzymał się nagle, jakby coś ważnego sobie przypomniał.

– Och, dzisiaj nie mogę – powiedział cicho z poczuciem winy.

– Dzisiaj nie możesz? W takim razie kiedy? Jak skończysz pięćdziesiąt lat? – pytali z ironią w głosie.

Uśmiechnął się blado i nie odpowiedział. Skręcił w uliczkę brukowaną kocimi łbami, która biegła wśród małych drewnianych domków z pięknie rzeźbionymi okiennicami. Podążył w stronę kościoła. Nieśmiało zbliżył się do Najświętszej Panienki, przed którą tyle razy kłaniał się w nawie oszmiańskiej świątyni. Oblicze Maryi, wydało się jakieś smutne. Zawstydzony spuścił wzrok.

– Tylko przez chwilę Najświętsza Panienko pomyślałem, by pójść z kolegami, ale zawróciłem.

Powoli podniósł oczy na obraz.

– Dobrze już – twarz Maryi zaczęła się jakby rozjaśnić – skoro tak, to zbliż się. Tak naprawdę to cieszę się, że przyszedłeś. Jest tyle rzeczy do zrobienia, o które Mój Syn chciałby cię prosić.

– Oto jestem, poślij mnie…

11 ODWAGA ŚWIADECTWA

„ … poprosiłem inspektora o pozwolenie zawieszenia obrazu katolickiego i odmawiania katolickiej modlitwy po polsku”.[11]

Sprawa obrazu Matki Boskiej Częstochowskiej, który od lat leżał zamknięty w szafie i nikt nie miał odwagi upomnieć się o przywrócenie należnej mu czci, przygnębiała polskich uczniów oszmiańskiego gimnazjum. Bolało to również Michała. W końcu postanowił przynajmniej spróbować o niego zawalczyć, chociaż zdawało się, że był bez szans.

Pewnego dnia na lekcji historii, prowadzonej przez Mordwiłkę, wystąpił ze śmiałą prośbą.

– Panie inspektorze, w imieniu własnym i kolegów chciałbym prosić o pozwolenie na zawieszenie z powrotem obrazu Matki Bożej Częstochowskiej. Mam nadzieję, że pan jako czciciel Maryi nie odmówi nam – powiedział pewnym głosem i popatrzył spokojnie w oczy

---

[11] Tamże, s. 69.

Rosjanina.

Inspektor poczerwieniał na twarzy i zacisnął zęby. Zmierzył Michała wzrokiem pełnym zdumienia i niedowierzania w odwagę tego młokosa.

— Co za bezczelność! Jaki tupet!? Dłużej tego nie zniosę! — wycedził.

Kilka razy otwierał i zamykał usta, jakby chciał jeszcze coś dodać. Wreszcie poderwał się, zostawił na biurku rozłożony dziennik i wybiegł z klasy.

Wszyscy uczniowie, łącznie z samym Michałem byli przeświadczeni, że zostanie wydalony ze szkoły. Tymczasem już po tygodniu obraz przywrócono do łask i znów katoliccy uczniowie gimnazjum mogli modlić się po polsku i śpiewać Matce Bożej radosne pieśni. Wielka była radość i entuzjazm, gdy nauczyli się śpiewać na głosy pieśń sławiącą Maryję i odtąd zaczynali nią każdy dzień:

„Już od rana, rozśpiewana
Chwal o duszo, Maryję…”

Na koniec roku obniżono Michałowi ocenę ze sprawowania o jeden stopień. Nie zmartwił się tym bynajmniej, ciesząc się, że za tak niewiele, uzyskał tak dużo.

***

Po klęsce Rosji w wojnie z Japonią w 1905 roku sytuacja polityczna w imperium uległa gwałtownej zmianie. Kraj ogarnął bunt zwrócony przeciwko absolutnej władzy. Po masakrze mieszkańców Petersburga w czasie tzw. „krwawej niedzieli” fala strajków przekształciła się w zbrojne powstanie.

W oszmiańskim gimnazjum pojawił się Witold Czyż, były uczeń tej szkoły, który przekonywał do walki o większe swobody polityczne. Zachęcał do przeciwstawienia się zaborcy i stawiania śmiałych żądań. W listopadzie 1905 roku wybuchł strajk szkolny. Michał Sopoćko był jednym z jego inicjatorów.

Uczniowie domagali się przywrócenia nauki religii w języku polskim, zwolnienia żydowskich uczniów z obowiązku pisania w soboty oraz ustąpienia inspektora Mordwiłki i ukarania go za poniżanie i dyskryminację uczniów, łapownictwo i niesumienność. Nauczyciel zwołał do kancelarii rodziców, by nakłonić ich do uspokojenia młodzieży. Jednak pod drzwiami studenci urządzili „kocią muzykę”, co zupełnie wytrąciło Mordwiłkę z równowagi.

— Co się tu wyprawia? Jeśli w tej chwili się nie uciszą, odeślę ich wszystkich z wilczym biletem! — odgrażał się inspektor.

Młodzież jednak nic sobie nie robiąc z pogróżek, wtargnęła do środka i stanęła jak mur obok swoich rodziców. Twarz Mordwiłki od szyi aż po czoło i wysoką łysinę pokryła się rumieńcem. Zacisnął pięści, gotów walić nimi pierwszego, który nawinie się pod rękę.

–Nicponie, niewdzięcznicy, za przywilej nauki w naszym sławetnym gimnazjum, odwdzięczacie się zdradzieckim szemraniem i buntem.

Wtedy z grupy zgromadzonych rodziców podniósł się Witold Czyż, jakoby reprezentujący kilku rodziców, którzy nie byli w stanie dojechać. Miał on jeszcze świeżo w pamięci wykroczenia i bezprawie, jakich dopuszczał się inspektor.

– Drodzy państwo, dość już znosiliśmy ucisk i prześladowanie, nękanie i obrażanie naszych dzieci z tego powodu, że są Polakami. Nadszedł dzień, kiedy możemy wreszcie głośno upomnieć się o swoje niezbywalne prawa, należne nam z racji bycia człowiekiem i Polakiem z dziada pradziada.

Witold Czyż zamilkł na chwilę i zatrzymał wzrok na twarzach słuchaczy, które wpatrywały się w niego ze wzruszeniem. Niejednemu łza kręciła się w oku. Długo jeszcze przemawiał, aż oblicza słuchaczy napełniły się poczuciem dumy i przywróconej godności.

Michał wrócił na stancję wyczerpany z powodu przeżytych emocji. Zrobiło mu się słabo i wstrząsnęły nim dreszcze. Położył się do łóżka i nakrył po uszy kołdrą. Jego wychudzone, szczupłe ciało trawiła gorączka. Potrzebował pomocy, ale był sam w pokoju, a siły zupełnie go opuściły i nie był w stanie podnieść się z pościeli. Zamknął oczy i zapadł w gorączkowy sen. Dopiero rano pani Rutkowska, do której przeniósł się już po pierwszym roku, znalazła go rozpalonego i półprzytomnego. Poczciwa kobieta wezwała lekarza i zatroszczyła się o niego jak o własnego syna.

Wobec zmian dokonujących się w całej Rosji przestraszony Mordwiłko podał się do dymisji, a jego następca, człowiek sprawiedliwy i sumienny, spełnił żądania młodzieży. Wielka była radość uczniów, gdy na lekcji religii znów pojawił się polski ksiądz, a znienawidzony inspektor zniknął ze szkoły na zawsze.

Był to już ostatni rok nauki Michała w gimnazjum. Osiągnął wiele, ale ukończenie gimnazjum nie kwalifikowało go jeszcze do ubiegania się o przyjęcie do seminarium. Dramatyczna sytuacja materialna dawała nikłe szanse na dalsze kształcenie się. Nawet by ukończyć tę szkołę, niedojadał i musiał dorabiać udzielaniem korepetycji. Niedożywiony, wychudł okropnie i łapał infekcję za infekcją.

W dniu zakończenia roku szkolnego otrzymał świetne świadectwo, nagrodę i pochwałę. Tylko za uchylanie się od zarządzeń inspektora, miał zmniejszoną ocenę ze sprawowania. Był to jedynie powód do chluby.

12 UTRATA JUSZEWSZCZYZNY

„ ... folwark nasz został sprzedany ...".[12]

Mimo fizycznego osłabienia i anemii Michał wracał do domu uradowany i pełen wewnętrznej satysfakcji. Miał za sobą ważny etap na drodze do kapłaństwa. Na widok rodzinnej zagrody serce zabiło mu radośnie. Dym cienką smużką sączył się z komina i przypominał o gorącym posiłku. Na samą myśl o domowym obiedzie przyspieszył kroku.

Z rozmachem otworzył drzwi do izby. Pierwszą osobą, którą dostrzegł była matka.

— Michaś! — rozwarła szeroko ramiona i mocno przytuliła syna.

Gładząc jego plecy wyczuła sterczące łopatki.

— Mamo, otrzymałem najlepsze świadectwo w klasie i zdobyłem nagrodę — powiedział uradowany.

— Musisz być głodny, jakiś ty blady — zauważyła zmartwiona.

Szybko postawiła na stole talerz i nalała zupy. Odkroiła grubą pajdę chleba i położyła obok talerza.

— Jedz kochany.

— A gdzie tata i Piotrek? — zapytał, gdyż zdziwiła go dziwna pustka i cisza, jakiej tutaj nie doświadczał. Dom kojarzył mu się z wesołym, gwarnym ulem, wypełnionym żartami braci i matką nucącą pobożne pieśni.

Nie czekając na odpowiedź ruszył w stronę sypialni. Ojciec leżał w pościeli, wynędzniały i blady. Drzemał lekkim snem, lecz na odgłos kroków otworzył oczy.

— Tato! Co się stało?

— To nic, już mi lepiej, zaraz wstanę.

Wincenty z pomocą syna nałożył ubranie i wyszedł do dziennego pokoju.

Emilia nalała mu zupy.

Wszyscy usiedli do stołu, ojciec pomodlił się, pobłogosławił posiłek i

---

[12] Tamże, s. 70.

w wielkiej radości, że znowu są razem, zjedli obiad.

— Mamo potrzebuję jeszcze tylko zdać egzamin z łaciny i niemieckiego, żeby dostać się do seminarium.

— Nadal chcesz być księdzem? — upewnił się ojciec. — Myślałem, że jak przyjdzie co do czego, to ci odejdzie ochota. To niełatwe życie i dzisiaj niebezpieczna profesja. Powiesz słowo za dużo, zaraz ktoś usłyszy, doniesie i po księdzu.

— Tato, Pan Bóg troszczy się o swoje sługi, a i męczennicy w kościele są potrzebni. Widzę przed sobą tylko jedną drogę.

— Niech ci Bóg błogosławi — rzekła Emilia.

— Piotrka nie ma?

— Pojechał do Ignacego, trochę mu pomóc.

— A u was, co słychać? Jak sprawy z dzierżawą?

Rodzice popatrzyli znacząco po sobie.

— Nie mamy dobrych wieści — westchnął ojciec — wygląda na to, że zmówili się przeciwko nam. Nie tylko sąd utrzymał w mocy oskarżenia plenipotenta Tyszkiewicza, ale jeszcze zasądził nam karę, której w żaden sposób nie damy rady zapłacić. Musimy wszystko oddać i opuścić dom, bo folwark już sprzedany dla Rosjanina.

— To niesprawiedliwe — oburzył się Michał.

— Nic już się nie da zrobić. Sąsiedzi litują się nad nami, przychodzą, współczują, ale nic poradzić nie mogą. My tu synu żadnych praw nie mamy. Teraz już chyba umrzeć nam przyjdzie w nędzy, bo szansy przed sobą nie widzę.

— Tato! Ja zawsze będę wam pomagać — zapewniał z entuzjazmem Michał.

— Dzięki synu — rozczulił się ojciec — Bogu niech będą dzięki za to dziecko.

Przez kilka dni matka z synem, gdyż Wincenty znowu zaniemógł, poszukiwali nowego folwarku pod dzierżawę. Za radą rodziny i przyjaciół odwiedzali różne miejsca. W Starzynkach u Supronowiczów warunki wydały im się możliwe, chociaż folwark był znacznie mniejszy, zabudowania gorsze i lichsza ziemia. W końcu wrócili do domu z dobrymi wiadomościami.

13 ROZSTANIE Z JUSZEWSZCZYZNĄ

„Trudno opisać smutek, cierpienia i boleść przy opuszczaniu kątów rodzinnych, …".[13]

Wyczerpany intensywną nauką organizm Michała wymagał rekonwalescencji. Trudna sytuacja w domu i związana z tym przygnębiająca atmosfera nie nastrajały jednak do odpoczynku. Wspierał i pocieszał steranych rodziców. Wspomagał ojca w walce z urzędnikami, choć wszelkie starania znów okazały się bezowocne i stały się tylko przyczyną dodatkowej udręki.

Pewnego razu, gdy służył do Mszy św. w kościele w Zabrzeziu, ksiądz Łoszakiewicz zagadnął go w zakrystii:

– Potrzebuję nauczyciela do polskiej szkoły parafialnej, zastanów się – rzekł i uśmiechnął się zachęcająco.

– Nie mam kwalifikacji nauczycielskich, ale skończyłem sześć klas gimnazjum.

– Wszystko wiem, masz dość wiedzy, by uczyć nasze dzieci czytać i pisać.

– Jeśli ksiądz proboszcz tak uważa, to ja się bardzo chętnie tym zajmę – Michał zgodził się szybko.

W lutym 1907 roku otrzymał posadę nauczyciela w parafialnej polskiej szkole w Zabrzeziu. Przy pierwszej sposobności podjął się zarobkowania, by wesprzeć bankrutujących rodziców. Wielka to była radość, że mógł uczyć dzieci pisania i czytania w ojczystym języku. Kształtowanie młodych dusz to było drugie powołanie, jakie niespodziewanie odkrył w swoim sercu.

Na Wielkanoc wrócił do domu, ale nie były to radosne święta. Nadszedł właśnie czas, kiedy musieli przeprowadzić się do nowego miejsca dzierżawy. Kilka razy obracali wozem przewożąc rzeczy do odległych o 14 km Starzynek, aż w końcu nadszedł ten ostatni raz, kiedy musieli na zawsze opuścić miejsce, które przez 35 lat było ich domem.

To był słoneczny, wiosenny poranek, ale świat wydał im się szary i smutny, kiedy z garstką sprzętów na starym wozie, zaprzężonym w jedną szkapinę opuszczali rodzinny zajazd. W milczeniu i żałobnej ciszy przejeżdżali przez granicę posesji. Każdy kamień czy drzewo mogłyby opowiedzieć jakąś niezapomnianą historię. Teraz zaborca wydzierał im

---

[13] Tamże, s. 70,

dorobek całego życia. Jak biblijny Hiob, korząc się przed losem, Wincenty przyjął pokornie swoją klęskę. W tej smutnej chwili pociechą była mu żona i ukochani synowie, a nowy folwark budził okruch nadziei.

**

Michał od listopada 1907 r. znów wrócił do pracy nauczycielskiej. W wolnym czasie z zapałem zgłębiał zasady gramatyki i stylistyki polskiej oraz zatapiał się w literaturze pięknej. Niestety trwało to zaledwie kilka miesięcy.

Pewnego mroźnego poranka w lutym 1908 r. jego praca w parafialnej szkółce dobiegła końca. Tego dnia lekcje rozpoczęły się zgodnie z planem. Michał pisał na tablicy polskie zdania równym pismem, by uczniowie mogli je przepisać do zeszytów. Na dworze sypał śnieg i Michał z niepokojem zerkał na rosnące szybko zaspy. W pewnej chwili pod oknami klasy dostrzegł nadchodzących rosyjskich żandarmów.

– Co to ma znaczyć? – przemknęło mu przez myśl, gdyż widok mundurów wzbudził niemiłe skojarzenia.

Natychmiast chwycił ścierkę, by wymazać polskie słowa, ale nie zdążył wytrzeć nawet jednego zdania, gdy ciężkie kroki zadudniły w korytarzu i drzwi otworzyły się z impetem, ukazując postacie żandarmów i rosyjskiego urzędnika.

– Jakim prawem nauczasz języka polskiego?! To jest surowo zakazane! – krzyknął jeden z Rosjan.

– Szkoła zamknięta, zmykajcie stąd! – drugi mężczyzna wrzasnął w kierunku uczniów.

Urzędnik towarzyszący żandarmowi spisał protokół, zarekwirował podręczniki i rozpędził dzieci, które pospiesznie opuściły budynek plebani. Michał zaś musiał udać się do gminy na przesłuchanie.

Ustępstwa na rzecz mniejszości narodowych poczynione pod przymusem w chaosie rewolucji 1905 roku nie trwały długo. Umocnienie się władzy caratu spowodowało nawrót prześladowań. Naród polski trwał jednak w wierze swoich ojców i nie brakowało patriotów, w tym kapłanów, takich jak ksiądz Łoszakiewicz, którzy czynili wszystko, aby lud nie zapomniał swojej wiary i języka.

W obszernym pokoju komisarz usadowił się za drewnianym biurkiem, nad którym wisiał portret cara Mikołaja II. Michał podniósł wzrok na chwilę i popatrzył na przystojną twarz młodego cara, dumnie prezentującego pierś pełną orderów.

– Kto cię zatrudnił? Jak długo pracujesz? Ilu uczniów liczy szkoła? Dlaczego uczysz po polsku? – posypały się pytania i zarzuty, na które Michał starał się odpowiadać zgodnie z prawdą, ale oszczędnie, by nie pogrążyć księdza proboszcza.

Groźby urzędników spełniły się. Sprawa szkoły polskiej trafiła do sądu i tylko inteligencja oraz krasomówczy talent księdza Łoszakiewicza, jak również ukryte poparcie możnych przyjaciół, uchroniły Michała od surowego wyroku. Skazano go na symboliczną karę pieniężną, lecz od tej chwili, jako osoba karana za wywrotową działalność, musiał liczyć się z dodatkową trudnością w przyjęciu do seminarium, gdyż nowych kandydatów zatwierdzał rosyjski gubernator.

14 NADZIEJA NA DALSZĄ NAUKĘ

„ … siostra mojej chrzestnej (…) obiecała ułatwić dalszą naukę"[14]

Po przeprowadzce do Starzynek kościół w Rakowie stał się najbliżej położoną świątynią. Była to parafia Jadwigi Sopoćkowej, matki chrzestnej Michała. Wyjazdy do kościoła stały się okazją do rodzinnych spotkań. Pewnej niedzieli wiosną 1908 r. ciocia Jadwiga dowiedziawszy się, że Michał utracił pracę w szkole w Zabrzeziu, zaproponowała mu przygotowanie jej wnuków do egzaminów wstępnych do gimnazjum. Z wdzięcznym sercem Michał podjął się tego zadania.

W edukowaniu kuzynów napotkał jednak niemałe trudności, gdyż jego podopieczni nie zdradzali najmniejszej chęci do nauki, a pociągała ich raczej zabawa, jazda konna i nadmiar innych zainteresowań. Mimo wszystko starał się zadowolić swoich dobroczyńców i w miarę możności przekazywać wiedzę.

W wolnych chwilach młody nauczyciel skwapliwie pogrążał się w lekturze dzieł wielkich polskich pisarzy: Mickiewicza, Orzeszkowej, Sienkiewicza czy Reymonta, których książki mógł znaleźć w zbiorach bibliotecznych zaprzyjaźnionej rodziny Chełchowskich. Z zapartym tchem chłonął perły polskiej literatury, powieści i poematy, niedostępne przez lata niszczenia tego co polskie i patriotyczne. Uczył się wierszy na pamięć i co ciekawsze cytaty przepisywał do zeszytu.

Słowa wieszczów zapalające do miłości ojczyzny przywoływały na myśl postać księdza Kunickiego, nawołującego do sprzeciwiania się

---

[14] Tamże, s.71.

rusyfikacji. W ojczystej literaturze odnalazł żywego ducha narodu polskiego, którego był synem.

Tak przeminęło jak mgnienie oka kolejnych pięć miesięcy. We wrześniu Jadwigę odwiedziła jej siostra, Helena Hryniewicka. Zainteresowała się i ucieszyła spotkaniem z synem swojej dawnej przyjaciółki.

– Twoja mama i ja – rzekła, gdy Michał nachylił się, aby ucałować dłoń pani mecenasowej, żonie wziętego adwokata z Kowna – byłyśmy serdecznymi przyjaciółkami w czasach naszej młodości.

– Mama opowiadała o pani – zapewnił solennie Michał.

– Słyszałam, że nosisz się z zamiarem wstąpienia do seminarium? Michał skinął głową w odpowiedzi.

– W takim razie nie wolno ci zapomnieć o swoim powołaniu. Musisz natychmiast jechać do Kowna albo do Wilna i uczyć się dalej. Otóż w Kownie, możesz być pewien, łatwo znajdziesz ludzi, którzy ci pomogą.

Przez kilka dni swojej wizyty u siostry, Helena usiłowała przekonać Michała, że musi wyjechać choćby do Kowna, gdzie jest dostęp do wiedzy i gros ludzi dobrej woli, którzy chętnie zgodzą się wspomóc młodego, zdolnego człowieka.

– Musisz się dalej kształcić – rzekła na pożegnanie – pamiętaj, że czekamy na ciebie! – dodała z naciskiem i uścisnęła mu mocno dłoń.

Słowa mecenasowej obudziły jego ukryte pragnienia. Od początku pobytu w Kotłowie miał poczucie, że zatrzymał się w drodze, jakby niewidzialne pęta oplotły mu nogi. Patrząc ukradkiem w oczy pani Hryniewickiej, wiedział, że wkrótce zapuka do jej drzwi.

***

– Niech się tylko ciocia na mnie nie gniewa – tłumaczył się Michał – to nie znaczy, że nie chcę już uczyć chłopców, ale sam muszę się dalej kształcić. Ciocia Helena radzi mi jechać do Kowna.

Jadwiga Sopoćko tylko westchnęła na te słowa i długo milczała, jakby zastanawiała się nad przyszłością młodzieńca.

– Niech cię Bóg ma w swojej opiece. Uczciwie zarobiłeś ucząc moje wnuki i nie wypuszczę cię z pustymi rękami – rzekła wzruszona.

– Nigdy tego nie zapomnę – zapewnił Michał.

Na pożegnanie wyciągnęła przed siebie ręce i przytuliła serdecznie Michała, który obdarowany sumą piętnastu rubli, stał uszczęśliwiony i wdzięczny za ten okruch życzliwości, tym bardziej, że był ofiarowany we właściwym momencie.

***

Helena miała w mieście wielu wpływowych przyjaciół. Spodziewała się łatwo znaleźć dla Michała posadę domowego sekretarza lub nauczyciela. Przyjęła gościa ciepło i serdecznie, chwaląc decyzję opuszczenia Kotłowa. Jednak krótkie rozeznanie w środowisku kowieńskim szybko uświadomiło dobrodziejce, jak płonne były jej nadzieje. Nie tracąc czasu, energiczna kobieta usiadła wieczorem przy biurku i napisała list do swego znajomego w Wilnie.

„Drogi doktorze, racz wybaczyć, że sprawię kłopot moją prośbą, ale posyłam do Wilna syna mojej przyjaciółki. Ten obiecujący młody człowiek nosi się z zamiarem wstąpienia do seminarium, ale przedtem musi dokończyć wymaganą edukację. Polecam go Twojej życzliwości, jeślibyś mógł wspomóc go jakąś bądź pracą, czy wesprzeć dobrą radą.

Z wyrazami głębokiego uszanowania Helena Hryniewicka"

Potem, zastanowiwszy się chwilę, napisała drugie pismo. Posmutniała, jakby cień zwątpienia zagościł w jej sercu. Szybko wzięła nową kartkę, nakreśliła na niej kilka słów, włożyła do koperty i znów sięgnęła po następną. Wkrótce na jej biurku leżał już stosik listów. Odetchnęła z ulgą. To powinno wystarczyć.

Z rana, gdy siedzieli za stołem przy śniadaniu, zapanowała niezręczna cisza. Pani Helena była dziwnie podenerwowana i milcząca. Wydawało jej się, że odpycha od siebie młodzieńca, nie udzieliwszy mu obiecanej pomocy.

– Nic tu po tobie, Michale – rzekła wreszcie poważnym tonem – musisz jechać do Wilna. Tam znajdziesz większe możliwości, bo tutaj…

– Też o tym myślałem… – dodał Michał, by wybawić ją z kłopotliwej sytuacji.

– Przygotowałam dla ciebie kilka listów polecających – przerwała mu – bo widzisz mam wielu przyjaciół, a poza tym jest tam bardzo dobry internat pani Waltz. Pracuje w nim niejaki Zmitrowicz, zdolny prawnik z Poddubnia. Znajomy mojego męża. Niedawno wrócił z Petersburga, gdzie ukończył studia prawnicze, a teraz oddaje się pracy organicznej. Możliwe, że znajdziesz tam tanie lokum, a Zmitrowicz poradzi ci, na jaki kurs się zapisać. Masz tu do niego list i do kilku jeszcze osób. To życzliwi ludzie, którzy z pewnością nie pozostawią cię bez pomocy.

Słowa te zabrzmiały dziwnie znajomo. Słyszał je już w Kotłowie. Hryniewicka była pełna irracjonalnego optymizmu, ale przecież Bóg używa ludzi, by prowadzić ku swoim przeznaczeniom.

15 POD PŁASZCZEM MATKI MIŁOSIERDZIA

„Złamany udałem się jeszcze raz do kaplicy Matki Bożej Ostrobramskiej[…]"[15]

Pociąg toczył się powoli przez senne litewskie równiny, opasane wstęgami leniwie płynących rzeczułek, ożywione łagodnymi wzniesieniami i lasami. Liście na drzewach przybrały już barwę rdzy i złota, a gałęzie owocowych drzew uginały się od owoców. Był początek października 1908 roku.

Michał siedział przy oknie zapatrzony w uciekające pejzaże. Ukołysany stukotem kół, zdrzemnął się na chwilę. W półśnie przed oczami duszy przemknęło mu dwadzieścia lat jego życia. Kilkakrotnie opuszczał już dom, by zamieszkać z daleka od rodziny, ale wtedy czuł przy sobie silne ramię ojca, który towarzyszył mu, gdy wkraczał w nieznane środowiska. Teraz podróżował zupełnie sam, ale zaopatrzony był w plik listów polecających, które mogły otworzyć mu niejedne drzwi.

Ostry gwizd i zgrzyt hamującej lokomotywy przywróciły go do rzeczywistości. Wysuwając przed siebie małą podróżną torbę, zeskoczył na peron. Przystanął, rozejrzał się, sięgnął po pakiet z listami i zaczął je nerwowo przeglądać. Przekładał w dłoniach listy i starał się przypomnieć sobie słyszane w domu imiona przyjaciół ojca i ostatnie wskazówki pani Heleny. Uświadomił sobie, że nazwisko Rudziewicza kojarzy mu się z wyjazdami ojca do Wilna w sprawie wyrobienia świadectwa szlacheckiego pochodzenia dla dzieci.

— Pan pójdzie z nami — nagle usłyszał kategoryczny nakaz w języku rosyjskim.

Podniósł głowę zaskoczony. Stało przed nim dwóch żandarmów i jasno dawało do zrozumienia, że został aresztowany. Widok broni przekonał Michała, że lepiej nie uciekać.

— Ale ja niczego nie zrobiłem… — próbował się tłumaczyć, lecz surowy gest uzbrojonego żandarma szybko nakazał mu posłuchać rozkazu.

Już na powitanie został posądzony o szpiegostwo i swoje pierwsze kroki musiał skierować na posterunek policji. Po dokładnym przesłuchaniu i wyjaśnieniach został zwolniony, ale przykre doświadczenie przywołało realia, w których przyszło mu żyć.

Po uwolnieniu poszedł pomodlić się do kaplicy w Ostrej Bramie, a

---

[15] Tamże, s.72.

następnie udał się do mieszkania mecenasa Rudziewicza. Tu jednak czekało go rozczarowanie. Znajomy ojca był na wakacjach, o czym został poinformowany w drzwiach przez służącą. Na taką wiadomość strapił się i zasmucił. Westchnął i już miał odejść, gdy kobieta niespodziewanie zaprosiła go do środka.

– Pan wejdzie, po co tak stać w drzwiach. Może coś przekazać?

– Pan Rudziewicz to dobry znajomy mojego ojca, Wincentego Sopoćki, a tu mam list polecający od pani mecenasowej Hryniewickiej z Kowna, przyjaciółki mojej mamy. Szukam pracy, myślałem, że mógłbym się tu zatrzymać na kilka dni, ale w takim razie – zawahał się…

– Na razie, może pan tu zostać, póki co – służąca mecenasa Rudziewicza wydawała się być przekonana wyjaśnieniami Michała.

Niestety poza tymczasowym zamieszkaniem u Rudziewicza i życzliwością doktora Bujalskiego, który zaproponował mu obiady, wszędzie odprawiano go z kwitkiem. Dwa tygodnie w Wilnie to były godziny marszu po rozległym mieście, gdzie dzielnice oddalone były od siebie o kilka kilometrów. Mimo schodzonych nóg i topniejących gwałtownie funduszy nie uzyskał pomocy. Wciąż słyszał te same słowa, wypowiadane z nutą politowania w głosie.

– Bardzo chciałbym pomóc, ale naprawdę nie jestem w stanie.

– Wilno to dziś najgorsze miejsce, gdzie człowiek chciałby się znaleźć.

– Bez zawodu nie masz pan tu czego szukać.

Już trzy razy zachodził do Ostrej Bramy po drodze na dworzec, by pożegnać się z Matką Miłosierdzia i wracać do domu, ale za każdym razem, gdy spoglądał w łagodne oczy Maryi, nabierał sił, by spróbować jeszcze raz. Niestety wciąż nadaremnie. Mimo iż spotykał się z życzliwością i uśmiechem na ustach, które w przyjazny sposób zachęcały, aby przyszedł później, bo właśnie teraz nikogo nie potrzebują, to tak naprawdę odsyłano go z kwitkiem. Minęło kilka kolejnych dni i zostało mu zaledwie pięć rubli, dość jedynie na powrotny bilet.

Zniechęcony i wyczerpany fizycznie po raz ostatni zaszedł do Kaplicy Ostrobramskiej, by już na drogę powierzyć się Matce Bożej. Jego ziemska matka Emilia niedomagała ostatnimi czasy, a ojciec potrzebował wsparcia w upadającym majątku w Starzynkach. Być może Bóg miał inne plany na jego życie.

Pogrążony w modlitwie przypomniał sobie słowa Hryniewickiej o internacie pani Waltz przy ulicy Baksżta i Zmitrowiczu, do którego miał ostatni list, jeszcze niewykorzystany, gdyż był to list z prośbą o wynalezienie szkoły, gdzie mógłby dokończyć edukację. Postanowił udać się w to miejsce, chociaż miał się tam zgłosić dopiero, gdy znajdzie pracę.

Ulica Bakszta znajdowała się niemal po sąsiedzku z Ostrą Bramą. Z bijącym sercem stanął u drzwi z tabliczką Bakszta 4. Był to już ostatni adres i ostatnia nadzieja. Zapukał. Dziwnie spokojny nasłuchiwał nadchodzących kroków i dźwięku otwieranych drzwi. Kiedy uchyliła je służąca, zupełnie nie zdawał sobie sprawy, że otwiera się właśnie nowy etap w jego życiu.

– Chciałbym się widzieć z panem Zmitrowiczem, mam do niego list polecający.

– Pana Zmitrowicza nie ma.

Michał popatrzył na młodą dziewczynę, która cierpliwie czekała aż odejdzie, ale wiedział, że jeśli teraz się odwróci, to za plecami jest już tylko dworzec. Zdezorientowany informacją patrzył niemym wzrokiem na dziewczynę, która zmarszczyła brwi trochę zniecierpliwiona, że wciąż tkwi w progu i nie rusza się z miejsca.

– Ale ja muszę pilnie się z nim zobaczyć.

Wtem, nie wiedzieć czemu, służąca przemówiła przyjaznym tonem.

– Proszę zaczekać, pan Zmitrowicz w tej chwili przebywa w internacie na Antokolu i wróci dopiero wieczorem, ale może pani Waltz będzie mogła pomóc.

Zostawiła go w otwartych drzwiach, a sama zniknęła w głębi korytarza. Po dłuższej chwili wróciła z panią w średnim wieku, ubraną w długą, szarą spódnicę i prosty żakiecik. Kobieta podeszła bliżej i spojrzała na Michała badawczym, ale przyjaznym wzrokiem.

– Proszę ze mną – skinęła głową i poprowadziła go wąskim korytarzem.

Przyjęła go w małym saloniku, poczęstowała herbatą i wsłuchała się z uwagą w jego opowieść.

– Szanowna pani – zaczął Michał spoglądając nieśmiało w oczy dystyngowanej damy – noszę się z zamiarem wstąpienia do seminarium, ale potrzebuję przygotować się do egzaminów. Przede wszystkim muszę zdać egzamin z łaciny i języka niemieckiego. Szukałem oczywiście pracy, ale to okazuje się dość trudne w tym momencie.

Jeden rzut oka na ubranie i skromną posturę delikwenta uświadomiły kobiecie ubóstwo młodego człowieka. Tym bardziej ujął ją wyrażoną w wypowiadanych słowach determinacją w dążeniu do zdobycia wiedzy, by zrealizować swe szczytne plany. W internacie miała już trzydziestu podopiecznych, więc zastanawiała się przez chwilę, czy będzie w stanie mu pomóc. On tymczasem przyjął godny wyraz twarzy i czekał przygotowany na wszystko.

– Czy zna pan język rosyjski?

– Tak, doskonale – padła szybka odpowiedź.

– Potrzebuję nauczyciela dla czterech moich wychowanków, w zamian za co mógłby pan tu zamieszkać i stołować się, a także uczyć się łaciny i niemieckiego.

Michał wpatrywał się z niedowierzaniem w skupioną twarz kobiety.

– Byłbym niezmiernie wdzięczny. Obiecuję być sumiennym nauczycielem, wystarczy mi jakiś skromny kącik.

– Mamy tutaj młodzież, która poważnie myśli o przyszłości i chce zdobywać wiedzę. Jestem pewna, że znajdzie pan tu przyjazne dusze, panie Michale – wypowiedziała jego imię serdecznym tonem.

Fala ogromnej radości zalała go dopiero, gdy znalazł się na górze, gdzie zaproszono go, by się rozgościł i czuł jak u siebie. Po tym wszystkim, co usłyszał w czasie kilkunastu dni swoich poszukiwań, propozycja pani Waltz wydawała się snem na jawie.

16 NA BAKSZCIE

„[...] na drugi dzień byłem nauczycielem i uczniem.”[16]

Michała przebudziło miarowe stukanie. Jeszcze nie otwierał zaklejonych snem oczu, lecz nasłuchiwał, coraz bardziej świadomy odgłosów budzącego się miasta. Ktoś pchał wózek przepełniony butelkami z mlekiem, które dzwoniły głośno w ciszy wczesnego poranka. Na gałęzi darła się wrona, zaskoczona przez pierwszy przymrozek. Wciąż leżał z zamkniętymi oczami i starał się uświadomić sobie, gdzie się znajduje, bo przez moment wydawało mu się, że jest w rodzinnym domu w Nowosadach. Przypomniał sobie dzieje ostatnich dwóch tygodni, poszukiwanie pracy, wędrówki po mieście i chłodne spojrzenia ludzi, czasem z nutą litości, a często obojętności. Wiedział, że dostał więcej niż mógł ofiarować w zamian i nie wolno mu zawieść pokładanego w nim zaufania. Na tę myśl wstał szybko, ubrał się i zszedł na dół do obszernego pomieszczenia, które służyło za kaplicę.

Przed ołtarzem klęczał Józef Zmitrowicz. Miał około 30 lat. Był wysokim, przystojnym mężczyzną, który złożywszy dłonie, pogrążony był w modlitewnym skupieniu. Michał przyglądał mu się przez chwilę

---

[16] Tamże, s.72.

zaciekawiony, kim był ten młody, pełen wiary mężczyzna, w świecie, gdzie coraz szersze kręgi zataczała myśl przecząca Bogu i wyśmiewająca wiarę. Zapatrzony w postać rozmodlonego człowieka, przyklęknął przed krzyżem i zaczął odmawiać różaniec. Za jego plecami kaplica stopniowo zapełniała się młodzieżą.

Równo o szóstej Zmitrowicz, z twarzą wciąż zwróconą w stronę ołtarza, poprowadził wspólną modlitwę. Wychowankowie przyłączyli się do niego i w kaplicy rozległ się głośny chór modlących się głosów. Gdy skończono pacierze, wszyscy usiedli na ustawionych po bokach krzesłach. Tymczasem mężczyzna stanął naprzeciwko nich i przemówił.

– W dzisiejszym dniu postarajmy się patrzeć na drugiego człowieka oczami Chrystusa i w każdym widzieć brata. Niech nasza mowa będzie uważna, a słowa tak dobrane, abyśmy czynem i słowem chwalili naszego Pana.

Michał zaciekawionym wzrokiem wpatrywał się w wychowawcę. Zmitrowicz dostrzegł to uważne spojrzenie, sam też od czasu do czasu rzucał badawcze spojrzenia w stronę Sopoćki.

Po śniadaniu Michał udał się na spotkanie z panią Waltz. W gabinecie właścicielki internatu zastał też wychowawcę, który tak zaintrygował go swoją pobożnością.

– Panowie poznajcie się.

Mężczyźni podali sobie ręce i wymienili mocny uścisk dłoni.

– Słyszałem właśnie, że zamierzasz pan poświęcić się służbie Bogu. Robimy tutaj coś, co niektórzy nazywają pracą u podstaw. Jest pan zaproszony współpracy.

Jeszcze tego samego dnia Michał rozpoczął pracę nauczyciela języka rosyjskiego dla czwórki chłopców, przygotowujących się do gimnazjum. Odbył też lekcje łaciny i niemieckiego, odwiedził bibliotekę, a wieczorem wybrał się na prelekcję księdza Kuleszy w jego mieszkaniu, gdzie zabrał go Zmitrowicz.

– Wydarzenia w Rosji jasno nam uświadamiają, że świat stanął w obliczu reform. Nie może jedna grupa społeczna żyć kosztem drugiej. Wynika stąd konieczność reformy agrarnej. Musimy domagać się sprawiedliwości społecznej. Przyszłość świata stoi na historycznym zakręcie.

Ze słów referatu wynikało, że rola Kościoła nie kończy się tylko na sprawach duchowych. Zainteresowaniem i troską pasterzy musi być objęty cały człowiek, w każdej dziedzinie jego życia. Michał chłonął każde słowo.

Wszystko, z czym stykał się na Bakszcie, napełniało jego serce radością i wdzięcznością do Boga, który przyprowadził go w to miejsce. Atmosfera modlitwy i umiłowania ojczyzny, jaka panowała w internacie, przypominała Michałowi dom rodzinny. Wszyscy mówili tu po polsku, spotykali się, by dyskutować na tematy ojczystej historii i literatury. Wystawiali sztuki patriotyczne.

Po porannej modlitwie i śniadaniu następował dzień wytężonej pracy, lekcje, nauka własna, a po południu wszyscy spotykali się na obiedzie. Zmitrowicz nosił ze sobą zwykle jakieś notatki i książki. Wykorzystywał czas bycia razem na to, by przemówić na ważne tematy czy skomentować aktualne wydarzenia.

Pewnego razu, kiedy wszyscy rozeszli się do swoich zajęć, Zmitrowicz przywołał do siebie Michała i poufnym głosem zaczął mu opowiadać o tajnej działalności, jaką zajmował się w internacie.

– Prowadzimy tutaj polskie koło kształceniowe, do którego serdecznie zapraszam. Niestety musimy przestrzegać zasad konspiracji – rzekł i popatrzył na Michała pytającym wzrokiem.

– Z wielką radością przyłączę się – zapewnił Michał z błyskiem w oku.

Dni popłynęły w zawrotnym tempie. Lekcje, wykłady, spotkania. Godziny w czytelni, kiedy całą duszą pochłaniał polską literaturę, mijały jak ułamek sekundy. Zajęcia szczelnie wypełniły każdą chwilę, tak że jedynie z rzadka przypominał sobie o najbliższych.

***

Nadeszło Boże Narodzenie. Z radością, ale też niepokojem wyruszył w stronę Starzynek, niepewny, co też zastanie w domu.

Widok rodziców zmartwił go, gdyż znacznie podupadli na zdrowiu. Ojciec z silnego, czerstwego mężczyzny zmienił się w ociężałego staruszka. Jeszcze smutniejszy obraz przedstawiała matka. Jej twarz poczerniała, rysy wyostrzyły się, a cienka skóra opięła się na wystających kościach policzkowych. Kiedy całował jej ręce, przeraził go chłód jej ciała.

Rodzice uradowali się z przyjazdu Michała. Szczególnie, że wyglądał tak świeżo i zdrowo. Kiedy usiedli do wspólnego posiłku, opowiadał o swoich przygodach, ludziach, których spotkał, sytuacji politycznej i prężnej działalności polskich patriotów.

Matka z dumą spoglądała na syna.

– Jakie to szczęście znów cię widzieć Michasiu.

Drugiego dnia świąt zjechała siostra Zofia z mężem i dziećmi. Spędzili razem kilka godzin i wyjechali, bo na gospodarstwie pozostały zwierzęta, które trzeba było przed nocą nakarmić. Michał zachwycony był siostrzeńcami, którzy wdrapywali mu się na kolana i domagali się noszenia na barana. Cały dom znów był pełen gwaru i wrzasku rozdokazywanej dziatwy. Jak dobrze było dzielić z bliskimi tych kilka ulotnych chwil.

17 ZASTĘPCA WYCHOWAWCY

„… przebywałem na Bakszcie, pod kierunkiem pana Zmitrowicza, którego przez parę miesięcy zastępowałem […]".[17]

Atmosfera aresztowań, przesłuchań i politycznych wyroków była chlebem powszednim polskich patriotów, czynnie angażujących się w odzyskanie niepodległości. Gdy po zrywach powstańczych upadły wszelkie nadzieje na powodzenie akcji zbrojnej, rozpoczęła się walka o serca i umysły nowych pokoleń zrodzonych w niewoli. Józef Zmitrowicz był jednym z tych, którzy rezygnując z kariery i szczęścia osobistego angażowali się w uświadamianie i budzenie ducha narodowego.

Na początku stycznia z Warszawy przyszła wiadomość, że Zmitrowicz, który wyjechał tam głosić prelekcje dla polskiej młodzieży, został aresztowany. W internacie zabrakło jego przewodnictwa na modlitwie, wykładów i słów zrozumienia, jakie wychowawca miał dla każdego, czy to nieokrzesanego chłopca z wiejskiego zaścianka, artysty, czy przyszłego kleryka, szukającego drogi wewnętrznej doskonałości. Jakkolwiek przygnębiającą była ta strata, należało zatroszczyć się, aby życie potoczyło się dalej normalnym torem. Ktoś musiał go zastąpić. Pewnego dnia, gdy wszyscy zebrali się w kaplicy, Michał Sopoćko wystąpił przed szereg.

– Proponuję, abyśmy wybrali spośród siebie osobę, która poprowadzi modlitwy i poobiednie czytania na czas nieobecności pana Zmitrowicza – zaproponował.

Mówiąc te słowa nie spodziewał się, że sam zostanie jednogłośnie wybrany zastępcą. Był nowicjuszem, mieszkał w internacie zaledwie od kilku miesięcy, a już zdołał zaskarbić sobie życzliwość i zaufanie współmieszkańców. W poczuciu obowiązku podjął się tego zadania. Wygłaszał konferencje, słowem i własnym przykładem zachęcał do

---

[17] Tamże, s.72.

wytrwałej nauki i pracy nad sobą. Rozpalał wiarę i miłość ojczyzny. Nie minęło wiele czasu, kiedy stał się obiektem zainteresowania rosyjskiej policji, zmuszony nieraz nocować poza internatem, w obawie przed aresztowaniem.

Pewnego wiosennego dnia Józef Zmitrowicz powrócił. Ubrany w zimowy płaszcz, w którym opuścił Litwę, w ręku trzymał wytartą, skórzaną walizkę, z którą zwykle podróżował. Wszedł do domu lekkim krokiem, jakby radość powrotu niosła go na skrzydłach. Słysząc głosy dobiegające ze stołówki, nacisnął klamkę i zajrzał do środka. Michał czytał właśnie komentarz do „Wyznań" św. Augustyna, kiedy nagle w szeroko otwartych drzwiach zobaczył znużoną, ale roześmianą twarz uwielbianego wychowawcy.

– Śmiało, prowadź dalej swój wykład – usłyszał zachętę.

– Nie – zaoponował Michał – czekaliśmy na pana i martwiliśmy się. Chcemy usłyszeć wieści ze stolicy.

Zmitrowicz nie dał się długo prosić.

– W Warszawie atmosfera napięta. Jeśli jest spokój, to tylko pozorny. Ruch wolnościowy wzbiera na sile, ale gdy dojdzie do zenitu, nikt tego żywiołu nie powstrzyma. Od naszej „pracy u podstaw" zależy wolna Polska. Nie wolno nam spocząć ani na chwilę.

Okres aresztowania, przesłuchań i pogróżek nie złamał go w żadnym stopniu. Powrócił pełen nowego zapału i determinacji, by kontynuować swoją pracę. Jedną z pilniejszych spraw, jakie zaprzątały mu głowę, było przygotowanie Michała Sopoćki do seminarium w końcu czerwca. A szczególnie pomoc w uzupełnieniu świadectwa ukończenia gimnazjum o zaliczenia z niemieckiego i łaciny.

Na poobiednim spacerze nad brzegami Wilenki Zmitrowicz, nie odrywając wzroku od stadka kaczek na rzece, odezwał się poważnym tonem:

– Wychowankowie polubili cię, budzisz miłość i szacunek. To trudna sztuka, ale tobie udaje się to bez wysiłku.

– Bóg stawia na mojej drodze najlepszych nauczycieli.

– Dobrze nam tu z tobą, ale musisz iść dalej. Pojedziesz do Petersburga, gdzie złożysz egzaminy z łaciny i niemieckiego. Tutaj to może być trudne. Powtórz jeszcze, co możesz i za dwa tygodnie wyruszysz.

– Ale… – Michał popatrzył pytającym wzrokiem na swojego opiekuna, a jednocześnie w jego oczach zapaliły się iskierki na samą myśl, że miałby odwiedzić słynne „miasto carów".

– W Petersburgu zatrzymasz się na plebanii u księdza Czeczota. Znamy się jeszcze z czasów studiów.

– Dziękuję z całego serca.

18 W PETERSBURGU

„ … przy gimnazjum nr 20 zdobyłem świadectwo potrzebne do wstąpienia do seminarium … "[18]

Gdy przyszło się pakować, Michał zauważył, że buty i zimowe palto były już mocno nadszarpnięte przez czas. Na szczęście, największe mrozy przeminęły i cieplejsze promienie słońca pozwalały na lżejsze okrycia.

– Szkoda, że nie przyjechałeś trochę wcześniej – ksiądz Czeczot przywitał go jak starego przyjaciela – jeszcze kilka tygodni temu zobaczyłbyś zorzę polarną. Teraz musisz zostać przynajmniej do maja, żeby przeżyć białe noce. To zjawisko, którego nie doświadczysz w Wilnie.

W mieszkaniu księdza Czeczota Sopoćko poznał kilku studentów z Wilna. Szybko znalazł z nimi wspólny język i nawiązał bliskie relacje. Z chęcią stali się jego przewodnikami po metropolii.

– Ermitaż, co w języku francuskim znaczy pustelnia, był oczkiem w głowie carycy Katarzyny II. To dzięki niej możemy tu oglądać arcydzieła Rembrandta, Tycjana, Rubensa i wielu innych – opowiadał z entuzjazmem student Miśkiewicz, z którym szczególnie przypadli sobie do gustu.

Petersburg zadziwił Michała przepychem i bogactwem architektury i sztuki. Pałace, kościoły, galerie, teatry i biblioteki czy olśniewający bogactwem i kapiący złotem Pałac Zimowy, stanowiły jednak rażący kontrast z powszechną nędzą mieszkańców stolicy.

Po ulicach milionowego miasta snuły się wychudzone postacie o anemicznych twarzach, pełnych zniechęcenia i przygnębienia. W pamięci ludu wciąż żyły wspomnienia „krwawej niedzieli" 1905 roku. Ideowi przywódcy podsycali w znękanych biedą robotnikach ideę zbrojnej walki. Nad Rosją zawisło widmo rewolucji.

Mieszkanie księdza Czeczota było aktywnym ośrodkiem życia religijnego, społecznego i kulturalnego. Przychodzili tu znajomi księża i

---

[18] Tamże, s.72.

studenci, by obmyślać sposoby zaradzenia materialnym i duchowym potrzebom rodaków. Młodzież skupiona wokół księdza Czeczota udzielała się w „Konferencji św. Wincentego", która pomagała ubogim. Studenci wspierali biedne rodziny, często wielodzietne, doświadczone przez brak pracy i nałóg alkoholowy.

19 U PROGU SEMINARIUM

„ … gubernator nie zatwierdził mię na alumna seminarium z powodu tego, że byłem nauczycielem w szkole polskiej i za to byłem sądzony".[19]

Michał powrócił z Petersburga pełen energii i jeszcze goręcej zapalony do drogi, którą obrał. Przed wakacjami 1909 r. złożył wszystkie potrzebne dokumenty do seminarium duchownego i wkrótce przystąpił do egzaminu wstępnego. Zdał go bez problemu i poczuł, że nareszcie stoi u drzwi, które już od dawna pragnął przekroczyć. Przy egzaminie dowiedział się, że dobrze byłoby jeszcze zapoznać się choć wstępnie z językiem litewskim. Tymczasem język ten był tylko sumą obcobrzmiących wyrazów dla jego uszu.

— Nie znam zupełnie litewskiego, a w seminarium oczekują jego znajomości — zwierzył się wychowawcy ze swojej rozterki.

— Coś wymyślimy — odpowiedział wesoło Zmitrowicz — a teraz potrzebujesz trochę odpocząć i nabrać sił. Zwykle księżna Ogińska zaprasza naszych wychowanków na wakacje na Żmudź. Ludność mówi tam przeważnie po litewsku. To doskonała okazja, żebyś osłuchał się trochę z tym językiem.

Michał uniósł tylko wysoko brwi ze zdziwienia. Dobry Bóg otwiera przed nim drzwi pałaców i usuwa każdą przeszkodę.

***

Wakacje w Płungianach to był czas błogiej bezczynności, wypełniony długimi spacerami po alejach pałacowego parku, po leśnych ścieżkach i polnych dróżkach. Modlił się przy napotkanych kapliczkach, przed rzeźbionymi w drewnie z charakterystyczną ornamentacją krzyżami, malowanymi figurkami Matki Bożej i Jezusa ozdobionymi wiankami

---

[19] Tamże, s. 72.

polnych kwiatów.

Zachwycały go żmudzkie krajobrazy, rozkołysane rześkim północnym wiatrem, obmyte w strugach deszczu i rozedrgane w jaskrawym słońcu południowej godziny. Czasem przysiadał znużony długą wędrówką na kępie trawy i wsłuchiwał się w pieśń skowronka. W świątyni słuchał rzewnych modlitw i śpiewów żmudzkiego ludu, tłumnie gromadzącego się na nabożeństwa.

W swej arystokratycznej rezydencji księżna Ogińska zbudowała kaplicę, w której co wieczór cała rodzina, służba i goście zbierali się na modlitwy. Uczestniczył tam w nabożeństwach odprawianych dla domowników i gości księżnej.

Przebywała w tym czasie w pałacu pani Życka, znana w kręgach polskich literatka, która chętnie dzieliła się swoją wiedzą na temat polskiej literatury. Dawała rzeczowe wykłady z literatury polskiej od Reja do Reymonta. Budziła świadomość wielowiekowej kultury polskiej i przypominała o godności Polaka, potomka wielkiego narodu, który w zawirowaniu dziejów utracił swą niepodległość.

∗∗∗

Ubitą, wysypaną grubym żwirem drogą w kierunku Połągi jechała „linijka". Był to podłużny powóz, który wiózł kilku szczęśliwców, z których niektórzy po raz pierwszy w życiu mieli wkrótce zobaczyć morze. Wiatr rozwiewający włosy z lekkością swawolnego dziecka, dawał poczucie wolności i szczęścia.

Gdy wreszcie dotarli do oddalonej o kilkadziesiąt kilometrów Połągi, słońce chyliło się już ku zachodowi, ale nie omieszkali jeszcze tego samego dnia wybrać się na plażę. Słońce w kształcie lśniącej czerwonej kuli zniżyło się do horyzontu i jak piłka, dryfująca po falach kąpało się w morzu. Nie namyślając się długo Michał podwinął nogawki spodni i zbliżył się do miejsca, gdzie pasmo mokrego piasku znaczyło, dokąd sięgają fale, a już po chwili rozpędzony bałwan wody uderzył go w kolana, zmoczył spodnie, po czym rozlał się łagodnie na brzegu.

Ten swoisty chrzest w Bałtyku w żadnej mierze nie umniejszył radości ze spotkania z żywiołem. Całymi płucami wdychał powietrze przesycone zapachem jodu i morskich alg. Gorzkawe drobiny wody osiadały na ustach, a spienione grzywy fal z władczym hukiem i nieposkromioną wolnością rozlewały się na białym piasku wybrzeża. Fale wyrzucały na brzeg potargane, zaplątane ze sobą i pogmatwane łodygi morszczynu.

Potęga i wielkość morza zapierała dech w piersiach, ale sama myśl o Stwórcy, który trzymał każdy żywioł w swoich granicach, napełniała ufnością i pozwalała cieszyć się tym przeogromnym światem bez lęku.

∗∗∗

Michał wrócił z wakacji wypoczęty i odrodzony. Ciało pokryło się brązowym odcieniem opalenizny, a ze spalonej słońcem twarzy tryskało zdrowie i wewnętrzna radość. Powrót z Płungian był jednak jak przebudzenie z kolorowego snu.

Na biurku w swoim pokoju dostrzegł kopertę z urzędową pieczęcią. Postawił na podłodze walizkę i drżącą ręką sięgnął po list. Czytał powoli, a jego twarz coraz bardziej pochmurniała. Gubernator nie zatwierdził jego kandydatury na kleryka, ponieważ w przeszłości był skazany wyrokiem sądowym. Poczuł się jak pajacyk zawieszony na sznurku. Choćby wierzgał nóżkami i dokazywał, nic z własnej woli nie mógł uczynić, co najwyżej spaść z hukiem na ziemię.

Dopiero, gdy przyszedł nieco do siebie, zszedł na dół, by podzielić się złą wieścią. Zastał właścicielkę internatu stojącą przy oknie i wpatrującą się w ruchliwą ulicę. Na odgłos jego kroków odwróciła się powoli.

— Dostałem odpowiedź — powiedział zaciskając w dłoniach list — odmowną…

— Proszę usiąść – wskazała mu krzesło.

Podał jej list. Przeczytała uważnie i odezwała się poważnym głosem.

— Mamy już doświadczenie w takich sytuacjach. Pan Zmitrowicz posiada pewne kontakty wśród prawników. Przede wszystkim, musimy napisać odwołanie. I proszę być dobrej myśli. A póki co, może pan u nas nadal pracować — zapewniła kobieta.

Lato miało się już ku końcowi. Brzozy pożółkły, woda w rzece pociemniała, a niebo coraz częściej zasłaniały szaro-bure welony deszczowych chmur. Michał spacerował ulubionym deptakiem nad brzegami Wilenki, przechadzał się uliczkami starego grodu, gdzie na każdym ich załamaniu strzelały w niebo wieże kościołów. Ostra Brama, kościół św. Teresy, św. Kazimierza, Wszystkich Świętych, św. Ducha, św. Michała. W ciszy świątynnej zwracał się do Boga z pytaniem: co dalej?

Na kilka dni odwiedził rodziców, by przekazać im niepomyślne wieści. Wolałby jechać tam z radosną nowiną, ale najwyraźniej Bóg znów wystawiał na próbę jego wiarę.

Na odjezdnym matka wcisnęła mu do ręki kilka rubli.

— Nic więcej nie mogę ci dać synu.

— Nie trzeba mamo — delikatnie odsunął jej rękę — mam pracę w internacie. Nie musicie się o mnie martwić. Nawet jeśli nie dostanę zgody na wstąpienie do seminarium, mam źródło utrzymania. A później… z Bożą pomocą wszystko się ułoży, tylko niech mama dba o siebie i o tatę. O mnie niech się nie martwi.

— Codziennie się za ciebie modlę synku — Emilia popatrzyła z czułością na swoje najmłodsze dziecko i uśmiechnęła się z dumą. — Wyrosłeś, zmężniałeś, tak się cieszę, że cię widzę.

Przygarnęła go nagle z całej mocy do piersi, jakby żegnali się na zawsze.

— Kiedy cię znowu zobaczę?

— Nie wiem mamo, ale będę was odwiedzał, Wilno nie jest tak daleko.

Żegnał się z rodzicami zatroskany. Oboje chylili się już ku ziemi, chociaż nie byli jeszcze tak bardzo starzy. Utrudzili się już śmiertelnie w tym życiu i podupadli na zdrowiu. Odrzucenie podania Michała do seminarium dotknęło ich mocno, ale przyjęli to z pokorą. Jeśli Bóg zło dopuścił, trzeba jeszcze bardziej Mu zaufać, a wszystko się ku dobru obróci.

20 WYCHOWAWCA W INTERNACIE

„[…] tymczasem zostałem wychowawcą w internacie pani Waltz na Antokolu [...]"[20]

Od października Michał Sopoćko rozpoczął pracę w internacie pani Waltz na Antokolu w charakterze pomocnika wychowawcy Władysława Janowicza. Była to filia internatu dla kandydatów do seminarium, zwanych potocznie „szwedami". Miał tam również możliwość pogłębiania własnej wiedzy. Znów doświadczył jak delikatne ręce pani Jadwigi, inspirowanej prośbami Zmitrowicza, uchylają przed nim drzwi i przeprowadzają przez kolejne trudności.

Jego czas znów został wypełniony do ostatniej minuty. Dzień rozpoczynał się o trzeciej nad ranem, kiedy to młodzież gromadziła się, by bezpiecznie, bez obawy nagłej kontroli, studiować polską historię i literaturę. Czytali dzieła wielkich wieszczów i przygotowywali przedstawienia. Potem był czas na naukę języków, z których Michał najwięcej czasu poświęcał łacinie, niezbędnej w seminarium. Praca wychowawcy i nauka własna przeplatane modlitwą sprawiały, że dni mijały wartko, jak jesienne obłoki pędzone północnym wiatrem.

Mimo wszelkich środków ostrożności carska policja mogła pojawić się niespodziewanie i do końca pogrzebać wszelkie nadzieje na kapłaństwo. Przywykł już żyć w niepewności, ale nie dawał się zastraszyć. W

---

[20] Tamże, s.72.

nieustannym zagrożeniu aresztowaniem, zesłaniem w głąb Rosji i śmiercią czytano polskie książki i wystawiano patriotyczne sztuki.

Pewnego razu, gdy odbywała się próba III części „Dziadów" Mickiewicza, a student wołał w uniesieniu słowa: „Dzwonek", słyszycie dzwonek?", rzeczywiście ktoś zadzwonił do drzwi. Byłby to tylko zabawny przypadek, gdyby nie to, że uzbrojeni rosyjscy żandarmi naprawdę przyszli z rewizją. Udało się odprawić ich łapówką i po krótkiej przerwie uczniowie wrócili do przedstawienia. Mimo to, słowa wypowiadane drżącymi jeszcze z emocji głosami nadawały strofom poety, pisanym blisko sto lat wcześniej, tragiczną aktualność.

***

— Bogu niech będą dzięki! Niech będzie uwielbione Jego Imię! — powtarzał głośno, gdy z trzewikami zarzuconymi przez ramię, by nie zdzierać niepotrzebnie butów, maszerował miedzami pośród łanów dojrzałego zboża, czy porośniętymi wilgotnym mchem leśnymi ścieżkami Żmudzi.

Znów był w Płungianach, w gościnnym majątku księżnej Ogińskiej, by zregenerować siły i poszerzyć znajomość języka litewskiego przed wstąpieniem do seminarium. Jego kandydatura została wreszcie zaakceptowana przez wileńskiego gubernatora. Były to jego ostatnie wakacje jako człowieka świeckiego. Miał tutaj dużo czasu na modlitwę i rozmyślanie. Już jako dziecko oddał siebie Bogu na służbę, swoją czystość i całe swoje życie, ale teraz odczuł, że jego ofiara została przyjęta.

***

Tymczasem jego rodzice musieli opuścić Starzynki i przenieść się do mniejszego majątku w Kukielach. Po wakacjach odnalazł ich tam zbiedzonych i pogrążonych w smutku po kolejnej przeprowadzce. Twarze ich rozjaśniły się, szczególnie radość rozpromieniła oczy matki, gdy oznajmił, że jest przyjęty do seminarium. Ich syn będzie księdzem! Zwłaszcza w pamięci matki przemknęły chwile jego dzieciństwa, gdy ciężko chorował, a potem te trudności z kształceniem go. Ojciec mniej okazywał swoje uczucia, ale w głębi serca czuł dumę, że dzielny chłopak dopiął swego.

Chociaż rodzice ożywili się na dobrą wiadomość, nie uszło uwagi Michała, że trudności finansowe odbiły się na zdrowiu rodziców, ojciec zupełnie posiwiał, a matka wyraźnie schudła i zmizerniała. Na dodatek przyszła druzgocąca wiadomość, że majątek jego siostry Zofii Grzybowskiej w zaścianku Korycino strawił pożar, który wybuchł od uderzenia pioruna. Pocieszeniem było jedynie to, że nikt nie zginął w ogniu, gdyż w ostatniej chwili zdołali uciec z płonącego domu, ale wszystkie budynki i zwiezione już z pola zboże pochłonął żywioł.

– Nawet nie jesteśmy w stanie im pomóc... ani tobie – użalał się Piotr – na Kukielach wzięliśmy zupełnie zrujnowane gospodarstwo i nie wiem, czy z ojcem coś tutaj poradzimy. Poza tym boję się o mamę.

– Mamę? – zaniepokoił się Michał – nie skarżyła mi się.

– Dusi wszystko w sobie, ale parę tygodni temu było z nią źle, rozchorowała się, miała silne bóle w środku. Przywiozłem lekarza, dał lekarstwo i trochę pomogło, ale nie do końca – Piotr przekazał bratu niepokojące informacje.

– Zauważyłem, że nie wygląda najlepiej – dodał w zamyśleniu Michał – chciałbym jakoś pomóc.

– Pozostaw to mnie. Ty masz powołanie do kapłaństwa. Ja jestem tutaj, żeby się nimi zająć.

Michał popatrzył z wdzięcznością na starszego brata.

– Dobrze, ale jeśliby znów zachorowała, daj mi znać. Zrobię, co w mojej mocy.

– Gdyby się działo coś złego, powiadomię cię na pewno.

Przy rozstaniu bracia padli sobie w objęcia. Michał poczuł mocny uścisk ramion starszego brata. Piotr, zaledwie o trzy lata starszy, był solidniejszej postury. Nieco niższy, o szerokich barach i mocnych nogach. A w silnym ciele miał wielkie, czułe serce.

21 W PROGACH SEMINARIUM DUCHOWNEGO

„Czas tu spędzony zaliczam do najbardziej owocnych."[21]

To był ciepły, słoneczny, prawdziwie letni dzień, który podkreślał radość i poczucie spełnienia, jakie od samego rana gościło w sercu Michała Sopoćki. Wyjął właśnie z szafy swoją walizkę, położył ją na łóżku i nagle jego wzrok przykuły zdarte krawędzie i mocno przetarty pasek, którym spinał ją po zamknięciu. Ile to już lat mu służy? Przebiegł wzrokiem pamięci minione lata. Był z nią w Petersburgu, towarzyszyła mu w

---

[21] Błogosławiony Ksiądz Michał Sopoćko, Dziennik, Białystok 2015, s.72.

podróży do Wilna, z nią wyruszył do Oszmiany, a wcześniej do Zabrzezia, gdzie mieszkali wraz z bratem w wynajętym mieszkaniu i pomieściły się w niej przedmioty potrzebne im obu.

Teraz jego skromny majątek składał się przede wszystkim z książek. Nie było ich wiele, więc bez trudu spakował je w walizce, dołożył jeszcze kilka sztuk ubrania i rzeczy osobistych. Przez chwilę wziął do ręki parę trzewików i przyjrzał im się uważnie. Podeszwy mocno już zdarte, były wiele razy reperowane u szewca, ale wierzch butów dokładnie nabłyszczony pastą i wypolerowany wyglądał jeszcze całkiem przyzwoicie.

Wtem rozległo się pukanie do drzwi, które uchyliły się powoli i stanęła w nich postać Zmitrowicza. Wychowawca spojrzał na walizkę i uśmiechnął się.

— Rozmawiałem z księdzem rektorem, no i zgodził się, abyś był zwolniony z opłaty, a nawet otrzymasz pewną sumę pieniędzy jako zapomogę. Możesz więc bez obaw się pakować i o nic nie martwić.

— Dziękuję z całego serca panie Józefie.

— Nie mnie, ale Bogu należy się wdzięczność. Myśmy cię tylko trochę przygarnęli, takie nasze zadanie, a zresztą coś od siebie też nam dałeś. Niech ci Bóg błogosławi Michale w twoim powołaniu.

— Panie Boże zapłać.

— No to nie przeszkadzam — wychowawca schylił się lekko i skierował ku drzwiom, lecz zatrzymał się, jakby coś sobie przypomniał — wstąp jeszcze na Baksztę. Pani Waltz ma dla ciebie zaległe wynagrodzenie.

— Ale ja już je otrzymałem w formie mieszkania i wyżywienia.

— Mimo wszystko zajdź tam koniecznie.

Zmitrowicz ukłonił się i wyszedł tak niespodziewanie jak się pojawił. Do oczu Michała napłynęły łzy wdzięczności za dar spotkania tego człowieka, który był jak latarnia. Wystarczyło na niego patrzeć, by wiedzieć, dokąd iść. Kilka prostych zasad, które stosował w życiu to: codzienna modlitwa, Eucharystia i szacunek dla każdego człowieka. Emanował z niego spokój, opanowanie i ufność w sens ustawicznej pracy dla Polski. Celem jego życia była walka o niepodległość, ale przede wszystkim wychowanie do wolności, bo tylko wewnętrznie wolni ludzie mogą upomnieć się o niepodległość swojej ojczyzny.

**

W roku 1910, gdy Michał Sopoćko wstępował do Seminarium Duchownego w Wilnie mieściło się ono już z górą sto lat w poklasztornych budynkach karmelitów bosych przy kościele św. Jerzego. Mur okalający zespół architektoniczny stanowił zewnętrzną granicę, oddzielającą świat duchownych od świata ludzi świeckich.

– Ksiądz Michał pójdzie ze mną – młody, świeżo upieczony kleryk usłyszał za plecami dziwnie brzmiące słowa, ale na dźwięk własnego imienia odwrócił głowę.

Dostrzegł wysokiego, szczupłego mężczyznę ubranego w czarną sutannę. Popatrzył na niego wzrokiem pełnym zdumienia i nagle fala ciepła zarumieniła mu policzki. Po raz pierwszy, ktoś nazwał go tym mianem.

– Proszę ze mną, rektor Uszyłło księdza wzywa – usłyszał ponownie wezwanie.

Oszołomiony nowym tytułem, jaki mu nadano, mechanicznie stawiał kroki i wolno podążał za swoim przewodnikiem.

Rektor Uszyłło pragnął poznać bliżej nowe powołanie, o którym słyszał tak wiele dobrego.

– Przyznaliśmy księdzu zapomogę i proszę się zwracać do nas w każdej potrzebie bez niepotrzebnego skrępowania, aby dobrze wykorzystać czas w naszych murach.

– Panie Boże zapłać. Dziękuję z całego serca.

– Proszę nie dziękować. Wszyscy jednakowo powołani jesteśmy do służby i naszym obowiązkiem jest zadbać o kleryków. Z darów społeczeństwa się utrzymujemy i to im należy się wdzięczność – rzekł zamykając usta Michałowi.

Progi seminarium Michał przekraczał z uczuciem radości, ale i mimowolnego bólu w sercu. Radości, że urzeczywistniły się noszone od dzieciństwa marzenia, a bólu, że pozostawiał rodziców i rodzeństwo w katastrofalnym prawie położeniu. Uczucia te nie opuszczały go w czasie wstępnych rekolekcji. Modlitwa i konferencje głoszone przez ojca duchownego, powoli uspokajały jego duszę. Zdawał się na wolę Bożą.

Życie seminaryjne miało swój rytm. Napięty rozkład zajęć wypełniał cały dzień. Dzwonek na budzenie był bardzo wcześnie. Klerycy zbierali się w kaplicy na poranne modlitwy i rozmyślanie, po czym uczestniczyli we Mszy św. Skromne śniadanie i do południa wykłady. Obiad z czytaniem pobożnych, budujących żywotów świętych. Po obiedzie rekreacja na dziedzińcu seminarium, krótki wypoczynek. W godzinach popołudniowych nauka własna w salach wykładowych albo w bibliotece. Po kolacji chwila dla siebie i zaraz modlitwy wieczorne, czytanie ascezy i sacrum silentium aż do udania się na spoczynek.

Dni mijały szybko, wypełnione po brzegi nawałem seminaryjnych zajęć. Wykłady ze Starego i Nowego Testamentu, dogmatyki, teologii moralnej, metafizyki, prawa kanonicznego, historii filozofii, katechetyki, to tylko niektóre przedmioty, które studiował. Do tego praca duchowa, modlitwa, medytacja, codzienna Eucharystia i rozmowy z ojcem duchownym. Dzień po dniu dusza młodego człowieka stawała się coraz bardziej skupiona na Bogu. Zaliczenie pierwszego semestru nie sprawiło kłopotów. Wręcz przeciwnie, zyskał najwyższe noty. Cudowna wprost droga, jaką został przyprowadzony do seminarium wbrew piętrzącym się na każdym kroku przeszkodom, była testem wiary, który Michał zdał celująco.

22 ŚMIERĆ MATKI

„ … umarła mi mama po długich i ciężkich cierpieniach".[22]

Drugi semestr naznaczyły zatrważające wieści o zdrowiu matki. Alarmujące nowiny sprawiły, że szukał pomocy u swoich znajomych, którzy załatwili miejsce w szpitalu, gdzie Emilia przeszła operację usunięcia guza nowotworowego. Na ratunek było już jednak za późno. Ojciec, załamany przeciwnościami, pozostawił gospodarstwo i wraz z chorą żoną zamieszkał u rodziny w Kotłowie. Jadwiga Sopoćko i tym razem wsparła krewnych. W jej domu Emilia, otoczona miłością i troską najbliższych, mogła spokojnie odejść do Pana.

Był zimny październikowy dzień w środku tygodnia. Zwykły dzień, wypełniony wykładami i zajęciami w seminarium. Michał jednak nie mógł sobie znaleźć miejsca. Jakiś niepohamowany smutek ogarnął jego duszę. Nie mógł przestać myśleć o matce. Wciąż stawała mu przed oczami jej wychudzona postać i ciemne, zapadnięte policzki, które tak zmartwiły go w szpitalu. Natrętne myśli wciąż powracały i ogarniały go niejasnym przeczuciem. Wielki żal i współczucie dla matki nie odstępowały go od rana. Mimo to uczestniczył w modlitwach, wykładach i ćwiczeniach.

— Ksiądz Michał Sopoćko proszony do wyjścia — to niespodziewane wezwanie wyrwało go z zamyślenia.

Ktoś stał w drzwiach i czekał spokojnie, aż kleryk opuści salę wykładową. Wciąż niedowierzając, czy aby się nie przesłyszał, podniósł się z miejsca i powoli, jakby chciał odwlec spotkanie z posłańcem,

---

[22] Tamże, s. 73.

powlókł się w stronę drzwi wejściowych. Na korytarzu kolega seminaryjny wręczył mu depeszę.

– Przyjmij wyrazy współczucia – wyrzekł ze wzruszeniem i objął kolegę braterskim uściskiem.

Michał spojrzał przelotnie na telegram. Na małej kartce papieru przeczytał dwa słowa: „Mama umarła". Trzymał w dłoniach białą kartkę i wpatrywał się w nią zamglonym wzrokiem. To już? Zaskoczenie i niedowierzenie. Nagle postać matki stanęła jak żywa przed jego oczami. Z bladym uśmiechem na twarzy, gdy stawiała mu na czole znak krzyża. Dlaczego wtedy nawet nie dopuścił do siebie myśli, że widzi ją po raz ostatni? Czy przeczuwał, że już nigdy więcej nie usłyszy słów matki?

Zawiadomił rektora i uzyskawszy zgodę na wyjazd, opuścił seminarium i skierował się w stronę dworca. Po drodze zatrzymał się w Ostrej Bramie, by pomodlić się za duszę zmarłej. Dopiero, gdy ukląkł przed obrazem Matki Miłosierdzia, spojrzał w jej kochające oczy, fala serdecznego żalu zalała mu piersi i łzy napłynęły do oczu. Nagle, w jednej chwili całym jego ciałem wstrząsnął przenikliwy, porażający ból, który zjednoczył go na moment z umierającą matką jak najczulsze pożegnanie.

Na pogrzebie był już spokojny, pocieszał ojca i rodzeństwo, podczas, gdy w swoim sercu trwał w nieutulonym żalu po jej stracie. Szedł milczący w żałobnym kondukcie na cmentarz nie czując nawet chłodu, gdy październikowy wiatr przenikał przez ubranie, mimo iż ojciec narzucił na jego cienki płaszcz swoją starą jesionkę. Ziąb był okropny i kto mógł, ubrał skórzany kożuch, on jednak w pierwszych latach seminarium cierpiał biedę i nie stać go było na zakup cieplejszego okrycia.

***

Michał powrócił z pogrzebu z gorączką, która w kilka dni pozbawiła go zupełnie sił. Długo leżał złożony chorobą, przygotowując się na najgorsze. Nie do końca wierzył, że uda mu się uniknąć śmierci. Pocieszał się jedynie myślą, że będzie pochowany jak ksiądz, w komży i birecie. Całe tygodnie spędził w łóżku, dochodząc do siebie pod opieką seminaryjnego lekarza Rudziewicza. Ogromnym wysiłkiem woli podniósł się wreszcie z łóżka, by nie stracić roku. Mimo zawrotów głowy i słabości, jaką wciąż odczuwał, udało mu się pomyślnie zaliczyć zimową sesję i kontynuować studia.

23 ŚWIĘCENIA SUBDIAKONATU I DIAKONATU

„Przed samymi święceniami ujrzałem w ołtarzu ubiczowanego Chrystusa, który mi rzekł: Weź krzyż mój i idź za Mną".[23]

Zbliżał się koniec trudnego drugiego roku. Mimo sesji egzaminacyjnej życie w seminarium płynęło zwyczajnym trybem skupienia i modlitwy. Michał wycieńczony chorobą i wychudzony do granic możliwości wyczekiwał upragnionego wypoczynku. Przed nim jeszcze ostatnie egzaminy i zasłużone wakacje, gdzieś na łonie natury w ciepłych promieniach słońca.

Pewnego wieczoru po kolacji i codziennych pacierzach, gdy czytał wyznaczoną lekturę, przez uchylone drzwi wsunęła się do jego pokoju głowa cenzora.

– Rektor chce z tobą rozmawiać – przekazał mu krótką informację.

– Teraz?

– Tak, natychmiast. Musisz zostawić wszystko i udać się do jego gabinetu.

Był już czas spoczynku, wiec to nagłe wezwanie zaniepokoiło Michała. Dotychczasowe zaliczenia przebiegły pomyślnie, więc czego mógłby od niego potrzebować rektor?

– Dobrze już idę – westchnął ciężko i powlókł się w dół korytarza jak na skazanie.

Zbyt długo już chorował. Kilku kleryków musiało odejść z seminarium z powodu słabego zdrowia. Czyżby rektor i jego spisał na straty? Miał do tego prawo. Służba kapłańska wymagała żelaznej kondycji i zaświadczenie lekarskie było zwykłym wymogiem studiów seminaryjnych.

Pełen obaw w oczekiwaniu surowego wyroku zapukał do drzwi rektora i na odgłos zaproszenia nieśmiało przekroczył próg gabinetu.

Ksiądz Uszyłło obrzucił szybkim spojrzeniem kleryka. Dotknął go mizerny wygląd alumna. Na wychudzonych ramionach sutanna wisiała jak na kościstym wieszaku.

– Mam niezbyt dobre wieści – przywitał Michała już od progu.

---

[23] Tamże, s. 73.

Michał pochylił się do przodu, jakby szukał oparcia, a gdy go nie znalazł, zwiesił tylko ręce w oczekiwaniu najgorszego.

– Powiem wprost, władze odmówiły prolongaty i może ksiądz być w każdej chwili wcielony do armii.

– Ale ja… nie chcę iść do wojska.

– My też tego nie chcemy. Wobec tego musi ksiądz w trybie natychmiastowym przystąpić do święceń subdiakonatu. Proszę się szykować do wyjazdu do Kowna.

Michał milczał oszołomiony. Czy wystarczy mu sił? Wciąż czuł się osłabiony. Poza tym nie umiał odmawiać brewiarza, nawet takiego nie posiadał i nie miał środków, aby go zakupić. Co więcej, jego trzewiki były w opłakanym stanie. Nie mógł przecież na taką okazję założyć sandałów.

– Ale ja… nie jestem gotowy.

Ksiądz Uszyłło zastanowił się. Zadał mu kilka pytań sprawdzających wiedzę teologiczną, a po krótkim egzaminie wyraził stanowczo swoją wolę.

– Proszę to przyjąć w duchu posłuszeństwa jako decyzję przełożonego.

Michał długo rozważał w sercu tę zaskakującą propozycję, która miała uratować go przed służbą w wojsku. Zastanawiał się, czy nie jest to kolejna próba, przed jaką stawia go Najwyższy. W zaciszu świątyni, gdy skupiony na modlitwie, zadał Bogu pytanie, co ma robić, jeszcze bardziej pogłębiła się jego niepewność.

– Jeszcze teraz nie idź! – w sercu usłyszał wyraźne słowa.

– Wiem Panie, że nie jestem gotowy, ale uczono mnie, że posłuszeństwo to mój obowiązek i lękam się postąpić wbrew woli przełożonych.

Z mieszanymi uczuciami, z sercem pełnym niepokoju, a z drugiej strony wdzięczności za takie wyróżnienie przyłączył się do starszych alumnów odprawiających rekolekcje przed święceniami. Niespodziewanie koledzy seminaryjni zrobili zbiórkę na brewiarz. Znalazły się też buty, pożyczone co prawda, ale prawie zupełnie nowe i pasujące jak ulał.

W dniu 13 maja 1912 roku w święto Zesłania Ducha Świętego udał się wraz z innymi klerykami i opiekunem ks. Karolem Lubiańcem do Kowna. Zbliżała się chwila przyjęcia święceń, a on wciąż się wahał i przeżywał wewnętrzne rozterki, niepewny do końca Bożej woli.

Przed Mszą świętą w pustym jeszcze kościele upadł na kolana przed ołtarzem, by w skupieniu raz jeszcze wsłuchać się w głos Boga. Wpatrywał się w krzyż Zbawiciela umieszczony w głównym ołtarzu katedry i modlił się żarliwie, uwielbiając Boga w ranach Chrystusa, który z miłości oddał życie za grzechy człowieka.

W pewnej chwili ujrzał przy ołtarzu żywą postać Jezusa. Twarz Pana była umęczona i zmieniona bólem. Z korony cierniowej, której kolce przebiły skroń, jak czerwone, dojrzałe winogrona wypływały nabrzmiałe krople krwi i łagodnie spływały po twarzy. W Jego spojrzeniu była niepojęta miłość i pokój, jaki w jednej chwili napełnił duszę Michała.

– Co mam zrobić? – zapytał.

– „Kto chce iść za Mną, niech weźmie swój krzyż i idzie za Mną" – rzekł Jezus.

Po czym widzenie znikło. Znów tylko wyrzeźbiona w drewnie postać Chrystusa na krzyżu zdobiła ołtarz katedry. Wizja rozpaliła w sercu przyszłego księdza wewnętrzne światło, które napełniło go zupełnym ukojeniem, ufnością i pewnością obranej drogi.

W zakrystii alumni ubierali się w alby. Teraz już radośnie i z pokojem w sercu przyłączył się do kolegów. Gdy biskup Cyrtowt wzniósł ręce do modlitwy, Michał wraz z innymi z pokorą upadł krzyżem przed ołtarzem w modlitwie uniżenia. Już nie oglądając się za siebie, w poczuciu ogromnego szczęścia i spełnienia przyjął święcenia subdiakonatu. Drżący z emocji po przeżytej wizji, świadomy swego wybrania i pewny drogi, na której stanął, powtarzał w duszy: „bądź wola Twoja". W chwili, gdy całkowicie i do końca powierzył swoje życie w ręce Ukrzyżowanego, ogarnął go pokój.

10 czerwca 1912 roku przyjął święcenia diakonatu. Jako diakon miał możliwość wyjeżdżania na parafię, a służąc pomocą księdzu, otrzymywać należne wynagrodzenie. Mógł wreszcie zaspokoić najpilniejsze własne potrzeby i wspomóc najbliższych, których gnębiły trudności materialne.

W seminarium spędził jeszcze dwa lata, gdzie już jako diakon, bez obawy powołania do wojska, mógł dokończyć studia. Za okazaną dobroć i wsparcie z całych sił pragnął się odwdzięczyć Bogu i ludziom. W poczuciu obowiązku przyjął funkcję cenzora, gdy zagłosowała na niego większość kleryków. Służył radą, pomocą i wsparciem potrzebującym i jak najpilniej wypełniał powierzone mu zadania.

24 ŚWIĘCENIA KAPŁAŃSKIE I PRYMICJA

„Święcenia przyjąłem 15 czerwca 1914 r., a 29 – odprawiłem prymicje w Lebiedziewie".[24]

Dnia 15 czerwca 1914 r. spełniły się noszone od dzieciństwa pragnienia Michała. Stał się kapłanem Jezusa Chrystusa. Święceń w katedrze wileńskiej udzielił biskup Franciszek Karewicz. Tego dnia miał za co dziękować Bogu. Za powołanie, rodziców, ich miłość i wiarę, że ujmowali sobie od ust, by mógł zostać księdzem, za tych, którzy podali mu pomocną dłoń, a nade wszystko za kapłaństwo, wielki, niezasłużony dar i łaskę.

Po święceniach pojechał do Lebiedziewa, dokąd kręte koleje losu zawiodły ojca, który osiadł tam jako zarządca majątku. W kościele parafialnym na św. Piotra i Pawła odprawił swoją pierwszą Mszę świętą. W rozmodlonym tłumie wiernych jego ojciec i brat wpatrywali się w niego wzrokiem pełnym szacunku i dumy. Michał spoglądał na swoich najbliższych, na parafian i odprawiał Mszę św. trochę jakby we śnie. Wznosił ręce, powtarzał słowa modlitwy, a na ołtarzu biały chleb przemieniał się w Ciało Jezusa i dokonywała się zbawcza ofiara Chrystusa.

Po nabożeństwie na plebanii czekali na niego tylko najbliżsi: ojciec i brat. Michał zaprosił ich na skromny obiad. Czas upłynął im na wesołej pogawędce. Ojciec raz po raz wychwalał syna za jego wytrwałość.

– Pamiętam jak mnie męczyłeś, że chcesz się uczyć. Myślałem, że nie damy rady. Nie mieliśmy na to środków.

– Mimo wszystko wspieraliście mnie. Dziękuję tato i tobie Piotrek, żeś w sercu nie chował żalu za taką niesprawiedliwość. Byłem przecież młodszy, a ojciec wysłał do gimnazjum tylko mnie.

– Trochę ci zazdrościłem, ale teraz się cieszę, że mam brata księdza. Patrzyłem jak ludzie ciebie słuchali. Widać, że masz dar przemawiania. Te lata nauki musiały cię wiele kosztować.

– Z Bożą pomocą udało się. Dzisiaj kiedy patrzę wstecz, sam nie pojmuję, jak to się wszystko poukładało.

– Szkoda tylko, że mama nie doczekała. Byłaby szczęśliwa – westchnął ojciec z ubolewaniem.

---

[24] Tamże, s. 73.

– Wierzę, że ona cieszy się z nami w niebie.

Po tych słowach zapadła cisza. Każdy przywołał w sercu jej obraz i wspomniał inne chwile, a jej cicha i niepozorna za życia postać pojawiła się w myślach najbliższych i wydawało się, że jest tu blisko razem z nimi.

25 NA PROGU KAPŁAŃSTWA

„… siedziałem w Janiszkach nad brzegiem szerokiego jeziora i wzrokiem pożegnalnym obrzucałem je myśląc o przyszłej pracy"[25]

Po kilku dniach spędzonych z bliskimi w Lebiedziewie nadszedł czas, by w roli młodego księdza ruszyć do Janiszek, na swoją pierwszą placówkę, gdzie przez dwa miesiące miał zastępować proboszcza, który udał się na kurację.

Bez trudu odnalazł drewniany kościół pod wezwaniem św. Jakuba, który wyglądem przypominał kościół w Zabrzeziu, w jego rodzinnej parafii. Nad świątynią górowały dwie niewysokie drewniane wieże, spomiędzy których spoglądało na niego Oko Opatrzności, okolone wieńcem świetlistych promieni.

Obok kościoła biegła wąska dróżka, wiodąca do małego drewnianego budynku, który służył za plebanię. Z budynku tego wyszedł kościelny i pośpieszył w kierunku Michała, by przyjąć w parafii młodego księdza.

– Nasz proboszcz Juchniewicz polecił nam księdza przywitać i ulokować na plebanii.

– Piękna okolica.

– O tak! Kiedy się trochę rozgości, nasi klerycy mogą zabrać księdza na łódkę, popływać po jeziorze.

– Chętnie skorzystam.

Kościelny uśmiechnął się szeroko, potrząsnął swoją posiwiałą głową i powłócząc jedną nogą powiódł młodego kapłana na plebanię.

Na biurku proboszcz pozostawił swojemu zastępcy porządek nabożeństw i zalecenie wygłaszania kazań w języku litewskim i polskim. Michał zastanowił się przez chwilę, co to mogło oznaczać. Czyżby część tutejszych parafian nie mówiła po polsku?

---

[25] Tamże, s. 43.

Zgodnie z zaleceniem celebrował Mszę świętą w języku ojczystym, a po sumie głosił też krótkie kazania w języku litewskim. Ku jego zaskoczeniu spotkało się to z jawnym sprzeciwem ludności. W kościele dawała się wyczuć niechęć do używania innego języka niż język polski. Jednak odgórne nakazy kurii biskupiej świadczyły o narodowościowym ruchu litewskim, który walczył o język, którego ślady widoczne były w brzmieniu nazwisk parafian.

Krótkotrwała posługa zbiegła się z początkiem I wojny światowej. Jej wybuch szybko odbił się głośnym echem w małej społeczności Janiszek. Setki mężczyzn z parafii otrzymało wezwanie do wojska, a każdy z nich przed wyjazdem na front pragnął pojednać się z Bogiem. Przed konfesjonałem ustawiały się długie kolejki poborowych. Ks. Sopoćko był tutaj jedynym księdzem, więc pracy miał co niemiara. Mimo znużenia, a nawet głodu, całymi godzinami przesiadywał w konfesjonale. Dla wielu z nich mogła to być ostatnia spowiedź, która jednała ich z Bogiem. Cierpliwie nachylał swoje ucho do zwierzeń, pouczał w kilku słowach i czynił znak krzyża, jako widomy znak Chrystusowego przebaczenia. Po kilku dniach kolejki przed konfesjonałem skróciły się, a kościół opustoszał. Fala rekrutów popłynęła dalej w świat. Teraz poza zwykłymi godzinami, kiedy odprawiał nabożeństwa, panowała cisza. Działania wojenne rozgrywały się jeszcze daleko stąd.

Po dniach intensywnej pracy nadszedł czas wytchnienia. Nie raz młody ksiądz kierował swoje kroki ku jezioru, by odpocząć na łonie przyrody, modlić się i rozmyślać. Szczególnie upodobał sobie ścieżkę wzdłuż strumyka, która biegła w stronę srebrzystej tafli, połyskującej w promieniach słońca. Lubił zamoczyć nogi w wodzie i wpatrywać się w miejsce, gdzie rzeczka kończyła swój bieg i łączyła swe wody z większą masą wód jeziora, rozmyślając że tak samo jego praca kapłańska ma płynąć cichym strumieniem, by się z innymi połączyć i tworzyć jedno wielkie dzieło, Królestwo Boże na ziemi.

W Janiszkach dane mu było oglądać zaćmienie słońca. Zaopatrzony w przyciemnione szkiełko wraz z alumnami wypłynął na jezioro, by spokojnie obserwować niecodzienne zjawisko. Tu i ówdzie rozległy się odgłosy przyrody udającej się na spoczynek. Urywane śpiewy i krzyk spłoszonych ptaków, w oddali żałosny ryk bydła, przestraszonego nieoczekiwanym zniknięciem słońca. Na chwilę także w serce księdza wkradła się myśl o śmierci. Ten lęk stworzeń przed mrokiem uświadomił ogromną miłość Ojca, który posłał swego Syna, aby lud żyjący w cieniu śmierci ujrzał Światło.

26 WIKARY W TABORYSZKACH

„Nie chciało mi się wierzyć, że tutaj zostanę"[26]

Mały, drewniany kościółek, z niewysoką dzwonnicą, położony na końcu zniżającej się łagodnie rozległej doliny, otoczony zagrodami, złocił się w jaskrawym słońcu popołudniowej godziny, kiedy Michał ze swoją podróżną walizką zbliżał się do Taboryszek. Tu będzie odprawiał Msze święte, chrzcił, spowiadał i głosił kazania. Jaką będzie ta posługa? Jakich ludzi spotka?

Z zainteresowaniem rejestrował w swoim umyśle zagrody parafian, kwitnące ogródki i pobielany dworek szlachecki z wejściem o czterech okazałych kolumnach. Dostrzegł ubóstwo materialne wyzierające z pochylonych strzech i połamanych płotów. W pogodny wrześniowy dzień takie obrazy ukazywały tę ziemię jako niezamożną, ale pogrążoną w pracy i pełną życia. Mijał ludzi pochylonych nad skibą ziemniaków z motyką w rękach, przejeżdżające furmanki, pasące się na łąkach bydło i biegające boso dzieci.

— Niech będzie pochwalony — najodważniejszy z grupki malców pozdrowił księdza.

— Na wieki wieków, wkrótce spotkamy się na katechezie — zawołał wesoło w ich stronę.

Przechodząc przez okazałą, drewnianą dzwonnicę, nie mógł nie zauważyć wielkiej figury Chrystusa na krzyżu w niszy dzwonnicy. Zatrzymał się na chwilę, po czym uchylił drzwi kościółka. Wnętrze było ciepłe, zapraszające drewnianym wystrojem, łagodnymi kolorami, nastrajającymi do skupienia i modlitwy. Klęknął przed tabernakulum. Krótkim, ale intensywnym wzniesieniem ducha, skierowanym ku Chrystusowi w Eucharystii oddał siebie, swe kapłaństwo i lud, do którego został posłany.

Proboszcz Andrzej Lacki był posiwiałym staruszkiem, który nosił już na plecach osiem krzyżyków. Z jego twarzy biła dobroć, ale i zmęczenie doczesnym pielgrzymowaniem. Przywitał Michała dość oficjalnie i poprowadził do przeznaczonego mu mieszkania. Maleńka plebania składała się ze skromnych apartamentów. Niewielki pokój ofiarowany Michałowi wyposażony był w podstawowe sprzęty: szafę, łóżko, krzesło i stolik, nad którym wisiał krzyż.

---

[26] Tamże, s. 45.

– Do obowiązków księdza będzie należało głoszenie kazań w niedziele i święta, no i odwiedzanie chorych, jeśliby przyszło wezwanie.

– Mógłbym przed sumą katechizować – zaproponował wikariusz, gdyż w oczach stanął mu obrazek zaniedbanej wiejskiej dziatwy.

– Dotychczas tego nie było – odpowiedział zdziwiony proboszcz.

Krótkim zdaniem skwitował entuzjazm młodego kapłana i odszedł, stawiając ociężale kroki i pojękując.

Michał przystanął pośrodku pokoju i wsłuchał się w ciszę przerywaną jedynie ćwierkaniem wróbli za oknem. Westchnął głęboko i ukląkł na kolana przed drewnianym krzyżem, z którego spoglądała na niego cierpiąca postać Chrystusa. Przecież nie jestem sam, przemknęła pocieszająca myśl.

Mijały długie dni, a nikt nie zaglądał na plebanię. Ludzie przychodzili na nabożeństwa i odchodzili. Stary, głuchy organista rzępolił na fisharmonii, a lud zawodził przeraźliwie, fałszując melodie pobożnych pieśni. Słuch Michała, wykształcony śpiewem w chórze jeszcze w Oszmianie, cierpiał niewymowne męki.

Pewnego razu, gdy po skończonym obiedzie delektowali się z proboszczem pieczonymi jabłkami, które gospodyni przygotowała na deser, zagadnął przełożonego:

– Mógłbym uczyć młodzież śpiewu.

– To nie do księdza należy! – odpowiedział ksiądz Lacki, tonem, który zniechęcił do dalszej rozmowy.

Ks. Michał zasmucił się. Profesorowie seminarium przysłuchiwali się życzliwie wszelkim inicjatywom kleryków i zachęcali do działania, a wręcz przestrzegali przed biernością. Teraz mocniej niż kiedykolwiek uświadomił sobie, jacy byli wspaniali i święci. Jednocześnie przeniknął go żal i niedowierzanie, że miałby tutaj pozostać na całe lata. Poczuł się jak skazany na banicję.

Dni upływały samotnie. Był czas na lekturę, rozmyślania, modlitwę i pisanie dziennika. Jednak młodzieńczy zapał i gorliwość neoprezbitera przynaglały do czynu. Dlatego cierpliwie prosił księdza proboszcza, ufając, że wreszcie przyzwoli na wprowadzenie zmian. Ksiądz Lacki najpierw zbywając, odkładając, w końcu ustąpił młodemu.

Ks. Sopoćko rozpoczął od uczenia śpiewu, o który najpierw ośmielił się upomnieć. Stworzyło to okazję, by odnieść się do prawd wiary i uczyć katechizmu. Zaczął gromadzić księgozbiór religijny. Nie minęło kilka miesięcy, a zajęć zaczęło przybywać.

Na świecie toczyła się okrutna wojna, ale w sercach Polaków rosła nadzieja na odzyskanie niepodległości, bo do walki stanęli przeciwko sobie najwięksi wrogowie Polski, Rosja i Niemcy. Póki co, do Taboryszek docierały jedynie wieści o rozgrywających się daleko krwawych bojach.

Pierwsze Boże Narodzenie przeminęło spokojnie. W czasie wizyt pasterskich w domach wiernych poznał bliżej materialną i moralną nędzę wielu rodzin, choroby, analfabetyzm wśród dzieci i dorosłych. Ogólny brak nadziei i zniechęcenie. Z pomocnym sercem zwrócił się ku ludzkim potrzebom. Pocieszał, zachęcał do sakramentalnych związków, organizował pomoc materialną. Boleśnie raniło go rozpowszechnione pijaństwo, jak mógł, napominał, zachęcał do trzeźwości. Zdarzyło się, że uniesiony słusznym gniewem porozbijał instrumenty, służące do niecnej produkcji. Mróz i śnieg utrudniały życie, przydawały chorób i cierpień. Ubogi lud przywykły do trosk i niedostatku, znosił pokornie swój los, prosząc Boga jedynie o dar zachowania życia. Sroga zima dała się we znaki również księdzu Sopoćce, który z natury słabego zdrowia, ciężko przechorował wyczerpujące kolędowanie po rozległej parafii.

Z pierwszymi podmuchami wiosny nadszedł okres postu. Znów było więcej pracy. Spowiadano się byle jak, więc zabrał się do pouczania, jak się przygotować do spowiedzi, jak robić rachunek sumienia, powtarzał warunki sakramentu pokuty. Mógł odczuć satysfakcję, że w większości jego nauka zaczęła przynosić owoce. Spowiedzi się poprawiły, a on ufał, że łaska Boża dopełni nawrócenia i poprawy.

Po Wielkanocy skupił się na przygotowaniu do Pierwszej Komunii, do której zgłosiło się kilkaset dzieci. Teraz poczuł się w swoim żywiole. Mógł też wreszcie zweryfikować wiedzę, którą wyniósł z seminarium. Wdrażał nowoczesne metody nauczania, starannie przygotowując się do każdych zajęć.

Katechizowanie przy dobrej pogodzie odbywało się zwykle na cmentarzu przykościelnym, w cieniu rozłożystych lip i kasztanów. Gromada dzieci otaczała młodego nauczyciela wiary i z zaciekawieniem wsłuchiwała się w opowiadania biblijne. Ksiądz, barwnie opowiadając sceny z Ewangelii, przyciągał uwagę słuchaczy, po czym przechodził do prawd katechizmowych:

– W mieście, przez które przechodził Jezus, żył pewien setnik. Właśnie jego sługa ciężko zachorował i był bliski śmierci. Ów setnik pożałował go i polecił swoim sługom zawołać Jezusa, bo słyszał o nim, że uzdrawia chorych. Ci pobiegli czym prędzej i opowiedzieli Mu o wszystkim. Jezus chętnie pospieszył w stronę domu setnika. Ten jednak wyszedł mu naprzeciw i powiedział: „Panie nie jestem godzien, abyś przyszedł do mnie, ale powiedz tylko słowo, a sługa mój będzie żył". Panu Jezusowi spodobała się wiara i pokora setnika. Uzdrowił sługę na odległość.

Zadajmy sobie teraz pytanie; „Jaki jest Jezus?". Co możemy powiedzieć na podstawie tej opowieści?

– Jezus lubi pokornych.

– Wysłuchuje tych, którzy go proszą z wiarą.

– Przychodzi do tych, którzy go potrzebują.

Ksiądz Michał przysłuchiwał się dzieciom w milczeniu, z oznakami zadowolenia na twarzy.

– Odpowiedzieliście dobrze na moje pytanie. Dodam tylko, że Jezus jest litościwym Bogiem, który współczuje ludziom, tym bardziej nie odrzuca nikogo, kto do Niego przychodzi. Nawet na prośbę setnika, który nie był Izraelitą, pośpieszył z pomocą. Zapamiętajcie, Pan Jezus każdemu chce pomóc, każdego chce uzdrowić. Chce przede wszystkim uwalniać nas z niewoli grzechów, jeśli wyznamy je ze skruchą na spowiedzi.

Dzień Pierwszej Komunii był niezapomnianym świętem w parafii, ale też i chwilą szczerej satysfakcji dla księdza, który mógł oglądać rozradowane twarze dzieci, po raz pierwszy przyjmujące do swoich serc Pana Jezusa.

27 OJCIEC

„ … a w domu zastałem Ojca. Ucieszyłem się niezmiernie ujrzawszy Go".[27]

Upłynął rok strasznej wojny. Z frontu nadchodziły siejące lęk i grozę wieści o polach bitew pokrytych setkami tysięcy poległych. Żołnierze, wyposażeni w nowoczesne karabiny, działa i trujące gazy stawali naprzeciw siebie bez żadnej osłony. Po obu stronach walczących armii trup kładł się pokotem. Na zachodzie Europy siły były wyrównane, natomiast na wschodzie latem 1915 roku Niemcy odnieśli zwycięstwo. Wyparli Rosjan z Warszawy, Białegostoku, Kowna i szli dalej.

W lipcu ksiądz Lacki i Sopoćko otrzymali zaproszenie na rekolekcje dla księży do Szumska. Gdy wracali, zaskoczył ich widok cofających się w bezładzie rosyjskich oddziałów. Front nieuchronnie zbliżał się do Taboryszek.

---

[27] Tamże, s. 46.

Tymczasem na plebanii na wikarego czekała niespodzianka. W progu stał ojciec. Radość, że ujrzał tak bliską sercu osobę, przemieszała się ze smutkiem, na widok steranego tułaczym życiem rodzica. Serce Michała ścisnęło się ze wzruszenia, a jeszcze bardziej z bólu. Ojciec i syn padli sobie w objęcia, przez chwilę szczęśliwi, że w tym niepewnym czasie obaj są cali i zdrowi.

— Księże proboszczu chciałbym zatrzymać ojca przy sobie. Jest wojna, a on stary już i schorowany. Nie ma pracy i siły go opuszczają.

— A gdzie niby miałby spać? — odpowiedział zniecierpliwionym tonem ksiądz Lacki.

— U mnie w pokoju.

— Nie ma miejsca. Proszę szukać stancji u gospodarzy, jak już się ksiądz upiera — odpowiedział szorstko.

Wikary skłonił pokornie głowę, podziękował za radę i nie dał po sobie poznać, jak mocno dotknęły go te słowa. W duchu, jak to zwykle czynił w takich okolicznościach, uwielbił Boga za te przykrości.

Niestety próby znalezienia lokum w Taboryszkach zawiodły. Po trzech dniach, wobec zbliżającej się fali uchodźców, stary Sopoćko zdecydował się wyruszyć w drogę. Miał nadzieję dotrzeć w okolice Bobrujska, gdzie przebywał jego starszy syn Piotr.

— Tak będzie najlepiej Michałku — zapewniał — i dla ciebie i dla mnie. Jak Bóg da, spotkamy się niebawem.

Ostatni wieczór spędzili na długich rozmowach, ciesząc się swoim widokiem. Ojca rozpierała duma, że syn spełnił pragnienie serca. Michał uśmiechał się i wspominał szczęśliwe chwile, jak przyjechał do Wilna z kilkoma rublami, a Matka Boża zaprowadziła go na ulicę Bakszta, a potem jak po raz pierwszy przekroczył progi seminarium.

— Akurat mama się rozchorowała... — westchnął cicho.

— Śni mi się czasem. Zawsze młoda i taka wesoła, lekka — powiedział ojciec, aby rozproszyć smutne myśli, jakie nagle zarysowały się na czole syna.

O świcie pożegnali się, nie wiedząc, czy kiedykolwiek się jeszcze spotkają.

28 W OKOWACH FRONTU

"W czasie nieszporów dały się słyszeć bliziutkie wystrzały
działowe, a nawet karabinowe, …".[28]

Dwa dni po wyjeździe Wincentego drogi na wschód, które wiodły
przez Taboryszki, zalały się uciekinierami. Młody ksiądz mógł
obserwować rzekę ludzi umykających przed wojną. Dniem i nocą
ciągnęły karawany uchodźców, jadących na wozach lub pieszo,
objuczonych tobołami. Popędzali batami konie i bydło, wypełniając
drogi stukotem kół, rykiem bydła, płaczem dzieci i okrzykami dorosłych.
Wśród bieżeńców nierzadko zdarzały się przypadki tyfusu i cholery. W
tamtych dniach księdzu Sopoćce często zdarzało się udzielać im
ostatniego namaszczenia i spowiadać. Nigdy nie odmawiał, gdy wołano
go do chorych.

W początkach września usłyszano przybliżające się odgłosy
wystrzałów i walk. 5 września 1915 roku w niedzielę wikary spędził
przedpołudnie posługując w świątyni. Słyszał coraz bliższe odgłosy
bitwy, ale nie przerywał nabożeństw. Gdy skończył, poszedł na plebanię,
by zjeść obiad z proboszczem. W huku coraz głośniejszych wystrzałów
armatnich nie udało im się spokojnie spożyć posiłku.

— Musimy natychmiast opuścić parafię i uchodzić na wschód —
zawyrokował proboszcz — czas się zbierać.

W tej chwili na plebanię wpadł kościelny i drżącym głosem
poinformował, że dziecko czeka na chrzest.

— Proszę jechać beze mnie, ja udzielę sakramentu — ks. Michał zwrócił
się stanowczo do proboszcza, a następnie wyszedł, by ochrzcić dziecko.

W oddali widać było ogniste błyski, rozlegał się huk granatów i odgłos
karabinowych wystrzałów.

Pochylając się instynktownie, przebiegł do kościoła. Chrzestni
tymczasem uciekli w popłochu, zostawiając na progu dziecko, które
zanosiło się od płaczu. Zakrystian i organista też gdzieś się ukryli. Stary
dziad szpitalny, przywołany przez księdza, podniósł ostrożnie niemowlę
i uciszył guganiem. Ks. Sopoćko przygotował chrzcielnicę i pośpiesznie
ochrzcił dziecko. Po chwili zjawili się nowi parafianie z małym dzieckiem
do ochrzczenia. Uczynił to już spokojnie, pobłogosławił, a gdy wyszli,
zamknął kościół. Sam w komży i stule, przygotowany na śmierć, wyszedł

---

[28] Tamże, s. 47.

do wsi, spodziewając się znaleźć rannych, oczekujących ostatniej posługi. Na zewnątrz rozgrywała się bitwa, ale pociski szczęśliwie omijały drewniane ściany kościoła.

Tymczasem proboszcz umykał już na furmance, w popłochu, byle dalej od zgiełku bitwy. Jednak następnego dnia, zapewniony przez stajennego chłopca, że kościół nie spłonął i ponaglony prośbami Sopoćki, powrócił.

Ksiądz Michał wznosił właśnie dłonie nad ołtarzem, w czasie porannej Mszy św., gdy nagle drzwi kościoła otwarły się i stanął w nich ksiądz proboszcz. Młody kapłan zastygł na chwilę w bezruchu. Ze wzniesionymi w górę rękami dziękował Bogu, że widzi starego księdza żywego i w dobrym zdrowiu.

Taboryszki ukryte pośród drzew w dolinie przetrwały kolejny dzień bitwy. W pobliżu przelatywały pociski, gwiżdżąc przeraźliwie, ale nie dosięgały zabudowań. Ludność wypędzona z linii frontu, uciekła wraz z bydłem na bagna, gdzie szczęśliwie i bez szwanku przetrwała godziny grozy.

Michał w poczuciu pasterskiej powinności odwiedzał przelęknionych parafian, pomagał i pocieszał. Modlił się i błagał Boga o opiekę nad mieszkańcami. Potrzebującym niósł Chrystusa w Najświętszym Sakramencie i ostatnie namaszczenie. Nawet nie pomyślał, że postępuje podobnie jak św. Tarsycjusz, bohater powieści "Fabiola", który zafascynował go w dzieciństwie.

Nad okolicą przez trzy dni grzmiała artyleria rosyjska, szczękały niemieckie karabiny i działa, aż wreszcie odgłosy bitwy ucichły. Niemcy przegnali Rosjan i poszli dalej. Nastąpił chwilowo spokój. W atmosferze niepewności jutra i lęku o własne życie, miejscowa ludność wracała do codziennych zajęć. W sąsiednich parafiach zniszczone zostały kościoły, wiele domów legło w gruzach, spłonęło wiele chat. Drewniane, wysuszone w słońcu wiejskie budynki płonęły jak snopki słomy. Niektóre wsie zostały ograbione do ostatniego jabłka, garści zboża i kury w kurniku.

Na linii frontu Smrogoń-Krewa-Wiszniewa, która ustaliła się latem 1915 roku, znalazło się też gospodarstwo Zofii Grzybowskiej, siostry księdza Michała. Którejś niedzieli, w czasie kazania dostrzegł wśród tłumu bladą, wychudzoną kobietę. Miała na głowie ciemną chustkę i wyglądem przypominała stare, wiejskie kobiety. Rozpoznał w niej swoją siostrę. Jej widok napełnił go współczuciem. Po nabożeństwie zabrał ją do swego mieszkania. Weszła ostrożnie i usiadła na jedynym krześle, jakie posiadał. Była zmęczona, gdyż przeszła pieszo wiele kilometrów.

— Wojna nam wszystko zabrała. Na zimę zostaliśmy bez grosza — powiedziała spokojnie, jak człowiek, który zżył się z nieszczęściem i stało się ono codziennością.

— Macie gdzie mieszkać?

— Przenieśliśmy się do ziemianki.

— A jak tam dzieci?

Tylko pokręciła głową w odpowiedzi, gdyż słowa ugrzęzły w gardle na wspomnienie zmarłej córeczki.

— Mąż się rozchorował, nie wstaje z łóżka — rzekła cicho i westchnęła.

— Dobrze, że przyszłaś. Dostałem trochę pieniędzy.

Wyjął ze schowka kilka banknotów i wsunął siostrze do ręki. Obdarował ją też torbą jedzenia.

— Idź i pozdrów ode mnie męża i dzieci, niedługo was odwiedzę.

Teraz jemu, jako księdzu łatwiej było przedzierać się przez kordon niemieckich żołnierzy do wiosek leżących na linii frontu. Często piechotą, gdyż Niemcy rekwirowali zwierzęta pociągowe, wędrował dziesiątki kilometrów, by nieść pomoc duchową i materialną wylęknionym i ograbionym przez wojsko rodakom.

29 POLSKIE SZKOŁY

„W czasie festu przyszło mi na myśl szkołę ludową utworzyć, do czego też niebawem przystąpiłem".[29]

Niemcy początkowo nie przeszkadzali w odprawianiu nabożeństw, ani też nie zwalczali narodowej działalności Polaków, która ożyła z wielkim entuzjazmem po odejściu Rosjan. Palącą potrzebą stało się nauczanie czytania i pisania, gdyż wśród dzieci, młodzieży, a nawet dorosłych szerzył się analfabetyzm. W Wilnie powstało Towarzystwo Katolickie Polskiej Szkoły Ludowej, które zajęło się przygotowaniem kadry i drukiem podręczników.

Z początkiem września 1915 r. lokalnie ogłaszano w kościołach nabór do polskich szkół. W Taboryszkach zgłosiło się ponad tysiąc dzieci i młodzieży chętnych do nauki. Ks. Sopoćko natychmiast uruchomił

---

[29] Tamże, s. 50.

placówki szkolne w Gierdziejowcach i Dajnówce, opuszczone przez Rosjan. Potrzeby były jednak o wiele większe.

– Czy mógłby pan udostępnić jakiś kącik na szkołę? – Młody wikary udał się do dziedzica z prośbą o lokal.

– Całym sercem służę. Póki Niemcy nie zabraniają, trzeba to wykorzystać.

– A jaka zapłata?

– Nie trzeba wielebny księże – odpowiedział szybko dziedzic – tylko czy to ma sens, czy wolna Polska kiedykolwiek tu wróci? – rzekł z powątpiewaniem.

– Wróci, nie wróci, panie Ważyński, trzeba robić to, co nas teraz przynagla. Dzieci nie umieją pisać ani czytać, nawet te piętnastoletnie, a ilu dorosłych. Wiedzy nikt im nie zabierze.

Do Bożego Narodzenia udało mu się zorganizować kolejne dwuklasowe szkoły po kilkadziesiąt dzieci w każdej. Do Wielkanocy przybyły następne, a łączna liczba szkółek sięgała 20.

Większym problemem okazało się zdobycie kadry pedagogicznej. Zabiegał o nią w Wilnie, ale z miernym skutkiem. Kwalifikowani nauczyciele zostali już zatrudnieni w większych miastach, a i tam brakowało wykształconych pedagogów. Jednak mimo trudności i ten problem udało mu się etapami rozwiązać.

Nauczaniem w Taboryszkach zajął się osobiście, a innych nauczycieli werbował w miarę możliwości głównie spośród gimnazjalistów ze starszych klas. Atutem młodych nauczycieli był entuzjazm, chęć zdobywania nowych kwalifikacji, a także zgoda na niskie uposażenie w wysokości pół marki miesięcznie od dziecka, co nie było bez znaczenia dla ubogiej ludności.

Ksiądz Michał rozumiał wartość wiedzy i trudności z jej zdobyciem, więc za cenę własnego zdrowia, rezygnując ze snu, przemierzał lokalne ścieżki często w deszczu i błocie, piechotą i o głodnym żołądku, byle tylko spotkać się z uczniami. W jego rękach niewyobrażalne dla wielu pomysły i idee nabierały materialnych kształtów. Uboga, wiejska młodzież i dzieci, nierzadko boso, siadała w szkolnych ławach i brała do ręki pióra, by zdobywać umiejętność pisania i czytania. Nowo powołanym młodym nauczycielom nie brakło chęci nauczania, ale nie mieli prawie zupełnie przygotowania pedagogicznego i metodycznego. I temu organizator szkół potrafił zaradzić. W lecie 1916 r. w Białym Dworze zorganizował chętnym kurs metodyczny, na którym sam wykładał.

W kolejnym roku szkolnym otworzył następne szkoły. W sumie było ich ok. 30, a łącznie nauczaniem objętych zostało ponad 1000 dzieci.

30 KAPLICA W MIEDNIKACH KRÓLEWSKICH

„ ... przemówiłem na końcu zalecając modlitwę, aby z czasem stanął tu kościół".[30]

Tymczasem stopniowo narastały trudności ze strony okupanta. Parafia Taboryszki została podzielona na trzy powiaty, których naczelnicy początkowo nie mieszali się do spraw edukacji i praktyk religijnych Polaków. Nie minęło jednak wiele czasu, gdy Niemcy wprowadzili przepustki i opłaty za przekroczenie granic powiatu.

– Księże Michale – żaliła się pani Łukaszewiczowa, parafianka z Miednik Królewskich – znaleźliśmy się w katastrofalnym położeniu, bo w żaden sposób żołnierze nas nie przepuszczają do kościoła. Nie dają przepustek, a jeśli nawet, to każą sobie płacić za nie 2 marki. A kogo na to stać? – użalała się kobieta ze łzami w oczach – nie mamy nawet kapłana, aby się z Bogiem pojednać. Co robić?

– Nabierzcie ducha i ufajcie w Bożą Opatrzność, a ja pomodlę się w tej sprawie –odpowiedział spokojnie wikary.

Wkrótce Michał Sopoćko musiał wyjechać do Kieny po przydział soli dla ludności, gdyż został upoważniony przez Niemców do aprowizacji mieszkańców w sól, śledzie i opał. Siąpił deszcz i konie ciężko stąpały po wyboistej drodze. W pewnej chwili ujrzał przed sobą kobietę, okrytą brunatną chustą, która brnęła przez błoto skrajem drogi. Dał znak woźnicy, aby zatrzymał konia. Kobieta obejrzała się lękliwie, ale ujrzawszy księdza skłoniła głowę.

– Niech będzie pochwalony Jezus Chrystus.

– Na wieki wieków, wsiadajcie matko.

– U siostry byłam, żeby trochę jedzenia dla rodziny przywieść. Niemcy ostatnią krowę zabrali – żaliła się.

– A do kościoła chodzicie?

– Nie pozwalają bez przepustki. Ludzie mówią, że w niedzielę niemiecki kapelan ma przyjechać do Miednik, żeby dla żołnierzy Mszę odprawić, to może i nas nie odpędzi. U Marcinkiewicza wysprzątali nawet gumno pod kaplicę. Tylko kto nas wyspowiada?

Ksiądz Michał milczał przez chwilę szczerze zmartwiony. Nagle zawołał głośno do woźnicy.

– Niech Ignacy popędza konie. Zajedziemy do Marcinkiewicza

---

[30] Tamże, s. 53.

obejrzeć kaplicę? A w niedzielę sam przyjadę i porozmawiam z niemieckim kapelanem.

Furman strzelił z bicza i krzyknął na konie. Ruszyły żwawym kłusem, aż staruszka uchwyciła się kłonicy, aby nie wylecieć z wozu.

Ten zbieg okoliczności Michał odebrał jako zaproszenie przez samego Pana, aby zatroszczyć się o jego owieczki. Proboszcz Lacki zapatrywał się na te plany z większą powściągliwością.

– Jak to ksiądz sobie wyobraża? Potrzebuję pomocy na nabożeństwach i do spowiedzi.

– Na kazanie wrócę, jeśli tylko ksiądz proboszcz mógłby jedną Mszę z rana odprawić, a wyspowiadać można w tygodniu, albo po Sumie – pokornie wyjaśnił wikariusz.

– Tutaj ksiądz ma obowiązki!

– Ale tamci to też nasi parafianie.

Ksiądz Lacki zamilkł. Czuł już w kościach swoje lata. Obawiał się, że sam nie poradzi, ale co było robić. Na pomysły wikarego nie pierwszy raz dostawał zawrotów głowy. Nowe porządki w kościele, nowe śpiewy, szkoły, zmienił nawet kalendarz, a teraz jeszcze nową kaplicę chce zakładać. Ksiądz Lacki pomyślał o swoim cichym pokoiku, gdzie w spokoju mógłby odmówić brewiarz i położyć się spać.

– Jeśli to Boże natchnienie, niech ksiądz jedzie, ale jutro na kazanie niech wróci – westchnął, odwrócił się powoli i wyszedł ociężałym krokiem.

W sobotę zaraz po południu trzeba było jechać, bo wierni chcieli się wyspowiadać, a nie mieli kapłana. W niedzielę przyjechał niemiecki kapelan i wyświęcił kaplicę. Ksiądz Lange zgodził się, a nawet zachęcał, by Sopoćko urządził kaplicę i wyposażył ją w utensilia kościelne, z których sam mógłby korzystać, ponieważ dojeżdżał z Wilna. Ze względu na władze okupacyjne wydał polskiemu kapłanowi oficjalny nakaz odprawiania nabożeństw w Miednikach. Odtąd ksiądz Michał przyjeżdżał tam w każdą sobotę, spowiadał czasem nawet do późna w nocy, gdyż przybywało coraz więcej wiernych, nawet z sąsiednich parafii, a w niedzielę rano odprawiał Mszę św. Niestety z powodu stacjonującego wojska nie było w miasteczku miejsca, gdzie mógłby się odrobinę przespać.

Proboszcz Lacki widział zmęczenie i wyczerpanie młodego wikarego i w obawie, że ten nabawi się ciężkiej choroby, po kilku tygodniach stanowczo zabronił dojeżdżać. Parafianie jednak nie dali za wygraną. Interweniowali w kurii biskupiej i ostatecznie ks. Sopoćko otrzymał nakaz z urzędu, aby dojeżdżać co tydzień do Miednik. Spowiadał do północy, a jak trzeba było to i dłużej. Parafianie wystarali się o miejsce w komórce Marcinkiewicza, gdzie mógł się kilka godzin przespać, a następnego dnia o 5.00 rano znów siadał do konfesjonału, potem o 8.00 odprawiał Mszę świętą i w pośpiechu wracał do Taboryszek na sumę. Każdy wyjazd musiał okupić wysłuchaniem długich żalów i narzekań proboszcza.

Tymczasem tłumy wiernych gromadziły się w gumnie Marcinkiewicza. Na Wielkanoc do spowiedzi i Komunii św. przystąpiło ponad 1000 osób. Lokal okazał się zbyt mały.

– Módlmy się o kościół – ks. Sopoćko zachęcał wiernych.

W kilku wiejskich budynkach, zakupionych przed laty z przeznaczeniem pod budowę kościoła, obecnie stacjonowali Niemcy, gdzie urządzili stajnię. Po długich staraniach udało się, z pomocą księdza Michała, je odzyskać. Natychmiast powołano Komitet Budowy Kościoła dla zbierania składek, na czele którego stanęła pani Łukaszewiczowa. W niecałe dwa miesiące wyremontowano stodołę, którą przekształcono w kościół. J.E. Administrator Apostolski ofiarował obraz św. Kazimierza, ks. Dziekan Szepecki dzwon, pani Rodziewiczowa fisharmonię. Każdy z parafian ofiarował, co mógł na ozdobę świątyni. Bogatsi ufundowali ornat i monstrancję, biedniejsi przynieśli obrus czy bukiet kwiatów.

27 sierpnia 1916 roku w dniu przeniesienia relikwii św. Kazimierza Królewicza, patrona parafii, ks. Dziekan Szepecki wyświęcił kościół. Uroczystość zakończono obiadem przygotowanym przez wdzięcznych parafian. Ks. Michał przemówił, wspominając chlubną historię Miednik, w którą wplotły się losy każdego z obecnych.

– Dawno temu stał tutaj zamek królewski, który był centrum obronnym kraju. Po przyjęciu chrześcijaństwa Władysław Jagiełło zbudował tu jeden z siedmiu pierwszych kościołów na Litwie. Jego wnuk, królewicz Kazimierz, za życia pobożny i cnotliwy, dziś patron Polski i Litwy, często przebywał w Miednikach. Doczekaliśmy, że relikwie świętego Kazimierza zostały przeniesione do tego kościoła, aby zamieszkał pośród nas i wypraszał dla nas opiekę, zdrowie i obronę.

Wasze miasteczko przypomina mi pewne wydarzenie z dzieciństwa. W wieku czterech lat wczesnym rankiem przejeżdżałem z rodzicami przez Miedniki w drodze do Wilna. Na niebie zajaśniała poranna zorza, a wraz z nią ustąpiła noc. Już jako dziecko zachwyciła mnie moc światła, która panuje nad ciemnością. Dzisiaj życzę wam drodzy parafianie, aby Miedniki Królewskie, które przed wiekami były twierdzą obronną przed barbarzyństwem ze wschodu, w naszych trudnych czasach stały się bastionem, który jak jutrzenka o świcie rozproszy noc bezbożnictwa.

Dzięki staraniom ks. Sopoćki w przeciągu pół roku przy kaplicy zamieszkał na stałe ksiądz Siemaszkiewicz, proboszcz nowej parafii, a mieszkańcy Miednik zyskali własną świątynię i kapłana.

31 KONFLIKT Z WŁADZĄ

„Rozpoczęły się więc trudniejsze czasy, szczególnie dla ludzi, chcących częściej odwiedzać kościół".[31]

W październiku zaczął się nowy rok szkolny. Mimo działań wojennych na kresach powstawały szkoły i szerzyła się polskość. Jeśli początkowo Niemcy przyzwalali na taką działalność, miało to na celu zyskanie poparcia dla okupanta i uniknięcie buntu ze strony podbitej ludności. Szybko jednak Niemcy wprowadzili coraz więcej zakazów wobec działalności edukacyjnej i ograniczyli dostęp do kościoła.

Poczynania młodego wikarego z Taboryszek stały się zadrą w oku okupanta. Z jego inicjatywy powstawały polskie szkoły, zbudowano kaplicę w Miednikach, a ludność z Onżadowa i okolic przykładem Miednik zabiegała o pomoc księdza Sopoćki w organizowaniu kościoła u siebie. Ksiądz Michał zaledwie uwolnił się od Miednik, a już dojeżdżał do Onżadowa, by sobotami spowiadać wiernych, a w niedzielę rano odprawiać dla nich Mszę św. Sam złożył podanie do władz kościelnych o pozwolenie na budowę kościoła.

W październiku 1916 roku Taboryszki zaliczono do punktu operacji wojennych w Bołtupiu. W praktyce oznaczało to dalsze ograniczenia w poruszaniu się. Na każdy wyjazd do Wilna potrzebowano przepustki. Co więcej oddziały niemieckich żołnierzy broniły wiernym wstępu do kościoła. Opornych bito nahajkami, nawet organiście i kościelnemu nie pozwolono na wstęp do świątyni. W czasie nabożeństwa, gdy kościół pozostawał prawie pusty, wierni uczestniczyli w modlitwie stojąc na ulicy na mrozie.

Utarczki z lejtnantem Kochańskim przysporzyły ks. Sopoćce wielu nieprzespanych nocy, ale nie poddawał się. Wielokrotnie zanosił skargi na znieważanie domu Bożego i prześladowania na tle religijnym. Szczęśliwym zbiegiem okoliczności dowódca frontu wschodniego był katolikiem szczerze przywiązanym do religii. Z jego rozkazu zarządzono

---

[31] Tamże, s. 51.

śledztwo.

W tym czasie w Taboryszkach Niemcy ogłosili kwarantannę z powodu rzekomej choroby zakaźnej. Kościół został zamknięty, a kordon żandarmerii dniem i nocą nie dopuszczał wiernych do świątyni. Ks. Sopoćko opuścił kościół i zamieszkał na jakiś czas w lesie, w domu zbiegłego rosyjskiego diakona, a w kaplicy cmentarnej odprawiał Msze święte, na których gromadziły się tłumy wiernych, nawet z sąsiednich parafii.

W nagrodę za upór i niestrudzoną służbę, Bóg nagrodził go dwoma miesiącami ciszy i spokoju nad brzegiem Mereczanki, w której orzeźwiających nurtach obmywał zmęczenie. W towarzystwie ptaków i szumiących drzew spędził maj i czerwiec, dwa najpiękniejsze miesiące w roku, jako zasłużone wakacje na łonie budzącej się do życia i rozkwitającej najbujniejszym kwieciem przyrody.

Dopiero po zdjęciu kwarantanny powrócił. Tymczasem winnych ukarano, chociaż kary były nieznaczne. Sam ks. Sopoćko prosił ich zwierzchników, by darowali żołnierzom winę, gdyż przed sąd postawiono podwładnych, którzy tylko wykonywali polecenia. Lejtnantowi Kochańskiemu nie postawiono zarzutów. Mimo pozorów sprawiedliwości Polacy byli nadal prześladowani.

Niemcy skutecznie przeciwdziałali pracy polskich szkół. Nauczycieli zmusili do podpisania deklaracji o lojalności, a następnie nakazali uczyć w języku białoruskim i litewskim. Część uczniów rezygnowała ze szkoły, wtedy Sopoćko organizował dla nich szkoły w innych powiatach, gdzie nakazy jeszcze nie obowiązywały. Tam, gdzie polskie szkoły istniały, nowe metody nauczania wprowadzane przez księdza spotykały się z szemraniem rodaków przyzwyczajonych do sylabizowania. Doznał przykrości od wroga i od swoich. Roiło się też od oszustów, którzy w zawierusze wojennej myśleli o łatwych korzyściach finansowych. Również przed nimi musiał bronić łatwowierną ludność.

Pewnego razu udało mu się uchronić od utraty majątku panią Rodziewiczową, córkę Ważyńskich, znaną z dobroczynności, która ofiarowała własną fisharmonię do kościoła w Miednikach. Gdy schorowana Ważyńska spodziewając się rychłej śmierci opowiedziała córce, iż sporządziła akt sprzedaży majątku Okrupiszki za ogromną sumę kiereńskich rubli, wyglądało to jak dobry interes, do którego nakłonił ją bogaty Rosjanin Pierepieczko z Oszmiany. Niestety pieniądze te nie miały już żadnej wartości.

— Błagam księdza — nalegała Rodziewiczowa — niech nam ksiądz pomoże cofnąć akt sprzedaży.

— Można go unieważnić testamentem, ale radziłbym na wypadek

nieprzewidzianych okoliczności poprosić księdza Dziekana Szepeckiego na świadka.

Pospiesznie posłano po księdza z Turgiel i sporządzono akt, w którym pani Rodziewiczowa została wyznaczona na spadkobierczynię majątku po matce. Przezorność księdza Michała zadecydowała o szczęśliwym zakończeniu sprawy, gdyż niedoszły nabywca wytoczył proces sądowy o własność Okrupiszek.

Nieuczciwy inżynier Pierepieczko musiał odejść z kwitkiem, gdy sąd ostatecznie unieważnił akt sprzedaży.

W mniejszych i większych troskach parafian wikary z Taboryszek przysłużył się swoim owieczkom w ciągu czterech lat posługi. W słońce, deszcz i niepogodę odwiedzał chorych i potrzebujących, a przy okazji wizytował szkoły, choć nie zawsze znalazły się konie i trzeba było brnąć pieszo po śniegu czy błocie. Nie zapomniał też o swoim rodzeństwie, a szczególnie siostrze, koczującej w ziemiance zimą i latem z gromadką dzieci i schorowanym mężem.

32 POŻEGNANIE Z TABORYSZKAMI

„Przez cały prawie rok żandarmi śledzili mię i <następowali na pięty>".[32]

We wrześniu rozpoczął się rok szkolny. Pewnego dnia, gdy w sprawie nowych podręczników ks. Sopoćko przybył do Wilna, jak zawsze pierwsze swoje kroki skierował w stronę Ostrej Bramy. Nagle wyrosła przed nim postać szkolnego kolegi. Zatrzymał się mile zaskoczony.

– Witaj stary druchu! – zawołał radośnie.

– Witaj księżulku! Nieźle narozrabiałeś! – Kazik Bizowski zażartował sztubackim tonem.

– A co słychać u kolegi Bizowskiego?

– Tylko nie Bizowskiego, nazywam się Bizauskas. Zostałem członkiem litewskiej Taryby – pochwalił się.

Ks. Michał milczał przez chwilę, zasmucony taką wiadomością.

– Był czas, kiedy mieliśmy wspólnego wroga, ale teraz wygląda na to,

---

[32] Tamże, s. 77.

że stoimy po przeciwnych stronach barykady.

Po tych słowach obaj spoważnieli i długo spoglądali na siebie z rosnącą nieufnością. Po czym Bizauskas nachylił się i przyciszonym głosem szepnął wprost do ucha Michała.

– Ze względu na starą przyjaźń zdradzę ci, że jesteś na liście niebezpiecznych polakomanów. Litwini i Białorusini nalegają u Niemców na twoje aresztowanie. Miej się na baczności.

– Dziękuję za ostrzeżenie, ty też uważaj na siebie.

To przypadkowe spotkanie potwierdziło tylko fakt, że czas ks. Sopoćki w Taboryszkach dobiegał końca. Poprzez wiele znaków Bóg pokazywał mu, że ma dla niego inne plany.

W wojnie zarówno Rosja jak i Niemcy ponosili klęski. W Warszawie utworzono Radę Regencyjną. Otwarto polski uniwersytet z wydziałem teologicznym, gdzie ks. Michał pragnął dalej się kształcić. Wszystko wskazywało na to, że nadszedł już czas, aby opuścić te strony. Ludzie będą musieli poradzić sobie bez niego

Chociaż kolejny rok wojny przyniósł wieści o klęskach Niemców, pętla na szyi odważnego księdza zacisnęła się do tego stopnia, że w obawie przed aresztowaniem, po uzyskaniu zgody przełożonych, wymknął się incognito nocą z 29 na 30 września z Taboryszek. Poprzedniego dnia był odpust na świętych Archaniołów: Michała, Gabriela i Rafała. Odprawiając Mszę św. żegnał się już w duchu z parafianami, a jednocześnie powierzał się opiece swojego patrona na nadchodzące, niepewne dni.

Przy odjeździe wzruszony proboszcz oddał mu swój płaszcz, podbity futrem. Polubił wikarego, choć na początku zżymał się na jego innowacyjne pomysły. W szlachetnej, choć zmęczonej życiem duszy kapłańskiej, rozpoznał w księdzu Michale gorliwego sługę Bożego, zatroskanego o wiernych, poświęcającego się im bez reszty.

Rano ks. Sopoćko po drodze odprawił jeszcze Mszę świętą w Turgielach, gdzie parafianie, jakimś sposobem powiadomieni o jego odjeździe, przyszli go pożegnać, obdarowując z serca na drogę: a to parą jajek, pętkiem kiełbasy lub kawałkiem białego sera i osełką masła, zawiniętą w liść kapusty.

33 WARSZAWA 1918R

„… w pierwszych dniach października 1918 roku znalazłem
się w Warszawie".[33]

Poinformowany przez wileńskich przyjaciół o pociągu z Moskwy do
Warszawy przyjeżdżającym wkrótce do Wilna, spędził kilka dni na
plebanii kościoła Wszystkich Świętych w gościnie u księdza Songina,
przygotowując się do drogi.

Spowity w gęste kłęby pary, przy głośnym zgrzytaniu hamulców i
przenikliwym gwizdku zawiadowcy, pociąg z Moskwy, wiozący
uchodźców i jeńców wojennych, wtoczył się na peron Dworca
Gdańskiego w Warszawie. Z poczuciem ulgi podróżni całymi rodzinami
opuszczali cuchnące wagony i ciągnąc toboły, wylewali się na peron.
Tutaj czekali na nich strażnicy, którzy prowadzili wszystkich do baraków
na dziesięciodniową kwarantannę, gdyż uchodźcy często przywozili ze
sobą tyfus i inne zakaźne choroby. Była niedziela, 6 października.
Pogodny, lekko pochmurny dzień, dla zmęczonych podróżnych
oznaczał spędzenie kolejnych kilku dni na barakowej pryczy z widokiem
na tabory kolejowe i karłowatą, zatrutą wyziewami z lokomotyw
roślinność.

Michałowi również przydzielono łóżko w wieloosobowym baraku.
Jednak ze względu na świąteczny dzień, poprosił komendanta o
przepustkę na czas odprawienia nabożeństwa w najbliższym kościele. Ku
zaskoczeniu księdza komendant zwolnił go z kwarantanny i pozwolił
opuścić dworzec.

Dochodziło południe, kiedy dotarł do konwiktu teologicznego przy
Uniwersytecie Warszawskim na ulicy Traugutta 1. Przywitany z ogromną
serdecznością przez księdza Wojtaszka, mógł poczuć się jak w domu.
Następnego dnia zapisał się na Wydział Teologiczny Uniwersytetu
Warszawskiego. Kilka dni, które dzieliły go od rozpoczęcia zajęć na
uniwersytecie poświęcił na zwiedzanie stolicy.

Pewnego dnia, kiedy udał się na Mszę świętą do pobliskiego kościoła
wizytek, w zakrystii dostrzegł znajomą twarz. Od razu rozpoznał księdza
Czeczota, u którego na plebanii w Petersburgu spędził kilka
niezapomnianych tygodni.

– Niech będzie pochwalony Jezus Chrystus, czy ksiądz mnie poznaje?

---

[33] Tamże, s.59.

– zapytał, bo ks. Czeczot wydawał się obojętny na jego powitanie.

– Głos jakby znajomy, ale nie widzę. Niestety straciłem wzrok.

– Jestem księdzem, nazywam się Michał Sopoćko, gościłem w Petersburgu w 1909 roku przed wstąpieniem do seminarium – rzekł ks. Michał i ujął swego dobroczyńcę za rękę.

– A więc zostałeś księdzem?

– Tak, jestem nim już cztery lata.

– To dobrze, będę o tobie pamiętał w modlitwie – rzekł staruszek i kiwnął głową.

Ks. Michał spotykał w Warszawie coraz więcej Polaków, którzy przybywali ze wschodu i z samej Wileńszczyzny.

Wkrótce Mszą św. w kościele wizytek nastąpiło uroczyste rozpoczęcie roku akademickiego. W podniosłym nastroju i atmosferze tworzącej się na oczach wszystkich historii, profesorowie i studenci przystąpili do pracy.

**

Niestety stan zdrowia nie pozwolił ks. Michałowi długo cieszyć się studiami. Już po kilku dniach nauki dostał wysokiej gorączki, bólu głowy i poczuł się tak osłabiony, że nie był w stanie iść na wykłady. Lekarz rozpoznał u niego dur brzuszny i w trybie natychmiastowym skierował do szpitala.

Długie tygodnie leżał w Szpitalu Ducha Świętego z gorączką, nieświadomy do końca, co się z nim dzieje. Otoczony troskliwą opieką sióstr, powoli wracał do zdrowia.

Tymczasem przez mury szpitalne przenikały szokujące nowiny. Skończyła się wojna światowa. Cesarz niemiecki Wilhelm II abdykował. W Warszawie rozbrajano Niemców. Józef Piłsudski został Naczelnikiem Państwa. Na wschodzie na tereny opuszczone przez Niemców wkraczali bolszewicy, którzy z marszu zajęli Wilno. Nieliczne polskie oddziały nie były w stanie ich powstrzymać. Obrońcy miasta ratowali się ucieczką do Polski. Ranni znaleźli się w szpitalach, również w Szpitalu Świętego Ducha. Michał odczuł głębokie współczucie dla młodych ludzi, zmęczonych walką i ranami. Zebrał siły, aby przejść się po salach i popatrzeć, czy wśród nich nie ma kogoś znajomego. Wśród pacjentów rozpoznał nauczyciela z Turgiel.

– Jak się pan czuje panie Jankowski – zagadnął leżącego.

– Ksiądz też tutaj?

– Złapałem tyfus, ale Bogu dzięki nabieram sił.

– Bolszewicy zajęli Wilno, boję się o los Kaplicy Ostrobramskiej – mówił z trudem nauczyciel.

– Ufajmy, że Matka Boża ocali miasto i obaj tam jeszcze powrócimy.

Ksiądz Michał Sopoćko wyszedł ze szpitala dopiero w grudniu. Zbliżały się święta Bożego Narodzenia. Osłabionego po ciężkiej chorobie zaprosił do siebie na święta ksiądz Tyszka, proboszcz w pobliskich Łomiankach. Z życzliwym kapłanem odwiedził sąsiednią parafię na Bielanach, gdzie księża marianie prowadzili gimnazjum z internatem dla młodzieży. Ks. Michał zainteresował się pracą wychowawczą prowadzoną przez księży. Wypytywał o wiele spraw i starał się dowiedzieć jak najwięcej o ich metodach. Praca pedagogiczna i wychowawcza interesowała go od czasów pracy w Zabrzeziu, kiedy to ksiądz proboszcz Łoszakiewicz uświadomił mu potrzebę pracy edukacyjnej wśród dzieci i młodzieży. Teraz dojrzewało w nim pragnienie podjęcia studiów w tym kierunku.

Wzmocniony duchowo i fizycznie wrócił do konwiktu po Trzech Królach, ale sytuacja aż nadto odzwierciedlała przysłowie: „Nie wchodzi się dwa razy do tej samej rzeki". Mury budynku zastał puste, uniwersytet zamknięty, studenci w wojsku, a w mieście powszechna mobilizacja. Młoda, ledwo odzyskana niepodległość potrzebowała obrony. Michał, który wciąż cierpiał zawroty głowy i przy dłuższym staniu robiło mu się słabo, nie czuł się jeszcze na siłach, by zgłosić się do wojska.

Do stolicy przybywało coraz więcej uchodźców z Litwy i Białorusi. Pewnego dnia znów natknął się na znajomego. Był nim ksiądz Jerzy Sienkiewicz z Wilna. Przebywał właśnie w kościele św. Barbary, gdzie Michał ostatnio zaczął chodzić na nabożeństwa.

– Na długo w Warszawie? – zapytał zaskoczony.

– Tylko na chwilę. Przybyłem z frontu do kurii polowej z prośbą o kapelanów. Tworzy się polskie wojsko, a żołnierze oprócz broni potrzebują duchowego wsparcia – wyjaśnił szybko.

W spojrzeniu wileńskiego kapelana ksiądz Michał dostrzegł wyraz zakłopotania, jakby tamten chciał zapytać: "A ty, co robisz tutaj, gdy tam nasza młodzież umiera?"

– Właśnie dochodzę do siebie po tyfusie – rzekł tonem usprawiedliwienia – ale może ksiądz na mnie liczyć – obiecał solennie.

Gdy tylko poczuł się nieco lepiej, zgłosił się do kurii polowej, lecz otrzymał jedynie przydział do Trzeciego Szpitala Wojskowego, który dopiero się formował i nie było w nim jeszcze pacjentów. Musiał czekać. Wolny czas poświęcał na samokształcenie. Czytał podręcznik do filozofii i uczył się francuskiego. Zwiedzał biblioteki i muzea, chodził na wystawy i do opery. Dane mu było uczestniczyć w otwarciu sejmu i pierwszych jego obradach. Rozpoczęły się one Mszą św. w katedrze św. Jana, na której arcybiskup Józef Teodorowicz wygłosił słynne kazanie, w którym wskazywał na brzemię odpowiedzialności władzy za rodzącą się niepodległą ojczyznę.

Na takiej bezczynności minął miesiąc. Gazety i uchodźcy z frontu wciąż donosili o nowo tworzących się oddziałach wojska polskiego, które potrzebowały kapelanów. Michał poczuł się już na tyle zdrowy, że nie czekając dłużej, osobiście poprosił biskupa polowego Stanisława Galla o oddelegowanie na front i został przydzielony do Wileńskiego Pułku Strzelców Białorusko-Litewskiej Dywizji.

34 SŁUŻBA NA FRONCIE

„2 marca ruszyłem na front do Wołkowyska"[34]

Był początek marca. Wciąż trzymał silny mróz. Warszawa była pokryta białym puchem. Wyglądała mroźnie i dumnie. Szedł w stronę dworca zamaszystym krokiem, w zapiętym pod szyję płaszczu od księdza Lackiego, którego już nie raz błogosławił za ten nieoceniony dar. Zastanawiał się, czy dane mu będzie tu powrócić. „Bądź wola Twoja", szeptał w duchu.

Po drodze zatrzymał się jeszcze w Białymstoku. Wysiadł na stacji i zapytał o kościół. Poszedł pieszo, by rozprostować nogi i odetchnąć trochę świeżym powietrzem. Z pewnej odległości dostrzegł uroczą fasadę starego, późnorenesansowego kościółka, do którego „doklejono" monumentalny, neogotycki kościół z czerwonej cegły. Pełen podziwu dla budowniczych wszedł do wnętrza. Pokonując zacieniony przedsionek i długą główną nawę, stanął przed ołtarzem. Misternie wyrzeźbiony ołtarz N.M. Panny Wniebowzięcia zachwycił młodego księdza. Długo klęczał, modląc się i oddając swój los w ręce Maryi.

– Kto jest autorem tego pięknego ołtarza? – zagadnął proboszcza.

– To dzieło pana Bogaczyka z Warszawy.

– Bogaczyk, trzeba mi zapamiętać to nazwisko.

Po nabożeństwie i krótkiej gościnie na plebanii ks. Michał Sopoćko ruszył w dalszą drogę. Pociąg toczył się lekko po szynach, wystukując wesołą melodię. Ksiądz, wpatrując się w uciekający horyzont, wspominał jak zaledwie pół roku temu ratował się ucieczką przed Niemcami, których teraz nie było już na wschodzie, lecz znajdowała się tam

---

niepodległa ojczyzna i wojsko polskie, które jej broniło przed nowym wrogiem. Pociąg z Wilna do Warszawy wlókł się przez kilka dni. Wtedy serce chciało go wyprzedzić. Teraz pędził jak na złamanie karku, wprost do paszczy lwa, gdzie czekała śmierć i pożoga.

Pod wieczór był już w Wołkowysku. Zameldował się u szefa sztabu i oddelegowany do swojej kwatery zasnął lekkim, niespokojnym snem. Następnego dnia dowiedział się, że wkrótce pojedzie do Różanki, gdzie mieściło się dowództwo pułku. Przydzielono mu mundur, karabin, ordynansa oraz furmankę i wysłano w drogę. Był szary i zimny świt. Otulił się długim, wojskowym płaszczem, wyjął różaniec i zaczął wolno przesuwać w dłoniach paciorki. Powierzał Bogu biedną ludność tych terenów, podeptanych i ograbionych przez tysięczne armie, które maszerują tam i z powrotem po tej umęczonej ziemi.

– Kiedy wreszcie zapanuje tu pokój? – zastanawiał się głośno.

– Nich się ksiądz pomodli, żebyśmy nie wpadli w ręce bolszewików, bo bandy grasują po lasach.

– Wszystko w rękach Boga – westchnął Sopoćko i dalej pogrążył się w modlitwie.

Nie upłynęło wiele czasu, gdy nagle posłyszeli w oddali tętent koni.

– W imię Ojca i Syna – krzyknął ordynans i odbezpieczył karabin.

Szczęśliwym trafem był to oddział polskich ułanów, którzy zmierzali również do dowództwa pułku. Eskortowali księdza do samej Różanki. Dopiero pod wieczór dotarli do celu. Pułkownik Adamowicz przywitał ks. Michała z radością i przedstawił wszystkim w kasynie. Obecność księdza podniosła żołnierzy na duchu.

Różanka w przeszłości była własnością Paców, którzy wybudowali tu pałac i ufundowali piękny kościół w XVI wieku. Po pałacu zostały jedynie ruiny, ale kościół wciąż służył wiernym jako dom modlitwy. Miasteczko zamieszkiwali w większości Żydzi, a domy Polaków były usytuowane na obrzeżach.

W Różance, oprócz dowództwa i małego oddziału, nie stacjonowało wojsko, które zaangażowane było w działania wojenne na pobliskim froncie. Tutaj przywożono rannych, którzy byli rozlokowani w domach prywatnych. Tych jako pierwszych odwiedził z posługą spowiedzi i Komunii św. Do głębi wstrząsnęły nim warunki, w jakich ich położono. Na podłodze, na garstce słomy, przykrytych płaszczami, gdzie jęczeli i majaczyli w gorączce, pozostawieni bez pomocy. Ranni, nieprzydatni na froncie, zostali porzuceni jak wojenne śmieci.

Ks. Sopoćko na Mszy św. przemówił do społeczności Różanki z apelem o zorganizowanie szpitala. Szczęśliwie się złożyło, że była to właśnie pierwsza niedziela postu i lud wezwany do jałmużny odpowiedział żywo i ze szczerego serca obdarował żołnierzy. Wojsko zarekwirowało lokal w jednym z żydowskich domów, a ludność ofiarowała łóżka, poduszki, kołdry i czystą pościel. Kilka dziewcząt zgłosiło się na sanitariuszki.

Wkrótce przeniesiono żołnierzy do szpitala, gdzie znaleźli się pod troskliwą opieką nowo przeszkolonych pielęgniarek i pułkowego lekarza. Natomiast ks. Sopoćko podążył dalej do walczących na froncie żołnierzy. Szybko przekonał się jak bardzo był potrzebny. Przed prowizorycznymi konfesjonałami ustawiały się długie kolejki. Spowiadał, odprawiał dla nich nabożeństwa i głosił krzepiące kazania.

Następny dzień przyniósł nowy rozkaz i wyjazd do oddziałów rozlokowanych wzdłuż linii frontu w Kosowie i okolicach Żyrowic. Znów na furmance w towarzystwie ordynansa. Na drogach było coraz więcej błota. W ciągu dnia przygrzewało cieplejsze, marcowe słońce, śnieg zaczynał topnieć, a wzdłuż drogi płynęły strugi wody. Na polach spod śniegu wyzierały skiby zaoranej jesienią ziemi. Westchnął ciężko i wciągnął w nozdrza orzeźwiające powietrze. Gdzieś tam pod śniegiem ziemia budziła się do życia. Ta niezmierzona siła odnawiania się przyrody rodziła nadzieję.

W Kosowie znów dziesiątki żołnierzy cisnęły się do spowiedzi. Ledwie zakończył posługę w konfesjonale, otrzymał rozkaz udania się w bezpośrednie sąsiedztwo działań wojennych pod Żyrowicami. Naprędce zorganizowano konfesjonał w wiejskiej chacie, gdzie żołnierze zaczęli ustawiać się do spowiedzi. Michała nie dziwiła ta gorliwość chrześcijańska. Wielu z nich stało u bram życia wiecznego.

Nagle nastało poruszenie wśród zebranych i tłumek przed chatą rozpierzchł się.

– Księże kapelanie! – zawołał ordynans – musimy się zbierać, jest rozkaz, ruszamy do Żyrowic!

W drodze kapłan jak zwykle odmawiał zdrowaśki, ale miarowe kołysanie furmanki sprawiło, że zdrzemnął się kilka minut. Nauczył się już odsypiać w drodze nieprzespane noce.

W Żyrowicach otrzymali kolejną wiadomość. Nazajutrz ruszają na Baranowicze. Ksiądz Sopoćko energicznie zajął się poszukiwaniem świątyni, gdzie mógłby odprawić nabożeństwo dla wojska i wyspowiadać żołnierzy przed kolejnym starciem z wrogiem. Pierwsze kroki skierował w stronę okazałego monasteru Zaśnięcia Matki Bożej, który był kompleksem kilku świątyń. Tutaj Matka Boża Żyrowicka objawiła się w XV wieku pastuszkom, pozostawiając mały wizerunek Madonny z Dzieciątkiem wyryty w jaspisie, słynący cudami i czczony przez wiernych, który dał początek żywemu przez wieki ośrodkowi kultu Maryjnego.

Zastał tylko jednego cerkiewnego duchownego, który dla odwagi zaprawił się winem. Ksiądz Michał zażądał od niego kluczy do małej świątyni w stylu barokowym stojącej w ogrodzie. Dawno temu kompleks świątynny należał do unickich braci bazylianów, lecz w 1839 roku carat unieważnił unię brzeską, a dobra unickie przekazał cerkwi prawosławnej.

Batiuszka oddał klucze bez sprzeciwu. Ksiądz Sopoćko wyświęcił kościół, a następnie przez wiele godzin spowiadał żołnierzy i cywilów, którzy na wieść o przyjeździe katolickiego księdza pospieszyli do świątyni. Na koniec odprawił Mszę św., po czym przekazał klucze w ręce katolików jako prawowitych właścicieli tej świątyni.

O świcie nastąpił wymarsz wojsk. Ksiądz wraz z nimi opuścił miasto, siedząc na furmance obok swego ordynansa. Poranek był mroźny i bezwietrzny. Droga wiodła przez stary, pachnący żywicą, sosnowy las. Wkrótce przekroczyli rzekę Szczarę.

Kolumnę wojska zabezpieczał konny oddział ułanów, gdyż również na tym terenie grasowali bolszewiccy partyzanci. Pod wieczór wojsko zatrzymało się na odpoczynek we wsi Murawjewo. Dla księdza był to jednak czas intensywnej pracy. Spowiadał, odprawił Mszę św., grzebał poległych, miedzy nimi rotmistrza, który zginął w potyczce z bolszewikami kilka dni wcześniej. Przespał się zaledwie cztery godziny, by o piątej rano znów być gotowym do drogi. Niespodziewanie nadszedł rozkaz odwrotu. By uniknąć okrążenia wojsko skierowało się w stronę Słonimia.

Nadwyrężone niedawno przebytą chorobą i drakońskim stylem kapelańskiej posługi zdrowie księdza znów zawodziło. Poczuł silne dreszcze i męczący ból głowy. W Słonimiu udał się do lekarza, który zdiagnozował tyfus plamisty. Nie pierwszy raz otrzymywał druzgocącą diagnozę, ale w warunkach frontowych był to prawie wyrok śmierci. Został skierowany do szpitala polowego, który urządzono w klasztorze sióstr bernardynek. Siostry umieściły go w separatce i otoczyły troskliwą opieką. Odwiedzali go też księża kapelani. Stan chorego jednak z dnia na dzień się pogarszał. Wyczerpany, trawiony wysoką gorączką poprosił kapelana Żołądkowskiego o ostatnie namaszczenie. Przygotowany na śmierć zdał się na wolę Bożą.

Któregoś dnia uświadomił sobie, że siostry opuściły szpital, a na ich miejsce przyszły świeckie pielęgniarki. Te przeniosły go na salę ogólną, gdzie leżał na pryczy między innymi żołnierzami. Ranni majaczyli w gorączce, jęczeli i przeklinali. Stan chorego pogarszał się. Tracił kontakt ze światem.

Rosjanie właśnie podeszli pod Słonim. W szpitalu słychać już było strzały artylerii. Nieprzyjaciel przystąpił do ataku na miasto.

– Bolszewicy nadchodzą! Wszyscy ubierać się. Szpital musi być ewakuowany! – usłyszał gorączkowy nakaz siostry.

– Siostro, siostro! – chorzy wołali o pomoc.

Ktoś nałożył mu płaszcz i zapiął guziki. Wychudzony i lekki jak piórko bez trudu został uniesiony przez czyjeś ręce i przeniesiony na wóz, który czekał pod szpitalem.

Chorych i rannych załadowano na furmanki, około 20 osób, i wywieziono w stronę stacji kolejowej odległej o kilka kilometrów. Wozy podskakiwały na kocich łbach, a wraz z nimi głowy żołnierzy, rzuconych pospiesznie na deski, wyścielone zaledwie garstką słomy. Pociąg jeszcze nie nadjechał. Trzeba było czekać kilka godzin na stacji. Ostre marcowe powietrze chłodziło rozpalone twarze i wdzierało się w każdą szparkę ubrania.

Tego dnia pociąg nie przyjechał. Natarcie bolszewików powstrzymano i ranni mogli wrócić do szpitala. W drodze powrotnej wozy znów się trzęsły i obijały zziębnięte i obolałe ciała chorych. Kolejne tygodnie czekali na pociąg, którym wreszcie przetransportowano ich do Wołkowyska.

Tutaj stan księdza znów się pogorszył. Trudy podróży osłabiły go jeszcze bardziej. W duchu gotował się już na rychłe spotkanie z Bogiem. Walczył ze śmiercią, gdy niespodziewanie temperatura zaczęła spadać. Zupełne wyczerpanie nie pozwalało mu stanąć na nogi, ale patrzył już przed siebie żywszym spojrzeniem, w którym tliła się nadzieja wyzdrowienia. Pewnego dnia przy jego łóżku przysiadł znajomy kapłan.

– Ksiądz Jerzy tutaj? – powiedział zdziwiony, z bladym uśmiechem na twarzy.

– Jestem tu kapelanem. Z trudem księdza poznałem. Co się stało?

– Tyfus. Bogu dzięki i tym razem wywinąłem się śmierci.

– Jesteś nam potrzebny – przynaglił – codziennie umierają żołnierze, a kapelanów jak na lekarstwo.

Jeszcze nie wypisał się ze szpitala, gdy już służył innym chorym, których w nagłych wypadkach przygotowywał na śmierć. Jeszcze słaby, słaniający się na nogach, zastępował księdza Sienkiewicza w czasie jego wyjazdów.

Kończył się już okres Wielkiego Postu, a gdy wyruszył z Warszawy na front i przybył do Wołkowyska, była właśnie Środa Popielcowa. Wiele przez ten czas postu i umartwienia musiał wycierpieć, ale dzięki łasce Bożej wracał do zdrowia. W Niedzielę Palmową odprawił Mszę św. dla chorych w Szpitalu Czołowym, oddalonym o kilka kilometrów od miejsca, gdzie mieszkał. W drodze powrotnej zasłabł i upadł na ulicy. Z trudem dźwignął się z ziemi i przysiadł na stopniu żydowskiego sklepu, żeby odpocząć. Właśnie w tym czasie przejeżdżał tamtędy proboszcz z Szydłowic, zatroskany stanem współbrata w kapłaństwie, zabrał go na plebanię.

– Po chorobie wciąż nie mogę dojść do siebie – tłumaczył się ksiądz Michał.

– U mnie ksiądz wydobrzeje. Świeże masło, ser i miód postawią cię bracie na nogi.

Wielki Tydzień spędził na wiejskiej parafii w Szydłowicach u litewskiego księdza Stonionisa, gdzie mimo toczącej się wojny mógł podziwiać oznaki budzącej się wiosny, słuchać radosnego śpiewu ptaków i nabierać sił do nowych zadań.

Parę dni po Wielkanocy powrócił do pracy, by zastąpić kapelana Jerzego Sienkiewicza, który jako proboszcz dywizji wymaszerował z wojskiem naprzód w stronę oswobodzonego z rąk bolszewików Wilna.

W szpitalach, które były rozrzucone po całym mieście, przebywało kilkaset rannych i chorych żołnierzy. Aby do nich dotrzeć, musiał codziennie pieszo pokonywać wiele kilometrów. Brakowało sił, ale trwał na wyznaczonym posterunku prawie dwa miesiące, mimo iż po tyfusie był wyczerpany do granic. Dopiero biskup polowy Gall, który na Zielone Świątki przybył na front z wizytacją, widząc jego mizerny stan zdrowia, polecił mu udać się na rekonwalescencję.

35 URLOP ZDROWOTNY

„Przebywałem tam parę miesięcy, poprawiłem się znacznie [...]"[35]

Ks. Sopoćko otrzymał urlop zdrowotny na trzy miesiące, a komisja lekarska skierowała go do sanatorium w Zakopanem. W oficjalnym rozkazie generał Szeptycki podziękował mu za pełną poświęcenia posługę na froncie. Nie pozostało mu nic innego jak tylko rozliczyć się z broni i umundurowania, spakować garstkę przedmiotów osobistych i udać się na dworzec kolejowy.

Pociąg pospieszny z Wołkowyska do Zakopanego mknął po torach,

---

[35] Tamże, s.60.

pozostawiając za sobą smugę szarego dymu. Michał spoglądał na pola, gdzie wśród ugorów widział zagony pokryte młodym, zielonym zbożem i łąki, gęsto przetykane złocistym mleczem. Czyjeś pracowite dłonie mimo wojny trudziły się tutaj.

Trzy miesiące na froncie zmieniły go nie do poznania. Miał szarą, ziemistą cerę i głębokie zakola na skroniach. Gęsta jeszcze przed rokiem czupryna przylegała cienką warstwą do czaszki, a włosy wychodziły garściami. Ukołysany monotonną jazdą, oparł ciężką głowę o twarde oparcie fotela i zasnął lekkim snem.

Na trasie do Zakopanego znajdowały się dwa miasta, Częstochowa i Kraków, które postanowił odwiedzić. Pragnął pokłonić się Matce Bożej Królowej Polski u jej tronu. Twarz Czarnej Madonny, znaczona bliznami, często towarzyszyła mu na modlitwach. To przed jej wizerunkiem klęczał w oszmiańskim kościele, zawierzając rodzące się kapłańskie powołanie.

Serce mu drżało, gdy z daleka dostrzegł wieżę klasztoru i na błękitnym tle nieba zarysowały się czerwone mury, za którymi znajdował się cudowny obraz. W bramie klasztoru spotkał generała paulinów, ojca Markiewicza, który wyszedł właśnie do robotników pracujących na murach, jakby sama Matka Boża wysłała swego sługę, by przywitał ks. Michała.

Ksiądz spędził wśród ojców paulinów trzy dni, przyjmowany z największą gościnnością. Miał możność odprawiać Msze św. przed cudownym obrazem dla pielgrzymów, garnących się z dziecięcą prostotą do stóp kochającej Matki. Zwiedził bibliotekę, skarbiec i archiwum. Spacerował i modlił się w ogrodach klasztornych.

Następnym przystankiem był Kraków. Tu również zatrzymał się na kilka dni. Znalazł gościnę w klasztorze bonifratrów. Zaprzyjaźnił się ze spotkanym kapelanem wojskowym księdzem Michałem Żełudziewiczem, który stał się jego przewodnikiem po zabytkach miasta, kościołach, klasztorach i muzeach. Odwiedził nawet Wieliczkę, gdzie podziwiał wyrzeźbione w soli kapliczki i figurki.

Pociąg z Krakowa do Zakopanego jechał kilka godzin. Ksiądz Michał z zapartym tchem obserwował wznoszące się coraz wyżej pagórki, po których lokomotywa pięła się jęcząc i sapiąc z wysiłku.

W Zakopanem udał się do sanatorium Czerwonego Krzyża im. doktora Chramca. Początkowo lekarz zabronił mu spacerów po górach. Mógł jedynie poruszać się po mieście. Poza zabiegami miał dużo czasu dla siebie. Często nawiedzał kaplicę zakładową, gdzie codziennie odprawiał Mszę św., a gdy zachodziła potrzeba, głosił też kazania uczestniczącym w nabożeństwach kuracjuszom czy przygodnym turystom. Z natchnieniem i płomiennym zapałem przemawiał w rocznicę bitwy pod Grunwaldem, aż kazanie jego rozeszło się głośnym echem po mieście.

Dopiero po paru tygodniach kuracji otrzymał zgodę na wyjazd do Doliny Kościeliskiej. Odtąd z zaprzyjaźnionym kapelanem Marchewką, jego bratem, także księdzem, i księdzem Sonikiem, odbył wiele wypraw w góry. Na ile siły pozwalały, wspinał się na pomniejsze szczyty i odpoczywał nad szumiącymi strumieniami. Wyciszony klimatem gór i zachwycony potęgą dzieł Stwórcy, kłaniał się drewnianym kapliczkom, ustawionym przez pobożny lud góralski, dziękując Bogu za piękno świata, za życie i powołanie kapłańskie. Mijało już pięć lat, odkąd ślubował tą drogą podążać.

Górskie powietrze, długie spacery i spokój, jakiego dawno nie doświadczał, szybko regenerowały jego siły. Przybrał na wadze, nabrał kolorów i energii do działania.

***

W końcu sierpnia opuścił sanatorium, by na powrót podjąć służbę w wojsku. Myślał też nadal o rozpoczęciu przerwanych studiów, lecz zanim stawił się u biskupa Galla w Warszawie, chciał jeszcze odwiedzić najbliższych. W czasie toczącej się wojny myśli o nich napawały niepokojem. Wszyscy borykali się z trudnościami. Doskwierała im bieda, a często nie mieli nawet dość jedzenia dla swoich dzieci. Wiózł dla nich dobre słowo, modlitwę, ale nie zapomniał też o materialnym wsparciu.

Odwiedził siostrę Zofię w Korycinie i brata Ignacego w Sołwjach. Szczególnie ubolewał nad losem siostry, która po śmierci męża sama wychowywała siedmioro dzieci. Planował umieszczenie ich w ochronce swego wychowawcy z seminarium, księdza Karola Lubiańca, któremu jeszcze będąc na parafii w Taboryszkach pomagał rozlokować podopiecznych w domach bogatych gospodarzy na czas wojny. Piotr przebywał po rosyjskiej stronie frontu. Ks. Michał miał nadzieję, że wraz z ojcem odnajdą się, gdy wreszcie zapanuje pokój.

W Warszawie spotkała go niespodzianka. Biskup odwołał go z frontu i naznaczył na kapelana Kościuszkowskiego Obozu Szkoleniowego Saperów na Powązkach.

36 CUD NAD WISŁĄ

„[...]13 sierpnia posłyszeliśmy strzały pod Warszawą. Ja nie wierzyłem, by Warszawa mogła być oddaną."[36]

Zakres nowej posługi kapelana okazał się obfity i wszechstronny. Przede wszystkim prowadził szkolenia o charakterze religijno-moralnym oficerów z różnych formacji i z różną historią służby, czy to w Legionach Piłsudskiego, czy w wojsku Austriackim, także w oddziałach Dowbora Muśnickiego. Dotyczyły one także podoficerów ze Szkoły Podchorążych Inżynierii i Saperów oraz Szkoły Podoficerskiej. W szkołach oficerskich dotykał podstaw teologii oraz prezentował historię Kościoła, odnosząc się też do historii Polski i polskiego oręża. Podoficerom głosił pogadanki służące kształtowaniu ich postaw religijnych, moralnych i patriotycznych. Nadto posługiwał duchowo w szpitalu wojskowym pułku saperów na Marymoncie i opiekował się cmentarzem wojskowym na Powązkach. Wielkim utrudnieniem w sprawowaniu posług religijnych był brak odpowiednich miejsc kultu. Pozostałe po rosyjskich koszarach kaplice wymagały odnowienia i zmiany wyposażenia. To dopełniało trosk kapelana.

16 października nastąpiła inauguracja roku akademickiego. Ks. Michał zapisał się na uniwersytet, na sekcję teologii moralnej Wydziału Teologii. Zamierzał też chodzić na wykłady z prawa i filozofii. Jego grafik wypełnił się kolejnymi zajęciami. Z rana Msza św. w Konwikcie Teologicznym przy ulicy Traugutta, gdzie zamieszkał, potem wykłady, a po południu posługa w szpitalu wojskowym i koszarach.

W październiku niespodziewanie przyszedł list od Piotra, w którym brat donosił mu o śmierci ojca. Długo spoglądał na kartkę papieru, skreśloną znajomym pismem, ale oczyma duszy widział rodzica w dniu, w którym rozstali się po raz ostatni. Jego zmęczoną twarz, posiwiałe włosy i wyblakłe, błękitne oczy pełne niepokoju o syna, który pozostawał na parafii mimo zbliżającego się frontu.

– Dlaczego cię nie zatrzymałem ojcze? – szepnął zgnębiony.

To pytanie jak wyrzut sumienia wryło mu się głęboko w świadomość, by powracać wielokrotnie w życiu.

Latem 1915 roku w Taboryszkach rozstali się w dramatycznych

---

[36] Tamże, s.60.

okolicznościach. Ojciec udał się wtedy na wschód. Wycieńczony nędzą i trudami uchodźctwa umarł przy synu Piotrze w lipcu 1919 roku śmiercią pielgrzyma-tułacza wciąż po rosyjskiej stronie frontu. Nie doczekał czasów, kiedy te tereny miesiąc później wojsko polskie wydarło z rąk bolszewików.

Szarpnięty nagłym bólem postanowił udać się natychmiast na Białoruś i przewieźć zwłoki ojca do Rakowa i pochować je obok matki.

Brata Piotra odnalazł aż w Piotrusowszczyźnie. Radość ze spotkania zmieszała się z żalem po wysłuchaniu opowieści o śmierci ojca. Z przewiezieniem zwłok napotkał ogromne trudności i postanowił odłożyć to na później, gdy wreszcie zakończy się wojna. Teraz ważniejsze było życie Piotra.

– W Warszawie jest spokojnie, a tutaj żyjecie w ciągłej niepewności.

– Myślę przeprowadzić się w okolice Wilna.

– To dobrze, jak tylko będę mógł, pomogę ci osiedlić się na swoim.

– Tato wierzył, że zamieszkamy w wolnej Polsce. Szkoda, że nie doczekał.

Obaj znów zasmucili się na wzmiankę o ojcu. Michał nie mógł przeboleć, że nie zatrzymał go w Taboryszkach, ale nie można już było cofnąć czasu.

***

Ksiądz Sopoćko powrócił do Warszawy i zajął się urządzaniem kaplic, które pozostały po carskim wojsku. W kościele św. Józafata przy cmentarzu wojskowym przerobił trzy ołtarze na styl właściwy dla katolickiego kościoła. Do kaplicy w obozie KOS Saperów zamówił ołtarz Serca Jezusowego u warszawskiego rzeźbiarza Bogaczyka, a do kościoła na Marymoncie, u tego samego artysty, ołtarz Królowej Korony Polskiej i św. Kazimierza. Koszty pokryła kuria polowa.

Wystarał się o pomieszczenie na gospodę dla żołnierzy, gdzie po zajęciach mogli posilić się i odpocząć. Zorganizował Bratnią Pomoc Żołnierską dla rodzin poległych i szkołę dla sierot po wojskowych, w której wychowankowie między innymi uczyli się gry na instrumentach i potem weszli w skład orkiestry.

Ksiądz Michał był częstym gościem w gabinecie generała Wejtko, szefa Departamentu Inżynierii i Saperów. Kiedy prosił o dotacje na nowe inwestycje, generał zamaszystymi krokami przemierzał odległość od okna do drzwi i od drzwi do biurka. Wreszcie się zatrzymywał naprzeciwko księdza i drapał się szybko za uchem.

– To będzie nas kosztować – kalkulował – ale morale naszego żołnierza to sprawa priorytetowa, a ksiądz ma ten wyjątkowy dar rozpalania ducha – uśmiechał się lekko i unosił brwi.

– Robię, co w mojej mocy – odpowiadał skromnie młody kapłan.

– No dobrze, niech ksiądz działa.

Ksiądz Sopoćko nie raz przekonywał się o życzliwości generała, który nie żałował funduszy na rozbudowę kaplic, nowe obrazy i piękne, rzeźbione ołtarze.

Modlitwa, nauka i praca. Wytrwale, z dnia na dzień, sumiennie wypełniał swoje obowiązki. Starannie opracowane pogadanki dla żołnierzy budziły podziw i uznanie przełożonych. Podobnie jak jego kazania, które trafiały prosto do serc żołnierzy i przychodzących z okolicy wiernych.

***

Gdy w Warszawie panował spokój, atmosfera nauki i pracy, na wschodzie wciąż toczyła się wojna. Michał znów postanowił odwiedzić rodzinę. W marcu wyjechał do Wilna i postarał się o umieszczenie dzieci siostry w ochronce księdza Lubiańca.

– Będą mogły się uczyć i nie będą głodne – zapewnił Zosię.

– Dziękuję, że o nas nie zapomniałeś.

18 maja 1920 roku owacyjnie witano Marszałka Piłsudskiego na ulicach Warszawy jako zwycięskiego wodza. Jednak z frontu wschodniego przychodziły złe wieści. W kwietniu i maju toczył się bój nad Berezyną, a w czerwcu wojska polskie poniosły klęskę w rejonie tej rzeki i nastąpił odwrót polskiej armii. Oddziały konne Budionnego, które przełamały polski front, siały postrach i szerzyły panikę w polskich oddziałach. Bolszewicy szybko postępowali na zachód, zdobywając kolejne miasta i wsie.

1 lipca Marszałek powołał Radę Obrony Państwa. Naród polski mobilizował wszystkie siły do obrony ledwie odzyskanej niepodległości.

10 lipca Michał Sopoćko znów udał się do Wilna, by się zobaczyć z rodzeństwem. Uspokajał i pocieszał. Kilka razy przeżyli już zmianę frontu, więc i tym razem trzeba ufać Bogu. Bolszewicy przyjdą, ale bez woli Boga nawet włos z głowy nie spadnie.

W Wilnie panowała napięta atmosfera. Generał Boruszczak, głównodowodzący obroną miasta, wydał odezwę do ludności. Na murach miasta wisiały jego ulotki, nawołujące do zachowania spokoju. Michał udał się do pobliskiego Polepia pod Wilnem, gdzie przebywał Piotr. Po drodze dostrzegł ludzi kopiących okopy i zaledwie pojedyncze oddziały legionistów przygotowujących się do obrony. Z bratem pospiesznie opuścili Polepie i udali się do Wilna. Tam prosto na dworzec, by jak najszybciej dostać się do pociągu do Warszawy. Do ostatniego wagonu wsiadł też generał Boruszczak. Oznaczało to tylko jedno – wojsko polskie bez walki oddawało miasto bolszewikom.

Żołnierze w pośpiechu i totalnym rozprężeniu uciekali przed wrogiem, przy okazji grabiąc, co się dało. Ksiądz Sopoćko osobiście prosił generała, aby zabronił takiego zachowania. Jednak nikt nie słuchał rozkazów dowódcy. Pociąg żółwim tempem wlókł się do Warszawy, gdyż jedna lokomotywa ciągnęła na zmianę kilka składów. Bolszewicy nie napotykając większego oporu postępowali szybko naprzód.

***

Gazety przynosiły grobowe wieści. Bolszewicy zajęli Grodno, Białystok, Łomżę, Ostrołękę i zbliżali się do stolicy. Wielu warszawiaków w szoku nie przyjmowało tego do świadomości. Bawili się, chodzili do teatrów i przesiadywali w restauracjach.

Dopiero wobec nieuniknionego już zagrożenia jakby obudzili się ze snu. Nastąpiła gorączkowa mobilizacja. Z drugiej strony, kto mógł, opuszczał stolicę. Ewakuowano wiele instytucji. KOSS otrzymał nakaz wyjazdu do Krakowa. Ksiądz Michał zdecydował się jednak pozostać. Słowem, modlitwą i czynem włączył się do działań na rzecz obrony Warszawy. We współpracy z zaprzyjaźnionym księdzem Trószyńskim, marianinem z Bielan, nie ustawali w organizowaniu wieców nawołujących do wstępowania do wojska i naciskania na rząd, by nie wahał się zaciągnąć pożyczkę państwową dla ratowania ojczyzny.

W kościołach lud trwał na nieustającej modlitwie. Biskupi uroczyście zawierzyli kraj Najświętszemu Sercu Jezusa i Niepokalanemu Sercu Maryi. W stolicy tłumy wiernych pozostawały dniem i nocą na czuwaniu modlitewnym, błagając Boga o pomoc w obliczu wroga, który kilkakrotnie przewyższał obrońców liczbą, uzbrojeniem i doświadczeniem w boju.

Z drugiej strony komuniści rozpoczęli wzmożoną akcję agitacyjną za współpracą z siłami rewolucyjnej Rosji. W tym celu zbierali się często na cmentarzu powązkowskim. Ks. Sopoćko wraz z ks. Trószyńskim zorganizowali straż obywatelską, która uniemożliwiała te spotkania.

W kościele na Marymoncie powstał tymczasowy szpital polowy, gdzie przywożono rannych z pobliskiego frontu. Ksiądz Michał pełnił wśród nich posługę duszpasterską.

14 sierpnia, gdy zacięty bój toczył się już na przedpolach stolicy, korpus dyplomatyczny wycofał się do Poznania. W Warszawie pozostał tylko nuncjusz papieski monsignor Ratti, późniejszy papież Pius XI.

W dniu 15 sierpnia, w święto Wniebowzięcia Matki Bożej, czczonego na ziemiach polskich jako Matka Boska Zielna, ksiądz Sopoćko wyświęcił kaplicę w KOSS na Powązkach. Tutaj doszła go wiadomość o śmierci ks. Skorupki, który zginął poprzedniego dnia.

Katecheta gimnazjalistów dodawał ducha swym uczniom, zapewniając, by nie martwili się, bo Bóg i Królowa Korony Polskiej nie opuszczą ich i nie minie 15 sierpnia, święto Wniebowzięcia Matki Bożej, gdy wróg będzie pokonany. W tym dniu, zgodnie z proroctwami księdza Skorupki, stoczona została decydująca bitwa o Warszawę, nazwana cudem nad Wisłą.

27-letni kapelan z krzyżem w dłoni poprowadził oddziały swoich wychowanków, którzy zaledwie dwa tygodnie wcześniej wstąpili do wojska. Zginął jako jeden z pierwszych. Po zaciętych walkach 14 i 15 sierpnia, wróg został zmuszony do odwrotu. Wśród ludzi rozeszła się wieść, że zwycięstwo dokonało się za sprawą cudu. Opowiadano, że nad oddziałami młodocianych ochotników ukazała się na niebie Matka Boża w towarzystwie aniołów i osłoniła swym płaszczem stolicę. Sprawiła, że bolszewicy uciekali w popłochu.

Michał Sopoćko, który widział panikę, bezład i upadek ducha w odstępujących Wilno oddziałach polskiego wojska, był również przekonany, że nawet ta zmiana morale żołnierza, który z największym poświęceniem i odwagą odparł ataki wroga, dokonała się za sprawą Bożej interwencji.

***

Chociaż wojna nie zakończyła się jeszcze, w Warszawie zapanował względny spokój. Ks. Sopoćko nadal pracował w KOSS i posługiwał rannym żołnierzom, którymi wypełniły się szpitale polowe. Praca kapelana wojskowego wybiegała daleko poza pogadanki o miłości ojczyzny i odprawianie nabożeństw dla żołnierzy. Poprzez bratnią pomoc żołnierską wspierał rodziny walczących na froncie i poległych. Sieroty zaangażował w orkiestrze. Utworzył dwa chóry składające się z wojskowych i świeckich. Inicjatywy księdza wspierały zawsze chętne do pomocy parafianki i księża marianie.

Opieka nad cmentarzem zmusiła go do cichej wojny z komunistami, którzy chcieli wykorzystać to miejsce do swoich tajnych spotkań. Nie mógł pozwolić, by knuli spiski na poświęconej ziemi. Postarał się, by straż obywatelska rozpędzała komunistów.

Jego śmiałe i zdecydowane działania przysporzyły mu wrogów. Pewnego październikowego wieczoru, nieświadomy grożącego mu niebezpieczeństwa, wyszedł ze szpitala przy ul. Dzikiej i podążył pieszo do kościoła na Marymoncie, gdzie odprawiał wieczorne nabożeństwo różańcowe. Na dworze szarzało i szybko zapadał jesienny zmierzch. Aby skrócić sobie drogę, wybrał się na przełaj przez mniej zamieszkałe tereny. Na cichej uliczce Błońskiej minął grupę rozmawiających ze sobą mężczyzn. Po chwili usłyszał za plecami tupot biegnących ludzi.

Obejrzał się. Zauważył, że jeden z nich był w mundurze.

– Jak otrzymać pozwolenie na ślub? – zagadnął go żołnierz.

– Bierz go! – padła szybka komenda, zanim ksiądz zdążył odpowiedzieć.

Błyskawicznie jeden z napastników chwycił go wpół od tyłu. Drugi uderzył pałką w głowę, po czym wszyscy trzej zaczęli okładać go kijami.

– Ratunku! – zdążył wykrzyknąć.

Pod gradem ciosów, upadł bezsilny na ziemię. Wobec niechybnej śmierci, powierzył duszę Bogu. Resztkami sił jeszcze raz zawołał o pomoc.

Po chwili był już wolny, a napastnicy ratowali się ucieczką. Na odsiecz księdzu przyszli żołnierze, którzy szczęśliwym trafem stali w pobliżu, niewidoczni w ciemnościach. Strzegli tej nocy pociągu z amunicją, który zatrzymał się na przebiegających tu torach. Herszta szajki złapali i przekazali policji. Mimo śmiertelnego niebezpieczeństwa, ks. Michał cudem zachował swoje życie.

Głównym sprawcą napadu okazał się Jan Ptaszyński, przywódca komunistów, szukających zemsty za wypędzenie z cmentarza. Po brutalnym napadzie wojsko przydzieliło kapelanowi pojazd konny i dwóch żołnierzy do obrony, gdy poruszał się po Warszawie, jednak komuniści kilkakrotnie uciekali się do podstępu, by zwabić księdza w zasadzkę.

Pewnej nocy otrzymał wezwanie do chorej. Mieszkał wtedy na terenie koszar. Gdy ordynans otworzył drzwi, stanął w nich starszy mężczyzna prosząc o ostatnie namaszczenie dla umierającej żony.

– Jak się pan tu dostał, czy ma pan przepustkę?

– Nie mam, wszedłem przez druty.

– Dlaczego pan nie poszedł do swojej parafii?

W odpowiedzi wzruszył tylko ramionami i wciąż nalegał.

– Proszę, chodźmy szybko, ona umiera!

Jako kapłan nie mógł odmówić, ale srodze wcześniej doświadczony, poprosił oficera o trzech uzbrojonych żołnierzy. W pobliżu domu chorej dostrzegł mężczyzn, wychylających się zza rogu, którzy zniknęli w ciemnościach. Natomiast kobieta wyglądała na zupełnie zdrową. Leżała na łóżku w ubraniu i nic nie wskazywało, że coś jej dolega. Zdziwił się, ale zgodnie z prośbą udzielił jej ostatniego namaszczenia. Dzięki przezorności i uzbrojonym żołnierzom prawdopodobnie uniknął kolejnej zasadzki, w której mógł stracić życie.

***

W następnych miesiącach wojsko polskie rozbiło doszczętnie bolszewików w bitwie nad Niemnem i zmusiło ich do kapitulacji. Jednak kwestię przynależności Wilna Polacy musieli rozstrzygnąć z Litwinami, którzy rościli sobie prawo do grodu Giedymina, jako swojej historycznej stolicy. Bolszewicy wycofując się, przekazali miasto w litewskie ręce. Mimo iż gen. Żeligowski „zbuntował się" i siłą zajął miasto, o jego państwowej przynależności miał zadecydować Sejm Wileński.

Michał Sopoćko zaangażował się również w tę sprawę. Na początku stycznia 1921 roku przybył do Wilna, na wybory do sejmu. W tych dniach odwiedził kilka zaprzyjaźnionych parafii pod Wilnem. W Rudominie, Turgielach, Taboryszkach, Onżadowie, Bieniakoniach, Solecznikach przemawiał po nabożeństwach przed kościołem do setek wiernych o konieczności połączenia Litwy Środkowej z Polską. W poczuciu obywatelskiego obowiązku przypominał o polskich korzeniach i przedstawiał argumenty za powrotem do Macierzy. Jednak w niektórych parafiach nawet wśród księży dało się wyczuć napiętą atmosferę wokół tej sprawy. Nie wszyscy mówiący po polsku byli z dziada pradziada Polakami. Wielu z nich nosiło litewskie nazwiska. Pod wpływem nasilonej akcji uświadamiającej prowadzonej na łamach litewskich czasopism w ludziach posiadających litewskich przodków budziła się świadomość narodowa.

Ksiądz Michał oddał głos w swoim okręgu wyborczym i wrócił do Warszawy. O powrocie Litwy Środkowej do Polski ostatecznie rozstrzygnął plebiscyt 8 stycznia 1922 roku, w którym Polacy większością głosów zadecydowali o przynależności tego regionu do II Rzeczypospolitej.

37 PRACA I NAUKA W WARSZAWIE

„Na wiosnę 1924 r. przeprowadzałem badania w szkołach powszechnych i średnich nad dziećmi w sprawie alkoholizmu."[37]

Ks. Michał Sopoćko dzięki swej gorliwej i oddanej posłudze kapelana oraz przez rozwijanie działalności społecznej, ujawnianej w trosce o rodziny wojskowych, zyskiwał respekt zarówno u szeregowych

---

[37] Tamże, s.81.

żołnierzy, kadry oficerskiej, jak i przełożonych.

Marszałek Piłsudski ilekroć przyjeżdżał na wizyty do KOSS, zawsze wypatrywał w tłumie kapelana, o którym słyszał tyle dobrego. Witał go jako pierwszego, chociaż lewicowe poglądy Marszałka niewiele miały wspólnego z religią. Cenił księdza za działalność patriotyczną, społeczną i budowanie wysokiego morale w wojsku poprzez cotygodniowe pogadanki. W 1922 roku Ministerstwo Wojny wydało je drukiem, p.t. „Pogadanki. Obowiązki względem ojczyzny", uznając za obowiązujące dla rekrutów we wszystkich oddziałach. Był to debiut książkowy i tą drogą zasłużone wyróżnienie dla księdza Sopoćki.

Ciągłe uroczystości wojskowe, na których musiał bywać w kasynie wojskowym, odbierał jako męczący obowiązek. Często był proszony o przemówienia, gdyż zawsze potrafił słowem łączyć ludzi i mimo różnic światopoglądowych jednoczyć serca.

Tak też zdarzyło się na świętowaniu imienin Józefów. A byli nimi nie inni, jak począwszy od marszałka Piłsudskiego, znaczący i ceniący siebie i swoje zasługi generałowie Józef Dowbór-Muśnicki i Józef Haller, znani na dodatek z osobistych antypatii. Pułkownik garnizonu, który zwykle przemawiał w takich okolicznościach, tym razem znalazł się w niełatwym położeniu. Jak złożyć najlepsze życzenia jednemu Józefowi, by nie urazić drugiego i trzeciego?

– Księże Michale proszę coś powiedzieć, bo mam przeczucie, że roniosą mnie na szablach, gdy tylko otworzę usta. Może księdza oszczędzą – szepnął w stronę kapelana szczerze zakłopotany.

Ksiądz Sopoćko wstał powoli, choć nie do końca był zaskoczony. W zanadrzu miał przygotowanych kilka słów na taką okoliczność.

– Kościół katolicki obchodzi dzisiaj dzień świętego Józefa, który nie jest dość czczony w naszym kraju – zaczął, a następnie omówił szeroko znaczenie kultu świętego, który był opiekunem Jezusa – obecnie trzech wielkich synów tego narodu Bóg obdarzył tym imieniem: Józefa Piłsudskiego, Józefa Hallera i Józefa Dowbór-Muśnickiego. Zapewne po to, aby nam o nim przypomnieć. Zdarzyło się, niestety, że nie łączy ich osobista przyjaźń, ale co najważniejsze i za to im cześć, wszyscy kochają Polskę i z całych sił jej służą.

Wszyscy słuchali w napięciu, a gdy skończył, zwrócili wzrok na solenizantów. Marszałek pierwszy podniósł kielszek i kierując go w stronę zebranych zawołał.

– Zdrowie!

– Niech żyją! – rozległy się gromkie życzenia.

Wiele rąk z kielszkami uniosło się do góry, a na sali zapanowała atmosfera wzajemnej życzliwości i radosnego świętowania.

***

Jesienią 1922 roku ksiądz Michał zapisał się do Wyższego Instytutu Pedagogicznego, jednocześnie kontynuując studia na sekcji teologii moralnej Wydziału Teologicznego, gdzie też w 1923 roku otrzymał tytuł magistra teologii.

Tematem pracy dyplomowej, kończącej studia pedagogiczne był alkoholizm wśród młodzieży. Oprócz badań naukowych przeprowadzonych w warszawskich szkołach podstawowych i średnich pisząc swoją rozprawę, opierał się też na własnych doświadczeniach w kontaktach z sierotami po wojskowych, mieszkającymi w obozie KOSS i niestety przyzwyczajonymi przez żołnierzy do alkoholu. Wnioski z tych obserwacji były przygnębiające. Alkoholizm powodował katastrofalne skutki w życiu młodego człowieka. Brak chęci do nauki i pracy, ucieczki, samobójstwa i degradację osobowości młodych ludzi, z którymi później mimo wysiłków nauczycieli i wychowawców nie udawało się wiele osiągnąć.

Praca ta została wydana w formie książki p.t. „ Alkoholizm a młodzież szkolna", która zyskała rozgłos w kręgach nauczycieli, lekarzy i polityków. Księdza Sopoćko zapraszano na prelekcje, spotkania, a nawet do współpracy nad ustawą antyalkoholową w sejmie.

Na studiach doktoranckich, zajął się równie palącym problemem odradzającego się po okresie niewoli polskiego społeczeństwa: kondycją polskiej rodziny. Za temat badań podjął problematykę rodziny w prawodawstwie polskim, w odniesieniu do systemów prawnych obowiązujących wcześniej w zaborach. Tak jak pragnął przeciwdziałać alkoholizmowi młodych i nie tylko, tak teraz przeczuwał, jak ważna jest rodzina, jej katolicka wizja i jej prawa w procesie kształtowania należytych postaw obywatelskich i wychowania młodego pokolenia.

***

Znajomość z księżmi marianami, zawarta krótko po przyjeździe księdza Michała do Warszawy, z biegiem czasu przekształciła się w trwałą przyjaźń i współpracę. Spotykali się regularnie przy okazji niedzielnych nabożeństw, które odprawiali w kaplicy na Marymoncie. Ksiądz kapelan sprawował Mszę św. z rana dla żołnierzy, a marianie odprawiali później nabożeństwo dla cywilów. Nieraz wspólnie ponarzekali sobie na skromne warunki w kaplicy, która ani wyglądem ani rozmiarami nie zaspokajała potrzeb duchowych parafian. Michał Sopoćko nie lubił pozostawiać słów w zawieszeniu. Raz wypowiedziane lub tylko uświadomione potrzeby stawały się bodźcem do działania.

Na wiosnę 1924 roku, gdy wojsko zajęło się remontem koszar, nadarzyła się okazja, by włączyć w te prace również kaplicę. Dzięki jego zabiegom powstał Komitet Przebudowy Kaplicy, składający się z wojskowych i cywilów. Na jego czele stanął ks. Sopoćko. Podpułkownik Henrych stworzył projekt przekształcenia kaplicy na kościół w stylu barokowym z elementami klasycznymi. Podpułkownik Pawłowski z kolei został wykonawcą projektu, a na kierownika robót wyznaczono porucznika Gruszczyńskiego. Dzięki wsparciu wojska przebudowa dokonała się w kilka miesięcy. Z prostego budynku w kształcie kwadratu powstała świątynia, dorównująca swym dostojnym wyglądem pięknym kościołom stolicy.

***

Pewnego dnia po Mszy św. na Marymoncie w zakrystii wręczono mu list od biskupa Matulewicza, który wzywał go pilnie na rozmowę.

– W Wilnie brakuje rąk do pracy. Szerzy się ideologia komunistyczna. Młodzież potrzebuje pasterzy, którzy własnym przykładem i osobowością pociągną ją do Boga. Powiem szczerze, że chętnie wykorzystałbym wiedzę i talenty księdza w swojej diecezji, ale czy zgodzi się ksiądz pozostawić stolicę?

– Prawdę mówiąc, mam poważne plany związane z nauką.

– Znane mi jest przywiązanie księdza do pracy z młodzieżą. Studia magisterskie dały wiedzę, którą trzeba wykorzystać w praktyce. Jest ksiądz nie tylko pedagogiem, ale i zdolnym organizatorem. Taki człowiek jest mi potrzebny.

– Tylko że właśnie zacząłem studia doktoranckie.

– Doktorat można pisać w Wilnie, a przyjeżdżać tutaj na konsultacje. U księży marianów zawsze ksiądz znajdzie gościnę.

– Dobrze, ale czy biskup polowy się zgodzi?

W duchu posłuszeństwa ks. Michał złożył na ręce bp. Galla podanie o zwolnienie z wojska, lecz biskup polowy w żadnym wypadku nie zamierzał rezygnować ze sprawdzonego kapelana i nie udzielił zgody. Wobec tego bp. Matulewicz zmuszony był osobiście interweniować.

Spór rozwiązano polubownie. Biskupi ustalili, że ksiądz Michał pozostanie nadal kapelanem wojskowym, lecz będzie przeniesiony do Wilna, gdzie obejmie funkcję Kierownika Rejonu Duszpasterstwa obejmującego garnizony w Wilnie, Nowej Wilejce, Podbrodziu i Berezweczu, a dodatkowo zajmie się organizowaniem struktur związkowych młodzieży pozaszkolnej.

Na półtora miesiąca został wysłany do Poznania, by przyjrzeć się metodom pracy z młodzieżą, jaką prowadził tam ksiądz Adamski. Przy okazji poznał sposoby szerzenia abstynencji przez ks. Gałdyńskiego, redaktora czasopisma „Świt". Nadarzyła się też okazja, aby odwiedzić Pniewy, gdzie w poprzednie wakacje bywał na zastępstwach jako kapelan w domu sióstr urszulanek. Miał tam szczęście prowadzić nieocenione dla wiary i ducha rozmowy z matką Urszulą Ledóchowską. Niezwykle ujęła go pełna ufności i wewnętrznej pogody osobowość założycielki zgromadzenia.

Uroczyste poświęcenie kościoła pod wezwaniem Matki Bożej Królowej Polski odbyło się 16 listopada 1924 roku. Dokonał tego biskup polowy Stanisław Gall w obecności wielu dostojnych gości, wojska i ludu Warszawy. Była to pierwsza w Polsce świątynia pod takim wezwaniem. Prasa stołeczna nie szczędziła pochlebnych słów pod adresem jej inicjatora i wykonawcy. W gazetach pojawiły się wzmianki, w których podkreślano zasługi ks. kapelana Michała Sopoćki w dziele powstania tej pięknej budowli.

38 FAUSTYNA

„W tym czasie szukałam klasztoru, jednak gdzie zapukałam do furty, wszędzie mi odmówiono."[38]

Latem 1924 roku ulicami stolicy przemykała schludnie ubrana dziewczyna o miłej twarzy i lekko falowanych, rudych włosach. Te same ulice centralnej Warszawy często przemierzał pospiesznym krokiem młody ksiądz, zatopiony w myślach nad troskami codziennych wyzwań kapelańskiej posługi i projektami prac dyplomowych. Możliwe, że mijali się zajęci własnymi myślami.

Helena Kowalska tego lata poszukiwała zakonu, do którego mogłaby wstąpić. W kilku klasztorach odmówiono jej. Nie miała posagu ani wykształcenia, co stanowiło poważną przeszkodę. Aż pewnego dnia zapukała do drzwi Zgromadzenia Sióstr Matki Bożej Miłosierdzia, gdzie ją wysłuchano, ale też odłożono przyjęcie. Miała zaledwie 19 lat.

Michał Sopoćko kilkanaście lat wcześniej przeżył podobne jak Helena chwile, gdy w 1908 roku z kilkunastoma rublami w kieszeni przybył do Wilna, by wstąpić do seminarium duchownego.

Gdy ksiądz Sopoćko dowiedział się, że będzie przeniesiony do Wilna, był już 36-letnim doświadczonym kapłanem i cenionym kapelanem wojskowym, a także magistrem teologii i absolwentem studium

---

[38] Św. Siostra Faustyna Kowalska, Dzienniczek, Kraków 2016, 12, s.41.

pedagogiki. Jego nazwisko było rozpoznawane w środowiskach działaczy trzeźwościowych przez cenną pracę o alkoholizmie wśród młodzieży. Dostrzegano też jego umiejętności organizacyjne jako budowniczego kościoła na Marymoncie.

Gdy on zdobywał tytuły naukowe i uznanie w środowisku wojskowym i kościelnym, ona służyła jako kucharka, sprzątaczka i niania w rodzinie z pięciorgiem dzieci, aby uzbierać na skromną wyprawkę, która była warunkiem przyjęcia do zakonu.

Ksiądz Profesor i prosta zakonnica trzeciego chóru spotkali się dziewięć lat później w Wilnie, by z Woli Bożej podjąć dzieło rozpowszechnienia Bożego Miłosierdzia na całym świecie.

39 POWRÓT W RODZINNE STRONY

„[…] udałem się 6 grudnia 1924 r. do Wilna. Znalazłem tu warunki okropne: brak kościoła, mieszkania, zorganizowanej pracy i księży do niej."[39]

Choć do końca nie dowierzał, że to wszystko dzieje się naprawdę i podświadomie bronił się przed zmianą, z dniem 16 października 1924 roku został oddelegowany do Wilna. Znów przyszło odcumować łódź i wyruszyć na ciemne, wzburzone wody, w stronę zwaśnionych narodów, pełnych wzajemnej wrogości i urazów. Litwa bowiem uważała Wileńszczyznę za teren okupowany przez Polskę, a granicę z Polską, jedynie za linię demarkacyjną. Również wśród duchowieństwa zdarzały się sprzeczne postawy wobec przynależności Wileńszczyzny do Polski.

Ks. Sopoćko nie zamierzał angażować się w konflikty narodowościowe. Podobną postawę reprezentował biskup Matulewicz, który twierdził, że jego ojczyzną jest Kościół, a jedyną partią: Chrystus. Pomimo takiego nastawienia, musiał się zmierzyć z nastrojami panującymi w środowisku.

W początkach grudnia ks. Sopoćko opuścił stolicę. Po drodze na nową placówkę odwiedził znajomego księdza w Grodnie. Zastał tu księży z kurii wileńskiej. Jeden z nich, ks. Januszewicz, zaproponował mu, by na początek zatrzymał się w jego mieszkaniu, gdy przybędzie do Wilna.

---

[39] Dziennik, s. 82.

W klasztorze franciszkanów poznał ojca Maksymiliana Kolbe. Przyszły święty był wówczas trzydziestoletnim doktorem filozofii i teologii, który od dwóch lat z ogromnym zapałem wydawał „Rycerza Niepokalanej". Ksiądz Sopoćko z zaciekawieniem przyglądał się urządzeniom drukarni i stosom egzemplarzy pisma.

– Słyszałem, że „Rycerz Niepokalanej" szybko zyskuje nowych czytelników – ks. Michał wyraził uznanie dla pracy apostolskiej o. Kolbe.

– Tak, trzeba nam dzisiaj, pod opieką Panny Najświętszej, także przez słowo drukowane, gromadzić jak największe rzesze wiernych przy Chrystusie. Pragnę szerzyć cześć Niepokalanej w krajach, gdzie Jej jeszcze nie znają. Na misjach w Japonii, Chinach, Indiach. Mam już pewne plany, by założyć tam nasze domy.

Ksiądz Sopoćko spojrzał uważnie w pogodną, szeroką twarz młodego zakonnika, który snuł marzenia podboju świata dla Niepokalanej. Fascynowało go jego bezgraniczne zawierzenie i oddanie Matce Bożej, ponieważ głęboką miłość i cześć dla Maryi nosił we własnym sercu.

***

Powrót do Wilna już od pierwszych chwil odebrał jak zimny prysznic. Jeszcze w pociągu, miał poczucie, jakby zjeżdżał z góry, a raczej zsuwał się do coraz niższych i groźniejszych terenów.

Z jasno oświetlonych, tętniących życiem ulic Warszawy i ciepłych, komfortowych pomieszczeń przeniósł się do spartańskich warunków lokalowych bez podstawowych wygód. To odczucie pogłębiała jeszcze zimowa aura. Nad miastem wisiały ciemne chmury. Sypał gęstymi płatami śnieg, który topniejąc, tworzył kałuże błota. Krótkie grudniowe dni, wcześnie zapadający zmrok i chłód działały przygnębiająco na psychikę.

Wileński Rejon Duszpasterstwa, którego został kierownikiem, liczył sobie ogółem około 12 tysięcy żołnierzy. Do ich obsługi miał zaledwie dwóch księży i brak własnej świątyni.

Zgnębiony udał się do biskupa Matulewicza ze skargą.

– Jak mam temu podołać?

– Teraz ksiądz rozumie dlaczego go tu ściągnąłem – tłumaczył biskup – potrzeby są ogromne, a rąk do pracy brakuje. Wśród młodych robotników szerzy się ateizm. Trzeba zająć się pracującą młodzieżą, ażeby pociągnąć ją do Chrystusa, zanim zatruje się ideologią marksistowską. To dzisiaj wielkie zadanie dla Kościoła.

Ks. Michał po wyjściu od zwierzchnika zamiast pomocy, poczuł na ramionach nowy ciężar, który trzeba mężnie udźwignąć.

Pracę wśród żołnierzy zaczął wypracowaną w Warszawie metodą

cotygodniowych pogadanek. Udało się uzyskać od władz wojskowych środek lokomocji, którym dojeżdżał do rozrzuconych po mieście oddziałów. Nabożeństwa dla swoich podopiecznych odprawiał w kościele św. Kazimierza.

– To niesłychane, niech ksiądz tylko popatrzy, ile błota nanieśli na butach. Śniegu nawet nie otrząsną. Nie wiem już jak upilnować – uskarżał się przełożony jezuitów.

– Ale co robić, kiedy nie mają swojej kaplicy?

– Niech się ksiądz postara o jakieś inne miejsce i proszę mnie zrozumieć. Zaczynamy remont, trzeba przywrócić tej zabytkowej świątyni jej dawny splendor.

Ks. Sopoćko nie mógł zasnąć tej nocy. Wiele trosk spędzało mu sen z powiek. W Wilnie było 36 kościołów, niektóre z nich rzadko uczęszczane, a tymczasem najliczniejszy garnizon w kraju nie miał własnej świątyni.

Znów zwrócił się z prośbą do biskupa.

– Rozumiem te trudności – rzekł zatroskany ordynariusz – polecę księżom parafialnym, aby wspierali cię bracie w twojej posłudze. Jednak dzisiaj szczególnie leży mi na sercu duszpasterstwo wśród młodzieży pracującej – przypomniał o swojej głównej trosce.

Mimo nadmiaru obowiązków w wojsku, ksiądz Michał był zmuszony zająć się również tworzeniem stowarzyszeń katolickiej młodzieży. Struktury organizacyjne i statuty zostały już opracowane i zatwierdzone przez Episkopat Polski. Podstawową komórką organizacyjną było Stowarzyszenie Młodzieży Polskiej. Ogół związków w diecezji nazywano Związkiem Stowarzyszeń Młodzieży Polskiej, a na szczeblu krajowym – Zjednoczeniem Stowarzyszeń Młodzieży Polskiej. Jego siedzibą był Poznań, który w tym czasie był głównym ośrodkiem ruchu młodzieży katolickiej. Nie były to organizacje polityczne, lecz o charakterze społecznym i religijnym, mające na celu kształtowanie u młodzieży autentycznych postaw religijnych, a także gospodarności i ofiarności obywatelskiej. Zwracano uwagę na wypracowanie takich cech jak: wstrzemięźliwość, rycerskość i punktualność.

Teraz otrzymał zadanie, by podobne struktury utworzyć na Wileńszczyźnie. Dzieło to jednak przerastało siły jednego człowieka. Prosił biskupa i uzyskał zgodę, by zaangażować do pomocy innego księdza. Postanowił również zaprosić do współpracy nauczycieli.

Posługa w wileńskim garnizonie zaczęła się w adwencie. Można rzec, że rozpoczął ją, jak niegdyś w Janiszkach, od konfesjonału. Przywykł już do twardych desek i długiego wysiadywania w tej swoistej celi więziennej, gdzie zatrzymują kapłana ludzkie przewinienia. Wsparli go księża parafialni, z których pomocą w ciągu kilku tygodni wyspowiadał cały garnizon. Na kilka dni przed Bożym Narodzeniem wyjechał też do Podbrodzia i Berezwecza, gdzie również z pomocą lokalnych księży spowiadał żołnierzy.

W Wigilię wraz z Dowódcą Obszaru Warownego objechał wszystkie oddziały, gdzie dzielił się opłatkiem, składał życzenia i wraz z żołnierzami witał nowonarodzone Dziecię Jezus.

Od Nowego Roku udało się uzyskać zgodę na korzystanie z kościoła św. Jana, który był wystarczająco duży, by pomieścić cały garnizon, a przy tym niezbyt uczęszczany. Niestety po miesiącu i z tego kościoła trzeba się było wynosić.

W tym czasie ks. Sopoćko zmienił mieszkanie, w którym jedno pomieszczenie przeznaczył na sekretariat Związku Stowarzyszeń Młodzieży, który zarejestrował u władz wojewódzkich jako legalną organizację. Przy pomocy młodego księdza Kafarskiego udało mu się utworzyć w Wilnie kilka kółek.

W sprawie kościoła garnizonowego pukał do wielu drzwi u władz świeckich i duchownych. Przede wszystkim nalegał na Dowódcę Obszaru Warownego, aby poparł jego starania.

– Żołnierze muszą mieć własną świątynię! – zwrócił się z żądaniem do gen. Pożerskiego.

– Niestety teraz uzyskać od rządu jakieś pieniądze, graniczy z cudem – martwił się głośno dowódca.

– Najważniejsze, żebyśmy ruszyli z miejsca. Potem będziemy się zastanawiać skąd wziąć fundusze – zachęcał ks. Sopoćko.

Przełożony zamyślił się na chwilę i zastanowił nad projektem, który w tej trudnej powojennej sytuacji wydał mu się niemożliwy, ale stanowczość i determinacja kapelana, przekonały go, by podjąć pierwsze kroki.

Zorganizowali spotkanie, na którym ks. Michał postarał się, by było jak najwięcej osób, gdyż decyzje podjęte wobec licznego grona, trudniej później odwołać. Zaprosił biskupa ordynariusza Matulewicza i jego biskupa pomocniczego Michalkiewicza. W oficerskim kasynie, gdzie miało się odbyć zebranie, stawili się nadto: wojewoda, rektor uniwersytetu, przedstawiciele sądów i prokuratury, władze miejskie i przedstawiciele wileńskich organizacji kościelnych i świeckich. Gospodarzami byli wojskowi.

Gen. Pożerski przywitał zebranych i przekazał głos Kierownikowi Rejonu Duszpasterstwa Wojsk w Wilnie. Zapadła chwila ciszy. Sprawa budowy kościoła zawisła teraz na słowach ks. Sopoćki, które miał za chwilę wypowiedzieć.

– Zebraliśmy się tutaj, aby wspólnie podjąć konkretne decyzje w sprawie garnizonowego kościoła. Wszyscy zdajemy sobie sprawę z trudności, jakie przeżywamy, ale żołnierze zostali właśnie wyproszeni z kolejnego już kościoła w mieście. Jak to możliwe, aby ci, którzy bronią ojczyzny i stoją na straży naszej niepodległości, nie mieli miejsca, gdzie ich duch mógłby się umacniać? Dobrze wiemy, że morale armii decyduje o jej skuteczności. Taką będziemy mieć obronę, jaki będzie nasz żołnierz. Ufam, że nikt nie zaprzeczy, że wojsko musi mieć własny kościół garnizonowy – przemówił zdecydowanym tonem.

Aprobujące głosy z sali tylko utwierdziły księdza w przekonaniu, że zebrani go popierają.

– Przejdźmy zatem do konkretów.

Tutaj ksiądz Sopoćko przedstawił kilka wersji rozwiązań. Ostatecznie wszyscy zgodzili się, że najlepszą będzie odbudowa zrujnowanego przez carat kościoła św. Ignacego, przerobionego na kasyno wojskowe, znajdującego się w bezpośredniej bliskości sztabu wojskowego.

Mimo iż była to tylko renowacja, to jednak budowla była tak zdewastowana, że skala prac równała się budowie nowej świątyni. Na początek powołano Komitet Odbudowy Kościoła. W jego skład weszło 12 osób, wybranych spośród wojskowych, duchownych i władz świeckich, na czele z wojewodą. Ks. Sopoćko podjął się pełnić funkcję skarbnika.

Wkrótce ruszyły prace przy usuwaniu przybudówek i oczyszczaniu placu. Zadaniem księdza była troska o fundusze. Ponieważ w Kościele rozpoczął się właśnie okres Wielkiego Postu, głosił kazania po różnych parafiach, gdzie za zgodą proboszczów mógł kwestować na cel odbudowy.

Wytężona praca i zabieganie wokół wielu spraw, nie wspominając o kontynuowaniu pisania doktoratu, odbiło się na zdrowiu księdza. Zaczęło się od kaszlu, potem pojawił się ból w piersiach i duszności. Początkowo lekceważył te objawy, pochłonięty pilnymi zajęciami. Zimno w kościołach i mróz wdzierający się na szyby mieszkania doskwierały coraz dotkliwiej. Okręcał szyję szalikiem i starał się ubierać cieplejszy sweter, kiedy siadał do konfesjonału. Mimo to kaszel nie przechodził. Wreszcie wybrał się do lekarza, który stwierdził przewlekłą chorobę płuc i skierował go do sanatorium, ale ksiądz na razie nie mógł wyjechać.

Nadeszła Wielkanoc. Patrząc wstecz mógł odetchnąć z ulgą. Ustalił już harmonogram i formy posługi duszpasterskiej w wojsku. Rozpoczęły się prace przy odbudowie kościoła garnizonowego. Udało się już zebrać skromne fundusze. Przy kilku parafiach z pomocą księdza Kafarskiego powstały stowarzyszenia młodzieży.

Teraz z ufnością, że sprawy toczą się właściwym torem, przekazał pałeczkę w ręce swoich zastępców i wreszcie udał się na trzy miesiące do Zakopanego dla podratowania zdrowia.

W Zakopanem czyste, górskie powietrze, a także oderwanie od pracy i trosk życia codziennego leczyły lepiej niż wszystkie zabiegi, masaże i kąpiele zdrowotne, których zażywał w sanatorium. Wracając, zajechał do Warszawy, by spotkać się z promotorem swojej pracy doktorskiej. Tam dowiedział się o zmianach w rodzimej diecezji.

Biskup Matulewicz, który od dziecka cierpiał na gruźlicę kości, również wyjechał do sanatorium, a następnie złożył urząd arcypasterza, by zająć się sprawami swego zgromadzenia. Zamiast tego został mianowany arcybiskupem i wizytatorem apostolskim na Litwie.

Przed bliską już śmiercią, wypełnił jeszcze jedno zadanie, jakim było przygotowanie konkordatu między Litwą i Watykanem.

40 W SŁUŻBIE WOJSKA POLSKIEGO

„Odbudowa kościoła św. Ignacego napotkała na większe trudności, niż przypuszczałem."[40]

Ks. Sopoćko zeskoczył energicznie ze stopni pociągu, w radosnym nastroju, z poczuciem, że wraca do domu. Zaczerpnął pełną piersią sierpniowego powietrza, które pachniało już z lekka jesienią. W jego ciepłym powiewie zawirował gdzieś pierwszy żółty listek.

W biurze garnizonu czekał na niego stos dokumentów. Trzeźwym okiem przebiegł korespondencję, plany, kosztorysy i faktury wykonanych robót przy kościele. Uwagę przykuł zapis: „do zapłaty". Z niedowierzaniem wpatrywał się w szereg cyfr opiewających koszt wykonanych robót. Ponad 12 tysięcy. Jak to możliwe? Postanowił przyjrzeć się wnikliwie wykonanym pracom. Wstał energicznie z krzesła

---

[40] Tamże, s. 82.

i pospiesznym krokiem skierował się w stronę kościoła św. Ignacego.

Plac budowy zastał nieco uprzątnięty. Zniknęły przybudówki, a gruz został wywieziony. Spod odrapanego, brudnego tynku wyzierał nieśmiało szkielet zdewastowanej świątyni. Z rozrzewnieniem przyglądał się wiekowym murom. Już wkrótce odnowi ten kościół i przywróci jego dawną chwałę. Jednak na myśl o wystawionym rachunku znów się zmartwił. Cena wydała mu się dalece wygórowana. Postanowił porozmawiać w tej sprawie z osobami z komitetu odbudowy.

Z przykrością wysłuchał relacji o wykonawcy, który za całość prac zapłacił jedynie 700 zł, a licząc na brak zorientowania duchownego w sprawach budowlanych, próbował nabić sobie kieszeń.

***

W duszpasterstwie młodzieży również zaszły zmiany. Jeszcze przed odejściem z diecezji, biskup Matulewicz, z niewiadomych powodów, przeniósł księdza Kafarskiego na odległą parafię do Goniądza. W efekcie zniweczone zostały starania, które były podjęte w celu zorganizowania sieci stowarzyszeń młodzieży. Zaniepokojony tym ks. Michał, jedne z pierwszych kroków po powrocie, wydeptaną już ścieżką, skierował do kurii biskupiej. Biskup Michalkiewicz, który teraz zarządzał diecezją, wysłuchał cierpliwie skarg kapelana i próbował wyjaśnić decyzje poprzednika.

— Niektórzy zarzucają stowarzyszeniom działalność propolską. Duchowieństwo jest podzielone. Sytuacja jest delikatna, musimy postępować ostrożnie i liczyć się z nastrojami.

— Młodzież pracująca potrzebuje opieki duchowej. Ekscelencja doskonale to przecież rozumie.

— Zgadzam się najzupełniej — trudno mi sprzeciwiać się decyzjom mego poprzednika — jeśli uważa ksiądz, że ks. Kafarski musi wrócić, to zrobię wszystko by wrócił. Zorganizujemy też spotkanie proboszczów, na którym może ksiądz wygłosić referat o pracy nad młodzieżą pozaszkolną i jeśli pozyskamy dla tej sprawy księży parafialnych, to sprawa ruszy z miejsca. Może nawet uda się ich namówić do małej miesięcznej kontrybucji na rzecz stowarzyszeń. Fundusze są niezbędne, żeby stowarzyszenia mogły sprawnie funkcjonować.

Ks. Sopoćko odetchnął z ulgą. Przy dobrej woli biskupa, dzieło, o które tak się troszczył, nie upadnie, a może nawet nabierze wysokich lotów. Doszło do zapowiadanego spotkania księży. Płomienne przemówienie ks. Michała do zebranych doprowadziło do ich samoopodatkowania się na cel stowarzyszeń. Przywrócony do dzieła ks. Kafarski dzięki tym funduszom mógł wyjechać do Poznania, by przejść przeszkolenie w wypracowanych przez Kościół formach pracy z młodzieżą.

Księdzu Michałowi szczęśliwie przydzielono większe mieszkanie, gdzie udało się zorganizować kancelarię związku. Mógł też wreszcie porozkładać swobodnie materiały i fiszki opracowywanego doktoratu, które spokojnie teraz czekały na kolejną chwilę, kiedy dopisze dalszych kilka stron. Młodzież znów zaczęła się spotykać, pogłębiać życie religijne, dokształcać się na różnych kursach, tworzyć zwarte, dynamiczne i otwarte na religijną i społeczną działalność grupy.

***

Sporo zabiegów kosztowało ks. Sopoćkę, ale zdobył rzeczywiste rachunki robót i przedłożył je na zebraniu komitetu wykonawczego. Nie było wątpliwości, że wykonawca okazał się wielce nieuczciwy.

− Dowody świadczą przeciwko panu − gen. Berbecki, przewodniczący komitetu, zwrócił się do nieuczciwego inżyniera, który niemal 20-krotnie zawyżył koszty wykonanych robót − mogę jedynie zaproponować, aby domniemaną resztę należności wpłacił pan jako dobrowolną ofiarę na rzecz kościoła.

− Zgadzam się − odpowiedział krótko oskarżony, spuszczając wzrok z zażenowania.

Tym samym sprawa wstępnych kosztów została załatwiona polubownie.

Na pewien czas budowa kościoła stanęła jednak w miejscu. Komitet składający się z 12 osób okazał się mało operatywny. Ks. Sopoćko niecierpliwił się, gdy spory i niepotrzebne dyskusje opóźniały prace. Mimo przykrości, jakie musiał sprawić niektórym ważnym osobistościom, zmniejszył skład komitetu wykonawczego do 4 osób. Dwóch generałów, jeden inżynier i skarbnik stanowili wystarczający zespół.

Prof. inż. Krasnopolski podsunął prosty i skuteczny pomysł na szybkie i tanie prowadzenie robót. Zaproponował, żeby wykorzystać żołnierzy, pośród których znajdowało się wielu fachowców. Dowództwo nie wyraziło sprzeciwu i wkrótce na plac budowy wysłano oddziały wojskowych, którzy zapewnili potrzebną siłę roboczą. Po przetargu, nie bez krytyki, przyjęto najtańszego wykonawcę, inż. Antonowicza.

− Jak to możliwe? − podniosły się oburzone głosy − by ten sam człowiek, który przerobił ten kościół na carskie kasyno, teraz wygrał przetarg na jego odbudowę?

Ks. Sopoćko nie miał czasu na takie dyskusje. Wzruszał ramionami i robił swoje. Spieszył się. Codziennie przy kościele widać było uwijających się żołnierzy.

W jednej z przybudówek, naprędce odrestaurowanej, ks. Sopoćko utworzył dla oficerów Kaplicę Chrystusa Króla. Tak bardzo zależało mu, aby mieć możliwość posługi duchowej, sprawowania sakramentów, nauczania. Na zimowe miesiące było to ogrzewane i przyjemne miejsce, do którego z czasem zaczęli zaglądać co pobożniejsi wojskowi. Płomienne kazania kapelana rozeszły się echem po całym Wilnie i przyciągały wiernych z odległych części miasta.

Pod kierownictwem czterech zdecydowanych i operatywnych członków komitetu prace posuwały się prężnie do przodu. Chociaż kasa budowy często świeciła pustkami, jednak gdy nadchodziła sobota, jakimś cudem znajdowały się pieniądze na skromne wypłaty dla pracujących. Ks. Sopoćko kwestował po kościołach, a gdy zabrakło funduszy, dokładał z własnej kieszeni.

Koniec 1925 roku w posłudze kapelana przebiegał, jak i w poprzednim, zgodnie z kalendarzem liturgicznym. Adwent i przygotowanie do świąt Bożego Narodzenia. W Wigilię znów objeżdżał oddziały z dowódcą, by podzielić się opłatkiem z żołnierzami.

***

Był późny wieczór, gdy opuścił koszary wojskowe. Nad miastem zaległa cisza. Śnieg prószył bezszelestnie. Wokół zrobiło się biało i odświętnie. Miał przy sobie słodycze i małe zawiniątka dla krewnych. Jego brat z rodziną mieszkali w Nowej Wilejce, więc z racji niewielkiej odległości, to u niego spędzał najczęściej święta. Piotr był zaledwie o trzy lata starszy i łączyły ich silne braterskie więzi. Tym razem był mocno spóźniony, ale czekali na niego.

– Wujaszek! Wujaszek! – zawołała córeczka Piotra i podbiegła do księdza, na którego płaszczu lśniły jeszcze srebrzyste płatki śniegu.

– Zawierucha dzisiaj – ksiądz otrząsnął śnieg z rękawów, ale nie zdążył zdjąć palta, bo dzieci otoczyły go kołem, żeby przywitać honorowego gościa.

– Dajcie się wujkowi rozebrać – skarcił je Piotr.

W głębi mieszkania stał świątecznie zastawiony stół i wszyscy mogli wreszcie zasiąść do wieczerzy, połamać się opłatkiem i spróbować obowiązkowych 12 potraw. Ksiądz Michał przyglądał się swoim bratanicom z czułością ojca i wypytywał o wszystkie sprawy. Ciekawiły go problemy brata i jego dzieci. Jak sobie radzą w trudnych, powojennych czasach.

Na serdecznych rozmowach czas umykał prędko i zbliżała się pora, kiedy musiał ich opuścić.

– Służba nie drużba – powiedział zerkając na zegarek.

Założył palto i wyszedł na przysypaną śnieżnym puchem ulicę, wpatrując się uważnie, by nie zboczyć z drogi. Tej nocy odprawił jeszcze dla żołnierzy pasterkę.

41 DOKTOR TEOLOGII

„Po przyjeździe zaś do Wilna wydałem swoją pracę doktorską 'Rodzina w prawodawstwie na Ziemiach Polskich'."[41]

Pośród różnorodnych zadań i obowiązków znajdował czas na pracę naukową. Ukończył szczęśliwie pisanie doktoratu i przez ostatnie miesiące każdą wolną chwilę poświęcał przygotowaniu się do obrony. Została wyznaczona na 1 marca 1926 roku.

Trzymał tęgi mróz, kiedy o świcie szedł na dworzec, by na czas dostać się do Warszawy. Pociąg syczał i wyrzucał z komina kłęby pary, która niewiele różniła się kolorem od pociemniałego już na przedwiośniu śniegu. Pociąg przemykał szybko przez stojące nieruchomo lasy, które jakby zastygły od mrozu. Czasem na ich skraju zatrzymało się stadko saren, które z niepokojem podnosiły głowy, ale znikały zanim zdążył im się przyjrzeć.

Po kilku dniach wracał tą samą drogą bogatszy o tytuł doktora teologii. Spoglądał przez szyby pociągu, ale nie widział już krajobrazów. Przed jego oczami przesuwały się obrazy intensywnych przeżyć ostatnich dni. Jeszcze raz analizował pytania i żałował, że nie dopowiedział w kilku kwestiach, niektóre treści teraz wychodziły same z zakamarków jego pamięci. Pocieszał się, że egzamin i tak przebiegł bardzo dobrze i jego kilkuletni wysiłek został uwieńczony sukcesem. Temat, poruszający tak ważną problematykę rodziny, jej chrześcijańskiej wizji, praw należnych jej w kształtujących się zasadach życia społecznego wolnej ojczyzny, także był doceniony. A może by tak, podobnie jak było z pracą o zagrożeniach alkoholizmem wśród młodzieży, podesłać teraz doktorat, np. do posłów, którzy przecież głosują nad ustawami dotyczącymi rodziny. Czy zainteresują się jego badaniami? Tak czy inaczej, zawsze

---

[41] Tamże, s. 86.

była jakaś szansa. A i prof. Jehliczka, Czech, był także zadowolony z uznania dla pracy swego podopiecznego. Ks. Michałowi przypomniały się zabawne sytuacje, gdy korespondencyjnie już z Wilna się z nim kontaktował. Jego spolszczone terminy, sam język, polsko-czeska składanka, rozśmieszały niejednokrotnie, ale za to mimowolnie pozwalały odetchnąć i zyskać zdrowy dystans w napięciu intelektualnym przy roztrząsaniu niektórych zawiłych problemów w redakcji pracy. Dziś czuł wdzięczność i szczerą sympatię do swego mistrza.

W Wilnie szybko rozeszła się wieść o stopniu naukowym ks. dr Sopoćki. Znajomi wyciągali ręce z gratulacjami, a na jego biurko posypały się propozycje prowadzenia kursów, wykładów i lekcji w kilku placówkach dydaktycznych.

W kwietniu ks. Kafarski wrócił z Poznania i przejął posługę duszpasterza młodzieży, po czym dobrał sobie do pomocy młodych księży i samodzielnie poprowadził działalność metodą poznańskich stowarzyszeń. Biskup Michalkiewicz wydzierżawił nawet mieszkanie na biuro związku.

Księdza Sopoćkę, zwolnionego z obowiązku duszpasterza młodzieży, czekały inne zadania. Ciepłe miesiące dopingowały do zwiększenia tempa prac przy renowacji kościoła. Więcej osób wysyłano teraz na plac budowy, lecz wiązały się z tym koszty. Gdy nadchodziła sobota, ksiądz z niepokojem sprawdzał stan konta. Z trudem udawało się znaleźć fundusze na tygodniowe wypłaty.

Odetchnął z ulgą, gdy pojawiła się możliwość dodatkowej pracy, z której dochody mógł przeznaczyć na uzupełnienie luk w finansach. Kuratorium zwróciło się do niego z ofertą wykładów z psychologii i pedagogiki oraz metodyki nauczania na Wyższym Kursie Nauczycielskim. Stowarzyszenie Nauczycieli Polskich również poprosiło o prowadzenie szkoleń. Także dyrektor gimnazjum im. Czackiego chętnie widział go w gronie swoich nauczycieli. Został poproszony o nauczanie religii w starszych klasach w następnym roku szkolnym.

Przyjmował te propozycje z radością, gdyż praca pedagoga i nauczyciela była zajęciem, do którego czuł się powołany. Niemniej wykłady prowadzone na kursach wymagały mimo wszystko solidnego przygotowania. Aby sprostać nowym wyzwaniom, znów musiał narzucić sobie większą dyscyplinę pracy.

W wakacje 1926 roku prowadził kilka szkoleń z metodyki nauczania religii dla nauczycieli w podwileńskich miejscowościach. Wyjeżdżał zwykle na kilka dni do jakiegoś miasteczka, gdzie przy okazji mógł odpocząć od wielkomiejskiego zgiełku.

Był w Święcianach, Wilejce, Dziśnie i Oszmianie, która przywołała czułe wspomnienia. Tu zaczynał nauki, ale jakie i w jakich okolicznościach się odbywały?! Czy myślał wtedy, że kiedyś tu przyjedzie, aby już w wolnej ojczyźnie dzielić się swoją wiedzą, innych szkolić? Było za co dziękować Bogu i Matce Boskiej Częstochowskiej ze znanej oszmiańskiej świątyni.

Gdy wracał do Wilna załatwiał przeróżne sprawy, które zwykle uzbierały się w czasie jego nieobecności. Nadzorował budowę, doglądając przebiegu podejmowanych sukcesywnie prac, wypłacał tygodniowe pensje robotnikom i przygotowywał się do kolejnego wyjazdu do innej miejscowości.

Pewnej soboty, gdy rozliczał wypłaty dla robotników, z poczty nadszedł posłaniec z telegramem. Ks. Sopoćko z niepokojem przeczytał trzy krótkie słowa: „Piotr przy śmierci". Pierwsza myśl pobiegła do brata. Po chwili uświadomił sobie, że jeden z siostrzeńców również nosi to imię. Nie tracąc ani chwili udał się na pocztę.

– Czy można sprawdzić, skąd nadano depeszę?

Kobieta w okienku spojrzała życzliwie na księdza i sięgnęła po rejestr.

– W Oszmianie.

– Bóg zapłać pani – rzekł i w pośpiechu wyszedł na ulicę.

W okolicach Oszmiany mieszkała Zofia Grzybowska. Chodziło więc o siostrzeńca. Pospiesznie udał się do Zwierzyńca, dzielnicy, w której mieszkał brat chorego.

– Józiu jedź do domu i dowiedz się, co się stało! – polecił kuzynowi.

Wrócił do biura i mimo zdenerwowania rozliczył pieniądze i wydał robotnikom wypłaty. Po czym udał się do kaplicy, gdzie powierzył Bogu życie Piotra. W niedzielę odprawił Mszę św. w intencji chorego. Modlił się szczególnie za wstawiennictwem świętej Tereski od Dzieciątka Jezus. Mała Tereska, która w swoim życiu chorowała na gruźlicę płuc i jelit, ofiarowując swoje cierpienia w intencji grzeszników, była bliska sercu ks. Michała. W czasie modlitwy usłyszał głos: „Piotr będzie żył".

Po południu wrócił Józef, który przywiózł żałobne wieści o stanie zdrowia swego brata. Opowiedział wujkowi, że Piotr umiera po spóźnionej operacji wyrostka robaczkowego.

– Lekarze nie dają żadnej nadziei – żalił się Józio ze łzami w oczach.

– Nie płacz – pocieszył go ksiądz – jedź do domu i powiedz mamie, że Piotr będzie zdrów. Mam za tydzień kurs dla nauczycieli w Oszmianie, to go odwiedzę.

Józio zaskoczony patrzył na wuja, który mówił z taką pewnością, jakby to rzeczywiście miała być prawda. Po chwili kiwnął głową na znak, że uczyni tak, jak mu ksiądz powiedział.

– Ale lekarze nie robią najmniejszej nadziei – wyraził powątpiewanie.

– Idź już i nie trać czasu, bo oni tam rozpaczają niepotrzebnie.

Następnej niedzieli ks. Sopoćko zgodnie z planem pojechał do Oszmiany. W poniedziałek rano udał się do szpitala, by odwiedzić siostrzeńca. Gdy szedł szpitalnym korytarzem i zastanawiał się, gdzie leży Piotr, dziwnym zbiegiem okoliczności wyszedł mu naprzeciw doktor Polonis, który operował kuzyna.

– Niech będzie pochwalony – pozdrowił księdza – czy mógłbym w czymś pomóc?

– Jestem krewnym Piotra Grzybowskiego.

– Zaprowadzę księdza – zaproponował lekarz i po drodze zaczął wyjaśniać, że niestety pacjenta przywieziono zbyt późno, doszło do rozlania wyrostka i zapalenia otrzewnej – zrobiliśmy co w naszej mocy, ale pojawiły się zrosty. Stwierdziliśmy niedrożność jelit, co powoduje wzdęcia i pękanie szwów. Co trzy godziny podajemy morfinę, bo inne środki już nie działają. Zgon może nastąpić w każdej chwili.

– Ale żyje?

– Tak, ale właściwie to już agonia.

Prowadząc taką rozmowę doszli do sali, gdzie położono chorego. Ksiądz zobaczył go z daleka jak leżał nieruchomo, blady i wymęczony długotrwałym bólem. Powoli podszedł do siostrzeńca. Na jego widok chory usiadł na łóżku.

– Jestem głodny – powiedział zamiast zwykłego powitania.

Lekarz stojący obok zaniemówił. Na jego twarzy malowało się totalne osłupienie. Zauważył, że wzdęty brzuch chorego opadł zupełnie, a chłopak nie skarży się na ból, który wcześniej przeszywał go pomimo podawanej morfiny.

– Nie martw się, wyzdrowiejesz – ks. Michał pocieszył siostrzeńca – Bogu niech będą dzięki.

Od tej chwili nastąpiła poprawa, aż do zupełnego wyzdrowienia.

Ksiądz Sopoćko nie opowiadał nikomu o tej sprawie ani w Oszmianie, ani po powrocie do Wilna. Nie szukał rozgłosu, zachowywał całe to zdarzenie w tajemnicy, lecz mimo to wieść o cudzie szybko rozeszła się wśród nauczycieli na kursie, dotarła do Wilna, zaniesiono ją aż do dalekiego Pińska. Tam ks. Czeczot, wuj biskupa Łozińskiego, zainteresował się niecodziennym zdarzeniem i pisał do ks. prof. Świrskiego do Wilna z zapytaniem o bliższe informacje. Ten wybadał, że chodzi o ks. Sopoćkę i prosił, aby napisał w tej sprawie do zaciekawionego księdza do Pińska. Wtedy na usilną prośbę, a nawet wymówki, dlaczego takie niezwykłe zdarzenie przemilcza, ks. Michał zdał mu relację. Zaczął też zabiegać u lekarzy, by przedstawili dokumentację leczenia, jak nalegał ks. Czeczot.

Przy licznych zajęciach i ociąganiu się lekarzy, dopiero za rok, gdy znowu w wakacje pojechał na szkolenia do Oszmiany, spisano oświadczenie. Lekarze potwierdzili, że powrót do zdrowia Piotra uważa się za niezwykły, gdyż nie zdarzyło się w ich wieloletniej praktyce lekarskiej, aby pacjent w podobnej sytuacji przeżył.

42 DOFINANSOWANIE OD PIŁSUDSKIEGO

„[…] postanowiłem skorzystać z pobytu marszałka
Piłsudskiego i poprosić o zapomogę."[42]

Prace przy budowie kościoła postępowały szybko. Spieszono się, by jak najszybciej odbudować i uszczelnić filary oraz wesprzeć łukami pęknięte sklepienie, które wciąż groziło zawaleniem.

Pewnego wrześniowego dnia, gdy żołnierze pracowali wewnątrz kościoła, nagle za ich plecami rozległ się potężny huk. Wnętrze kościoła wypełnił obłok szarego pyłu, pokrywając głowy i ubrania robotników. Pęknięte sklepienie runęło grzebiąc rusztowanie, na którym nieco wcześniej pracowali murarze.

— Chwała Bogu, że nikogo nie zasypało! — powtarzał majster.

Żołnierzy ogarnął lęk. Praca w starych, popękanych murach kościoła mogła grozić kalectwem, a nie daj Boże śmiercią.

— Zburzyć te ściany, póki jeszcze nikt nie zginął! — protestowali.

Ks. Sopoćko wracał właśnie z wykładów i pierwsze kroki jak zwykle skierował w kierunku budowy. Zdziwił się, że wszyscy stali na zewnątrz kościoła i o tej porze nikt nie pracował. Majster wciąż ocierał z czoła krople zimnego potu, które mieszały się z kurzem i malowały na twarzy ciemne smugi.

— Te mury sypią się jak domek z kart — skomentował — dobrze, że akurat pracowaliśmy z drugiej strony i nikogo nie było na tamtym rusztowaniu, całe szczęście.

W jego głosie słychać było wewnętrzne drżenie. Na twarzach żołnierzy malowała się groza. Jeden przez drugiego powtarzał, jaki horror przeżyli

---

[42] Tamże, s. 83.

i że to cud, że nikt nie zginął.

— Na dzisiaj wystarczy. Jutro zastanowimy się, co robić dalej. Bogu niech będą dzięki! — powiedział ksiądz, spoglądając jeszcze raz na zawalone sklepienie.

Ks. Michał nie lekceważył uwag pracujących, ale przede wszystkim należało zasięgnąć opinii ekspertów. Rada inżynierów jednogłośnie zadecydowała, by kontynuować prace przy odbudowie zabytkowego kościoła, byle tylko bardziej dbać o ostrożność. Murarze i żołnierze ponownie weszli na plac budowy. Roboty ruszyły. Należało jak najszybciej zabezpieczyć popękane jeszcze w innych miejscach sklepienie i zakończyć wreszcie tę niebezpieczną fazę budowy.

Do zimy udało się szczęśliwie wznieść filary i część sklepienia, a wraz z ustąpieniem mrozów przystąpiono do jego wykończenia. Intensywne prace pochłaniały wszystkie zebrane fundusze od wiernych, które były nader skromne. Z wojskowego budżetu niewiele udawało się uzyskać. W krytycznych momentach ks. Sopoćko wykorzystywał własne fundusze. Na wszelki wypadek notował ilość wkładanych środków, ufając że w przyszłości je odzyska.

Zdarzało się od czasu do czasu, że Józef Piłsudski odwiedzał Wilno. Pewnego razu ks. Sopoćko postanowił wykorzystać znajomość z Marszałkiem i poprosić go o wsparcie.

Marszałek Piłsudski jak zwykle przyjechał ze świtą generałów i trudno było znaleźć odpowiedni moment, aby do niego podejść, a tym bardziej nawiązać do tematu kosztów budowy. Zbiegiem okoliczności czy bardziej pod czujnym okiem Bożej Opatrzności, udało się zagadnąć Wodza. Spotkanie nastąpiło tuż przed jego odjazdem, na schodach, po których goście schodzili do samochodu. Kapłan wykorzystał moment i ruszył mu naprzeciw. Na widok schodzącego dostojnika i generalicji usunął się do boku, jakoby ułatwiając im przejście. Marszałek rozpoznał kapelana z Powązek, z którym nie raz miał okazję spotykać się przy różnych okolicznościach.

— Witam serdecznie — zatrzymał się na chwilę i przyjaźnie wyciągnął dłoń — wciąż słyszę wiele dobrego o kapelanie.

— Zaczęliśmy dużą inwestycję, ale mamy z nią trochę kłopotów.

— Przepraszam — dostojnik przerwał ks. Sopoćce w pół zdania — zapomniałem papierosów. Zdaje się położyłem na stole.

Generałowie usłużnie jeden przez drugiego pobiegli na górę, zostawiając Marszałka sam na sam z księdzem.

— Podejdźmy tam — Piłsudski wskazał dłonią na okno, za którym roztaczał się widok na otoczony rusztowaniami kościół — teraz proszę mówić. Jakie macie problemy?

– Nękają nas trudności finansowe, wojsko przeznacza za mały budżet na ten cel. Pozostaje mi prosić o skromne wsparcie.

Przywódca państwa przychylnym uchem wysłuchał słów księdza i obiecał pomoc. Poprosił przy tym o dyskrecję. Na koniec uśmiechnął się pod wąsem i ukradkiem wysunął z kieszeni papierośnicę.

W niedługim czasie nadeszło 15 tys. złotych. Była to pokaźna suma, która pozwoliła na chwilę zapomnieć o kłopotach. Jednak wbrew prośbie o zachowanie tajemnicy gen. Pożerski, stojący na czele komitetu, zdecydował, że darowizna musi być nagłośniona w mediach. Naraziło to księdza na niechęć ze strony Piłsudskiego i sprawiło, że w przyszłości nie mógł już liczyć na hojniejsze środki. Pewnego razu podczas pobytu w Warszawie, gdy wybrał się do Belwederu, nie dopuszczono go do Marszałka.

Tego samego roku w lipcu z okazji koronacji Obrazu Matki Bożej Ostrobramskiej Józef Piłsudski znów przyjechał do Wilna. Okazało się, że nie gniewa się aż tak bardzo. Dostrzegł w tłumie skromną postać kapelana i poprosił na rozmowę. Tym razem z oficjalnych środków mógł przeznaczyć już znacznie mniejszą sumę 4 tys. złotych na odbudowę kościoła. Wydatków było jednak znacznie więcej.

43 OJCIEC DUCHOWNY W SEMINARIUM

„W r. 1927 otrzymałem nominację na ojca duchownego w Seminarium Archidiecezjalnym Wileńskim."[43]

W 1925 r. w Kościele w Polsce nastąpiła reorganizacja struktur diecezjalnych. Powołana została metropolia wileńska, a tym samym w Wilnie ustanowiona została archidiecezja. Mianowany metropolitą biskup Cieplak, zmarł nagle na początku 1926 roku i nie zdążył objąć stolicy arcybiskupiej. Na jego miejsce skierowany został nowy metropolita, arcybiskup Romuald Jałbrzykowski, który od razu podjął szereg działań duszpasterskich i organizacyjnych. Powołał nowe dzieła i instytucje diecezjalne. Dokonywał zmian w funkcjach i stanowiskach

---

[43] Tamże, s. 86.

duchownych. Ksiądz Sopoćko także znalazł się w gronie kapłanów obdarowanych nowymi obowiązkami. W lecie 1927 roku, kiedy to długoletni ojciec duchowny seminarium ks. Stanisław Zawadzki został ustanowiony proboszczem parafii w Ostrej Bramie, w seminarium pojawił się wakat na tym stanowisku.

Od profesorów seminarium do uszu arcybiskupa docierały pochlebne wieści o zdolnym kapelanie wojskowym, który obronił w Warszawie pracę doktorską i miał już na swoim koncie kilka publikacji. W pierwszych dniach sierpnia przywołał go do siebie i z uśmiechem wręczył nominację na ojca duchownego w seminarium.

Ksiądz Michał na początek zdumiał się takim wyróżnieniem.

– Nie – odrzekł po krótkim namyśle – nie jestem do tego należycie przygotowany, poza tym jak mógłbym pogodzić tę pracę z funkcją kapelana wojskowego.

– Słyszałem wiele dobrego od profesorów – arcybiskup zaczął od pochwał – z tego co mówią, ksiądz najlepiej nada się na to stanowisko.

– Nie czuję się gotowy, by przyjąć tak odpowiedzialną funkcję – bronił się ks. Sopoćko.

– Właśnie słyszałem, że wykłada ksiądz psychologię i pedagogikę na kursach nauczycielskich, a taka wiedza bardzo się przyda. Oczywiście z tych zajęć trzeba będzie się zwolnić – dodał.

– W takim razie muszę również złożyć rezygnację z funkcji kapelana – rzekł po namyśle ks. Michał.

Łatwiej było powiedzieć niż dokonać. Biskup Gall jednoznacznie odrzucił prośbę. Po raz kolejny nie zgodził się, by ktoś odebrał mu świetnego, zaangażowanego kapelana. Natomiast arcybiskup Jałbrzykowski kategorycznie oświadczył, że praca w seminarium czeka.

Ks. Sopoćko cały sierpień żył w rozterce, z nadzieją, że któraś ze stron ustąpi, jednak wola obu biskupów była nieugięta. Wreszcie we wrześniu udał się po radę do rektora Uszyłły, nieprzerwanie pełniącego tę funkcję jeszcze od czasu jego studiów w seminarium.

– Obowiązuje nas posłuszeństwo – powtórzył jak kiedyś, gdy oznajmiał ks. Michałowi o przystąpieniu do święceń diakonatu – poza tym jeśli ksiądz przyjmie tę posadę, otworzy sobie przy okazji drogę do dalszej pracy naukowej.

– Noszę w sercu dług wdzięczności wobec biskupa Galla, który umożliwił mi studia w Warszawie i wbrew jego woli nie mogę odejść z wojska. Owszem pociąga mnie praca naukowa, ale jak pogodzić te wszystkie obowiązki i nie zawieść nikogo?

– Niech ksiądz poprosi innego kapelana do pomocy.

Ks. Michał słuchał uważnie rad swego wychowawcy, a gdy usłyszał o możliwości połączenia obowiązków, poszedł za radą rektora. Na usilną prośbę przydzielono mu w wojsku księdza do pomocy.

Po paru dniach przeniósł się do seminarium. Znowu znalazł się w znanych sobie progach, ale w jakże innej już roli, jakże zaszczytnej i odpowiedzialnej. Miał kształtować dusze przyszłych kapłanów. Czy podoła tak poważnemu i niełatwemu wyzwaniu?

Łączenie dwóch posług, na dodatek odbudowa kościoła, wymuszało konieczność dokładnego zorganizowania czasu i żelaznej konsekwencji. Trzeba było też zrezygnować z niektórych zobowiązań. Nie mógł już odtąd prowadzić zajęć na kursach nauczycielskich oraz w gimnazjum im. Czackiego. Codziennie pisał szczegółowy plan dnia, który starał się konsekwentnie realizować, aby być wszędzie na czas i wypełnić wszystkie obowiązki.

Budzik dzwonił o 4.30. Stawiał nogi na zimnej podłodze, a chłód desek orzeźwiał go i szybko rozbudzał. Od razu szedł na budowę, gdzie spotykał się z majstrem, by omówić plan robót na bieżący dzień. Wracał pospiesznie na rozmyślanie z alumnami i Mszę św. Poranny spacer wzmacniał go i dodawał energii.

Po śniadaniu udawał się do kancelarii wojskowej, gdzie czekały pilne sprawy do załatwienia, rachunki i pisma, na które musiał odpowiedzieć. Przygotowywał katechezy dla żołnierzy, które miały się odbyć po południu i zastanawiał się nad punktami rozmyślań dla kleryków. W południe spieszył z powrotem do seminarium na rachunek sumienia z alumnami i prasówkę. Spoglądał niecierpliwie na zegarek, bo w koszarach czekali już żołnierze na pogadankę. Innego dnia zostawał w seminarium, by prowadzić indywidualne rozmowy duchowe z alumnami. Wieczorem modlitwy w kościele seminaryjnym i, jak siły pozwoliły, lektura, dokształcanie się w teologii ascetycznej, doczytywanie w nowych trendach w psychologii.

Z nadejściem zimy prace przy kościele zostały zawieszone. Nadszedł adwent, czas nauk rekolekcyjnych dla żołnierzy i przedświątecznej spowiedzi. Dodatkowy, choć błogosławiony trud pracy nad duszami ludzkimi. Za to Bóg nie szczędził w nagrodę duchowej pociechy, gdy skrucha napełniała serca, a wierny lud żołnierski przybliżał się do Boga.

Gdy wreszcie po świętach wydawało się, że będzie mógł trochę odpocząć, odszedł z uniwersytetu ks. prof. Domińczak i w zastępstwie wyznaczono mu prowadzenie wykładów z historii filozofii na Wydziale Teologicznym. Mimo trudu, jaki był z tym związany, podjął się tego zajęcia.

W nawale zadań, gdy niemal upadał z wyczerpania, zasypiał w poczuciu dobrze wypełnionych codziennych zadań. Osłodą stawała się praca z alumnami, zwłaszcza gdy widział owoce w ich wnętrzach, powoli przeobrażających się w coraz bardziej podatne naczynia dla działania łaski Bożej.

Pracy było ponad siły, ale wypełniał ją ochoczym sercem. W duchu posłuszeństwa biskupowi polowemu nadal pracował w wojsku, jednak zdawał sobie sprawę, że jego życie coraz bardziej koncentrowało się wokół seminarium, a wraz ze zleconymi wykładami rysowała się perspektywa pracy na uniwersytecie. Coraz bardziej widział konieczność odejścia z duszpasterstwa wojskowego. Zależało mu tylko na przekazaniu żołnierzom kościoła garnizonowego.

44 POD OKIEM BOŻEJ OPATRZNOŚCI

„ Pod sobą ujrzałem wóz z najeżonymi w górę beczkami cementu. Byłbym na pewno się zabił, gdybym spadł na nie."[44]

Z wiosną 1928 r. prace przy kościele postępowały szybko, ku radości wszystkich, a szczególnie kapelana, na budowę przychodziło codziennie około 50 lub 60 żołnierzy, którzy znacząco wspierali robotników i przyspieszali prace. To rozwiązanie przynosiło widoczne efekty, wymagało jednak dobrej organizacji pracy i konsekwentnego przestrzegania zasad bezpieczeństwa. Ksiądz Sopoćko zdawał sobie z tego sprawę i codziennie powierzał Bogu w modlitwie pracujących na budowie. W miarę możliwości osobiście nadzorował roboty, troszcząc się pilnie o zachowanie wszelkiej ostrożności. Swojej gorliwości omal nie przepłacił życiem.

Na początku lata podjęto prace przy elewacji kościoła. Pewnego lipcowego dnia żołnierze uwijali się ze zwykłą energią wokół przydzielonych zajęć. Jedni kończyli wznoszenie rusztowania, inni mieszali cement, po czym ładowali go do beczek ustawionych na wozie. Kilku silniejszych wsparło się, by przepchnąć go pod ścianę kościoła.

— Tutaj, podjeżdżajcie bliżej — majster wskazał miejsce tuż przy rusztowaniu.

---

[44] Tamże, s. 84.

Ksiądz fachowym okiem gospodarza budowy spoglądał w górę na okazałą konstrukcję. Wznosiła się wysoko na kilkanaście metrów. Tynkarze zeszli już na dół, a grupka młodych żołnierzy przygotowała się, by wejść na górę.

– Zaczekajcie – krzyknął ksiądz, jakby tknięty niejasnym przeczuciem – sprawdzę, czy wszystko jest w porządku.

Po chwili wspinał się już po szczeblach stromej drabiny. Ostrożnie wszedł na rusztowanie. Z mocą naciskał na deski, szczególnie te przy zewnętrznych krawędziach, by upewnić się, czy są dość wytrzymałe. Był na wysokości około 8 metrów, gdy nagle deska jęknęła pod jego butem i pękła jak kruchy patyk. Instynktownie uchwycił się poprzecznego drążka dla równowagi, jednak ten z trzaskiem ustąpił pod naporem osuwającego się ciała. W ułamku sekundy dostrzegł pod sobą wóz najeżony beczkami z cementem, który żołnierze tam przed chwilą ustawili.

– Jezu! – zdążył wykrzyknąć.

Pozbawiony oparcia runął głową w dół. Były to chyba najdłuższe sekundy naznaczone trwogą jakie przeżył. Cudem nastąpiło kilka zdarzeń decydujących o uratowaniu życia. Z impetem zderzył się lewym ramieniem z wystającą z rusztowania deską, przez co szczęśliwie nastąpiła zmiana pozycji i wyhamowana została znacznie prędkość spadania. Spadał już nogami w dół. Otarł się prawą nogą o krawędź wozu i ze zmniejszonym już impetem spadł na ziemię, rękami dodatkowo amortyzując upadek.

Zgromadzeni na dole robotnicy znieruchomieli z przerażenia. Krzyk trwogi podniósł się wśród przelęknionych żołnierzy. Nikt nie ruszył się z miejsca, by podejść, jak sądzili, do trupa. Po chwili ksiądz uniósł głowę i poruszył się ostrożnie, żeby sprawdzić, czy niczego sobie nie połamał, następnie wstał powoli o własnych siłach, uspokoił pracowników i odszedł na oczach osłupiałych ze zdumienia świadków, w duchu dziękując Bogu za cud ocalenia. Przez kilka tygodni odczuwał ból w ramieniu i nodze, ale po pewnym czasie wrócił do pełnej sprawności.

Zdarzało się jeszcze kilkakrotnie, że ktoś spadał z rusztowania, ale zawsze bezpiecznie, bez szkody dla zdrowia.

45 SZCZĘŚLIWY FINAŁ BUDOWY

„[…] odprawiłem Mszę pierwszą i ostatnią, gdyż więcej w
tym kościele odprawiać nie mogłem".[45]

W 1929 r. prace na budowie weszły już w fazę wykończeniową. Ale
znów nie obyło się bez nieporozumień i przykrości. Pierwsza trudność
dotyczyła obrazu św. Ignacego z Loyoli, który zdobił kościół za czasów
pierwotnej świetności. Po zajęciu świątyni przez carskie wojsko, obraz
został przekazany do katedry i wciąż tam pozostawał. Biskup Matulewicz
obiecał, że odda obraz, jednakże kapituła katedralna odmówiła
przekazania, a nowy ordynariusz nie zajął w tej sprawie stanowiska.
Trzeba było opracować projekt ołtarza pod nowy obraz. Kolejny
problem pojawił się w związku z wystrojem wnętrza, zwłaszcza
malowidła ścienne wywołały falę krytyki. Projekt artysty malarza
Stanisława Matusiaka, pracującego od paru lat na uniwersytecie w Wilnie,
od początku nie podobał się także ks. Sopoćce. Musiał jednak ustąpić
wobec decyzji Archidiecezjalnej Komisji Artystycznej, złożonej z
kościelnych i uniwersyteckich autorytetów w dziedzinie sztuki, którzy
chcieli wprowadzić przynajmniej do jednego z kościołów wileńskich
współczesną polichromię. Gdy pojawiły się pierwsze fragmenty
malowideł, głosy niezadowolenia kierowano pod adresem kapelana.

— Co ten ksiądz wyprawia! Te motywy nie pasują do kościoła! Takie
freski nadają się do kina, ale nie do świątyni! — wyrzucano mu.

Przyjmował krytyczne uwagi w milczeniu, bo i on miał swoje
zastrzeżenia. Nie tłumaczył, kto podjął decyzję, żeby nikogo nie
oskarżać. Wzruszał ramionami i odchodził ze spuszczonym wzrokiem.
Martwił się bardziej jak opłacić malowanie. Jakkolwiek artysta podjął się
malowania za darmo, trzeba było wydać 8 tys. złotych za farby i
opłacenie pomocników. Wobec rosnących wydatków zmuszony był
zaciągnąć w banku pożyczkę.

W czasie jesiennej szarugi na ścianach kościoła pojawiły się po
deszczach mokre smugi. Znów była okazja do szemrania na brak
fachowości w konstrukcji dachu. Nie było to prawdą, gdyż woda sączyła
się tylko z okien. Dach był szczelny.

Wreszcie usłyszał zarzut niesumienności w wypłatach. Był tym
bardziej bolesny, że nikt z otoczenia nie wiedział ile trudu, trosk i

---

[45] Tamże, s. 86.

zabiegów kosztowało go wystaranie się o gotówkę, z której mógł wypłacić robotnikom w każdą sobotę i zakupić potrzebne materiały. Aby uniknąć w przyszłości podobnych spekulacji starał się, by przy wypłacie był zawsze świadek. Oszczercy nie dał nawet do zrozumienia, że wie o rozsiewanych przez niego krzywdzących informacjach. Bogu tylko dziękował, że nadarzyły się okoliczności — zajęcia na uniwersytecie — w których mógł zarobić pieniądze, a te wykładał w nadziei na ich odzyskanie w niewiadomej przyszłości.

Lato przyniosło szczęśliwy finał prac wykończeniowych przy kościele. W takich okolicznościach jeszcze raz poprosił biskupa Galla o zwolnienie z wojska. Nadto zaistniały nowe ważne powody. Był ojcem duchownym w seminarium i od października miał się stać formalnie wykładowcą uniwersytetu, to zaś obligowało do pisania habilitacji, na co dodatkowo potrzeba było czasu i sił. Zasypany tymi racjami bp Gall uciekł się do połowicznego rozwiązania. Nie chciał stracić tak zasłużonego i oddanego posłudze kapelana, dlatego wybrnął tymczasowo z kłopotliwej sytuacji udzielając mu 3-letniego urlopu.

Nadszedł wyczekiwany dzień sfinalizowania dzieła odbudowy i poświęcenia kościoła. Uroczystość miała miejsce 26 września 1929 r. Gala była najwyższej rangi z obecnością samego prezydenta Rzeczypospolitej Ignacego Mościckiego. Niestety z powodu spóźnienia dostojnych gości trzeba było wszystko skracać. Biskup Michalkiewicz odmówił tylko modlitwę błogosławieństwa i to w skróconej formie. Najistotniejszy i centralny moment uroczystości zamknięty został w krótkich słowach błogosławieństwa.

Dopiero nazajutrz rano, przy zamkniętych drzwiach, w pustym kościele ks. Sopoćko dopełnił całości aktu poświęcenia. Był sam w świątyni. Z czułością długo przyglądał się nowym, pachnącym jeszcze cementem i farbą ścianom z malowidłami. Kilka lat temu, gdy przybył do Wilna stały tu popękane, rozpadające się mury, przerobionego na kasyno i zdewastowanego kościoła, które czekały na rozbiórkę. A oto teraz dane mu było, sam na sam z Bogiem oraz zastępami aniołów i świętych dziękować za ukończone dzieło, za opiekę nad budującymi, którzy wyszli cało, gdy dwukrotnie osunęło się sklepienie. Także za uchronienie w innych wypadkach, zwłaszcza za cud ocalenia własnego życia. Doznane udręczenia i przykrości, ciężar poniesionych trudów odeszły w niepamięć. W ich miejsce pojawiło się uczucie spełnienia i radości.

Wyszedł do ołtarza na Mszę św. Nadal sam. Jakby powtarzała się historia odbudowy. Tak naprawdę wtedy wszystko było na jego barkach.

„Ale miałem towarzysza, który mi ponad wszystko wystarczył, i który smutek w radość, a zniechęcenie w czyn zamienił" – jakby mimowolnie przypomniały mu się słowa, skreślone jeszcze w Taboryszkach. Tak, najlepszy Przyjaciel nie opuszczał i teraz, gdy rosły mury świątyni. Oto On Najwyższy Kapłan za chwilę też w cudowny sposób zjawi się na ołtarzu w tajemnicy swojej Ofiary. Kapłańskie serce zaczęło się przedziwnie napełniać wdzięcznością, pokojem i cichą radością.

– Panie Jezu dziękuję Ci! Boże bądź uwielbiony w Twoich dziełach!

Ksiądz Sopoćko uświadamiał sobie, że jedna świątynia nie zaspokoi potrzeb wojska i miał już w planach nowy kościół na Śnipiszkach za Wilią, w rozrastającej się z roku na rok peryferyjnej dzielnicy Wilna. W tej zaniedbanej części miasta, zasiedlanej przez prosty lud, głównie robotników, gdzie z braku opieki duchowej szerzyła się przestępczość, stacjonowało kilka tysięcy żołnierzy, którzy do kościoła garnizonowego mieli cztery kilometry. Istniała tam ogromna potrzeba nowej świątyni, która służyłaby zarówno wojskowym jak i świeckim.

46 NOWE WYZWANIA

„Widziałem wpływ na alumnów i kochałem ich oraz czułem ich pod tym względem wzajemność."[46]

Ksiądz Sopoćko powoli wdrażał się w niełatwą a odpowiedzialną posługę ojca duchownego w seminarium. Podejmował ją bardziej z posłuszeństwa ordynariuszowi niż z osobistego przekonania i w poczuciu braku odpowiedniego przygotowania do niej. Początki były ciężkie z powodu dzielenia obowiązków z duszpasterstwem w wojsku, odbudową kościoła oraz zajęciami na uniwersytecie. Na dodatek od początku roku akademickiego 1928/1929 powierzono mu stanowisko zastępcy profesora w katedrze teologii pastoralnej oraz prowadzenie wykładów z pedagogiki, homiletyki i katechetyki. Nie wspominając już o konieczności pisania habilitacji.

Z upływem miesięcy posługa duchowa klerykom zaczęła go coraz bardziej pociągać, współgrać z jego osobistymi wewnętrznymi potrzebami poznawania i wcielania w życie zasad życia duchowego.

---

[46] Tamże, s. 88.

Zawsze przejawiał w tym troskę w swym kapłańskim życiu. Teraz zagłębiał się w wiedzę duchową i szukał sposobów jak poprowadzić młodzieńców rozpoznających powołanie kapłańskie ścieżkami ich rozwoju osobowego i duchowego. Ścieżkami świętości.

Swą pracę nad duchową formacją wychowanków, przyszłych księży osadzał na zdobywanej wiedzy, ale też i własnym doświadczeniu. Przecież zawsze zabiegał o swoje wnętrze. Tę troskę chciał przelać w ich umysły i serca. Doskonale znał zależność pasterskiej posługi od jakości życia wewnętrznego pasterzy. Znał także znaczenie osobistej postawy i przykładu wychowawcy w procesie kształtowania wychowanków. Wielkie znaczenie przykładał również odniesieniu wychowawcy do jego podopiecznych. Już wtedy żył zasadą: miłość serdeczna wychowanków jest najlepszym środkiem wychowawczym. Takim też starał się być wobec nich. Kochał alumnów i odczuwał z ich strony wielu oznak przywiązania, serdeczności, nade wszystko zaufania, które mu okazywali. O zachowanie tej postawy szczególnie zabiegał. Wiedział, że gdy kleryk otworzy swe serce przed ojcem duchownym, odnajdzie swą tożsamość i chrześcijanina, i osoby powołanej do kapłańskiej służby, tożsamość kapłana. Czynił wszystko, by nie zawieść zaufania podopiecznych. Indywidualne duchowe rozmowy z alumnami traktował jako centralne miejsce ich formacji. Poświęcał, mimo licznych zajęć, długie godziny na wysłuchiwanie swych wychowanków, a gdy się ociągali ze szczerymi wyznaniami, czynił wszystko, by poruszyć ich sumienia i serca, aby zdobyli się na zaufanie, odważyli się stanąć w wyzwalającej prawdzie o sobie i motywacji swego powołania, by nie poczynić błędnego kroku, który najbardziej by ich osobiście kosztował.

Czy cieszył się owocami swego oddania i trudu?

— Raduje się serce, gdy widzę jak łaska Boża przemienia i upiększa wnętrza moich alumnów. Ale czy wytrwają w młodzieńczych ideałach o kapłaństwie i nie zatrzymają się w drodze, gdy przyjdzie szara codzienność, a tym bardziej pojawią się przeciwności? — zwierzył się pewnego razu prałatowi Lubiańcowi, długoletniemu inspektorowi seminarium, którego od lat kleryckich uznawał za swego duchowego przewodnika.

— Słyszę same pochlebne opinie o twej posłudze. Czynisz wszystko co możliwe, więc bądź spokojny, łaska Boża dopełni dzieła — odparł z uznaniem i pewnością przekonania świątobliwy kapłan.

W seminarium istniało kilka stowarzyszeń i kół zainteresowań, gdzie klerycy mogli podejmować wspólne działania, które rozwijały ich umiejętność współpracy, ważną w przyszłej posłudze kapłańskiej.

Ksiądz Michał włączył się aktywnie w działalność tych organizacji. Został moderatorem Koła Eucharystycznego, Sodalicji Mariańskiej i Trzeciego Zakonu św. Franciszka. Zajęcia z homiletyki zmotywowały go do zorganizowania Koła Homiletycznego, w ramach którego głoszono próbne kazania, a głównie ćwiczono się w sztuce oracji. Na spotkania niekiedy zapraszano aktorów, którzy przekazywali cenne uwagi dotyczące dykcji.

Zgodnie z zasadą: w zdrowym ciele zdrowy duch, ojciec duchowny troszczył się też o tężyznę fizyczną kleryków. Nie obce mu było też doświadczenie wojskowej musztry. Gdy wcześniej rekreacje alumnów sprowadzały się głównie do wspólnych spacerów po okolicznych wzgórzach, teraz zaproponował im ćwiczenia gimnastyczne i sportowe zabawy. Sam aranżował ich przebieg, wymyślał proste przyrządy do ćwiczeń, a nawet zwykłe kije wykorzystywał do uprawiania czegoś w rodzaju szermierki. To urozmaicenie rekreacji podobało się klerykom i rodziło podziw dla ich wychowawcy.

Ks. Sopoćkę od dawna niepokoił problem zagrożenia alkoholem. Aż nadto widział skutki jego nadużywania w społeczeństwie, szczególnie wśród młodzieży. Nosił w pamięci zatrważające wyniki badań w tej sferze przeprowadzone w czasie studiów w Warszawie.

– Zupełna abstynencja to jakże potrzebna forma wyrzeczenia w społeczeństwie nękanym przez zgubny nałóg alkoholizmu – namawiał kleryków – trzeba nam przede wszystkim świecić przykładem, pokazać ludziom, że to jest możliwe – zachęcał swoich wychowanków.

Wielu z nich zapisywało się do koła, którego ks. Sopoćko stał się patronem. Działalność ta przybierała różne formy: przygotowanie kazań, wykładów, opracowania artykułów do gazet. Alumni zaczęli gromadzić literaturę o tematyce trzeźwościowej. Skompletowano ponad 150 pozycji.

Zachęcał też kleryków do zapoznawania się z literaturą religijną i piękną, pamiętając jak wiele sam skorzystał, czytając dzieła polskich wieszczów.

– Będziecie kiedyś sami zakładać biblioteki. Kościół parafialny powinien być miejscem modlitwy, ale w parafiach trzeba też inicjować inne dzieła służące rozwojowi duchowemu, kulturalnemu, podtrzymywaniu postaw patriotycznych i społecznych. A z literatury wiele się można nauczyć.

***

Pomocą w pracy wychowawczej ojca duchowego służyły dzieła Mikołaja Łęczyckiego. Ten wybitny jezuita, który w XVII wieku był przez pewien czas profesorem Uniwersytetu Wileńskiego, był także znanym mistrzem życia duchowego, który sam świecił przykładem cnót chrześcijańskich i kapłańskich. Piastował wysokie urzędy w zakonie jezuitów. Był autorem cennych dzieł, które wnosiły wiele światła w proces wychowania oraz tajniki życia wewnętrznego. Księdza Sopoćkę fascynowała postać tego mistrza duchowego na tyle, że obrał sobie jego dorobek pisarski za przedmiot badań do pracy habilitacyjnej.

47 PODRÓŻ NAUKOWA

" W r. 1930 udałem się do Europy zachodniej."[47]

Zgromadził już sporo materiału oraz notatek do pracy habilitacyjnej. Przejrzał dzieła zgromadzone w zbiorach uniwersyteckich, lecz wiele pism znajdowało się w bibliotekach na zachodzie Europy. W rozmowie z profesorem Borowskim uświadomił sobie, że bez zebrania wszystkich prac jego studium będzie niepełne. Potrzeba było więc wybrać się nawet do najdalszych zakątków Europy, aby je odnaleźć.

W zawirowaniu i mnogości obowiązków, wykładów, spotkań, rozmów i czasu spędzonego z alumnami kończył się kolejny rok akademicki. Nadchodziły wakacje 1930 roku i ksiądz Sopoćko postanowił wykorzystać je na podróż naukową. Dokładnie obmyślił trasę i zarezerwował bilety.

10 lipca 1930 roku wyruszył w długą podróż na zachód, której trasa jej wiodła przez Niemcy, Francję, Belgię, Szwajcarię, Włochy, Austrię i Czechy. Zatrzymywał się w hotelach i gościnnych domach zakonnych różnych zgromadzeń. Odwiedzał słynne miasta o wielowiekowej historii i kulturze. Pielgrzymował do miejsc kultu i objawień.

Interesowały go przede wszystkim biblioteki i archiwa, ale nie pomijał muzeów i galerii sztuki. Oglądał arcydzieła wielkich artystów takich jak: Rubens, Michał Anioł czy Leonardo da Vinci. W Paryżu zwiedził Luwr i Wersal, w Monachium Obserwatorium Astronomiczne, w Rzymie spędził 10 dni, zwiedzając Watykan, oglądając starożytne budowle i podziwiając dzieła mistrzów malarstwa i architektury. Z braku czasu udało się zobaczyć tylko najważniejsze zabytki antycznego miasta.

---

[47] Tamże, s. 177.

Największym przeżyciem w Rzymie była ogólna audiencja u Ojca Świętego. Naocznie doświadczył majestatu urzędu papieskiego, co zrodziło w nim przekonanie o spełnianiu się Jezusowej zapowiedzi, że bramy piekielne nie przemogą Kościoła.

Przemierzając Europę nawiedzał również sanktuaria i miejsca kultu świętych. Szczególnie wzruszył się nad relikwiami bliskiej jego sercu świętej Tereski z Lisieux. Dziękował za liczne łaski otrzymane za jej wstawiennictwem, za jej opiekę, której doznawał. W wewnętrznym przeżyciu, poczuł jakby odsłonięcie przez świętą czekających go zdarzeń. Pobyt w Lisieux, choć krótki, napełnił go tak obfitym pokarmem duchowym, jakby odbył długie rekolekcje.

W Lourdes również doznał wielu łask. Przez sześć dni zwiedzał miasto i brał udział w modlitwach. Wtopiony w tłum pielgrzymów ze wzruszeniem obserwował pobożność różnych narodowości modlących się w swoim własnym stylu. Uczestniczył w procesjach i wielogodzinnych modlitwach w katedrze Matki Bożej Różańcowej i Sanktuarium Objawienia. Wielkie wrażenie zrobiła na nim świętość tego miejsca, poruszająca pielgrzymów, które było świadkiem nawróceń i uzdrowień. Na jeden dzień wybrał się w Pireneje, do źródeł Garonny. Wyprawa w piekącym słońcu wymagała samozaparcia, ale wysiłek został nagrodzony niezapomnianymi widokami miasta św. Bernadety, pięknie położonego w dolinie rzeki.

W Tuluzie modlił się nad grobem św. Tomasza z Akwinu, a na Monte Cassino oglądał pamiątki po św. Benedykcie i św. Scholastyce. Był w Asyżu przy grobie św. Franciszka i św. Klary i w Padwie przy grobie św. Antoniego. Nawiedził też dom Teresy Neumann, żyjącej stygmatyczki, której niestety nie zastał w Konnersteuth.

W Aachen widział szaty Matki Bożej. Początkowo sceptyczny co do autentyczności relikwii, wkrótce został porwany wiarą pielgrzymów i dołączył do wspólnej modlitwy. W Oberammergau podziwiał wieśniaków za niezwykłe przedstawienie Męki Pańskiej. We Fryburgu uderzyła go pobożność katolickiego miasta. W Genewie zasmuciła daremność wysiłków św. Franciszka Salezego, która stała się miastem całkowicie protestanckim. W Czechach odczuł chłód i obojętność religijną nawet w kościele jezuitów, którzy również rozczarowali go brakiem wiedzy o Mikołaju Łęczyckim, prowadzącym trzy wieki wcześniej aktywną działalność na Morawach.

Po trwającej prawie dwa i pół miesiąca podróży wracał do kraju umocniony duchowo, ubogacony dorobkiem kultury chrześcijańskiej, ale też psychicznie odprężony i wypoczęty. Zgromadził wiele materiałów do pracy naukowej. Pełen entuzjazmu i sił do nowych zadań mógł ponownie zmierzyć się z obowiązkami, które czekały go u progu nowego roku akademickiego.

48 TRUDNY WYBÓR

„[…] koledzy z Wydziału nalegali na mnie, bym się prędzej habilitował i objął katedrę, czego nie mogłem uczynić będąc ojcem duchownym."[48]

Niosąc w sobie dary łask i powracając wspomnieniem do przeżywanych zachwytów nad pięknem dzieł stworzonych przez Boga i ludzi, wracał do obowiązków dnia codziennego. Sytuacja polityczna napełniała niepokojem. Młoda państwowość przeżywała kryzysy: próba przewrotu, aresztowania, więźniowie polityczni, co rodziło w sercu wiele wyzwań. Dla księdza – było to wołanie o modlitwę za ojczyznę i wezwanie do rzetelniejszego jeszcze wypełniania zadań wyznaczonych w diecezji, z wrażliwością na to co dzieje się w kraju. Dla profesora – praca nad solidnym wykształceniem studentów. Dla kapelana seminarium – troska o formację wewnętrzną kleryków.

Nieobce mu były także sprawy narodowe i społeczne. W 1931 r. wydrukował pracę traktującą o obowiązkach społecznych, z silnym akcentem na rolę i znaczenie pracy dla społeczności narodowej i państwowej. W diecezjalnym urzędowym periodyku, kierowanym głównie do kapłanów, drukował konferencje o charakterze formacyjnym czy pobudzające do pasterskiej gorliwości oraz służbie dla Kościoła i narodu.

Pewnego razu, gdy przeglądał notatki zrobione w bibliotekach w Paryżu i w Insbrucku, gdzie znalazł najwięcej materiałów dotyczących Łęczyckiego, natchnęła go myśl, by po napisaniu pracy o wychowaniu duchowym, pokusić się o jeszcze jedno dzieło o życiu wewnętrznym tego mistrza życia duchowego.

Ks. Sopoćko podniósł wzrok i zapatrzył się przed siebie.

– Panie, czy pragnienia mego serca są zgodne z Twoimi planami? – pytał wpatrzony w krzyż, który stał na jego biurku.

---

[48] Tamże, s. 88.

Zatopił się w medytacji i wsłuchiwał w głos Boga.

***

Po odejściu ks. inspektora Lubiańca do pracy misyjnej na Białorusi ks. Sopoćko przejął część pełnionych przez niego funkcji. Towarzyszył alumnom przy posiłkach i w czasie rekreacji. Chodził z nimi na długie spacery i zachęcał do ćwiczeń fizycznych. Gorzej wychodziło mu dyscyplinowanie, gdy któryś z kleryków dopuszczał się zaniedbań lub łamania obowiązujących zasad.

— Dobroć i wyrozumiałość ojca duchownego nie idzie w parze ze stanowczością i stosowaniem kar, do czego wchodząc w rolę inspektora jestem czasem zmuszony — skarżył się swemu przyjacielowi ks. prof. Ignacemu Świrskiemu.

— Radzę zwrócić się z tym do ordynariusza. Zbyt wiele funkcji nie służy jakości.

Niestety próby sygnalizowania problemu arcybiskupowi nie przynosiły rezultatów. Chociaż przełożony wysłuchał żalów, to jednak nie spieszył się z decyzjami.

W duchu odpowiedzialności przed Bogiem, Kościołem i społeczeństwem ks. Sopoćko pełnił swoje funkcje z najwyższym poświęceniem. Starał się zachować najwyższe standardy w pracy, ale czasem trudno było pogodzić wszystkie obowiązki. Na jego biurku zawsze czekało wiele zaproszeń na wykłady i konferencje, rekolekcje i kazania. W każdą niedzielę po południu miał jakieś spotkanie, czy to w Sodalicji Mariańskiej, Kółku Homiletycznym, Trzecim Zakonie św. Franciszka bądź w Kole Abstynentów. Ponadto inne stowarzyszenia zgłaszały się do niego z prośbami o wygłoszenie katechez. Również zakony, w których był spowiednikiem, prosiły o przeprowadzenie rekolekcji.

Pewnej niedzieli, gdy wracał ze spotkania Koła Homiletycznego, na którym jego wychowankowie zorganizowali turniej oratoryjny, gdzie prześcigali się w zapędach krasomówczych i miał jeszcze w uszach kwieciste sentencje, niósł w sobie uczucie szczerej satysfakcji. Uśmiechał się do siebie ufając, że coś z tych prób pozostanie i kiedyś będą dobrymi kaznodziejami, pociągając ludzi do Pana. Widział w tym kawałek dobrze wykonanej pracy.

— Na Twoją chwałę Panie — szepnął do siebie.

Zapadł już zmierzch, ciepłe wiosenne powietrze przyjemnie rozwiewało włosy. Szedł zamaszystym krokiem pewny swojej drogi i dobrze spełnionego obowiązku. Przechodząc obok kościoła, zauważył uchylone wrota świątyni. W środku było pusto. Ukląkł w ławce i zapatrzył się w połyskujące w mroku czerwone światełko nad tabernakulum. Jego serce rozpłynęło się w uwielbieniu Boga i wdzięczności za nieogarnione dary, jakich w życiu doświadczył. Szczęśliwy z tej chwili samotności przed Panem zatopił się w modlitwie.

– Do czego mnie przygotowujesz Panie?

W odpowiedzi usłyszał wewnętrzny głos, który przynaglił, by mimo ważnych zadań i obowiązków jak najszybciej doprowadził do końca rozpoczęte badania nad dziełami Łęczyckiego.

– Jeśli teraz mam napisać to dzieło, muszę wszystko inne zostawić. Potrzebuję ciszy i samotności. Nie wrócę już do wojska i zrezygnuję z funkcji ojca duchownego. Czy poruszenia mojego serca są Twoimi pragnieniami? Dokąd prowadzisz mnie Panie?

***

Pogłębione studia nad dorobkiem Łęczyckiego wiązały się z wielkim wysiłkiem umysłowym, duchowym i dyscypliną wewnętrzną. Stał przed Goliatem, którego można było pokonać, tylko angażując się w to dzieło całkowicie. Tymczasem praca ojca duchownego wiązała się z dziesiątkami spraw i problemów, z którymi zwracali się klerycy, którzy oczekiwali od niego dyspozycji wielokrotnie w ciągu dnia. Wszystko to sprawiało, że wciąż był w biegu od jednych zajęć do drugich, od wykładów do kazań, od modlitwy do rekreacji. Od ćwiczeń seminaryjnych do konfesjonału.

Zrozumiał, że nieuchronnie przychodzi czas, aby poświęcić się całkowicie studiom i pisaniu pracy habilitacyjnej. Zebranego materiału wystarczyło, aby pokusić się nie tylko o habilitację, ale i poszerzyć badania w celu ubiegania się o tytuł profesora. Po konsultacjach z prof. Borowskim skonstatował, że na habilitację wystarczy przedstawić wizję celu oraz podmiot i przedmiot wychowania chrześcijańskiego, a następnie, w odrębnym dziele, z włączeniem zagadnień opracowania habilitacyjnego, opisać jeszcze środki i metody wychowawcze, by tak ukazać jako całość nauczanie Łęczyckiego o wychowaniu duchowym. Niestety każdy sukces ma swoją cenę, którą teraz musiała być rezygnacja z posługi ojca duchownego, lecz nie była to łatwa decyzja.

Kończył się rok akademicki. Arcybiskup Jałbrzykowski miałby całe wakacje, aby znaleźć na jego miejsce zastępcę, mimo to ks. Sopoćko spodziewał się trudności, gdy powziął decyzję przedstawienia prośby o zwolnienie ordynariuszowi.

– Nie widzę nikogo, kto mógłby księdza profesora zastąpić – rzekł arcybiskup po chwili namysłu, gdy ks. Sopoćko wyłożył swe racje za ustąpieniem z funkcji ojca duchownego.

– Posługa kapelana angażuje, a ze strony dziekana wydziału nie ustają naciski, bym habilitował się czym prędzej i… szczerze mówiąc, nie podołam, jeśli nie skupię się na jednym zadaniu.

– Nie mogę przyjąć tej rezygnacji – rzekł stanowczo arcybiskup – został ksiądz zaakceptowany przez młodzież seminaryjną. Ile to już lat na tym stanowisku?

– Pięć.

– No właśnie, a teraz po paru latach ksiądz po prostu rezygnuje – dodał z wyrzutem.

– Jego Ekscelencja musi mnie zrozumieć.

– Proszę to jeszcze raz przemyśleć. Niech ksiądz gdzieś wyjedzie… na kurację, odpocznie i wtedy jeszcze raz porozmawiamy.

Ksiądz Michał posłuchał rady przełożonego i udał się na kilka tygodni do Jastarni na Helu. Jakkolwiek morskie powietrze, słońce, kąpiele morskie wzmocniły siły fizyczne i zregenerowały psychicznie, wracał z niepewnością co do decyzji arcybiskupa. Okazała się po jego myśli. Z ulgą, choć nie bez cienia rozterki otrzymywał zwolnienie z obowiązków ojca duchownego. Pozostawał nadal profesorem w seminarium, mógł zatem przy okazji wykładów wpływać na wychowanie kleryków.

Jednocześnie w tym samym czasie kończył się trzyletni urlop w wojsku. Udało mu się szczęśliwie uzyskać zwolnienie również z posługi kapelana wojskowego.

49 DOM NA ROSSIE

„Wówczas opuściłem seminarium i udałem się do sióstr wizytek, gdzie pracując w ciszy i samotności napisałem rozprawę."[49]

Jednopiętrowy domek otoczony był starannie utrzymanym ogrodem. Z jego okien rozciągał się widok na klasztor sióstr wizytek i kościół Serca Jezusowego, gdzie mógł odprawiać Msze święte.

Powietrze pachniało jesienią. Chmury kłębiły się coraz niżej i raz po

---

[49] Tamże, s.88. (Dziennik, wyd. 3)

raz zraszały ziemię rzęsistym deszczem. Wiatr zrywał liście, które szeleściły cicho pod nogami, gdy dla orzeźwienia wybierał się na spacery po ogrodzie.

Często pośród drzew, zaszyty w zacieniony zaułek ogrodu, pracował artysta malarz, który mieszkał w tym samym domu. Można go było dostrzec z okna, jak siedział przed sztalugami i cierpliwie nanosił na płótno jesienne kolory. Pewnego razu, gdy ksiądz Sopoćko przechadzał się po ogrodzie, usłyszał za plecami pozdrowienie.

– Dzień dobry.

Obejrzał się pospiesznie i popatrzył w stronę skąd dochodził głos. Uśmiechnął się widząc artystę. Nie miał jeszcze okazji poznać go osobiście, więc ucieszył się możliwością nawiązania rozmowy.

– Przyjemne miejsce do pracy – zagaił.

– O tak, jesień to wdzięczny temat dla malarza. Szczególnie w tym uroczym zakątku.

– I ja znajduję tu ciszę i spokój.

– Potwierdzam, że w bliskości natury łatwo przychodzą natchnienia.

Z dalszej rozmowy ksiądz Sopoćko dowiedział się, że artysta nazywał się Eugeniusz Kazimirowski, był malarzem i nauczycielem rysunku oraz malarstwa, który wynajmował mieszkanie na parterze kapelanii wizytek. Był to człowiek drobnej postury, lecz odznaczał się bystrym, inteligentnym spojrzeniem.

Sąsiadem zza ściany okazał się kapelan wojskowy Józef Poniatowski, taktowny i zważający na każdy szelest, aby nie przeszkodzić nikomu. Było to wymarzone towarzystwo i idealne miejsce do pracy, wymagającej zupełnego skupienia. W takiej atmosferze kolejne rozdziały rozprawy habilitacyjnej regularnie i szybko wychodziły spod pióra.

Dni popłynęły wartkim strumieniem. Na uczelni prowadził wykłady i ćwiczenia. Poza uniwersytetem wypełniał jeszcze wiele różnorodnych obowiązków, związanych z życiem kapłana i spowiednika kilku zakonów, znajdował też czas na pisanie artykułów. Jako sekretarz zespołu przygotowującego zjazd teologów w Wilnie włączył się czynnie w prace z tym związane. Od stycznia 1933 roku rozpoczął drukowanie pracy habilitacyjnej.

50 SPOWIEDNIK ŚWIĘTEJ

„[…] z początku nie wiedziałem dobrze o co chodzi,
słuchałem, nie dowierzałem, zastanawiałem się, badałem,
radziłem się innych[…]"[50]

Ksiądz Sopoćko od czasu powrotu do Wilna spowiadał w zgromadzeniach sióstr zakonnych. Był też spowiednikiem zwyczajnym sióstr w domu Zgromadzenia Sióstr Matki Bożej Miłosierdzia na Antokolu. Przyjmował ten obowiązek jako zwykłą posługę z racji swojego powołania, a zyskiwał przez to coraz więcej doświadczenia w prowadzeniu dusz zakonnych ku doskonałości.

W początkach lipca 1933 roku przyszedł jak w każdy czwartek do klasztoru magdalenek, by spowiadać siostry, gdy nagle z grupki penitentek wybiegła mu na spotkanie siostra Faustyna, która właśnie przybyła do Wilna z Krakowa. Młoda, uśmiechnięta zakonnica sprawiała wrażenie, jakby chciała spowiednikowi coś zakomunikować, lecz jej zachowanie naruszało przyjęte dla obyczajowości zakonnej standardy.

– Tak się cieszę, że ojca widzę – zawołała – chociaż ojciec mnie nie zna, ja znam księdza od dawna.

Spojrzał na nią co najmniej zdziwiony. Widział ją pierwszy raz na oczy. Może gdzieś go już spotkała? Znano go przecież w Wilnie. Choć był człowiekiem pogodnym i otwartym dla innych, to szczególnie w żeńskim zakonie starał się utrzymać stosowny dystans w mowie i gestach. Zachowanie młodej siostry wytrąciło go lekko z równowagi.

– Proszę stanąć przed konfesjonałem i oczekiwać na swoją kolej – upomniał ją stanowczo.

Użył surowego tonu bardziej ze względu na inne siostry niż na własne oburzenie, do którego w tym przypadku było daleko. Z jej łagodnej, nieco piegowatej twarzy przemawiała prostota i szczerość. Jednakże ukrył rodzącą się sympatię, by ustrzec się jakichkolwiek oznak poufałości, także ze względu na powagę stanu duchownego.

Siostra speszyła się nieoczekiwaną reprymendą. Poczuła się skarcona jak dziecko i poniżona wobec towarzyszek. Postanowiła, że za nic w świecie nie otworzy się przed tym nieprzystępnym kapłanem. W czasie spowiedzi ukryła przed nim głębszy powód swojej radości. Oskarżała się z przewinień, ale nie zdradziła swoich mistycznych przeżyć, ani zadania,

---

[50] Tamże, s.97.

jakie w jej wizjach Jezus wyznaczył księdzu Sopoćce.

Musiało minąć kilka tygodni zanim ponaglana przez Jezusa, który zagroził, że ukryje się przed nią i postąpi z nią tak, jak ona postępuje z kapłanem, wylała przed spowiednikiem całą prawdę o swoich przeżyciach.

Jej pogodna, subtelna natura z trudem dźwigała szorstkość księdza, który początkowo słuchał obojętnie, nie dając poznać, czy wierzy, ale też nie odrzucał niczego. W duchu posłuszeństwa Bogu wyrzekła się wszelkiej ludzkiej dumy.

— Może trudno to księdzu zrozumieć — szeptała drżącym głosem do kratek konfesjonału podczas kolejnej spowiedzi — ale Pan Jezus wybrał księdza na mojego kierownika duchowego, który pomoże mi przeprowadzić zadania, które Bóg nakazuje. Mam ogłosić światu prawdę o Miłosierdziu Bożym. Poznałam ojca w widzeniu dwa lata temu.

Ksiądz Sopoćko tylko słuchał, nie zadawał pytań, nie przynaglał, nie krytykował. Pozwolił siostrze mówić tak długo, jak chciała, chociaż oczekujące zakonnice coraz głośniej okazywały swoje zniecierpliwienie.

— Następnym razem proszę stanąć na końcu kolejki, aby nie zatrzymywać sióstr — polecił obojętnym tonem, mimo że słowa penitentki przeszyły go do głębi i na tyle zaburzyły jego spokój, że postanowił wrócić do domu okrężną drogą, przez wzgórze Trzech Krzyży i Zarzecze. Dopiero przed zmierzchem dotarł do siebie.

**×

Przy najbliższej okazji, odwiedzając dom na Antokolu, na pozór obojętnie, by nie zdradzić przyczyny zainteresowania, zapytał przełożoną Irenę Krzyżanowską o nową siostrę przybyłą do klasztoru. Była nią Faustyna Kowalska, wieczysta profeska, świeżo po ślubach, skierowana do Wilna w funkcji ogrodniczki. Przełożona miała o niej pochlebne zdanie.

Ks. Sopoćko zastanawiał się nad treściami, które przekazywała mu siostra Faustyna, pytał o radę kolegów, profesorów z seminarium, zwłaszcza bardziej światłych i znających się na tajnikach życia duchowego, wahał się i nie dowierzał.

Zniecierpliwiona powściągliwością księdza siostra Faustyna rozpoczęła poszukiwanie nowego spowiednika. Podobnie ksiądz Sopoćko również postanowił zrezygnować z posługi i w tym celu porozmawiać po raz kolejny z matką przełożoną.

— Proszę mi wybaczyć i nie zrozumieć źle, ale ważne sprawy zmuszają mnie, abym zrzekł się funkcji spowiednika. Proszę o zwrócenie się do ordynariusza, by naznaczył nowego kapelana.

Matka Irena uśmiechnęła się życzliwie na te słowa.

— Szanuję ojca decyzję, ale czy jednak nie chodzi tu o siostrę Faustynę? A jeśli jej objawienia są prawdziwe? Ona potrzebuje światłego kapłana, który pomoże jej rozeznawać te wewnętrzne natchnienia.

— Musiałbym mieć pewność.

— Pewność?

— Pewność, czy to nie są urojenia. Musi ją przebadać lekarz. Znam nawet pewną osobę, która zachowa dyskrecję.

— Ale proszę mi wierzyć…

— Potrzebuję zaświadczenia lekarskiego, które wykluczyłoby chorobę psychiczną. Ja muszę wiedzieć, że to nie są halucynacje. Proszę ją zapytać, czy się zgadza.

Matka przełożona z pewną trudnością przekazała siostrze Faustynie żądanie spowiednika. Spodziewała się oburzenia i sprzeciwu, jednak zakonnica przyjęła jej słowa w duchu pokory.

— Proszę przekazać ojcu, że się zgadzam.

— Dziękuję, że siostra przyjęła to żądanie bez sprzeciwu.

— Matko — rzekła Faustyna — słowa surowe, ale płynące z miłości nie ranią serca. Duch Jezusa jest zawsze prosty, łagodny i szczery.

Matka przełożona popatrzyła ze zdziwieniem na Faustynę, jakby nie do końca rozumiała, o czym mówi jej podopieczna. Jednak nie uważała kontynuowania tej rozmowy za konieczne.

— W takim razie proszę już dołączyć do sióstr.

51 OBRAZ JEZUSA MIŁOSIERNEGO

„Przez parę miesięcy, co tydzień przychodziła s. Faustyna udzielając p. Kazimirowskiemu wskazówek, jaki ma być ten obraz[…]"[51]

Ks. Sopoćko długi czas chodził po pokoju od biurka do drzwi i od drzwi do biurka, trzymając w dłoni pismo, w którym doktor Helena Maciejewska orzekła o pełni zdrowia psychicznego siostry Faustyny.

— Doskonałe zdrowie psychiczne — powtarzał głośno, przystawał i

---

[51] Tamże, s.98.

zastanawiał się.

Stanął naprzeciwko okna i zapatrzył się w pejzaż rozciągający się przed jego wzrokiem. Był wietrzny, listopadowy dzień. Ogołocone z liści gałęzie uginały się od silnych podmuchów. Kontemplując przyrodę, ksiądz wielbił Boga w Jego darach i łaskawości. W jednej chwili odczuł niezwykłą bliskość Boga, który spogląda w jego serce, zna każdą myśl, widzi jego ręce, którymi pisze, pracuje, błogosławi i łamie na ołtarzu chleb.

— Niech się dzieje Twoja wola Jezu, który masz upodobanie w swoim słudze. Ty wiesz, że niczego w życiu nie pragnę dla siebie, ale gdyby coś jeszcze było, to zetrzyj to w proch, bym wolnym sercem mógł Tobie tylko służyć.

Zaświadczenie lekarskie i pochlebna pod każdym względem opinia matki przełożonej Ireny Krzyżanowskiej o Faustynie ucieszyły ks. Sopoćkę. Teraz już jak najlepiej zatroszczy się o rozwój duchowy siostry i ukierunkuje młodą zakonnicę, by nie zmarnowała żadnej z łask, jakimi obdarza ją Chrystus.

W następnym tygodniu, gdy znów nadszedł dzień spowiedzi sióstr magdalenek, w radosnym nastroju pospieszył do zakonnej kaplicy na Antokolu. Siostra Faustyna przynaglana upomnieniami Jezusa, by nie ukrywała niczego ze swych przeżyć, w duchu posłuszeństwa otworzyła przed spowiednikiem swoje serce.

— Ojcze — rzekła pokonując wewnętrzny opór — dwa lata temu Pan Jezus polecił mi namalować obraz według wizerunku, w jakim mi się ukazał. Był ubrany w białą szatę. Prawą dłoń miał lekko wzniesioną do błogosławieństwa, a lewą uchylał szatę na piersiach, skąd wypływały dwa strumienie światła, blady i czerwony. Pan mi powiedział, abym wymalowała taki obraz, ale sama nie potrafię. Próbowałam kilka razy, ale nic z tego nie wyszło.

— Być może ktoś inny namaluje ten obraz.

— Nie znam nikogo, kto mógłby to zrobić.

— Pomyślę o tym. Dzisiaj chciałbym prosić siostrę, aby zaczęła prowadzić dziennik, w którym będzie zapisywać wszystko, co dzieje się w jej duszy, a szczególnie to, co Jezus siostrze mówi. Przy konfesjonale proszę wyznawać tylko grzechy. Rozumie siostra, że jej długie spowiedzi wywołują niepotrzebne zainteresowanie innych osób. Jeśli chodzi o dziennik, proszę zachować go w tajemnicy przed siostrami, tylko matka przełożona musi o wszystkim wiedzieć.

Od tego dnia s. Faustyna zaczęła pisać dziennik. Jego lektura pozwoliła ks. Sopoćce wniknąć głębiej w jej przeżycia, analizować objawienia i zastanawiać się nad żądaniami Jezusa. Ma być namalowany obraz, ustanowione święto Miłosierdzia Bożego, a światu należy głosić słowo o nieskończonym miłosierdziu Boga.

Przede wszystkim Pan domagał się namalowania obrazu. Księdzu Sopoćce wydało się to niezbyt trudnym zadaniem. W Wilnie było wielu artystów zajmujących się malarstwem sakralnym. Słyszał o pewnej siostrze bernardynce, która malowała kopie świętych obrazów. W porozumieniu z siostrą Faustyną i matką Krzyżanowską zaproponował jej namalowanie wizerunku Jezusa Miłosiernego. Siostra Franciszka Wierzbicka nie była jednak pewna, czy powinna malować obraz o niezatwierdzonej jeszcze treści i ostatecznie nie zgodziła się.

Wówczas ksiądz Sopoćko pomyślał o swoim sąsiedzie. Widywał go niemal codziennie. Niekiedy zamieniał z nim kilka słów. Często widział jego niepozorną postać z charakterystyczną spiczastą bródką, jak wracał do domu po zajęciach w seminarium nauczycielskim. Sprawiał wrażenie życzliwego człowieka. Pewnego dnia kapłan zapukał do jego pracowni.

− Mam ogromną prośbę, ale czy mógłbym liczyć na dyskrecję? − zapytał ściszonym głosem.

− Jeśli trzeba, milczę jak grób − odpowiedział wesoło pan Eugeniusz.

− Wobec tego, proszę posłuchać.

Ks. Sopoćko ogólnie wyjaśnił delikatną naturę całej sprawy.

− Jest to nieznany wizerunek i może wzbudzić różne reakcje, nawet słowa krytyki.

− Jestem tylko malarzem, chociaż raczej nie podejmuję sakralnych tematów, ale dla księdza zrobię wyjątek − artysta nie zastanawiał się długo.

− Osobiście pokryję koszt tego dzieła.

Wkrótce Kazimirowski zajął się przygotowaniami. Pewna osoba ofiarowała ramę do obrazu, do której malarz dopasował płótno, a następnie je zagruntował. Gdy wszystko było już gotowe, ks. Sopoćko zaprosił na kapelanię siostrę Faustynę. Sam był ciekaw, jak ten obraz może wyglądać.

Był mroźny, styczniowy dzień 1934 roku, gdy siostra Faustyna wraz z towarzyszącą jej Matką Ireną wybrały się po raz pierwszy na Rossę, by spotkać się z malarzem. Wyszły pod pretekstem odwiedzenia kaplicy w Ostrej Bramie. Szły pieszo ponad pięć kilometrów oblodzoną ulicą, zasłaniając twarze szalikami, które pokryły się białym szronem. W Ostrej Bramie pokłoniły się Matce Miłosierdzia, wzięły udział we Mszy św. i ruszyły dalej na Rossę, do niezbyt już odległego klasztoru wizytek.

Siostra Faustyna z ogromną radością w sercu pokonała uciążliwą drogę.

Z czerwonymi od mrozu policzkami obie siostry z ulgą powitały progi ciepłego domu spowiednika. Ks. Sopoćko zaparzył gorącą herbatę, którą przyjęły z wdzięcznością, ogrzewając o gorące brzegi kubka zesztywniałe palce.

– Proszę się częstować plackiem – zachęcał gospodarz.

– Dziękujemy – siostra Irena skinęła głową – trochę się tylko rozgrzejemy.

Wizyta na kapelanii nie trwała długo. Siostra Faustyna opowiedziała malarzowi pokrótce treść obrazu.

– Rozumiem, że postać ma być naturalnych rozmiarów, z dłonią wzniesioną do błogosławieństwa i snopem promieni tryskających z uchylonej szaty w okolicy serca – powtórzył Kazimirowski, jakby chciał upewnić się, czy wszystko dobrze zapamiętał.

– Właśnie tak.

– A tło?

– Ciemne. Postać Jezusa jakby wychodzi z ciemności.

Malarz nakreślił na płótnie kilka rozbieganych kresek i po chwili odwrócił się do zakonnicy.

– Na dzisiaj wystarczy, zapraszam za kilka dni, gdy wykonam szkice.

Siostry pożegnały się i znów wyszły na mroźną, białą ulicę. Ks. Sopoćko stał w oknie i zza firanki spoglądał ze współczuciem na oddalające się zakonnice. Na dworze śnieg i mróz, a przed nimi kawał drogi do pokonania, gdyż matka przełożona zdecydowała, że będą przychodziły pieszo.

– Wola Boża – westchnął i pomyślał o trudach jakie musi podejmować s. Faustyna i z jaką pokorą to czyni. Taka drobna i szczupła, kaszląca ukradkiem, żeby nie zwracać na siebie uwagi.

Wiatr przenikał je do szpiku kości, więc przyspieszyły kroku, by rozgrzać się szybkim marszem. Serce Faustyny drżało z radości, że nareszcie spełnia się żądanie Pana, lecz całą drogę zachowywała milczenie.

***

Odtąd siostra Faustyna raz w tygodniu odwiedzała malarza, by udzielać mu wskazówek. Początkowo pan Eugeniusz miał ogromne trudności z uchwyceniem dynamicznej pozy Jezusa, który ukazał się siostrze w postawie idącej. Także układ dłoni na szkicach, nie zgadzał się z wizją.

– Nie, to nie tak – kręciła głową s. Faustyna – powinno być całkiem inaczej – zerkała przy tym w przestrzeń przed sobą, jakby widziała tam Pana.

– Księże profesorze, niech stanie tu na chwilę i posłuży nam jako model — prosił zmartwiony artysta — a siostra niech ułoży ręce księdza, tak jak sobie życzy, żebym namalował — mówił lekko zniecierpliwiony.

— W takim razie zaraz przyniosę albę — zaproponował ks. Sopoćko.

— Jeśli to zobaczę, będzie mi znacznie łatwiej.

Po kilku minutach ksiądz Sopoćko ubrany w albę, unosił dłoń w geście błogosławieństwa.

— Prawa dłoń trochę niżej, na wysokość ramienia, a szatę uchyla kciukiem i palcem wskazującym — poprawiała siostra.

Tym razem wizyta trwała znacznie dłużej. Siostra Faustyna nanosiła wiele poprawek, zanim wreszcie poza księdza wydała jej się zadowalająca. Od tego dnia ks. Sopoćko wielokrotnie asystował malarzowi. Cierpliwie wznosił dłonie, a choć palce drętwiały mu od tego pozowania, nie skarżył się, ani w żaden sposób nie dał po sobie poznać, że nuży go stanie. Trud ten przyjmował z radością, jako jedno z wielu umartwień, jakie podejmował dla chwały Bożej.

52 ZIEMIA ŚWIĘTA

„Od dawna myślałem o zwiedzeniu Ziemi Świętej [...]"[52]

Sprawy toczyły się w dobrym kierunku. Na uniwersytecie zajęcia przebiegały zwyczajnym rytmem. W Warszawie na 14 maja 1934 roku wyznaczono termin obrony pracy habilitacyjnej. Udało się rozpocząć malowanie obrazu, a siostra Faustyna spisywała swoje widzenia i przeżycia w dzienniku.

Niespodziewanie pojawiła się możliwość pielgrzymki do Ziemi Świętej. Było to nie tylko spełnieniem marzeń, by na własne oczy ujrzeć i dotknąć miejsc, związanych z życiem ukochanego Mistrza, ale też pomocą dydaktyczną na wykłady z palestynologii, które ks. Sopoćko prowadził na Uniwersytecie Stefana Batorego.

Wyjazdowi przewodniczył wieloletni znajomy prałat Marchewka, którego ks. Michał poznał na kuracji w Zakopanem. Był marzec. W Wilnie jeszcze szaro i zimno, lecz jadąc na południe dostrzegał coraz więcej zieleni, kwiatów i błękitnego nieba. Jak we śnie przepływały przed jego wzrokiem wciąż zmieniające się krajobrazy. We Lwowie spotkał się

---

[52] Wspomnienia, s. 153

z innymi pielgrzymami i stamtąd koleją udali się do rumuńskiej Konstancy, gdzie wsiedli na statek „Polonia". W czasie rejsu przez Morze Czarne, spotkała ich burza. Kołysanie przyprawiło wielu pasażerów o chorobę morską. Następnie płynęli po Morzu Marmara, Egejskim i Śródziemnym wśród greckich wysp, gdzie znajdowała się kolebka europejskiej cywilizacji.

Wreszcie statek zacumował w Jaffie, skąd po zwiedzeniu miasta pielgrzymi udali się autobusem do Nazaretu. Stamtąd urządzano wycieczki do miejsc związanych z życiem Jezusa. Wśród nich: Bazylika Zwiastowania, Kościół św. Józefa w Nazarecie, Kana Galilejska, Tyberiada, Góra Karmel i Tabor z Bazyliką Przemienienia, Jezioro Genezaret, Kafarnaum, Betsaida… Patrząc na te miejsca, w których kiedyś przebywał Jezus, jego oczy wypełniały łzy rozrzewnienia, a serce zalewała błogość i tęsknota za Panem.

Apogeum doznań przypadło na Wielki Tydzień, spędzony w Jerozolimie. Pielgrzymka zatrzymała się w hospicjum austriackim w gościnie u sufragana Jerozolimy. Ks. Sopoćko wraz z innymi zwiedził Wieczernik, więzienie Kajfasza, Bazylikę Konania, w której pod największą kopułą znajduje się Święta Skała, przy której kapłan ze wzruszeniem przypomniał sobie słowa Chrystusa: „Nie moja, ale Twoja wola niech się stanie". Kilkakrotnie w ciągu tygodnia wchodził na Golgotę, nawiedzał Bazylikę Grobu i Grób Chrystusa. Dotykał Kamienia Namaszczenia i wkładał rękę w otwór, gdzie zatknięty był krzyż Jezusa. Klęczał w miejscu, gdzie stała Matka Bolesna, Maria Magdalena i Jan u stóp krzyża, wchodził na Górę Oliwną i dotykał śladu odciśniętej stopy Jezusa przy Wniebowstąpieniu. W meczecie wzniesionym nad Skałą Wniebowstąpienia modlił się całą noc dzięki uprzejmości mułły o kozackim pochodzeniu, który w drodze wyjątku tylko dla niego otworzył świątynię.

W Wielki Piątek wieczorem przeszedł z procesją pogrzebową, w której zakonnicy nieśli figurę Jezusa od Kolumny Biczowania, przez Więzienie, Kaplicę Rozdzielania Szat i Znalezienia Krzyża, Kaplicę Złorzeczeń, Koronowania i Golgotę, gdzie rozegrała się rozdzierająca scena ukrzyżowania, a potem zdjęcia z krzyża. Następnie figurę Zbawiciela położono na Kamieniu Namaszczenia i złożono w Grobie. Pielgrzymi nie potrafili ukryć emocji, a i księdzu niejedna łza wypłynęła spod powieki.

W czasie Rezurekcji przeżył niezwykłe nabożeństwo, które celebrował przy ołtarzu Grobu patriarcha Jerozolimy. O tej samej godzinie odprawiali liturgię Niedzieli Palmowej wyznawcy kościołów wschodnich. Wśród wrzawy i zgiełku słychać było modlitwy w języku łacińskim, greckim, ormiańskim, syryjskim i koptyjskim.

Po uroczyście obchodzonym Dniu Zmartwychwstania nadszedł czas, by udać się do Emaus i kolejnych miejsc drogich sercu każdego chrześcijanina, takich jak: Betlejem, Betania, Jordan, Morze Martwe i wiele innych.

Ksiądz Sopoćko notował wytrwale wszystkie te nazwy i opisywał nawiedzane miejsca. Z dokładnością naukowca zapisywał wymiary bazylik i kaplic, rozmiary monumentów, opisywał architekturę i wyposażenie świątyń oraz ich historię, nierzadko burzliwą, związaną z okresami okupowania Ziemi Świętej przez wyznawców różnych religii. Notatki miały posłużyć pomocą na wykładach. Nabywał wiele pamiątek, by potem obdarować nimi najbliższych.

Rzewnym okiem oglądał i podziwiał miejsca, których historię znał doskonale z wieloletnich studiów Pisma Świętego. Wszystko na co patrzył, było świadkiem wydarzeń, dokładnie opisanych przez proroków i Ewangelistów.

Gdy pojawiła się propozycja, by udać się do Egiptu, przyłączył się do entuzjastów tej wycieczki. Podróżował przez Pustynię Arabską, zwiedził miejsca pobytu Świętej Rodziny, meczety i muzea Kairu, stanął u stóp piramid i zajrzał w kamienne oczy Sfinksa, wpatrzone w bezmiar pustyni.

W drogę powrotną wyruszyli tym samym statkiem „Polonia", który zacumował jeszcze w Atenach i Stambule, gdzie wiele miejsc przypomniało historię Kościoła i działalność Apostołów. Następnie podróżowali pociągiem przez Rumunię do Lwowa, gdzie nastąpiło rozstanie i każdy z pątników udał się w swoją stronę. Pielgrzymka upłynęła szybko, ale w skarbcu pamięci obrazy i wspomnienia z Ziemi Świętej pozostały na wiele, wiele lat.

53 REKTOR KOŚCIOŁA ŚW. MICHAŁA

„Bardzo nie chciałem obejmować tego stanowiska [...]"[53]

Po powrocie z pielgrzymki w radosnym nastroju udał się do klasztoru magdalenek na spotkanie z siostrą Faustyną. Czekało go jednak rozczarowanie. W dzienniczku nie było nowych wpisów, co więcej,

---

[53] Dziennik, s. 88.

dzienniczka już nie było. Siostra Faustyna na polecenie zjawy, którą uznała za anioła, spaliła dziennik. Dopiero później zrozumiała, że mówił do niej szatan, ale było już za późno.

– Niech się siostra nie martwi – pocieszał ją – w ramach pokuty proszę odtworzyć dziennik. Niech siostra zapisuje, gdy jej się coś przypomni.

Zakonnica przyjęła z pokorą to niełatwe zadanie. Dziennik pisała z trudem, ukradkiem, z dala od oczu sióstr i w czasie danym na wypoczynek. Teraz czekała ją podwójna praca. Jednak nie lękała się trudów, wszystko przyjmowała w duchu posłuszeństwa, a nawet z radością, gdyż mogła się łączyć w cierpieniu z ukrzyżowanym Panem. Poza cierpieniem niczego już w życiu nie oczekiwała. W Wielki Piątek oddała Bogu swoje życie za grzeszników i poczuła, że ofiara została przyjęta.

**

Kolokwium habilitacyjne w maju 1934 roku przebiegło pomyślnie i kilkuletni trud ks. Sopoćki został uwieńczony osobistym sukcesem. W tych dniach odebrał wiele pochwał i gratulacji. Przyjaciele winszowali mu sukcesu i życzyli wytrwałości w pokonywaniu dalszych szczebli uniwersyteckiej kariery, co przy zaangażowaniu księdza wydawało się już tylko kwestią czasu.

Dwa tygodnie po powrocie z Warszawy został poproszony na rozmowę do arcybiskupa Jałbrzykowskiego. Ordynariusz pogratulował pomyślnie zdanego egzaminu, przypomniał o wielu zasługach kapłana, a na koniec powierzył mu nowe zadanie, czym wywrócił do góry nogami świat, w którym ks. Michał poczuł się wreszcie szczęśliwy.

– Serdecznie gratuluję i… – powiedział arcybiskup z uśmiechem, a po chwili poważnym tonem dodał – mianuję księdza rektorem.

Księdzu Sopoćce zabiło serce. Przed laty, kiedy podjął pracę na uniwersytecie i pełnił funkcję ojca duchownego w seminarium, ktoś puścił plotkę, że ma zostać mianowany rektorem seminarium. Ówczesny rektor ks. Uszyłło nie był zadowolony, a i wśród innych profesorów powstało sporo niepotrzebnych emocji. Co teraz mają oznaczać te słowa?

– Rektorem kościoła św. Michała, a tym samym spowiednikiem i kapelanem sióstr bernardynek – dodał arcybiskup z chłodną powagą, którą ks. Sopoćko słyszał już w jego głosie, gdy przed dwoma laty zwrócił się do niego z prośbą o zwolnienie z funkcji ojca duchownego.

Ksiądz Sopoćko zmarszczył brwi, spuścił wzrok i posmutniał. Chciał się stanowczo sprzeciwić, ale powstrzymał reakcję, lecz po chwili uniósł głowę, spoglądając prosto w oczy rozmówcy.

– To zaszczytne wyróżnienie, ale nie mogę go przyjąć. Jestem już zaangażowany w kolejną pracę naukową, która zajmuje mi każdą wolną chwilę, a ponadto piszę artykuły do czasopism, przewodniczę stowarzyszeniom i pełnię już funkcję spowiednika w kilku zakonach, co zabiera niemało czasu, a przy tym są jeszcze wykłady i zajęcia profesora uniwersytetu.

– Siostry bernardynki już od dłuższego czasu mnie prosiły, lecz kazałem czekać do habilitacji, ale teraz, myślę, że czasu jest trochę więcej – arcybiskup nie przyjął protestu.

– Niestety nie mogę podjąć się tego zadania – upierał się ks. Michał.

– Pozostawiam to wolności decyzji, jednak nalegam, aby rozważyć tę propozycję, a jeśli ksiądz potrzebuje czasu, to nie ma pośpiechu. Dodam, że nowa funkcja wiąże się z przeprowadzką do klasztoru, który mieści się w pięknym, historycznym domu rodziny Sapiehów, gdzie siostry przygotowały już księdzu mieszkanie.

– W kapelanii wizytek znalazłem spokój i ciszę do pracy naukowej, o jakiej od dawna marzyłem – odparł niepewnie ksiądz, czując że sprawa jest już przesądzona.

W surowym spojrzeniu arcybiskupa nie było zrozumienia. Jego postawa i lekko uniesiony podbródek wyrażały zniecierpliwienie słowami księdza, który jak zwykle kieruje się własnymi motywami.

Ks. Michał chciał jeszcze opowiedzieć o nowej misji, jaką wyznaczył mu Jezus w widzeniach siostry Faustyny, ale mina arcybiskupa zniechęciła go. Uznał, że nie jest to najlepszy moment. Skinął głową na znak, że przyjął informację do wiadomości. Ukłonił się z szacunkiem i opuścił pokój.

54 NACZYNIE MIŁOSIERDZIA BOŻEGO

„Siostra Faustyna uskarżała się, że obraz nie jest tak piękny jak w widzeniu [...]"[54]

Obraz Jezusa Miłosiernego był już na ukończeniu. Pewnego lipcowego dnia siostra Faustyna wraz z towarzyszącą jej matką Krzyżanowską

---

[54] Wspomnienia, s. 140.

przybyły, by ocenić jego ostateczną wersję.

Zakonnice długo przyglądały się dziełu artysty, który włożył tak wiele trudu, by wyrazić spokój, majestat i świętość Zmartwychwstałego Jezusa oraz Jego czułość w uniesionej dłoni, którą z miłością błogosławił wiernym. Z wizerunku emanowała prostota, dobroć i miłosierdzie. Nagle siostra Faustyna odwróciła wzrok, by więcej już nie patrzeć.

– Tak, to jest obraz Zbawiciela, który mi się ukazał, ale niestety nie oddaje Jego piękna – powiedziała szczerze zmartwiona.

Eugeniusz Kazimirowski lekko zażenowany, drapał się po spiczastej bródce, marszczył czoło i przyglądał się swemu dziełu z bezradnością. Włożył cały swój talent i wysiłek, by sprostać wymaganiom wizjonerki i nie był już w stanie bardziej upiększyć postaci Chrystusa, choć obiecał, że naniesie poprawki.

Siostra Faustyna przygnębiona i milcząca wróciła do klasztoru. Natychmiast udała się do kaplicy, rozżalona upadła na kolana i zatopiła się w modlitwie. Z jej oczu popłynęły łzy, a duszę ogarnął przejmujący smutek, że ludzie nigdy nie poznają, jak piękna jest twarz Jezusa. Gdyby mogli zobaczyć Jego prawdziwe oblicze, któż oparłby się, by nie upaść na kolana i nie wielbić Jego Majestatu. Obraz malarza, choć powtarza gesty, jest tylko cieniem Zbawiciela, nikłym odbiciem w krzywym zwierciadle. Szlochała i żałośnie skarżyła się Panu, że nie ma artysty, ani farb na ziemi, by wyrazić piękno jej Oblubieńca.

Nagle kaplicę zalała znana jej jasność, z której wyłoniła się postać Chrystusa. Znów Go ujrzała w całej urodzie i doskonałości, ubranego w światło, a tak prostego i bliskiego, z odkrytą głową i boso. W pełnych miłości słowach pocieszył zakonnicę i zapewnił, że nie w piękności farby leży moc obrazu, ale w łaskach, jakich będzie przez ten obraz udzielał.

W jednej chwili cały smutek rozwiał się jak mgiełka w słoneczny poranek. Uszczęśliwiona siostra Faustyna opuściła kaplicę i w pogodnym nastroju udała się do pracy w ogrodzie. Jej myśli wciąż krążyły wokół obrazu. Zapragnęła, aby poznał go cały świat i aby wszyscy ludzie doznali obiecanych łask i we własnym życiu doświadczyli jak dobry i miłosierny jest Bóg.

– Ten obraz może pozostać taki, jaki jest, Pan Jezus go zaakceptował i będzie przez niego błogosławił. Jest on dla ludzi jak naczynie, z którym będą mogli przychodzić do Źródła Miłosierdzia po łaski. Trzeba, aby dowiedział się o tym cały świat – przekazała dobrą wiadomość spowiednikowi.

Ksiądz Sopoćko zapłacił malarzowi umówioną sumę i zabrał obraz do swego pokoju na górze. Oparł go o ścianę i w milczeniu długo kontemplował postać Zbawiciela.

– Teraz moja kolej. Mam opowiadać o Twoim Miłosierdziu, mówić ludziom, aby czcili ten obraz, modlili się z wiarą do Bożego Miłosierdzia, ale jest to nowy, a raczej zapomniany kult w kościele. Arcybiskup spowiadał już siostrę Faustynę i wie o wszystkim, ale milczy. Czy wierzy? Czy ludzie uwierzą?

Jezus na obrazie patrzył łagodnym wzrokiem, pełnym miłości i współczucia. Ksiądz pragnął wyczytać z tych oczu spoglądających na niego z wysoka, jaką drogą teraz poprowadzi go Zbawiciel, bo nagle zrozumiał, że wszystko, co do tej pory działo się w jego życiu, miało go doprowadzić do tej właśnie chwili, gdy prosta zakonnica trzeciego chóru niepewnym głosem obwieściła mu przez kratki konfesjonału, że Jezus go wybrał, aby był jej głosem, donośnym i słyszalnym na krańcach świata.

– Panie, wiele krzyży już poniosłem, znasz mnie, nie uciekłem. Dla ciebie wysiadywałem w konfesjonałach, upominałem się o kaplice dla Twoich wiernych, o szkoły dla dzieci i szpitale dla chorych. Poszedłem na front, gdzie tysiące wyspowiadałem i rozgrzeszyłem, zanim ich wezwałeś do siebie. Byłem kapelanem, budowałem kościoły. Byłem ojcem duchownym i spowiednikiem osób zakonnych, uczyłem Twoich ścieżek dusze, które pragną wznosić się do Ciebie. Tylko Ty znasz wszystkie modlitwy i Msze święte, które przed Twój tron zaniosłem. Tylko Ty wiesz, jaki niosę krzyż. Wyciosałeś go na moją miarę i nigdy nie wypuszczę go z dłoni.

**

W sierpniu przyszły upalne dni. Ksiądz Sopoćko przebywał właśnie w ogrodzie, by schronić się przed skwarem w głębokim cieniu klonów, gdy nagle posłyszał pospieszne kroki. Siostra wizytka biegła podtrzymując czarny habit.

– Przysłano po księdza profesora samochód. Ma jechać od razu do klasztoru magdalenek. Siostra Faustyna jest umierająca.

Księdzu Sopoćce gwałtownie zabiło serce, ale nie stracił przytomności umysłu. Zabrał czarną walizeczkę, w której przechowywał sakramentalia i natychmiast udał się w drogę.

Faustyna leżała bez kontaktu ze światem. Blada i wpół przytomna. Przez zdrętwiałe usta nie mogła wypowiedzieć ani słowa. Kapłan udzielił jej ostatniego namaszczenia i ukląkł do modlitwy. Zgromadzone siostry powtarzały za nim słowa różańca. Kiedy skończył, Faustyna poruszyła się i widać było, że ból zelżał.

– Leki zaczęły działać – szepnęła lekarka, która stała przy łóżku chorej ze strzykawką napełnioną kolejną dawką leku.

– Bogu dzięki – powiedziała matka przełożona zwracając się do spowiednika – myśleliśmy, że przyszła na nią ostatnia godzina. Cała zesztywniała i straciła oddech. Z trudem chwytała ostatnie łyki powietrza.

– To udar słoneczny – wyjaśniła lekarka, która czuwała nad chorą – w taki skwar nie powinna zbyt długo przebywać na słońcu.

Silne dawki leku zdawały się przywracać siostrę Faustynę do życia. Już po kilku dniach mogła stanąć na nogi i mimo osłabienia podjąć swoje obowiązki. Nie oszczędzała siebie, by nie sprawiać kłopotu innym siostrom, które musiały zastąpić ją w pracy w czasie choroby, a nie wszystkie zakonnice przyjmowały z pokorą dodatkowe obowiązki. Niektóre z nich potajemnie zazdrościły siostrze specjalnego traktowania i tej szczególnej uwagi, jaką okazywał jej spowiednik.

Któregoś dnia zdarzyło się, że usłyszała za plecami kąśliwą uwagę. Siostra Chryzostoma skarżyła się na nią do matki przełożonej.

– Siostra Faustyna jak zwykle pod pretekstem choroby wymiguje się od pracy. Dziwię się, że niektórzy dają się nabrać na tanie sztuczki tej histeryczki.

Faustyna spuściła głowę i ze łzami w oczach pobiegła do kaplicy, aby wyżalić się przed Jezusem. Po krótkiej modlitwie Pan Jezus stanął przed nią okryty ranami. Znów gotowa była wycierpieć wszystko i z ochotą nieść swój krzyż i krzyże wszystkich ludzi, byle tylko upodobnić się do Oblubieńca.

Wkrótce siostra Chryzostoma została odwołana z funkcji infirmerki, a nowa siostra wybrana na jej miejsce zaprowadziła Faustynę na prześwietlenie płuc. Był to pierwszy krok w kierunku postawienia właściwej diagnozy przyczyny złego samopoczucia wizjonerki.

55 NA KAPELANII U SIÓSTR BERNARDYNEK

„Postanowiłem trwać w cierpliwości i wytrwałości."[55]

Ks. Sopoćko wciąż zwlekał z przeprowadzką. U sióstr wizytek miał wymarzony spokój, serdecznych i życzliwych przyjaciół, uczynne siostry, cichy ogród. Bliskość cmentarza pozwalała na długie spacery, zwłaszcza kiedy otrzymywał złe wieści, gdy dręczyły go niepokoje i w samotności szukał ukojenia i równowagi.

---

[55] Dziennik, s. 90.

W ostatnich tygodniach szczególnie martwił go stan zdrowia siostry Faustyny. Była nieuleczalnie chora. Wykryto u niej suchoty w zaawansowanym stanie. Gruźlica zaatakowała również jelita. Do bólu w piersiach doszły ataki silnego bólu brzucha w kilka godzin po posiłku. Na cmentarzu w oddaleniu od ludzi rozmyślał o słodkiej duszyczce, która cierpiała niewymowne męki, ofiarowując je za dusze w czyśćcu cierpiące i za umierających. Zbliżało się Święto Zmarłych i na grobach płonęły świece i pojawiły się świeże chryzantemy. Z drzew spadały już ostatnie jesienne liście i chłód przenikał przez jesienny płaszcz ks. Sopoćki. Po zmarzniętej, posiniałej twarzy księdza gorącymi strużkami płynęły łzy.

Ks. Sopoćko był szczerze zmartwiony, że musi opuścić przyjazne progi kapelanii sióstr wizytek i przenieść się do klasztornych murów sióstr bernardynek. Znów spakował osobiste przedmioty, zimowy płaszcz, który już wkrótce miał zacząć mu służyć. Za oknem nieprzyjemna szarość, ale dzień był świąteczny: Wszystkich Świętych i dzień jego urodzin. Skończył właśnie 46 lat. W sercu czuł dziwny niepokój, jakieś złe przeczucie, które kazało zwlekać z przeprowadzką. Miał stać się nie tylko spowiednikiem, ale i kapelanem sióstr bernardynek. Z doświadczenia wiedział, że łączenie tych dwóch funkcji zwykle stawia kapłana w niezręcznej sytuacji, kiedy to znajomość grzechów może wpływać na stosunek do danej osoby, wywoływać uprzedzenia i niechęć, a z drugiej strony może powstrzymywać siostry od zupełnej szczerości w spowiedzi, co z kolei zakłóca drogę rozwoju duchowego.

Cóż jednak było robić? Zwlekał całe lato i jesień, ale wreszcie 1 listopada spakowany w walizki i kartonowe pudła, z których większość wypełniona była książkami, przeniósł się na ulicę św. Anny.

∗∗∗

Młoda siostra z głową okrytą czarnym welonem, w długim czarnym habicie, z dłońmi ukrytymi w szerokich rękawach prowadziła go stromymi schodami na górę. Na piętrze zatrzymała się przed białymi drzwiami i przekręciła klucz w zamku.

– To tutaj.

Przepuściła księdza, aby mógł wnieść walizki. Jeden rzut oka wystarczył, aby zorientować się w opłakanym stanie, w jakim znajdowało się wskazane pomieszczenie.

– Ale ten pokój wymaga remontu.

– Przykro mi – powiedziała siostra, kryjąc wzrok w cieniu welonu – mieszkanie zajmowane przez poprzedniego kapelana zostało już zagospodarowane. Obecnie dysponujemy pokojami po nowicjacie, gdzie postanowiłyśmy księdza ulokować.

– Tu się nie da mieszkać – oponował kapelan.

– Oczywiście przeprowadzimy remont.

– To byłoby wskazane, jak najbardziej wskazane – odpowiedział, zdziwiony lekceważeniem, z jakim został przyjęty.

Gdy wreszcie został sam, gospodarskim okiem ocenił zakres robót, jakie powinny być wykonane. Malowanie, wymiana mebli i przede wszystkim kanalizacja. Pokrzepiony myślą, że wkrótce jego mieszkanie nabierze właściwego wyglądu, nie kłopotał się tym dłużej, tylko przystąpił do wnoszenia reszty swojego bagażu. Na koniec został tylko obraz.

Już miał go zabrać do środka, gdy przypomniały mu się słowa siostry Faustyny, która przekazała mu życzenie Jezusa, aby obraz był czczony publicznie. Nie mógł zamknąć go w swoim pokoju i ignorować polecenia Chrystusa. Jednak miał z tym szczery kłopot. Jak go ukazać innym? Jest zupełnie nowy i dotychczas nie znany w Kościele, a tym bardziej nie jest przecież zatwierdzony do kultu. Pozostawił obraz na korytarzu, odwrócony do ściany, by nie rodził niepotrzebnych pytań i postanowił czekać na dogodny moment, aby go pokazać publicznie.

– A cóż to za dziwny obraz tak wielkich rozmiarów? – spytała go kiedyś matka przełożona.

– Jest to wyobrażenie postaci Jezusa o nieznanej jeszcze powszechnie treści – wyjaśnił – czy może tu na razie pozostać?

– Niech zostanie – odpowiedziała siostra, wzruszając ramionami na te sekrety kapelana.

Nadszedł adwent i ks. Sopoćko mówił teraz więcej kazań, a w nich nawiązywał do Bożego Miłosierdzia. W swoim życiu doznał od Boga tak wielu łask, że czynił to z sercem pałającym wdzięcznością, tym bardziej, że w widzeniach siostry został wezwany po imieniu, aby opowiadał ludziom o niezgłębionym oceanie Miłosierdzia Bożego, z jakim Bóg czeka na każdą duszę, która się do Niego zwróci.

***

Remont postępował szybko, co napawało nadzieją, że na Boże Narodzenie zamieszka w ładnych, odnowionych pomieszczeniach, godnych profesora uniwersytetu. Jego praca nad dziełem naukowym, które w zamierzeniu było podstawą nominacji na profesora, dobiegła końca. Książka miała ukazać się już w początkach przyszłego roku, a opinia wydana o niej przez grono profesorów mogła zdecydować o milowym kroku w karierze uniwersyteckiej kapłana.

Na prośbę księdza robotnicy spieszyli się z robotą, by ukończyć remont przed świętami. Pewnego dnia, gdy prace były na ukończeniu, do jego drzwi zapukała przełożona bernardynek. W ręku trzymała jakiś dokument, który wręczyła kapelanowi.

– To jest rachunek na cztery tysiące złotych, jaki wystawili nam robotnicy za remont. Niestety nie jesteśmy w stanie zapłacić i dlatego prosimy, aby tymczasem pokrył go ksiądz z własnych funduszy. Obiecujemy rozliczyć się z ojcem.

Ks. Sopoćko przyjął te słowa za dobrą monetę, opłacił robotników i cieszył się, że będzie świętował Boże Narodzenie w odnowionym mieszkaniu.

Święta stały się okazją, by odwiedzić rodzinę. Radość ze spotkania zakłóciły jednak wieści o problemach rodzinnych. Bracia, mimo jego pomocy i rady wciąż borykali się z trudnościami na skraju nędzy. Trosk przysparzali też niektórzy siostrzeńcy, pozbawieni nad sobą ojcowskiej ręki. Zabiegał o ich wykształcenie, ale nie do końca to doceniali i różnie szło im z nauką. Wydawało się, że wiele modlitw i zainwestowanych pieniędzy poszło na marne. Nie wypominał jednak, nie krytykował, ale z ojcowską troską upominał i wskazywał jak bardzo rani to Serce Jezusa. Pociechą były te dzieci rodzeństwa, które uczyły się chętnie i z ochotą garnęły się ku Bogu.

Mijały tygodnie, a siostry milczały na temat rachunków. Ksiądz Sopoćko ubolewał w duchu nad stanem historycznej budowli, której całe skrzydło chyliło się ku ruinie. Renowacji wymagał również kościół św. Michała, a szczególnie słynący od wieków cudami obraz Matki Bożej Świętomichalskiej. Kapłan dostrzegał niezaradność zakonnic i zastanawiał się jak pomóc rozwiązać ich problemy, wiążące się z ziemskimi marnościami, jakimi są pieniądze, jednak wymagającymi również troski człowieka, gdy pewne dobra zostały oddane mu pod opiekę.

Jako kapelan kłopotał się też o życie duchowe sióstr. Martwiło go, że bernardynki będąc zakonem klauzurowym nie mają furty, oddzielającej od klauzury. Czujnym ojcowskim okiem dostrzegał, że dla pewnych sióstr brak kontroli przy przekraczaniu murów klasztoru stawał się pokusą. Swobodny kontakt ze światem, szczególnie dla młodych i nieutwierdzonych jeszcze w rygorach zakonnych sióstr, rodził zagrożenie łamania reguł, a nawet utraty powołania.

Pewnego dnia, gdy rozmowa zeszła na tematy gospodarcze, siostry przyznały, że przydałaby się kanalizacja kolejnych czterech mieszkań, co więcej konieczne są pewne naprawy w kościele, a gdy ksiądz wspomniał o konserwacji obrazu Matki Bożej Świętomichalskiej, siostry z radością poparły ten projekt.

– Przy okazji należałoby też zbudować furtę – zaproponował.

– Nie przeczę – zająknęła się matka przełożona – ale czy to konieczne?

– Trudno ściśle przestrzegać reguły, gdy klasztor nie posiada furty – dodał z naciskiem, gdy wyczuł, że siostry są zaskoczone taką propozycją.

– Niestety cierpimy na brak funduszy na te inwestycje, choć przyznaję, że dla nas konieczne – westchnęła w odpowiedzi matka przełożona.

– Myślałem o tym – odrzekł ks. Sopoćko, przygotowany na takie argumenty i zamyślił się na chwilę, po czym dodał – jest na to sposób. Mógłbym zainwestować własne środki, ale chciałbym uzyskać zgodę sióstr na użytkowanie skrzydła klasztoru, które stoi puste, do własnych celów, póki nie odzyskam włożonych funduszy.

Matka przełożona uniosła brwi ze zdziwienia. Nie musiały dokładać ani grosza, a będą miały kanalizację, remont klasztoru i kościoła, a nawet odnowienie obrazu.

– To dla nas szczęśliwe rozwiązanie.

– Musimy tylko uzyskać aprobatę arcypasterza i podpisać umowę.

Arcybiskup Jałbrzykowski tylko przyklasnął takim planom. Siostry zobowiązały się zwrócić do komisji administracyjnej o sporządzenie umowy i nic już nie stało na przeszkodzie, by rozpocząć prace.

Ekipa budowlana z radością przyjęła nowe zlecenie. W dawnym pałacu Sapiechów znów słychać było stukanie młotka i roznosił się zapach świeżej zaprawy i farby. Robotnicy otrzymywali słuszną zapłatę w terminie, jakiej dokonywał ks. Sopoćko z własnej kieszeni, nie troszcząc się zbytnio o wolne załatwianie spraw urzędowych. Mijały tygodnie, a umowa wciąż nie została podpisana.

Ks. Sopoćko powierzył w ręce kierownika budowlanego prace remontowe, wynajął konserwatora do renowacji obrazu i czuwał nad wszystkim z daleka, gdyż bardziej zajmowały go sprawy duchowe, a wśród nich najczulszą troską obejmował żądania Pana Jezusa przekazywane mu przez siostrę Faustynę.

56 PIĘTRZĄCE SIĘ PRZECIWNOŚCI

"Takie i podobne przykrości doświadczałem prawie
ustawicznie [...]"[56]

Pomimo wielu obowiązków ks. Sopocko nie zapominał o
wygospodarowaniu kilku dodatkowych godzin w tygodniu, by przeglądać
dziennik siostry Faustyny i spotykać się z nią od czasu do czasu w celu
omówienia przeczytanych treści. Widzenia siostry poruszały go do głębi.

– Pan Jezus obiecuje, że otoczy opieką dusze, które będą szerzyły
Miłosierdzie Boże – zapewniała siostra.

Ks. Sopoćko odwrócił wzrok i popatrzył w okno. Sypał śnieg, otulał
drzewa, migotał w bladym świetle latarni i tworzył wysokie zaspy.

– Ja siostrze wierzę i zrobię wszystko, by wypełnić żądania Pana Jezusa,
ale jest wiele osób, które pewnie się sprzeciwią.

Przed oczami stanęła mu postać arcybiskupa Jałbrzykowskiego. Jego
zdziwiona twarz, wysoko uniesione brwi i oczy pełne wyrzutu, że
człowiek nauki, profesor uniwersytetu nie rozumie tego, że siostry często
miewają prorocze sny, a nawet widzenia, ale nie można tak od razu
zmieniać zasad ustanowionych przez Kościół.

– Jezus nie jest zadowolony z tego, że obraz stoi w ukryciu. Nalega, by
był czczony publicznie. Zapowiedział, że jeśli ojciec nadal będzie milczał,
ześle kary... – siostra Faustyna ściszyła głos i prawie szeptem
opowiedziała o trudnościach, jakie go czekają, jeśli nie powiesi obrazu w
kościele.

– Nie mogę. Rozumie siostra? Droga do tego jeszcze daleka. W
Kościele wszystko toczy się powoli.

Wyszedł z klasztoru zrezygnowany, ale też wewnętrznie poruszony. W
drzwiach bez słowa minął siostrę furtiankę i szybkim krokiem, brnąc w
zaspach śniegu powlókł się w stronę centrum miasta. Szedł pieszo, jak
zwykle unikając publicznego transportu. Szybki spacer koił jego nerwy i
dawał czas na rozmyślanie. Z rozpaloną głową, zatopiony w wewnętrznej
rozmowie nawet nie zauważył, kiedy stanął na progu swego domu,
którym teraz była cela w klasztorze bernardynek.

Tej nocy nie mógł zasnąć. Zastanawiał się jeszcze raz nad sensem słów,
które usłyszał. Czy można dać im wiarę? Jakie kłopoty go czekają? Jaka
kara? Do końca nie dowierzał. Zmęczony bezsennością, wstał, narzucił

---

[56] Dziennik, s. 90.

palto, gdyż wygasło już w piecu i coraz większy chłód wdzierał się do mieszkania. Odmówił różaniec, a potem bez słów trwał na modlitwie, dopóki nie spłynął na niego błogi spokój i pewność, że trzeba wziąć na ramiona krzyż i iść za Panem.

***

W klasztorze szybko postępowały prace i po kilku miesiącach remont kolejnych mieszkań był zakończony. Ks. Sopoćko znów z własnych oszczędności pokrył wszystkie koszty.

– Dziękujemy serdecznie – powiedziała matka przełożona i skinęła głową na pożegnanie.

– Spodziewam się, że mogę rozporządzać pomieszczeniami w nieużywanym skrzydle zgodnie z umową.

– My żadnej umowy nie mamy, więc spodziewałyśmy się, że ksiądz zdecydował się wspomóc nas z dobrego serca – odpowiedziała zdziwiona siostra.

Ks. Sopoćko stał przez dłuższą chwilę oniemiały. Nie chciał być uznany za chciwca, żerującego na ubogich zakonnicach.

– Muszę przyznać, że pieniądze na remont pochodziły z funduszu przeznaczonego na budowę kościoła, a przecież jest sposób, abym je odzyskał bez naruszania zakonnego budżetu.

– Nie spodziewałyśmy się, że ksiądz rektor będzie taki konsekwentny i te pokoje zajęłyśmy dla potrzeb klasztoru.

Ksiądz Sopoćko nie odpowiedział. Zachowanie sióstr zaskoczyło go. Nigdy wcześniej nie spotkał się z nieuczciwością ze strony osób duchownych.

***

– Jak to możliwe? – pytał arcybiskupa Jałbrzykowskiego, którego spotkał w niedługim czasie – że siostry bernardynki nie poczuwają się do dotrzymania umowy, o której Jego Ekscelencję informowałem.

– A gdzie jest ta umowa? Czy mógłbym ją zobaczyć?

– Niestety do dziś nie została spisana. Siostry zwlekały, a ja uważałem, że mogę wierzyć na słowo.

– Kwestie finansowe wymagają skrupulatnego traktowania. Teraz pozostaje jedynie zwrócić się do komisji administracyjnej.

Ks. Sopoćko skłonił głowę i wyszedł z kamienną twarzą. Dlaczego arcybiskup nie chce interweniować w jego sprawie, był przecież świadkiem rozmowy. Czy nie pamięta? Wystarczyłoby jedno słowo i problem byłby rozwiązany.

Nie pozostało mu nic innego jak tylko dochodzić sprawiedliwości drogą urzędową. Złożył formalne pismo, chociaż ogarnęły go wątpliwości, czy sprawa kiedykolwiek zyska pozytywne rozwiązanie.

Wspomniał na słowa siostry Faustyny o karze za milczenie w sprawie obrazu i nagle uświadomił sobie, że przepowiednie zakonnicy już sprawdzają się w jego życiu.

57 OBRAZ JEZUSA MIŁOSIERNEGO W OSTREJ BRAMIE

„Wówczas mówiłem kazanie o miłosierdziu Bożym, które wzruszyło słuchaczy."[57]

Zaczął się Wielki Tydzień. W Wielki Piątek siostra Faustyna miała widzenie, w którym Jezus żądał, aby obraz został wystawiony w Ostrej Bramie w tydzień po Wielkanocy w czasie mającego się odbyć tam Triduum w związku z obchodami jubileuszu 1900-lecia Odkupienia, świętowanego w Kościele w 1935 r.

Zmartwiony trudnym zadaniem, ksiądz Sopoćko długo nie mógł znaleźć sobie miejsca. Chodził zasmucony, rozmyślał i trwał w rozterce, jak wypełnić żądanie Pana Jezusa. Bał się ignorować poleceń zakonnicy, bo dotkliwe kary za opieszałość już go dotykały zgodnie z zapowiedzią. Szczerze pragnął wypełnić żądania. Ale jak? Arcybiskup jest przeciwny rozpowszechnianiu widzeń, nie uznanych jeszcze przez Kościół.

Gdy wieczorem usiadł znużony przy stole, oparł głowę na splecionych jak do modlitwy dłoniach i pogrążył się w głębokim skupieniu, szukając rozwiązań, z których każde odrzucał, jako niemożliwe do wykonania, nagle zadzwonił telefon.

– Niech będzie pochwalony – usłyszał znajomy głos w słuchawce – mam prośbę, czy byś nie wygłosił paru kazań na zakończenie obchodów jubileuszu w kaplicy Ostrobramskiej. Cieszysz się w Wilnie zasłużoną popularnością, a ja szukam księdza, który przyciągnie ludzi i podoła wyzwaniu. No i pomyślałem o tobie.

W słuchawce ks. Sopoćko rozpoznał głos księdza Zawadzkiego, proboszcza kaplicy w Ostrej Bramie. W jednej chwili pojął Bożą interwencję.

– Z wielką radością… Jednak mam prośbę. Czy mógłbym…? –

---

[57] Tamże, s.98.

zawiesił na chwilę głos, jakby zwątpił w sens słów, które miał za chwilę wypowiedzieć, ale nabrał powietrza w płuca i ciągnął dalej – jako dekorację umieścić w oknie nowy, interesujący obraz Jezusa, w którego jestem posiadaniu.

– No… dobrze, zgadzam się – odpowiedział rozmówca po chwili namysłu i choć ks. Sopoćko był przygotowany na serię pytań, proboszcz kaplicy Ostrobramskiej szybko się rozłączył.

Arcybiskup Jałbrzykowski wyjechał z Wilna, więc ks. Sopoćko czuł się zwolniony z obowiązku pytania go o zgodę. Obraz Jezusa Miłosiernego nie mógł przesłonić Matki Miłosierdzia, więc umieścił go w bocznym oknie, ale tak by był widziany przez lud zgromadzony na ulicy przed kaplicą.

W przeddzień święta parafianki wraz z kilkoma siostrami, wśród których była również siostra Faustyna, zebrały się, by litewskim zwyczajem ozdobić ramy obrazu wieńcem z ziół i barwnych gałązek. Wiosna już była w pełni. Zakwitło wiele kwiatów na łąkach i w lasach, zebrano więc naręcza zielonych witek i świeżych kwiatów, z których kobiety uplotły wieńce.

– Jaki dziwny obraz siostro! Co oznaczają te promienie? Czy jest to nowy obraz Serca Jezusowego? – ktoś z przechodniów zwrócił się do siostry Faustyny, która uwijała się przy sprzątaniu rozrzuconych gałązek.

Zakonnica wzruszyła tylko ramionami i nic nie odpowiedziała. Uśmiechnęła się. Z tego uśmiechu biła radość, która rozrywała jej duszę. Spełnia się życzenie Pana Jezusa. Obraz będzie pokazany światu.

Następnego dnia był ciepły wiosenny dzień, świeciło jaskrawe słońce, a kilkunastostopniowa temperatura zachęcała do wyjścia na uroczystości jubileuszu. Była pierwsza niedziela po Wielkanocy, zwana w tradycji Kościoła Białą. W ulicy przed kaplicą Ostrobramską zebrał się kilkutysięczny tłum wiernych. Ks. Sopoćko mówił w kazaniu o Miłosierdziu Bożym, które objawiło się w wielkim dziele odkupienia człowieka, którego dokonał Jezus umierając na krzyżu.

– Wielkie jest Miłosierdzie Boże i dla nas niepojęte. Choć jesteśmy mali i grzeszni, nie lękajmy się zwracać do miłosiernego Boga. Miłosierdzie jest największym przymiotem Boga i nie znajdziemy ukojenia, dopóki nie zwrócimy się z ufnością do Niego – słowa kapłana przeniknięte miłością i inspirowane widzeniami siostry Faustyny poruszały serca. Wielu słuchaczy ocierało łzy.

Wśród tłumu stała siostra Faustyna. Jej serce drżało, gdy spoglądała na obraz Jezusa Miłosiernego. Tylko ona widziała tam żywego Pana, który nakreślił dłonią znak krzyża i pobłogosławił zebranych. Z Jego szaty na piersiach wydobywały się dwie smugi światła, które przenikały do serc zebranych, choć w nierównej mierze. Na jednych zlewało się więcej łaski, na innych mniej.

Wieczorem, kiedy wróciła do domu i położyła się na spoczynek, przed jej oczami roztoczył się obraz Wilna, niby widziany z okna, nad którym kroczył Jezus Miłosierny. Z Jego piersi tryskały promienie. Szedł ponad miastem i przecinał sieci, którymi szatan skrępował mieszkańców miasta. Uwolnił z więzów grzechu wielu ludzi.

***

Po uroczystościach trwających trzy dni obraz powrócił na swoje miejsce w ciemnym zaułku klasztornego korytarza. Ks. Michał miał świadomość, że nie podoba się to Panu Jezusowi. Chciał go zawiesić w kościele, ale potrzebował na to zgody ordynariusza. Już miał go prosić, ale wciąż coś go powstrzymywało, zastanawiał się i z dnia na dzień odkładał rozmowę.

Nadeszła uroczystość Bożego Ciała i obraz Jezusa Miłosiernego ozdobił jeden z ołtarzy na czas procesji. Potem znów wrócił na swoje miejsce w ukryciu, za klauzurą.

58 PIĘTRZĄCE SIĘ TRUDNOŚCI

„Gdy nieszczęścia zaczęły się sypać na mnie jak z rogu obfitości, przypomniałem jej przepowiednie."[58]

Siostra Faustyna systematycznie prowadziła zapiski w swoim dzienniku. Pisała też o wizjach, które dotyczyły osoby ks. Sopoćki. Pewnego razu widziała, jak Dziecię Jezus tuliło się do jego rąk, gdy odprawiał Mszę św. Ta wizja powtarzała się wiele razy. Widziała Matkę Bożą, jak okrywała go swoim płaszczem i szeptała mu słowa otuchy. Miała poznanie jego przeżyć wewnętrznych, udręk, które przechodził, a także przyszłych trudów, przeciwności i zawodów, które na niego spadną z powodu dzieła Miłosierdzia. Poznała głębię cierpienia, które dotknie go jak żywy ogień. Wszyscy staną przeciwko niemu, a dzieło Miłosierdzia będzie wydawało się zaprzepaszczone.

Po lekturze takich fragmentów wracał zamyślony, upadał na kolana i

---

[58] Tamże, s.98.

trwał na modlitwie. Odczuwał, że spoczął na nim Boży wzrok i tylko Jego Moc będzie siłą, która przeprowadzi go przez tę próbę.

– Niech się stanie wola Boża – szeptał na koniec, dźwigał się z kolan i wracał do obowiązków.

***

– Widzi ksiądz te dziury? – rzekł zmartwiony profesor Rutkowski, wskazując na wiele otworów w deskach, na których namalowany był obraz Matki Bożej Świętomichalskiej – to miejsca po gwoździach, którymi przybijano srebrne i pozłacane sukienki. A te plamy i pęknięcia? Rekonstrukcja będzie kosztowna.

– Ten obraz słynie cudami już od XVII wieku, jest czczony przez wiernych i dla nas bezcenny.

– Na obrazie naniesiono kilka warstw farby. Żeby przywrócić oryginalny wygląd, potrzeba długiej i żmudnej pracy. Ale jako że jest to arcydzieło sztuki sakralnej, mam nadzieję, że większość kosztów pokryje urząd konserwatorski.

Ks. Sopoćko wnikliwym spojrzeniem ogarniał szare plamy i pęknięcia na obrazie. Zmarszczył brwi i zamilkł na dłuższą chwilę, jakby zastanawiał się, jak to pogodzić z podjętymi już pracami w klasztorze. Wraz z rozpoczętym remontem ujawniały się kolejne potrzeby, a i siostry wnosiły swoje oczekiwania, nie grzesząc ze swej strony zaradnością. Ostatecznie postanowił wziąć sprawę w swoje ręce, a czekające trudności z płaceniem rachunków powierzył Bogu.

Przy okazji spotkania z matką przełożoną omówił kolejne prace renowacyjne. Odnowienie kościoła i klasztoru oraz kanalizację kolejnych mieszkań.

– Rozumiem, że jest wam trudno przeprowadzać taki gruntowny remont ze względu na koszty i organizację, ale wspólnymi siłami i z Bożą pomocą wiele można zdziałać.

– Panie Boże zapłać za życzliwość.

Ks. Sopoćko nie oglądając się na sumy, jakie musiał wykładać z własnej kieszeni, dbał, by wszystkie prace były należycie wykonane, a pracownicy otrzymali wynagrodzenie we właściwym czasie. Kwestia rozliczenia się z siostrami pozostawała jednak wciąż sprawą otwartą.

***

W zakonie sióstr bernardynek zauważył wiele nieprawidłowości. Bacznym okiem obserwował zachowanie młodych sióstr, które wychodziły bez większej kontroli z klasztoru.

– Widzę pewne niedopatrzenia w organizacji życia zakonnego w powierzonym mi pod duchową opiekę klasztorze. Siostry odprawiają codziennie długie modlitwy z brewiarza w języku łacińskim, którego nie znają. Poza tym są zakonem klauzurowym, a tutaj w Wilnie nie mają furty i dusze poświęcone Bogu, narażają się na utratę powołania – skarżył się ordynariuszowi.

– Wyznaczę komisję do zbadania całej sprawy, bo zastrzeżenia są poważne – obiecał arcybiskup.

Wkrótce klasztor nawiedziła kurialna komisja w celu zbadania całej sprawy. Sprawdzanie nie trwało zbyt długo i wkrótce komisja zanegowała wnoszone uwagi.

– Niczego niestosownego, a tym bardziej kompromitującego nie znaleziono. Nie mamy podstaw, aby sądzić inaczej – informował ordynariusz.

– Czegoś tutaj nie rozumiem, skąd taka ocena? – oponował wzburzony ks. Sopoćko – mieszkam w klasztorze na co dzień i widzę, co się dzieje.

– Wierzę, ale opinia badających jest jednoznaczna.

– W takim razie proszę o zwolnienie mnie z funkcji ojca duchownego sióstr, bo nie widzę możliwości dalszej współpracy.

Arcybiskup Jałbrzykowski nabrał w płuca powietrza, uniósł wzrok ponad głowę rozmówcy i oświadczył stanowczym tonem.

– Nie mogę przyjąć rezygnacji, bo jest ksiądz rektorem kościoła św. Michała, a on należy do bernardynek i pełnione funkcje są ze sobą ściśle powiązane. Przyznam, że co do sióstr, już wcześniej zdarzały się skargi i mam pewne przypuszczenia, ale powstrzymuje mnie brak dowodów. Proszę nadal obserwować i jeśli trzeba, zaradzić.

**

Wniesiona przez kapelana skarga do biskupa rozzłościła siostry.

– Jeśli chce wojny, będzie ją miał – orzekły zgodnie.

Koledzy profesorowie przyglądali się konfliktowi z nieufnością i niesmakiem. Unikali jego spojrzeń, nie odpowiadali na pozdrowienia. Otwarcie nikt go nie potępił, ale nikt też nie okazał zrozumienia.

59 PROFESURA?

„[…] usiłowali mi dokuczyć, bym się sam wycofał z
Wydziału […]"⁵⁹

Jego rozprawa, w przedłużeniu pracy habilitacyjnej, w której ogarniał całość wizji i systemu chrześcijańskiego wychowania duchowego w ujęciu Mikołaja Łęczyckiego, przedłożona recenzentom, profesorom wydziałów teologicznych w kraju, zyskała pozytywne noty. Uznano też jego dorobek naukowy i merytoryczne przygotowanie do objęcia stanowiska profesora. Radość z tej oceny i nadzieję na szybką nominację mąciła jednak aura nieżyczliwości, jaka od pewnego czasu zaczęła otaczać jego osobę. Obawiał się, że trudności w relacjach z bernardynkami przeciekały do środowiska kapłańskiego i uniwersyteckiego. Ktoś rzucał niekorzystne światło na jego osobę, a także jego zainteresowanie się objawieniami siostry Faustyny, zakonnicy trzeciego chóru, kucharki i ogrodniczki, było komentowane w formie nieprzyjaznych opinii, które szkodziły jego dobremu imieniu.

Zaskoczyło go zachowanie kolegów wykładowców, którzy nagle przestali odpowiadać na jego pozdrowienia. Nawet przyjaciele udawali, że go nie widzą. Wszyscy odsunęli się od niego, jakby nagle został obłożony klątwą.

Pociechą były spotkania z siostrą Faustyną, w której odnalazł pokrewną duszę. Ona jednak wymagała od niego trudnych rzeczy. Nalegała, by umieścił obraz w kościele. Jednak wobec pogarszających się nastrojów wokół swojej osoby bał się uczynić ten krok.

Na dniach spodziewał się nadania tytułu profesora, co wydawało się tylko formalnością, lecz sprawa odwlekała się w czasie. Wreszcie dziekan Wydziału Teologicznego ks. Świrski przekazał mu wiadomość, która potwierdziła najgorszą z jego obaw.

– Wiemy, że spodziewasz się nominacji, ale muszę cię prosić o cierpliwość. Rozumiem cię, cenię jako wykładowcę, osobiście przychylam się do przyznania ci stanowiska profesora i kierownika katedry teologii pastoralnej na wydziale, ale jak wiesz, musi to zatwierdzić Rada Wydziału – mówił, starając się wyrazić jak najłagodniej i najdelikatniej te, jak dawało się odczuć, niezależne od niego okoliczności, niestety nie sprzyjające księdzu Sopoćce.

---

⁵⁹ Dziennik, s. 90.

— Nominacja profesorska wydaje się już tylko konsekwencją tego, że w Warszawie moja praca zyskała pozytywne opinie, więc tutaj nie powinno być przeszkód — argumentował ks. Michał.

— Podnoszone są trudności finansowe. Owszem, są takie, ale wydaje mi się, że to przeszkoda do obejścia, zresztą wiesz, wiemy obaj, gdzie tkwi przyczyna, ale cóż – patrząc ze zrozumieniem i współczuciem, dodał – myślę, że obu nam przykro jest o tym mówić.

Przeczuwany przebieg wypadków, mimo promyków nadziei, że może jednak zadecydują merytoryczne opinie naukowców, boleśnie się potwierdził.

Wychodził ze spotkania z ks. dziekanem, nie tyle zrezygnowany, co pełen pytań. Czy jeszcze jest szansa? Czy zmienią się okoliczności? Przecież ktoś ostatecznie doceni pracę i wkład dydaktyczny. Czy naprawdę są to względy budżetowe? — sprzeczne myśli kłębiły się w głowie ks. Sopoćki.

— Bądź wola Twoja – ostateczna zgoda rodziła się spontanicznie w sercu księdza.

***

Życie biegło dalej: wykłady, seminaria, proseminaria, przygotowanie do wykładów, pisanie skryptów dla studentów, spotkania kół i sodalicji, konferencje, kazania i rekolekcje w zakonach, w których był spowiednikiem. Konfesjonał i troska o wiernych, którzy przychodzili do niego ze swoimi problemami. Pośród tych zajęć szczególną troską otaczał jedną duszę, której ojcem duchownym ustanowił go Pan Jezus. Coraz częściej tematem jego wypowiedzi było Boże Miłosierdzie. Jego słowa miały jakąś moc, która jak magnes przyciągała uwagę i wyciskała łzy z oczu słuchaczy.

60 PRZECIWNOŚCI NIE USTAJĄ

„[…]Czemu tak z nim postępujesz? I odpowiedział mi Pan:
Dla jego potrójnej korony."[60]

Boże Narodzenie upłynęło w smutku. Nawet wizyta u rodziny nie przyniosła pocieszenia. Przeciwnie, dostarczyła nowych trosk. Brat Piotr

---

[60] Św. Siostra Faustyna Kowalska ZMBM, Dzienniczek, Kraków 2016, (604), s. 329.

uskarżał się na złe samopoczucie i jakieś przewlekłe dolegliwości. Poza tym potrzebował finansowego wsparcia w kształceniu dzieci. Ks. Sopoćko dostrzegał podobne potrzeby w rodzinie Ignacego. Także jego siostrzeńcy, którzy się uczyli, wciąż liczyli na jego pomoc finansową. Niezaradność życiowa krewniaków dodawała zmartwień. Jeszcze bardziej niepokoił go stan ich dusz. Prosił, aby nie odstępowali od Boga ani na krok, ale nie wszyscy krewni byli pokorni i prowadzili się tak przykładnie, jak tego wymagały przykazania.

Po powrocie ze świąt zaniemógł. Dokuczał mu ból gardła, który przeniósł się na oskrzela. Od dawna potrzebował dłuższego wypoczynku. Złożył nawet podanie w sprawie przyznania kuracji w sanatorium, ale odpowiedź nie nadchodziła. Na uczelni był czas zakończenia semestru, egzaminów i zaliczeń, więc nie mógł pozwolić sobie na urlop.

Jego stan pogłębiały niesnaski w klasztorze bernardynek. Narastała w nim niechęć do sióstr. Do serca wkradł się chłód. Niestety te antypatie były wzajemne. Siostry teraz już otwarcie starały się utrudnić mu życie. Odmówiły jakiejkolwiek rekompensaty za renowację. Zaś komisja administracyjna wydała nieprzychylną decyzję w tej sprawie i odrzuciła jego żądania. Bernardynki wycofały swoje usługi, odcięły światło, odmówiły opału i utrzymania, do czego wcześniej zobowiązały się za obsługę kościoła. Podały też do izby skarbowej zawyżoną wartość mieszkania, co spowodowało, że urząd naliczył mu podatek wyższy o kilkaset złotych.

Nie mógł tego pojąć. Gdy tu przyszedł, siostry dały mu najlichsze mieszkanie. Wówczas podjął się remontu za własne pieniądze, a one teraz odmawiały mu ustalonej w obecności arcybiskupa rekompensaty.

Nie dla siebie domagał się zadośćuczynienia, ale dla sprawiedliwości. Żył skromnie, wiele z własnych dochodów zużywał na pomoc rodzinie, a resztę odkładał na budowę kościoła, którego plan zrodził się jeszcze w czasach, gdy był kapelanem wojskowym.

Na uniwersytecie powstrzymano na czas nieokreślony jego nominację profesorską, a nieprzyjemna aura otoczyła jego osobę do tego stopnia, że zrozumiał, iż niektórzy oczekiwali jego odejścia z uczelni. W zimnych spojrzeniach odczytywał, że pokazują mu drzwi. Nie potrzebował większych sugestii. Tylko trwając na bezustannej modlitwie i wzywając na pomoc Boga, obrońcy uciśnionych, znosił wszystkie upokorzenia.

***

– Siostro Faustyno – spowiednik zacisnął dłonie, spojrzał zbolałym wzrokiem na zakonnicę i poprosił z pokorą – proszę się za mnie pomodlić, bo zdaje mi się, jakby całe piekło stanęło do walki przeciwko mnie. Bez Bożej pomocy nie podołam.

Siostra przyjęła głęboko do serca prośbę ojca duchownego. Tak, pomodli się, ale wcześniej poprosi o pozwolenie na dodatkowe umartwienie. Było to konieczne, gdyż matka przełożona, informowana o jej stanie zdrowia przez lekarza, zabroniła postów, które zbyt ją osłabiały. Choroba opanowała jej wnętrzności, trawiła ją gorączka i powtarzały się ataki dotkliwego bólu.

Po uzyskaniu zgody przełożonej, siostra Faustyna ofiarowała się wziąć na siebie wszystkie cierpienia spowiednika na jeden dzień.

Następnego dnia ks. Sopoćko obudził się z dziwną lekkością w sercu. Choć jego prace i zajęcia potoczyły się zgodnie z ustalonym harmonogramem, był to dzień pełen niespodzianek.

Rano znalazł na swoim biurku list, w którym informowano go, że obniżony został podatek za mieszkanie. Po śniadaniu odwiedziła go matka przełożona bernardynek i jakby nie pamiętając o wcześniejszych utarczkach, oznajmiła, że zgadza się na użytkowanie skrzydła klasztoru do czasu, aż ksiądz odzyska włożone wkłady finansowe. W drodze na uniwersytet nagle opuściła go zwykła niepewność i lęk, który ostatnio towarzyszył mu, gdy tylko zbliżał się do uczelni. W drzwiach natknął się na swego przyjaciela prof. Świrskiego, który oznajmił, ze sprawa profesury odłożona wprawdzie, ale jest do przeprowadzenia.

– Witaj przyjacielu – ks. Świrski serdecznym gestem ścisnął go za ramię, jakby chciał mu dodać otuchy – rektor cię wzywa na rozmowę, ale bądź dobrej myśli.

W innych okolicznościach słowa te wywołałyby palpitację serca, ale teraz ogarnął go dziwny spokój. Nie zwlekając, udał się prosto do gabinetu zwierzchnika.

– Chciałem się tylko upewnić, czy ksiądz zechce poprowadzić dodatkowe zajęcia w następnym semestrze.

– Zgadzam się, nie obawiam się pracy – ks. Sopoćko odpowiedział z ulgą.

– Wiem i dlatego tym bardziej jest mi przykro, że z powodu naszych trudności nie możemy teraz mianować księdza profesorem. Niech ksiądz wie, że jest dla nas cennym naukowcem i człowiekiem o nieprzeciętnych zaletach – powiedział patrząc życzliwie prosto w oczy kapłanowi.

– Z mojej strony nic się nie zmieniło – zapewnił ks. Sopoćko – będę pracował najlepiej jak potrafię.

Na koniec dnia miłą niespodzianką był list z sanatorium. Mógł jechać na odpoczynek po zakończeniu semestru. Ks. Sopoćko westchnął z wdzięcznością do s. Faustyny, zdziwiony jak skuteczna jest jej modlitwa.

***

Tego dnia w czasie wieczornej modlitwy w kaplicy siostra Faustyna rozżaliła się i gorzko zapłakała. Zgodziła się przyjąć na siebie cierpienia spowiednika, ale nie spodziewała się, że doświadczy tylu upokorzeń, tylu niesłusznych posądzeń i poniżającej kary, gdyż musiała nawet jeść obiad na podłodze.

W pewnej chwili kaplicę napełniła jasność i stanął w niej Jezus, który głosem pełnym miłości zapytał:

– Dlaczego płaczesz, przecież sama się za niego ofiarowałaś, a to była tylko cząstka tego, przez co on przechodzi.

– Dlaczego tak z nim postępujesz Panie? – zapytała siostra z wyrzutem w głosie.

– Dla potrójnej korony, która jest mu przeznaczona – odpowiedział Jezus.

Miłość Boża wlała w jej serce zrozumienie, dlaczego człowiek cierpi i jaką wartość ma cierpienie w oczach Boga. Pan pokazał jej przyszłą chwałę, której ksiądz Sopoćko dostąpi po śmierci. Na ten widok w sercu zakonnicy zapanowała ogromna radość.

61 ROZSTANIE

„[…] Jest to kapłan według serca Mojego, miłe Mi są wysiłki jego.”[61]

Siostra Faustyna słabła i traciła na wadze. Na jej wychudzonej twarzy wyostrzyły się rysy, a wystające kości policzkowe przydały jej surowego wyglądu. Pod papierową cerą pojawiły się niebieskie wstążki żył, choć jej policzki zdobił rumieniec, który rozpalała trawiąca ją gorączka. Matka przełożona z niepokojem przyglądała się swojej podopiecznej. Surowy litewski klimat źle wpływał na stan jej zdrowia. Nadszedł czas by przenieść ją do domu znajdującego się w cieplejszym regionie.

– Ojcze – powiedziała s. Faustyna spokojnym tonem, gdy ks. Sopoćko przyszedł, by przejrzeć jej dziennik – wysyłają mnie do Warszawy. Wyjeżdżam pod koniec miesiąca.

Ksiądz długo nie podnosił oczu. Starał się nie okazać wzruszenia, jakie

---

[61] Tamże (1256), s. 565.

nagle ugodziło go w serce, choć matka przełożona informowała go wcześniej o tym zamyśle.

– Jak się siostra czuje? – zapytał z troską.

Milczała w odpowiedzi. Jej umysł zajmowały teraz palące sprawy, o które musiała prosić, ale szukała słów, aby wyrazić je jasno i dobitnie.

– Pan Jezus żąda, aby umieścić obraz w kościele, ustanowić święto Bożego Miłosierdzia i aby w tym dniu mówić ludziom o jego wielkim Miłosierdziu. Nadto żąda jeszcze, by powstało nowe zgromadzenie, które oddane byłoby apostolstwu Miłosierdzia. Pan Jezus przynagla. Co ja bez ojca uczynię?

Dłonie spowiednika zacisnęły się mimowolnie.

– Obiecuję siostrze, że zrobię wszystko, co w mojej mocy, ale bez zgody arcybiskupa nie możemy swobodnie działać.

– Obowiązuje nas posłuszeństwo, ale jeśli to wola Boża, wszystko jest możliwe.

– Proszę nadal prowadzić dziennik, gdziekolwiek będzie siostra posłana i proszę do mnie pisać. Ze swojej strony, będę się starał siostrę wspierać, na ile to możliwe. Jeśli taka jest wola Boża, i święto będzie, i zgromadzenie powstanie.

– Uczynię to w duchu posłuszeństwa. Zaraz po przyjeździe napiszę.

Po powrocie do domu nie mógł sobie znaleźć miejsca. Przed oczami miał wciąż bladą, skupioną twarz zakonnicy i jej zniszczone ciężką pracą, zgrubiałe dłonie. Przyszło jej tutaj na ziemi nieść krzyż choroby i ciężkiej fizycznej pracy. Dziwne, że miała w sobie tyle wiary i pogody ducha. Jej modlitwy pomogły rozwiązać najtrudniejsze sprawy. Dlaczego pojawił się w jej wizjach? Dlaczego właśnie jego wybrał Pan? Jej objawienia wyznaczyły kierunek, w którym ma teraz podążać, choć te działania wzbudzają w jego kolegach lekceważący uśmiech i surowe napomnienia przełożonych. Zostawia mu bagaż trudnych spraw do rozwiązania, ale też i światełko na drodze.

Tej nocy długo nie mógł zasnąć. Modlił się i prosił o siły do misji, która naraz otworzyła się przed nim jasno i wyraziście. Opadły wszelkie wątpliwości.

✳✳✳

Siostra Faustyna wyjechała z Wilna w marcu 1936 roku. Ks. Sopoćko przynaglany przez nią jeszcze przed wyjazdem, aby udostępnił obraz do publicznej czci, odważył się w pierwszą niedzielę po Wielkanocy, nie pytając o zgodę zwierzchnika, umieścić obraz w kościele św. Michała. Zawiesił go w widocznym miejscu na ścianie po prawej stronie od wejścia. Tego dnia w swoich kazaniach mówił o Bożym Miłosierdziu. Nie wspominał jednak przezornie o siostrze Faustynie i jej wizjach, ale mówił o wszechogarniającej miłości Boga, która przewyższa ludzki grzech. Nie upominał, nie łajał, nie nawoływał do poprawy i porzucenia grzesznych dróg, ale mówił o wielkim Miłosierdziu, które jest ponad ludzką słabością. Zachęcał, by zaufać Jezusowi i do Niego się zwracać ze wszelkimi trudnościami, bo On czeka na każdego grzesznika jak ojciec na marnotrawnego syna z biblijnej przypowieści.

Nikt nie dopytywał się o obraz, ani nie pojawiły się też zastrzeżenia ze strony kurii arcybiskupiej. Obraz pozostał w kościele.

Życie znów biegło zgodnie z rozkładem zajęć na uniwersytecie, planem nabożeństw i spotkań, między ciszą kontemplacji, a hałasem akademickiej młodzieży, słuchaniem spowiedzi, a konferencjami podczas zebrań różnorodnych kółek i bractw, którym patronował. W wolnych chwilach zatapiał się w lekturze pism św. Tomasza, św. Augustyna i innych Ojców Kościoła. Badał ich rozważania na temat przymiotów Boga, a szczególnie Miłosierdzia. Na jego biurku zaczęło przybywać tomów, które studiował, ślęcząc przy lampie długo w noc.

W klasztorze panowała atmosfera wzajemnej nieufności. Siostry bernardynki nadal okazywały mu brak życzliwości. Trapił się takim traktowaniem i zastanawiał, dlaczego Bóg dopuszcza trudności, dlaczego powstrzymuje łaski. Łajał się w duszy za pychę, za marzenia o wielkości, za pragnienie pochwał, które od dziecka przyjemnie łechtały jego miłość własną. To wielbił Boga za dar wybrania, to znów czuł się zdeptany i poniżony przez tych, którym świadczył dobro, za których się modlił i których usprawiedliwiał przed Bogiem.

Światełkiem i pociechą były listy od siostry Faustyny. Donosiła jak pięknie jest w Derdach pod Warszawą, gdzie spędziła kilka tygodni, pełniąc funkcję kucharki. Na jej oczach przyleciały bociany, zakwitły drzewa owocowe, nad świeżo zaoranym polem kwiliły skowronki, a łąki bujnie porastała wiosenna trawa. Na leśnych ścieżkach odmawiała różaniec i koronkę do Miłosierdzia Bożego. Odpoczywała na łonie natury, ale tęskniła za spowiednikiem. Żaliła się, że trudno jest żyć bez kierownika duchowego. W maju wyjechała do Łagiewnik. Tam powróciła do spowiedzi u ojca Andrasza. On to w rekolekcje przed ślubami wieczystymi siostry Łagiewnikach w 1933 roku, gdy odsłoniła przed nim swą duszę, wysłuchał jej zwierzeń o wewnętrznych przynagleniach do apostolstwa Miłosierdzia Bożego i doznawanych objawieniach. Zachęcił, by otwierała się na udzielane łaski, rozwiał obawy i lęki, czy nie doznaje złudzeń. Z księdzem Sopoćką wciąż utrzymywała kontakt listowny.

62. POCZĄTKI APOSTOLSTWA

„[…] aczkolwiek są trudności – dzieło to jednak postępuje naprzód."[62]

Nadeszło święto Bożego Ciała 1936 roku i obraz Jezusa Miłosiernego znów pojawił się w jednym z ołtarzy. Otoczony zielenią i umajony wieńcem kwiatów prezentował się imponująco i wzbudzał zainteresowanie wiernych. Ksiądz Sopoćko nie zdecydował się jednak umieścić go na powrót w kościele. Od tego czasu przechowywał go w zakrystii.

Z dogłębnych studiów biblijnych, dzieł Ojców Kościoła oraz św. Tomasza i św. Augustyna zrodziło się pierwsze opracowanie ks. Sopoćki zatytułowane „Miłosierdzie Boże", drukowane w 1936 r. w Wiadomościach Archidiecezjalnych Wileńskich. Jeszcze tego roku ukazał się jego przedruk w odrębnej broszurze. Na jej okładce umieszczona została kopia obrazu Jezusa Miłosiernego, autorstwa Kazimirowskiego. W opracowaniu tym najpierw przedstawione było rozumienie Miłosierdzia Bożego, w oparciu o naukę objawioną oraz nauczanie Ojców Kościoła i teologów. Następnie uzasadnienie potrzeby ustanowienia święta Miłosierdzia Bożego w Niedzielę Przewodnią. Nie było tam jednakże żadnej wzmianki o siostrze Faustynie i jej objawieniach, ani pochodzeniu idei obrazu reprodukowanego na okładce.

Ks. Sopoćko rozesłał swe opracowanie do polskich biskupów z nadzieją, że wzbudzi zainteresowanie hierarchów, a może nawet sprawa święta Miłosierdzia będzie podjęta na przygotowywanym w kraju synodzie prowincjonalnym. Idea utworzenia nowego święta kościelnego nie została jednak na nim poruszona.

Jedną z broszurek wysłał też siostrze Faustynie. Sprawił jej tym wielką radość. W chwili, gdy dziękowała za nią Bogu, miała wizję ojca Andrasza i ks. Sopoćki klęczących u stóp Jezusa, którzy trzymali w rękach pióra. Wychodzące z nich błyski dotykały ludzi i zwracały ich ku Bogu.

Z Krakowa do Wilna nadchodziły złe wieści. Siostra Faustyna czuła się coraz gorzej. Gruźlica zajęła płuca i jelita. Siostra cierpiała niewymownie. W końcu musiała udać się do szpitala zakaźnego na Prądniku.

***

---

[62] Dzienniczek, 1254

Nadeszła Wielkanoc 1937 roku. Zbliżało się wskazywane w objawieniach Święto Miłosierdzia Bożego, o którym nikt jeszcze nie wiedział. Wobec braku wiary w prawdziwość objawień siostry Faustyny wśród przełożonych i w środowisku uniwersyteckim, trudno było ks. Sopoćce prosić o zgodę na zawieszenie obrazu. Jednak wbrew własnemu rozsądkowi, który z logiczną konsekwencją przewidywał sprzeciw ordynariusza, tym razem zwrócił się do niego z prośbą w tej sprawie. Ku jego wielkiemu zaskoczeniu ordynariusz przed podjęciem decyzji powołał komisję do jej rozpatrzenia. Orzeczenie komisji, że obraz nie jest sprzeczny z doktryną Kościoła, przekonało arcybiskupa i zezwolił na jego zawieszenie w świątyni. Zastrzegł jednakże, aby nie informować wiernych o jego pochodzeniu.

W dniu 4 kwietnia 1937 r., w Niedzielę Przewodnią, wyznaczoną przez Jezusa na Święto Miłosierdzia Bożego, ks. Sopoćko poświęcił obraz i umieścił go w kościele św. Michała obok głównego ołtarza po jego prawej stronie. Ksiądz ocierał ukradkiem łzy wzruszenia, które cisnęły się do oczu na ten kolejny cud, który stał się na jego oczach.

Radość tę zakłócały wieści o stanie zdrowia siostry Faustyny. Choroba nasilała się. W marcu wróciła wprawdzie ze szpitala na Prądniku po kilkumiesięcznym leczeniu, lecz zabiegi tam podejmowane nie były w stanie powstrzymać choroby. Mimo cierpienia, które ukrywała przed siostrami, podjęła swoje obowiązki w ogrodzie. Widząc ciężki stan chorej, na pewien czas matka przełożona wysłała ją na kurację do Rabki, ale ta nie przyniosła żadnej poprawy.

W sierpniu ks. Sopoćko wybrał się z wizytą do siostry. Tak jak dawniej, przeczytał dziennik, a później spotkał się z nią, aby omówić najważniejsze sprawy.

– Cieszy mnie, że ojciec już tak dużo zrobił – wpatrywała się w Jezusa Miłosiernego na okładce wydanej przez niego broszurki.

– Wydaje się, że moje starania nie przynoszą pożądanych rezultatów. Liczyłem, że na synodzie wywiąże się dyskusja na temat święta Miłosierdzia, ale biskupi przemilczeli ten temat.

– Najważniejsze, że ojciec zasiewa ziarno. Przyjdzie czas, że ono zakiełkuje – pocieszała.

– Czytałem nowennę i koronkę, którą Jezus siostrze podyktował. Myślę jeszcze ułożyć litanię do Miłosierdzia Bożego z wezwań, których siostra używa i wydrukować te modlitwy. Na okładce będzie tytuł: Chrystus-Król Miłosierdzia i obrazek Jezusa Miłosiernego z podpisem: „Jezu ufam Tobie". Myślę prosić o zgodę na publikację raczej kurię krakowską, która jest nastawiona do nas przyjaźnie. W Wilnie nie znajduję jeszcze sprzyjającego klimatu w tych sprawach.

Tylko westchnęła i zasmuciła się na te słowa, ale odrzekła ze spokojem.

– Przeciwności będą. Doświadczam ich w swoim sercu. Wciąż też waham się, czy pozostać w obecnym zgromadzeniu, czy wystąpić i przystąpić do tworzenia tego, do którego wzywa mnie Pan. Pisałam o tym ojcu w listach.

– W tych sprawach pośpiech nie jest wskazany. Potrzeba umiaru i powściągliwości. Jeśli Pan zechce, zgromadzenie takie powstanie, a my musimy postępować z rozwagą właściwą dzieciom Bożym.

Chwile spędzone razem dodały im sił. Siostra cieszyła się, że jej spowiednik jest zaangażowany w dzieło Miłosierdzia mimo obojętności i niechęci środowiska, w którym żył.

– Pamiętam o ojcu w modlitwie – zapewniła.

– A ja codziennie odprawiam Mszę św. w intencji zgromadzenia, którego pragnie Jezus i wierzę, że takie zgromadzenie powstanie. Proszę wiernie trzymać się też wskazań ojca Andrasza, aby we wszystkim zachowana była wola Boża. On teraz bardziej może siostrę wspomagać.

Tak jak zapowiedział, złożył teksty modlitw i obrazek na stronę tytułową do drukarni przy ulicy Szewskiej 22. Powierzył matce przełożonej Irenie Krzyżanowskiej, która również przeniosła się do Krakowa, opiekę nad publikacją modlitewnika, a sam udał się w drogę powrotną do Wilna.

W pociągu wpatrywał się w okno i unikał rozmów z pasażerami, a przed oczami stała mu wciąż siostra Faustyna. Zmieniła się. Straciła na wadze, wychudła, jej policzki zapadły się, a wystające kości policzkowe sprawiały, że wyglądała mizernie i starzej. Mimo wszystko spotkanie to pokrzepiło go, dodało sił i rozjaśniło cel, do którego powinien dążyć. Wciąż zamyślony i poważny, obojętny na wszystko wokół wysiadł na dworcu w Wilnie i wiedziony głosem serca podążył do Ostrej Bramy, by powierzyć siostrę Matce Miłosierdzia.

Mimo wcześniejszych obaw postanowił zwrócić się do przełożonych z prośbą o zgodę na rozprowadzanie w Wilnie broszurek, złożonych w drukarni w Krakowie. W kurii zastał biskupa Michalkiewicza.

– Przyszedłem prosić o pozwolenie na rozdawanie wiernym obrazków Jezusa Miłosiernego i kilku modlitewek do Miłosierdzia Bożego, które w niedługim czasie będą wydrukowane w Krakowie.

Biskup zamyślił się, a po chwili odpowiedział powoli, akcentując każde słowo.

– Słyszałem o twojej działalności. Wiem, że biskup Matulewicz bardzo księdza cenił. Ja też ufam, że w dobrych zawodach występujesz bracie, dlatego nie widzę nic szkodliwego w głoszeniu, że Ojciec nasz jest Miłosierny. Masz moją zgodę.

– A jeśli arcybiskup Jałbrzykowski się sprzeciwi? – zawahał się ks. Sopoćko.

– Powiem tylko, że ja wydaję pozytywną opinię. Dodam, że my w Kościele jesteśmy przynagleni do posłuszeństwa, więc jeśli arcybiskup księdza wezwie i zabroni, trzeba będzie zaprzestać. Ale jeśli nie zabroni, będzie to znaczyło, że wydał milczącą zgodę. Sam z nim porozmawiam.

W kilka dni po wyjeździe spowiednika siostra Faustyna zapisała w dzienniku słowa, wypowiedziane przez Jezusa: „Jest to kapłan według serca Mojego, miłe Mi są wysiłki jego”.

63 BRZEMIĘ

„Nigdy nie mogę powiedzieć, że uczyniłem dosyć.”[63]

Obraz Jezusa Miłosiernego, który wisiał w kościele św. Michała, zyskiwał nowych czcicieli. Ks. Sopoćko uśmiechał się na samą myśl i serce biło radośniej. W Wilnie ruszyły już starania o kościół Miłosierdzia Bożego. Petycja podpisana przez wiernych w sprawie przyznania placu spoczywała już w Urzędzie Miejskim. Niedługo setki broszurek z modlitwami opuszczą drukarnię i nowina o Bożym Miłosierdziu pójdzie w świat.

W Nowej Wilejce odwiedził brata. Opowiadał mu o siostrze Faustynie i kolejnych zwycięstwach na drodze szerzenia Bożego Miłosierdzia. W bracie znajdował chętnego słuchacza i doświadczał zrozumienia i pociechy. Długo siedzieli przy stole całą rodziną i wsłuchiwali się w słowa księdza. Dziewczynki przyglądały się wujowi ciekawie i zadawały pytania, na które chętnie odpowiadał. Piotr skarżył się na kłopoty, jakie ich dotykają.

– W polu tyle pracy, pomocników mało, a człowiek ledwo nogami powłóczy – utyskiwał.

Zdziwiony tymi słowami spojrzał uważnie na brata. Dopiero teraz dostrzegł, że zmizerniał i wychudł. Od jakiegoś czasu cierpiał na jakieś bóle w środku, ale przekroczył już pięćdziesiątkę, więc miał prawo czasem czuć się gorzej.

– Trzeba dbać o siebie, ale nie zapominać o Bogu, modlić się wspólnie

[63] Błogosławiony Ksiądz Michał Sopoćko, Dziennik, Białystok 2015, s.106.

i powierzać Jezusowi Miłosiernemu – zachęcał.

Na koniec uścisnął mocno brata i obiecał modlitwę.

***

W nowym roku akademickim mianowano dwóch profesorów. Znalazły się na ten cel fundusze. O kandydaturze ks. Sopoćki nikt już nie wspomniał.

– Jesteś wybitnym teologiem, ale brakuje ci naukowego zacięcia – skomentował kiedyś jego wypowiedź kolega uniwersytecki.

Nikt nie mógł mu niczego zarzucić. Zachowywał się pod względem moralnym nienagannie. Praktykował ascezę i wstrzemięźliwość od alkoholu, był rozmodlony, skupiony wewnętrznie i na wiele frontów zaangażowany w pracę apostolską. Patronował kołom i stowarzyszeniom, zawsze dyspozycyjny, by głosić kazania i prowadzić rekolekcje. Był sumienny i wymagający, ale… nie uznawał kompromisu, kierował się wewnętrznym światłem, które wskazywało mu drogę.

W klasztorze bernardynek nadal panowała nieprzyjazna atmosfera. Siostry ponawiały prośby do ordynariusza o mianowanie nowego kapelana. Konflikt ten budził zdziwienie wśród duchowieństwa i rodził dystans do osoby księdza Sopoćki.

***

Wiosną 1938 r. z Krakowa nadeszły zatrważające wieści o pogarszającym się stanie zdrowia siostry Faustyny. Zwolniono ją z obowiązków ogrodniczki i przydzielono do pracy przy furcie, której ledwie mogła sprostać.

Siostra Faustyna była śmiertelnie chora. Gasła z dnia na dzień. W kwietniu 1938 roku znów wyjechała na leczenie na Prądnik, które miało stać się jej ostatnią, długą i bezskuteczną kuracją. Już pogodziła się, że nie ona założy zgromadzenie.

W sierpniu tego roku ks. Sopoćko udał się do sanatorium do Buska, a stamtąd do Krakowa na Zjazd Związku Zakładów Teologicznych. Przybywając w końcu sierpnia do grodu wawelskiego, myślał przede wszystkim o możliwości spotkania się z siostrą Faustyną.

Gdy dotarł do niej w szpitalu na Prądniku, leżała w separatce. Otaczała ją biel ścian i pościeli. Obrazu dopełniał biały szpitalny stolik i krzesło. Na widok księdza uśmiechnęła się, a na jej bladej, wychudzonej twarzy pojawiły się kropelki potu. Wciągnęła chciwie powietrze i jęknęła cicho.

– Czy mógłbym w czymś pomóc?

– Na stoliku jest woda…

Upiła kilka łyków i oddała szklankę. Jej spokój i uśmiech na wyniszczonej twarzy wstrząsnął nim, ale starał się nie zdradzać swoich uczuć. Siedział nieporuszony, zesztywniały ze wzruszenia.

– Ojciec przemawiał przez radio, mówił o Miłosierdziu Bożym, ale nie było tam czystej intencji.

Jej słowa przywróciły go do przytomności. Przebiegł szybko w pamięci swe odczucia, gdy nazajutrz po przyjeździe do Krakowa wygłaszał przez radio konferencję o Miłosierdziu Bożym. Był wtedy przytłoczony świadomością, że słucha go cały kraj. Zależało mu rzeczywiście, aby wypaść jak najlepiej.

– Próżne myśli dopadają nas znienacka. Doprawdy siostra ma rację.

– Boże Miłosierdzie jest ponad naszymi słabościami, należy tylko ufać. Przeciwności zawsze będą, ale nie wolno ustawać w głoszeniu Miłosierdzia Bożego.

– A jeśli zabronią?

– Nawet gdyby orzeczenie Kościoła było przeciwne, nawet gdyby się wydawało, że sam Bóg tego nie chce, a siły fizyczne i moralne się zmniejszą, nie ustawać. Starać się szczególnie o ustanowienie święta Miłosierdzia Bożego.

– A co będzie z nowym zgromadzeniem? – Ks. Sopoćko potrzebował jasności w tej kwestii.

– Jeśli wyzdrowieję…, ale jeśli nie…, pomodlę się w tej intencji.

– A ja odprawię Mszę świętą.

Półtorej godziny, jakie miał przeznaczone na wizytę, minęły jak chwilka. Spieszył się na wykład. Był już przygotowany, wiedział, o czym będzie mówił, ale teraz musiał już iść.

– Przyjdę jutro – obiecał, choć w duszy zrodziła się obawa, czy ona przeżyje noc.

– Z Panem Bogiem.

Następnego dnia w czasie porannej Mszy świętej, gdy modlił się w intencji nowego zgromadzenia, przyszły wątpliwości, czy jego modlitwa ma jeszcze sens. Pytał Boga, co będzie, gdy siostra umrze? Nagle ogarnął go spokój i pewność, że Bóg dokończy to dzieło. Tak jak obraz powstał rękami innych ludzi, tak będzie i z zakonem.

Podczas wizyty u siostry Faustyny zadał jej jednak pytanie dotyczące zgromadzenia.

– Nie muszę ojcu odpowiadać, bo Pan Jezus już ojca oświecił w czasie Mszy świętej.

Otworzył oczy ze zdumienia. Skinął tylko głową na potwierdzenie, że zna już odpowiedź.

– Zgromadzenie zacznie się od rzeczy małych. Przyjdzie osoba ze świata, która będzie miała znaki, że to ona i będzie to ojciec wiedział na pewno. Kiedy inni zdecydują w sprawach zgromadzenia, trzeba to zaakceptować, nawet jeśli to nie będzie po myśli ojca.

Widział, z jakim trudem wypowiadała każde słowo. Choć tyle pytań cisnęło mu się do głowy, nie śmiał o nic więcej pytać, ale ona ciągnęła dalej.

– Widzę pierwszy dom zgromadzenia… Jest tam skromnie, ale duch wielki… Obok jest mały kościółek z wysoką wieżą i witrażem w ścianie ołtarzowej. Na witrażu Pan Jezus ukrzyżowany… Krzak róży wspina się po drzewie krzyża. Kwitną na nim czerwone kwiaty… Jest lekko uszkodzony… – mówiła urywanymi zdaniami, chciwie łapiąc powietrze.

Patrzył na nią z rosnącym zaciekawieniem, ale choć wiele pytań cisnęło się na usta, nie przerywał.

– Widzę jak w skromnej kaplicy, w której nie ma klęczników, w nocy przyjmuje ojciec śluby od pierwszych sześciu kandydatek, które dadzą początek zgromadzeniu.

Zamilkła, by przez chwilę odpocząć, ale chciała mu jeszcze coś powiedzieć.

– Żal ściska serce na widok jak strasznie Polska cierpieć będzie, trzeba się za nią modlić.

Przeraziły go te słowa, ale nie dopytywał o szczegóły. Skinął tylko głową na znak, że rozumie.

– Należy Mu tylko zaufać i uciekać się do Jego Miłosierdzia. Bóg zatroszczy się o wszystko – zapewniła.

Wyjeżdżając z Krakowa jeszcze raz przyszedł ją odwiedzić. Tak wiele spraw było do omówienia, ale nie chciał jej męczyć. Widział, z jakim trudem wypowiada każde słowo. Jednak jedno pytanie nie dawało mu spokoju. Czuł, że teraz, albo nigdy.

– Siostro, w dzienniku przeczytałem, że są mi przeznaczone trzy korony. Co oznacza korona męczeństwa? Czy to znaczy, że umrę śmiercią męczeńską?

– Tego nie wiem – rzekła po krótkim zastanowieniu – ale oznacza ona wielkie cierpienia fizyczne i moralne, które upodobnią ojca do męczenników przelewających krew za Chrystusa, ale to nie potrwa długo.

Odwrócił na chwilę wzrok. W swoim życiu wiele już wycierpiał, sterał swoje zdrowie w służbie dla Chrystusa, a teraz na myśl o męczeństwie wzdrygał się i niepokoił, lecz gdzieś w zakamarkach swojej duszy godził się na ból i przyjmował wolę Bożą. Słowa siostry wlały w jego serce ciszę i pokój.

– Proszę się za mnie pomodlić – rzekł w odpowiedzi.

– Obiecuję ojcu modlitwę tu i po śmierci. Ten czas udręki tutaj na ziemi przeminie szybko, a tam w niebie czeka wielka nagroda. Czuję, że rozmowa nasza jest już ostatnią. A teraz niech mnie ojciec pobłogosławi.

Uniósł dłoń i nakreślił w powietrzu znak krzyża, z przejęciem wypowiadając imiona Trójcy Przenajświętszej.

– Siostro, proszę i mnie życzyć Bożego błogosławieństwa – powiedział smutnym głosem.

– Życzę ojcu wszelkich łask Bożych – rzekła na pożegnanie.

Mówienie sprawiało jej coraz większą trudność. Wiedział, że powinien już odejść. Na koniec jeszcze raz objął ją spojrzeniem, aby zachować w pamięci każdy szczegół umierającej. Uniósł się z krzesła i stąpając ostrożnie, opuścił pokój. Na korytarzu wciąż niósł w wyobraźni jej postać, gdy nagle uświadomił sobie, że trzyma w ręku broszurki, które chciał jej ofiarować. Zatrzymał się. Westchnął i zawrócił. Nie odpowiedziała na jego pukanie. Zaniepokoił się i bez zaproszenia nacisnął klamkę. Zatrzymał się w otwartych drzwiach onieśmielony widokiem, jaki roztoczył się przed jego oczami. Po raz pierwszy zobaczył siostrę Faustynę w ekstazie. W postawie siedzącej, niemal wznosząc się nad łóżkiem, wpatrywała się przed siebie. Jej twarz w nieziemskim uniesieniu, napełniła się błogością. Po chwili oprzytomniała.

– Przepraszam, ale nie słyszałam pukania.

– Zapomniałem zostawić – podał jej broszurki – już wychodzę.

– Do zobaczenia w Niebie – powiedziała spokojnie.

– Do zobaczenia.

Zatrzymał się jeszcze na chwilę. Siostra uśmiechnęła się. Nie wiedział, kiedy opuścił pokój, nie czuł ziemi pod stopami. Stawiał bezwiednie kroki, a przed oczami przepływały wspomnienia. Gdy spotkał ją po raz pierwszy, roześmiana i pełna dziewczęcego wdzięku podbiegła do niego, by się przywitać. Skarcił ją za swawolność, aby nie naruszyła w oczach obecnych sióstr jego autorytetu teologa i profesora. Nie przypuszczał, że za jej przyczyną sprzeciwi się przełożonym, wystawi swoją reputację na obmowy, pozwoli się poniżyć i upokorzyć. Wyrzeknie się chwały tego świata, a powróci do marzeń z dziecięcych lat, gdy w prostocie dziecka, oddawał swe ochotne serce na służbę Bogu.

W pociągu rozłożył brewiarz i ukrył w nim wzrok. Unikał spojrzeń, zatopiony w sobie, przeżywał na nowo każde jej słowo, każdy gest i mimikę twarzy. Jej udręczona, zmieniona chorobą postać, a przy tym natchniona i pełna nieziemskiego światła, wciąż stała mu przed oczami.

– Nie wolno pominąć żadnej okazji do głoszenia Miłosierdzia Bożego – powtarzał w duchu, gdy późnym wieczorem opuszczał wileński dworzec i ciężkim krokiem zmierzał wyludnionymi ulicami do swojego mieszkania przy ulicy św. Anny.

***

Pod koniec września w Częstochowie odbywał się doroczny Zjazd Katolickiego Stowarzyszenia Młodzieży. Nie zawsze mógł się wybrać na te spotkania, ale tym razem, mimo że zaledwie miesiąc temu wrócił z Krakowa, zdecydował się na ponowny wyjazd, gdyż nadarzyła się okazja, by spotkać biskupów mających w tym samym czasie na Jasnej Górze swą konferencję. A z Częstochowy już niedaleko do Krakowa, do umierającej siostry Faustyny.

Możliwość dotarcia do wielu biskupów w jednym miejscu nie zawsze się zdarza. Teraz mógł to uczynić, by zapoznać ich ze sprawą Miłosierdzia Bożego, zwłaszcza z racjami za ustanowieniem nowego święta. Przygotował dla nich listy. Udało mu się je rozdać, a nawet z kilkoma porozmawiać osobiście.

Do Krakowa jechał pełen niepokoju, przynaglany pragnieniem zobaczenia siostry Faustyny. Wiózł też dla niej dobre nowiny ze spotkań w Częstochowie.

Siostra w beznadziejnym stanie została przywieziona ze szpitala do domu zakonnego w Łagiewnikach, by wśród sióstr mogła odchodzić do Pana. Przywitała go ledwie poruszając ustami. Przygnębiający był to widok, tak bardzo zmieniła się w ciągu tych kilku tygodni od ostatniego spotkania. Na bladej jak papier twarzy w zapadniętych, poczerniałych oczodołach świeciły dwa gorejące światełka, które mimo cierpienia były pełne pokoju i radosnego oczekiwania.

– Biskupi zostali już powiadomieni o święcie Miłosierdzia, wręczyłem im listy, a z niektórymi rozmawiałem osobiście. Odniosłem wrażenie, że są temu przychylni.

– Cieszę się… – wypowiedziała z trudem dwa słowa, a jej oczy rozpromieniły się radością.

– Czy jeszcze coś chciałaby mi siostra powiedzieć?

– Wszystko, co miałam do przekazania, już uczyniłam…, teraz jestem zajęta obcowaniem z Ojcem Niebieskim – wyrzekła z trudem, jakby na usprawiedliwienie, że nie chce więcej rozmawiać.

– Wypełnię wszystko, co mi Bóg przez siostrę polecił – zapewnił.

Westchnęła z ulgą.

– Za dziesięć dni umrę.

Popatrzył na nią zaskoczony. To, co powiedziała, wskazywało na proroctwo. Przypomniał sobie jej ostatnie zapiski ze szpitala o postaci anioła, który przychodził do niej z Komunią św., jej modlitwy przy umierających, przy których pojawiała się, mimo że w tym samym czasie przebywała we własnym łóżku i jej przepowiednie, które już się spełniają w jego życiu. Po raz kolejny utwierdził się w przekonaniu, że rozmawia ze świętą.

Długo milczała, a on nie zadawał pytań, by nie męczyć jej rozmową. Wreszcie nadszedł moment, gdy musiał się pożegnać.

– Jeszcze dzisiaj wracam do Wilna – rzekł ściszonym głosem – proszę o mnie pamiętać w modlitwie.

Skinęła tylko głową. Jej postać należała już do innego świata, była już tylko na wpół obecna, zapatrzona w niewidzialne, prawie nieświadoma jego obecności.

Jeszcze raz pobłogosławił, nakreślił nad nią znak krzyża i odszedł niemal na palcach, aby odgłosem kroków nie zakłócić jej spokoju.

Na korytarzu pospiesznie otarł łzy. Jej odchodzenie bolało. Jedyna osoba, która tak dobrze go rozumiała, u której znajdował wsparcie i pocieszenie, jego siostra duchowa, jego przewodniczka i towarzyszka misji Bożego Miłosierdzia zostawiała go w niej osamotnionym.

Po dziesięciu dniach otrzymał wiadomość o jej śmierci. Przyjął to ze spokojem. Nie miał możliwości pojechania na pogrzeb, ale odprawił Msze święte za nią, czując w sercu, że czyni to na jej cześć.

64 KOŁATANIE DO ZAMKNIĘTYCH DRZWI

„Ten mi powiedział, że bez protekcji Episkopatu Polski, albo przynajmniej kilku biskupów trudno będzie coś zrobić."[64]

Siostra Faustyna zmarła przedwcześnie i wszystko wskazywało na to, że ksiądz Sopoćko pozostał sam z ciężarem głoszenia prawdy o Bożym Miłosierdziu. Ale przecież przed śmiercią obiecała mu pomoc zza grobu. O tym, że nie rzucała słów na wiatr, przekonał się niemal natychmiast.

Już w kilka dni po jej odejściu wezwał go ordynariusz i zapowiedział zwolnienie z funkcji rektora kościoła św. Michała. Wiązało się to jednocześnie z uwolnieniem się od trudnej roli kapelana i spowiednika sióstr bernardynek. Przyjął tę wiadomość z ulgą. W grudniu Rada Miejska uchwaliła przyznanie placu pod budowę kościoła pod wezwaniem Miłosierdzia Bożego na Śnipiszkach, o który zabiegał już od dawna. Mógł nareszcie pomyśleć o projekcie i dalszych krokach w kierunku realizacji planu, który zrodził się w jego sercu kilka lat wcześniej.

Zbliżały się święta Bożego Narodzenia. W kościele św. Michała funkcję rektora objął zapowiadany ojciec bernardyn. Ks. Sopoćko, choć

---

[64] Tamże, s.111.

zwolniony z tego obowiązku, mógł zachować mieszkanie w klasztorze przy ul. św. Anny. Nadal też odprawiał nabożeństwa w kościele św. Michała, w czasie których gromadziło się wielu czcicieli Miłosierdzia Bożego.

W okresie świąt odwiedził rodzinę, a po powrocie został poproszony o prowadzenie rekolekcji dla sióstr urszulanek. Tak przywitał Nowy Rok 1939. Czy mógł przeczuwać, jak okaże się tragiczny?

Zimą dokuczał mu przewlekły katar, bóle gardła i kaszel, ale praca i cały szereg obowiązków nie pozwalały na roztkliwianie się nad sobą. Podejmował wiele inicjatyw, które koncentrowały się głównie wokół spraw Miłosierdzia Bożego. Głosił konferencje i kazania o tej prawdzie oraz starał się o budowę świątyni i ustanowienie święta Miłosierdzia Bożego. Już na początku roku ogłosił konkurs na projekt kościoła na Śnipiszkach, do którego przystąpiło kilku znanych architektów.

Wiosną, w okresie świąt Wielkanocnych wybrał się z pielgrzymką do Rzymu. Jechał tam z intencją rozeznania w Watykanie o możliwości ustanowienia święta Miłosierdzia Bożego. Pragnął spotkać się z dostojnikami kościelnymi w odpowiednich kongregacjach. Przedstawić ideę Miłosierdzia Bożego, potrzebę kultu, rozmawiać o święcie. O audiencji u Ojca Świętego, mógł jedynie pomarzyć, gdyż był to akurat czas Wielkiego Tygodnia, ale nie miał możliwości wybrania innego terminu. W Watykanie z Sekretariatu Stanu skierowano go do Kongregacji św. Obrzędów, a ta niestety była zamknięta. Udało mu się jedynie porozmawiać z księdzem prałatem Janasikiem, pracownikiem kurii rzymskiej, który udzielił mu praktycznej rady, by w sprawie święta najpierw pozyskał poparcie biskupów. Na pociechę mógł uczestniczyć w podniosłych celebracjach liturgicznych w bazylice św. Piotra, zwłaszcza w pontyfikalnej Mszy św., celebrowanej przez Ojca Świętego w Niedzielę Wielkanocną, z jego kazaniem i błogosławieństwem Urbi et Orbi. Doświadczył też powszechności Kościoła, reprezentowanego przez pielgrzymów ze wszystkich stron świata.

W drodze powrotnej przejeżdżał przez Austrię i Czechosłowację, które w 1938 roku zostały wcielone do Trzeciej Rzeszy. Odczuł tam aurę głębokiego przygnębienia. W Wiedniu na torach stały niemieckie pociągi pełne wojskowych samochodów, czołgów i nowoczesnego uzbrojenia. Wśród szybko przemykających, pochylonych sylwetek dostrzegł pracownika kolei, który zatrzymał się wpatrzony w niemiecki pociąg pancerny. Niespodziewanie Austriak odwrócił się i przez chwilę patrzył na księdza. Zaczerwienione oczy kolejarza wyrażały dogłębny smutek. Los Austrii przywołał w pamięci ks. Sopoćki dzieje jego własnej ojczyzny z okresu zaborów i pierwszej wojny światowej. Zadrżał na myśl, że czasy te mogłyby powrócić.

Wkrótce po powrocie z Rzymu udał się do Warszawy do prymasa Augusta Hlonda, by kołatać do drzwi zwierzchników, których pomoc, była warunkiem ustanowienia nowego święta. Prymas Polski przyjął go z niespodziewaną serdecznością.

– Idą ciężkie czasy – mówił ks. Sopoćko – Miłosierny Bóg jest dla człowieka ratunkiem i jedyną nadzieją. Święto Miłosierdzia Bożego, będzie przypominać o litości Boga, do której mają prawo wszyscy, a szczególnie najwięksi grzesznicy.

– Przede wszystkim należy utorować drogę racjami teologicznymi i duszpasterskimi – radził Prymas – potrzeba, aby powstało dzieło, które uzasadni potrzebę takiego święta, a także odeprze argumenty przeciwko niemu.

Rozmowa ta wskazała kolejny krok, który ksiądz Sopoćko musiał wykonać. Postanowił niezwłocznie przystąpić do pracy nad traktatem.

65 WYBUCH WOJNY

„[…] nadzwyczajne dodatki gazet oznajmiały o wybuchu wojny. Aż do ostatniej chwili nie wierzyłem, że to się stanie."[65]

W Wilnie sprawy znów potoczyły się zwyczajnym torem. Praca na uczelni, konferencje i spotkania kół i stowarzyszeń kościelnych. Wielu studentów i studentek, nauczycieli i wileńskiej inteligencji przychodziło na spotkania, na których ksiądz Sopoćko nie omieszkał nawiązać do Miłosierdzia Bożego.

Sprawa budowy kościoła nabierała rozpędu. Powstało kilka ciekawych projektów. W kwietniu ks. Michał urządził ich wystawę w siedzibie Akcji Katolickiej przy ul. Zamkowej. Komisja konkursowa przyjęła projekt inżyniera Polkowskiego, profesora Politechniki Warszawskiej.

Tamtego pamiętnego dnia, 6 czerwca 1939 roku, kiedy ze zwycięzcą konkursu przechadzał się po sali i omawiał szczegóły projektu, nagle ktoś wpadł z impetem i wykrzyknął:

---

[65] Dziennik, s. 113 (69)

– Płonie Dworzec Centralny w Warszawie!

Głowy zwiedzających zwróciły się w stronę drzwi.

– To dzieło dywersantów niemieckich – skomentował inżynier Polkowski – wojna nieunikniona – dodał złowieszczym tonem.

– Z pewnością nie potrwa dłużej niż kilka tygodni – rzekł z goryczą w głosie pułkownik Ożyński, który przyłączył się do rozmówców.

Zapadła cisza. Lodowaty dreszcz przeszył serce kapłana, a na czoło wystąpiły kropelki potu. Wspomniał na prorocze wizje siostry Faustyny. Czyżby zbliżał się czas wypełnienia strasznych przepowiedni?

Mimo wszystko, zawarł umowę o projekt z inżynierem Polkowskim i powierzył sprawę budowy kościoła inżynierowi Borowskiemu. Czekał tylko na ostateczną decyzję Rady Miasta, by zakupić cegłę oraz materiały budowlane i ruszyć z pracą.

W czerwcu upłynęło 25 lat od przyjęcia święceń kapłańskich. Na początku lipca ośmiu jubilatów wraz ze swoim opiekunem seminaryjnym ks. Lubiańcem zebrało się na rekolekcjach w Kalwarii Wileńskiej. Rozważano tajemnicę kapłaństwa i przypomniano zobowiązania płynące z przyjęcia święceń. Na uroczystą kolację kończącą rekolekcje przybyło kilku profesorów i wychowawców seminaryjnych. Wiele było wspomnień, gratulacji i życzeń w radosnej i serdecznej atmosferze. Świętując, nie przypuszczali, że już za kilka tygodni rozpęta się piekło wojny, w której kilku z nich straci życie, na czele z ks. prałatem Lubiańcem.

Resztę wakacji ks. Sopoćko zaplanował spędzić w gościnie u sióstr nazaretanek w Kochanowie pod Grodnem, nad uroczymi brzegami Niemna. Uciekł od zgiełku miasta, ale nie zapominał o głoszeniu Miłosierdzia i opowiadaniu o dobrym Bogu, w którego kochającym sercu jest miejsce dla każdego grzesznika. Siostry z otwartością słuchały o Bożym Miłosierdziu i obiecywały pomoc w jego rozgłaszaniu.

W połowie sierpnia powrócił do Wilna. Następnego dnia wyszedł na dłuższy spacer nad brzegiem Wilii, by nacieszyć się widokiem otwartego krajobrazu, gdy niespodziewanie natknął się na flisaków.

– Niech będzie pochwalony Jezus Chrystus – usłyszał z oddali pozdrowienie.

– Na wieki wieków – odpowiedział głośno, a jego gromki głos fale poniosły daleko po wodzie.

– Kazali wszystkim stawić się z wozami! – ludzie zbliżyli się do brzegu, by przekazać mu niepokojące wieści.

– Co teraz będzie? – pytali jeden przez drugiego.

Ks. Sopoćko zmarszczył brwi i wpatrywał się w nurt rzeki, jakby nie pojmując usłyszanych słów.

– Czyżby mobilizacja? Już? – zapytał, gdy ocknął się z zadumy – osobiście nie wierzę, żeby doszło do wojny, ale cokolwiek się wydarzy, musimy zaufać Miłosierdziu Bożemu – dodał spokojnym tonem.

Pod koniec sierpnia zdecydował się odwiedzić jeszcze Siostry od Aniołów w Pryciunach, które wspierały go w szerzeniu Bożego Miłosierdzia. Matka przełożona Gilewska pokazała mu dzieło wykonane przez siostry: stos obrazków Jezusa Miłosiernego z ręcznie malowanymi promieniami. Ks. Sopoćko był wyraźnie wzruszony.

– Niech Bóg błogosławi – powiedział przeglądając obrazki.

Zachwycony kapłan kręcił głową z podziwem, błogosławił siostry i dziękował Bogu za pomoc i wsparcie, jakich tutaj nieraz doświadczał. Nie mógł niestety dłużej pozostać u sióstr, bo doszła tam wieść o ogłoszeniu przeczuwanej powszechnej mobilizacji. Musiał wracać. Było wiele spraw do załatwienia. Należało dokonać zakupu opału i artykułów pierwszej potrzeby, bo wiadomo, że w czasie wojny nawet tych podstawowych zabraknie.

Po powrocie zastał ciężko chorą gospodynię.

– Nie dam rady stanąć na nogi – żaliła się księdzu.

– Sprowadzę lekarza, już wychodzę – ks. Sopoćko stwierdził rzeczowo.

– Proszę zajść do banku – prosiła kobieta, która wcześniej powierzyła ks. Sopoćce wszystkie swoje oszczędności, by bezpiecznie ulokował je na swoim koncie.

Zaledwie wczoraj miasto zdawało się żyć spokojnym rytmem codziennego dnia, a teraz panował tu chaos, zgiełk i panika. Ulice zatarasowane ludźmi i wozami z końmi. Z trudem udało mu się przedostać się na drugą stronę i dotrzeć do znajomego medyka. Wrócił mocno podenerwowany. Niestety nie mógł pobrać pieniędzy. Drzwi banku zastał zamknięte do odwołania.

W tym zamęcie nie zakupił zapasów żywności ani węgla na zimę. Pozostała ufność w Boże Miłosierdzie.

1.09.1939 roku o godz. 7.00 rano odprawiał Mszę św. w Laborze, zakładzie dobroczynnym prowadzonym w Wilnie przez siostry anielskie. Był ciepły, słoneczny poranek, przez uchylone okno dobiegał beztroski trel ptaków, gdy nagle spłoszył je hałas włączonego radia. Ktoś nastawił odbiornik na cały regulator. Słowa prezydenta Mościckiego wypełniły ulicę i wdarły się w otwarte okna Laboru.

– „Nocy dzisiejszej odwieczny wróg nasz rozpoczął działania zaczepne wobec Państwa Polskiego ...”

W zakładzie zgromadziła się mała garstka zakonnic i świeckich osób. Wszyscy zamarli w przestrachu wpatrzeni w księdza Sopoćkę. Poczuł na sobie ciężar tych spojrzeń i trwogę ludzi zaskoczonych spadającym na cały kraj nieszczęściem.

Kapłan kontynuował Mszę świętą.

– A teraz – zachęcił wszystkich po zakończonym nabożeństwie – oddajmy siebie i nasze rodziny w opiekę Najmiłosierniejszemu Zbawicielowi i pomódlmy się koronką do Miłosierdzia Bożego.

– Dla Jego bolesnej męki – zaintonował.

– Miej Miłosierdzie dla nas i całego świata…

Zgodnym chórem popłynęły słowa modlitwy, które powoli ukoiły lęk, niepewność i grozę, które sparaliżowały obecnych.

Ks. Sopoćko nie mógł uwierzyć, że zaczęła się wojna. Zaledwie sześć lat temu zrezygnował z funkcji kapelana wojskowego. Teraz jego koledzy kapelani poszli na front. Czy tamta decyzja była dziełem Opatrzności, która ocaliła mu życie?

***

Kampania wrześniowa zakończyła się klęską mimo zapału i buńczucznych zapowiedzi: „Nie oddamy ani guzika". Polska zaatakowana z północy, zachodu i południa, z wody, ziemi i powietrza, opuszczona przez sojuszników, nie miała większych szans w starciu z nowoczesną niemiecką armią. Już po paru tygodniach rząd schronił się w Rumunii wraz z ocalonymi oddziałami wojska.

W połowie września niemieckie bomby spadły na Wilno, a następnego dnia do kraju wkroczyła Armia Czerwona.

Na wieść o zbliżaniu się bolszewików, mieszkańców Wileńszczyzny opanowała panika. Tłumy uciekinierów ruszyły w stronę Kowna. Mimo wcześniejszej wrogości między narodami Polski i Litwy w obliczu nieszczęścia Litwini otworzyli granicę i pozwolili skryć się ziemianom, kułakom i wielu ludziom, którym z rąk komunistów groziła pewna śmierć. Również oddziały wojska polskiego złożyły broń i oddały się raczej w ręce Litwinów, którzy traktowali jeńców w sposób humanitarny.

***

Z końcem września ks. Sopoćko został mianowany rektorem kościoła św. Ignacego. Przyjął tę funkcję w duchu wdzięczności Bogu, że dane mu było odprawiać nabożeństwa w kościele, który z takim trudem odbudował. W październiku modlił się modlitwą różańcową, a cały listopad wierni gromadzili się po wieczornej Mszy św. na odmawianie koronki do Bożego Miłosierdzia.

Mimo wojny nie zaniedbał budowy kościoła. W tym celu zakupił 160 tys. sztuk cegły, ale już po wyższej cenie wydano mu tylko 105 tys. sztuk. Nowe władze zablokowały budowę. By ich przechytrzyć, poprosił architekta o przerobienie projektu na Dom Miłosierdzia, który służyłby ubogim jako instytucja charytatywna.

Ks. Sopoćko mimo tragicznych wydarzeń z całym spokojem troszczył się o wypełnianie powierzonej mu misji. Ze zdwojoną energią pracował nad teologicznym uzasadnieniem potrzeby wprowadzenia święta Miłosierdzia Bożego i czynił wszystko, co mógł w sprawie szerzenia tej idei.

Bolszewicy wykorzystali konflikt polsko-litewski i w październiku przekazali Okręg Wileński Litwie, tym samym zyskując w niej sojusznika.

66 W OKUPOWANYM WILNIE

„Powoli zacząłem ujawniać skąd pochodzi kult Miłosierdzia Bożego."[66]

Na dziedzińcu Muzeum Historycznego Litwini zorganizowali wiec świętujący powrót starodawnego grodu Giedymina w prawowite ręce. Ich liczebność w okręgu nie przekraczała 2%, ale wobec stacjonującego wojska bolszewickiego, które wymierzyło karabiny w Polaków, nie miało to znaczenia. Wkrótce zaczęły się deportacje polskiej ludności i napływ do miasta Litwinów. Działalność wielu polskich organizacji została zawieszona, a w kościołach coraz częściej zdarzały się incydenty zakłócania przez bojówki litewskie Mszy św. odprawianej w języku polskim.

Ks. Sopoćko przeczytał w codziennej gazecie, że stanowisko wicepremiera objął Kazimierz Bizauskas. Nie omieszkał złożyć mu wizyty.

– Witam księże Michale, miło cię znów zobaczyć! – Bizowski nie krył radości ze spotkania szkolnego kolegi.

– Niestety znów stoimy po przeciwnych stronach barykady – przypomniał mu ks. Sopoćko.

– Historia lubi płatać figle. Wczoraj ty świętowałeś zwycięstwo, a dzisiaj boska Nike uśmiechnęła się do mnie – Kazimierz Bizauskas nie tracił humoru.

– Mój Bóg jest Bogiem wygranych i przegranych, a szczególnie Bogiem skruszonego grzesznika – odciął się ks. Michał.

Sztubacki uśmiech znikł powoli z twarzy litewskiego wicepremiera.

---

[66] Tamże, s.115.

– W takim razie, co szanownego kolegę do mnie sprowadza?

– Zanim wybuchła wojna, w moim mieszkaniu odbywały się cotygodniowe spotkania Koła Inteligencji Katolickiej i Sodalicji Mariańskiej, ufam, że nadal będę mógł je kontynuować – rzekł śmiało.

– Zebrania, które mają charakter polityczny i wrogi mojemu narodowi są zakazane.

– Nasze spotkania służą jedynie pogłębianiu wiary – zapewnił Litwina.

– W takim razie nie mam nic przeciwko temu.

Ks. Sopoćko wracał do domu podniesiony na duchu. Mógł teraz powiadomić wszystkich o wznowieniu spotkań. Ucieszył się, że znów przyjdą osoby, które bez lęku będą mogły budować swoją wiarę. W oczach stanęła mu wpatrzona w niego twarz Jadwigi, tegorocznej absolwentki filologii klasycznej, która od pierwszego spotkania zarzucała go pytaniami o siostrę Faustynę. Przejęta objawieniami ma tysiąc pomysłów jak szerzyć Boże Miłosierdzie.

***

Nadeszło święto Wszystkich Świętych, dzień jego urodzin. Przekroczył już pięćdziesiątkę, wiek, w którym człowiek coraz częściej spogląda na drugą stronę. Smętny nastrój napadł go od rana i zamiast cieszyć się uroczystością, nie mógł znaleźć sobie miejsca, aż w końcu usiadł przygnębiony za biurkiem i skupił się na kazaniu, które miał jeszcze tego dnia wygłosić. Trudno było mu jednak zebrać myśli i w końcu ukląkł do modlitwy, by poprosić Ducha Świętego o natchnienie.

Chwilę skupienia przerwało ledwo słyszalne pukanie do drzwi. Rozpoznał, że to gospodyni, pani Bronisława, zawsze delikatna i ostrożna, by nie zakłócić jego spokoju.

– Proszę wejść.

Drzwi uchyliły się nieco i stanęła w nich starsza kobieta, która w swojej pulchnej dłoni trzymała małą karteczkę.

– Przepraszam, ale przyszła depesza.

Twarz służącej szpecił nieprzyjemny grymas.

– Co tam znowu? – zapytał kapłan zaniepokojony jej wyglądem.

– Zła wiadomość…

– Przywykłem do złych wieści – rzekł smutno.

Zdecydowanym ruchem wyjął karteczkę z ręki pani Bronisławy i przeczytał na głos.

– Brat Piotr nie żyje.

Wpatrywał się w telegram nie dowierzając własnym oczom. Wstrząśnięty wiadomością nawet nie zauważył, że kobieta wyraziła swoje współczucie i wycofała się cichutko z pokoju.

Tego dnia odwołał wszystkie spotkania, zwolnił się z obowiązków i udał się do Nowej Wilejki, by być razem z rodziną. Szczególnie żona brata i jego osierocone córki pogrążone były w nieutulonym żalu. Ks. Sopoćko sam rozczulił się ogromnie, kiedy wspomniał wiele błogich chwil z domu rodzinnego, wspólnie przeżytych lat dziecięcych i szkolnych. Wspomniał na dobroć i miłość braterską oraz poświęcenie Piotra, który zaopiekował się rodzicami i pozwolił, aby młodszy brat mógł pójść drogą powołania kapłańskiego. Największy żal go ogarnął, gdy życie brata stanęło mu przed oczami jako pasmo biedy, trosk i poniżenia, jakich doświadczał do końca swoich dni.

**

Rok był wyjątkowo ciężki. Po dżdżystej, chłodnej jesieni przyszła sroga zima. Śnieg padał już w końcu września i chociaż następowały jeszcze krótkie powroty cieplejszej pogody, to w listopadzie znów zawiało, a w styczniu i lutym zima biła rekordy mrozu, gdy temperatura spadała do -45°C.

Ks. Sopoćko po zamknięciu seminarium utrzymywał się z zapomogi Czerwonego Krzyża i z pomocą sióstr urszulanek i magdalenek, które dostarczyły mu węgla i drewna na opał, przetrwał najgorsze mrozy. W pierwszym tygodniu stycznia prowadził rekolekcje dla urszulanek w Czarnym Borze. Opowiadał im o siostrze Faustynie i Miłosierdziu Bożym, które pragnie się wylewać na świat. Przejęte do głębi objawieniami obiecały pomoc, szczególnie w rozprowadzaniu broszurek i poprzez odmawianie modlitw przekazanych przez s. Faustynę.

Ks. Sopoćko wciąż nie rezygnował ze starań o budowę świątyni. Mimo ogromnych przeszkód konsekwentnie podejmował kolejne kroki. Plan Domu Miłosierdzia stworzony za sowietów, został odrzucony przez władze litewskie, które zaproponowały budowę kaplicy. Znów trzeba było zwrócić się do architekta, by dostosował projekt.

**

Mimo wojny ludzie chodzili do pracy, funkcjonowały sklepy, banki, restauracje, w kościołach odbywały się nabożeństwa, jednakże dla Polaków nadeszły trudne dni. W zaułkach ulic szeptano sobie od ucha do ucha wieści o aresztowaniach, zsyłkach na Syberię i do Kazachstanu, o prześladowaniach i egzekucjach.

Wileńskie kościoły pękały w szwach zarówno w dni świąteczne jak i powszednie, mimo tego, że coraz częściej Mszę św. zakłócały bojówki litewskie, które wpadały do kościołów i pałkami okładały wiernych, lub zagłuszały głośnymi krzykami język polski, w którym były odprawiane nabożeństwa.

Jakkolwiek przygnębiające były te wieści, to jednak motywowały księdza, by tym usilniej nieść ludziom nadzieję i zachęcać do ufności w Boże Miłosierdzie. W jego mieszkaniu przy ul. Św. Anny wciąż odbywały się niedzielne spotkania, na które przychodzili profesorowie, nauczyciele, intelektualiści, jak również siostry zakonne i osoby pragnące pogłębić życie duchowe. Od pewnego czasu ks. profesor głosił konferencje o Bożym Miłosierdziu. Ujawniał też coraz więcej szczegółów o wizjach siostry Faustyny.

– Pan Jezus stawia przed nami zadanie, by nie tylko uciekać się do Jego Miłosierdzia, lecz także opowiadać o Nim ludziom zgnębionym i zalęknionym niebezpieczeństwem, jakie niesie ze sobą wojna.

Siedząca nieopodal panna Jadwiga skinęła głową na znak, że rozumie wyzwanie. Po spotkaniu podeszła do księdza z rozpromienioną twarzą i zasypała go informacjami.

– Znalazłyśmy fotografa, razem z Adelą Alibekow – popatrzyła przez chwilę na koleżankę, która stała już przy drzwiach i czekała, aż Jadzia skończy, by wyjść razem na ściśniętą mrozem ulicę.

– Dobrze, że otrzymałem zgodę biskupa Michalkiewicza na druk ulotek i obrazków, bo nakład krakowski ma się już ku końcowi. Przydałoby się odbić trochę tekstów na powielaczu, które można by rozdać się po konferencji. Najważniejsze są jednak kopie obrazu, ale należy go sfotografować w absolutnej dyskrecji – ks. Sopoćko spojrzał pytająco na Jadwigę.

Jadwiga skinęła głową, na znak, że wszystko już załatwione i najwyższe środki ostrożności zostały podjęte.

– Potrzebujemy dużo odbitek i różnej wielkości. Chciałbym kilka w większym formacie do powieszenia na ścianie, ale też myślałem o całkiem malutkich, wielkości medalika, które ludzie mogliby nosić przy sobie – zastanawiał się głośno ksiądz profesor.

Większość obecnych na zebraniu rozeszła się, zabierając ze sobą obrazki i modlitwy do rozprowadzenia po mieście, lecz Jadzia z Adelą długo jeszcze pozostały w mieszkaniu ks. Sopoćki naradzając się, jak załatwić wiele pilnych spraw, włącznie z pozwoleniem na budowę kaplicy Miłosierdzia Bożego, które wymagało chodzenia po litewskich urzędach, co Jadzia ochoczo wzięła na swoje barki.

Kult Miłosierdzia Bożego szerzył się jak dobra wiadomość, przekazywana z ust do ust. W kościele św. Michała w czasie Mszy św. o godz. 9.00 wierni palili świece przed obrazem Jezusa Miłosiernego. Coraz częściej pojawiały się pod nim wota dziękczynne. Ten spontaniczny wzrost kultu Jezusa Miłosiernego, który nawet nie był jeszcze zatwierdzony przez Kościół, niepokoił, a wręcz drażnił ojca Salwatora.

Nieprzychylnym okiem spoglądał na zabrudzoną woskiem podłogę, który kapał ze świec, gdyż siostry skarżyły się, że przydaje im to pracy. Winił za wszystko ks. Sopoćkę, który odprawiał tam nabożeństwa, głosił płomienne kazania i opowiadał o Bożym Miłosierdziu.

Ks. Sopoćko swoją działalnością naraził się również Litwinom, którzy dopatrywali się w jego homiliach treści polonizatorskich, narodowych i wrogich nowym władzom. Szpiedzy słali donosy na polskiego kapłana.

Pewnego razu Kazimierz Bizauskas wzburzony domniemaną zdradą duchownego postanowił osobiście skonfrontować byłego kolegę. W Niedzielę Palmową z grupą policjantów wybrał się do katedry, gdzie ks. Sopoćko głosił rekolekcje, które przyciągnęły wiernych z całego miasta, z zamiarem aresztowania kapłana. Niezauważony stanął pod amboną i uważnie przysłuchiwał się homilii.

Ks. Sopoćko mówił jednak tylko o wielkim Miłosierdziu Boga, jakie okazało się poprzez wydanie własnego Syna na śmierć, by zbawić grzeszną ludzkość. Mówił o niezmierzonej miłości Stwórcy, który z czułością pochyla się nad człowiekiem i nawoływał do pokuty. Słowa księdza wypowiadane z wielkim przejęciem, poruszały serca słuchaczy. Wiele kobiet wyciągało chusteczki, by otrzeć łzy wzruszenia. Po zakończonej Mszy św. Bizauskas zapewnił księdza, że odtąd już nie uwierzy żadnym donosom.

Coraz więcej osób angażowało się w dzieło Miłosierdzia. Często były to osoby ciche i niepozorne, żyjące w świecie lub w klasztorze, które anonimowo, bez rozgłosu, poświęcając swój czas i środki finansowe rozprowadzały obrazki i modlitwy. Gdy na wielu frontach toczyła się walka zbrojna, ks. Sopoćko walczył innym orężem. Jego armia składała się z podobnych aniołom, rozmodlonych sióstr anielskich, magdalenek i urszulanek oraz świeckich osób, zakochanych w Jezusie Miłosiernym i gotowych narażać dla Niego życie. W tym gronie było też wielu księży, czcicieli Miłosierdzia Bożego, a wśród nich ks. prałat Żebrowski.

67 UKRYTA POMOC

„Bóg Miłosierny w trudnych chwilach przychodzi z licznymi pociechami."[67]

Pewnego kwietniowego popołudnia s. Gilewska, przełożona Zgromadzenia Sióstr od Aniołów przeglądała kopię jednego z referatów ks. Sopoćki o Bożym Miłosierdziu, jakie głosił po kościołach i zatroskała się mocno o bezpieczeństwo swego ojca duchownego, gdy nagle uchyliły się drzwi i stanęła w nich zakonnica Helena Majewska.

– Zapraszam siostro, coś pilnego?

– Modliłam się dzisiaj w czasie Mszy św. za nasz biedny naród i po nabożeństwie miałam widzenie... – zaczęła niepewnie s. Helena. Matka Gilewska odłożyła na bok papiery i całą uwagę skupiła na podopiecznej.

– Widziałam kulę pełną kryształków, która za sprawą św. Andrzeja Boboli otworzyła się i wysypały się z niej te kryształki – mówiła z rozpromienioną twarzą – niezliczony strumień świetlistych drobinek. Zrozumiałam, że oznaczały one Miłosierdzie Boże, które... – zamilkła na chwilę i ze strapioną miną przyglądała się matce przełożonej, aby zobaczyć jej reakcję.

– Niech siostra mówi dalej – matka Gilewska była wyraźnie zaciekawiona.

– Matko, Bóg chce, aby jak najwięcej osób zwróciło się do Niego z ufnością w Jego Miłosierdzie, a ja... – s. Helena siłą woli odparła pokusę, by resztę zdania przemilczeć – a ja mam się stać apostołką Miłosierdzia Bożego.

S. Gilewska uniosła brwi i uśmiechnęła się przyjaźnie.

– Pan Jezus dotyka serca siostry, trzeba być za to wdzięcznym. Kult Miłosierdzia musi być ważny dla Pana, skoro tak wiele osób powołuje do tego dzieła.

– Ale ja nie wiem, co powinnam zrobić.

– Skieruję siostrę do ks. Sopoćki. Jest to światły i gorliwy kapłan, któremu Pan Jezus w szczególny sposób powierzył sprawę Miłosierdzia Bożego. On siostrę poprowadzi.

Przy najbliższym spotkaniu z ojcem duchownym s. Gilewska wspomniała spowiednikowi o tajemniczych wizjach zakonnicy.

---

[67] Tamże, s.115.

– Siostra Majewska twierdzi, że ma prywatne objawienia już od dziecka, ale teraz Pan Jezus nakazuje jej, aby szerzyła Boże Miłosierdzie.

– Chciałbym z nią porozmawiać – ks. Sopoćko nie dziwił się niczemu.

W niedługim czasie s. Helena spotkała się z ks. Sopoćką, który zachęcił ją do odmawiania koronki do Miłosierdzia Bożego i innych modlitw przekazanych przez s. Faustynę. Jednocześnie zaprosił do rozprowadzania ulotek i zachęcania innych do ufności w Boże Miłosierdzie. Od tej chwili s. Majewska całą duszą zaangażowała się w dzieło Miłosierdzia, do tego stopnia, że wśród sióstr zyskała nawet przydomek: „miłosierdzie".

Mimo niebezpieczeństw i zagrożenia aresztowaniem ks. Sopoćko kilka razy dziennie w różnych parafiach odczytywał napisane przez siebie referaty, w których otwarcie mówił o objawieniach siostry Faustyny, o zapowiedzianych przez nią trudnych czasach oraz o wylewającym się na zbolałą ludność Miłosierdziu Bożym i zachęcał, by w każdej sytuacji pokładać w Nim całkowitą ufność. Rozdawał broszurki i obrazki Jezusa Miłosiernego, które jak sam Pan przekazał przez siostrę Faustynę, były naczyniem, z którym wierni mogli zbliżać się do Boga po łaski.

Zamierzał nawet wydać drukiem swoje referaty, lecz nie otrzymał na to zgody. Rozgoryczony przeszkodami, jakie napotykał ze strony niektórych duchownych, ks. Sopoćko zamierzał powiedzieć o tym publicznie na kolejnym kazaniu.

W tych dniach s. Helena znów stanęła u jego drzwi prosząc o wysłuchanie.

– Pan Jezus prosi, aby ojciec nie wspominał w kazaniu o problemach z otrzymaniem zgody u przełożonych na szerzenie prawdy o Bożym Miłosierdziu. Pan Jezus mówi, że może to tylko zaszkodzić sprawie. Niech ksiądz raczej wykorzysta psalm 85 i na jego podstawie zbuduje całą homilię.

Ks. Sopoćko zmierzył siostrę przenikliwym wzrokiem.

– Naprawdę miałem taki zamiar, ale zaniecham go z całą pewnością, skoro Pan Jezus tego żąda.

– Usłyszałam wczoraj, gdy wychodziłam z kościoła, jak pewna osoba wyraziła się, że ksiądz szerzy herezję.

– Doprawdy?! – Ks. Sopoćko uniósł brwi, a jego czoło przecięła głęboka zmarszczka.

– Pan Jezus zaraz po Mszy mi odpowiedział, że aby uniknąć posądzenia a o herezję powinien ojciec nie oddzielać przymiotu Miłosierdzia od Osoby Pana Jezusa.

– No dobrze – rzekł pokornie kapłan, po czym westchnął głęboko – Bogu niech będą dzięki. Z pewnością rozważę wskazówki Pana. To Jego dzieło i On wszystkim kieruje.

– Tylko niech ksiądz profesor nie mówi nikomu o moich objawieniach – nalegała – Pan Jezus prosi, abym była ukrytą pomocą i nie zasłaniała swoją osobą zasług siostry Faustyny.

– Uczynię zgodnie z wolą Bożą.

Już od kilku lat współpracował z niewidzialnym Bogiem, wiernie wykonywał Jego polecenia, które na początku wydawały mu się nieprawdopodobne, a teraz okazały się źródłem nadziei i jedyną ucieczką udręczonych wojną ludzi.

**

W czerwcu zajęcia w seminarium miały się ku końcowi. Większość alumnów czwartego roku odbywała rekolekcje przygotowujące do święceń kapłańskich. Już wkrótce mieli wzmocnić szeregi duchowieństwa, uszczuplonego mocno przez bestialskie egzekucje z rąk okupantów. Wśród absolwentów panowała atmosfera entuzjazmu i gotowości do poświęcenia się na służbę Bogu, mimo realnej groźby prześladowań, a nawet śmierci.

Pewnego dnia ks. Sopoćko dostrzegł na seminaryjnym korytarzu alumna, który stał zgarbiony, jakby zgięło go ku ziemi siedem nieszczęść. Na widok ks. profesora szybko otarł rękawem łzy.

– Coś taki markotny księże Bolesławie? – ks. Sopoćko zagadnął go po ojcowsku.

– Nie jestem księdzem – odparł ponuro, a jego oczy wypełniły się niezmiernym smutkiem – nie dopuszczono mnie do święceń, bo ciągle choruję.

W pamięci księdza ożyły nagle jego własne dzieje, jak to o mały włos nie podzielił losu Bolesława, kiedy po śmierci matki zapadł na tyfus i osłabł tak bardzo, że przez cały rok nie mógł dojść do pełni sił i co rusz zapadał na różne dolegliwości.

– Nie wiem nawet, gdzie mam się podziać i co ze sobą zrobić. Do końca czerwca mogę jeszcze mieszkać w seminarium, a potem…

– Nie martw się, zamieszkasz u mnie, aż staniesz na nogi – zdecydował kapłan.

– Bolesław Szostało wpatrywał się w ks. profesora z niedowierzaniem. Słyszał o nim, że pomógł już niejednemu, że wspiera finansowo Bratnią Pomoc, ale nie sądził, że i do niego wyciągnie pomocną dłoń.

**

W połowie czerwca zwykły rozgwar wileńskiej ulicy niespodziewanie zakłócił grzechot wjeżdżających do miasta sowieckich czołgów. Zdumieni i przybici tym widokiem Polacy obserwowali je milcząco zza firanek i zamierali z przestrachu na myśl o nowych okupantach.

Wkrótce za porozumieniem rządów Litwa stała się 15 republiką sowiecką. Tak jak się obawiano, władza sowietów przyniosła ciężkie represje. Nasiliły się aresztowania i wywózka polskiej ludności w głąb Rosji.

Ks. Sopoćko otrzymywał ostrzeżenia od przyjaciół, że jest poszukiwany jako głosiciel Miłosierdzia Bożego, ale mimo zagrożenia czuł się wręcz przynaglony, by kontynuować wygłaszanie referatów.

Pewnego dnia do mieszkania księdza wpadła roztrzęsiona urzędniczka z biura meldunkowego.

– Księże profesorze, NKWD zażądało, aby do jutra dostarczyć dokładny adres księdza. Nie wiem, co mam robić?

Ks. Sopoćko przyjrzał się uważnie kobiecie. Nie znał jej, ale ryzyko jakie podjęła przychodząc do jego domu, świadczyły o wielkiej trosce o życie kapłana.

– Niech im pani powie, że taki nie figuruje w rejestrze, a wszelkie ślady mojego zameldowania proszę zniszczyć.

– Zrobię to, ale błagam niech ksiądz ucieka – mówiła pochlipując w chusteczkę.

– Musimy zaufać Bogu – odrzekł spokojnym głosem – mam zamiar teraz częściej wyjeżdżać na prowincję, by głosić kazania, więc będę w domu rzadkim gościem.

Po wyjściu urzędniczki spakował niewielką podróżną walizkę, do której włożył obrazki i ulotki o Bożym Miłosierdziu. Po czym wydał gospodyni drobne polecenia.

– Panna Jadzia przyjdzie jutro jak zwykle. Ma własne klucze do strychu. Proszę jej przekazać, że na kilka dni wyjechałem. Niech dalej pracuje... – zamilkł na chwilę jakby się zastanawiał, czy wtajemniczać panią Bronisławę w szczegóły – gdy zjawi się diakon Bolesław, proszę go ulokować w moim biurze.

Zdarzało się teraz coraz częściej, że nocował w podwileńskich parafiach, ale też regularnie wracał do swego mieszkania, gdzie odbywały się cotygodniowe zebrania KIK-u i Sodalicji Mariańskiej. Na spotkania przychodziły osoby, które coraz bardziej angażowały się w głoszenie Miłosierdzia Bożego i świadczenie go wśród potrzebujących. Do ks. Sopoćki zgłaszały się również różne osoby prosząc o modlitwę i wsparcie materialne i duchowe. Wśród nich pojawiało się także wiele osób pochodzenia żydowskiego, które pragnęły przyjąć chrzest. Ks. Sopoćko nie odmawiał nikomu pomocy.

**

Siostra Majewska stała się częstym gościem w domu ks. profesora.

Przynosiła mu słowa, które Pan Jezus wciąż przez nią kierował do kapłana.

– Pan Jezus mówi, aby ojciec rozpoczął już pracę nad tworzeniem zakonu Miłosierdzia Bożego – w lipcu przekazała mu nowe polecenie.

Na niedzielnym spotkaniu Sodalicji Mariańskiej, na które przyszło kilkanaście osób, a wśród nich Jadwiga Osińska, opowiedział o pragnieniu Pana Jezusa, aby powstało zgromadzenie, które będzie wypraszało Miłosierdzie Boże dla świata.

Kątem oka spoglądał na pannę Jadwigę, która wpatrywała się w niego błyszczącymi oczami. Po spotkaniu Osińska podeszła i zwierzyła mu się ze swoich długo skrywanych planów.

– Osobiście – rzekła ważąc każde słowo – od pewnego czasu noszę się z zamiarem poświęcenia się na wyłączną służbę Bogu. Szukałam dla siebie zgromadzenia, ale dotąd jeszcze nie znalazłam… – westchnęła głęboko.

Chciała jeszcze coś dodać, ale urwała nagle, sądząc, że jest za wcześnie na decyzje, które rodziły się głęboko na dnie serca.

– Jeśli od Boga pochodzą te pragnienia, to z pewnością Pan Jezus poprowadzi i wskaże zgromadzenie, byle nie ustawać w modlitwie i kontynuować wewnętrzną pracę nad doskonaleniem duszy – zachęcił kapłan.

Jadwiga Osińska stała się teraz prawą ręką księdza Sopoćki, służąc mu pomocą w tłumaczeniu i korekcie łacińskiej wersji traktatu o Miłosierdziu Bożym. Polska wersja była już ukończona i gotowa do druku. Niestety pod okupacją sowiecką drukowanie tekstów o religijnej treści było zabronione i trzeba było odbić go na powielaczu w warunkach konspiracyjnych. Zadania tego podjęła się Jadwiga Osińska przy pomocy Bolesława Szostało oraz wtajemniczonych alumnów, wśród których znajdował się również późniejszy arcybiskup Edward Kisiel. Była to praca trudna i żmudna, a jednocześnie niebezpieczna, gdyż groziły za nią surowe kary.

68 POD OKUPACJĄ SOWIECKĄ

„W dniu projektowanym na święto Miłosierdzia Bożego we wszystkich kościołach było bardzo dużo ludzi u spowiedzi i Komunii św., a szczególnie sporo zebrało się w Kościele Św. Michała."[68]

Na początku lata Litwę zajęły wojska sowieckie, a następnie decyzją sejmu litewskiego kraj ten został włączony do Związku Republik Sowieckich jako 15 republika. Dla Polaków w Wilnie oznaczało to wzmożenie represji. Na ulicach Wilna siały grozę sowieckie ciężarówki, do których pakowano wrogów systemu, a szczególnie Polaków i wywożono na Syberię bądź do Kazachstanu.

Deportacje nasiliły się zimą. Przy trzaskającym mrozie sowieci wpadali do domów i wyrzucali całe rodziny na ulicę. Pod lufami karabinów pędzili ich do samochodów i wieźli na stację kolejową, gdzie upychali do bydlęcych wagonów i wywozili w głąb Rosji.

Wieści z frontu o kolejnych podbojach Niemców na Zachodzie mogły tylko przygnębić i ostatecznie załamać zgnębioną polską ludność. W tych warunkach ks. Sopoćko nie zważając na ostrzeżenia i groźbę aresztowania starał się dotrzeć do jak najszerszych kręgów ludności z dobrą nowiną o Bożym Miłosierdziu. Nie zaprzestał też pracy nad traktatem, który tłumaczył na język łaciński, by przesłać go do biskupów na całym świecie. Znalazła się w nim informacja o źródle idei święta Miłosierdzia Bożego, a nawet propozycja liturgii.

W kościele św. Michała wierni całymi dniami adorowali obraz Jezusa Miłosiernego, szukając ocalenia w Bożym Miłosierdziu. W końcu września, na święto Michała Archanioła, zakupili ponad sto świec i od tego dnia płonęły one całymi dniami, dając wyraz ogromnej czci i wdzięczności, jakimi lud darzył Boże Miłosierdzie. Pod obrazem rosły wota dziękczynne. Niestety wosk lejący się z rozgrzanych świec coraz obficiej skapywał na posadzkę, budząc oburzenie sióstr bernardynek i ojca Salwatora, którzy opiekowali się świątynią.

Zniecierpliwiony rektor zanosił do arcybiskupa skargi na ks. Sopoćkę, niesłusznie posądzając kapłana o zainicjowanie tego sposobu wyrażania czci dla Jezusa Miłosiernego. W końcu rektor uzyskał zgodę na zdjęcie obrazu ze ściany ołtarzowej i powieszenie go w bocznej nawie.

---

[68] Tamże, s.117.

Pewnego ciemnego popołudnia, tuż po świętach Bożego Narodzenia, pod nieobecność ojca Salwatora siostry bernardynki zajęły się przenosinami. Zabrały wota dziękczynne i świece, ale kiedy próbowały zdjąć obraz ze ściany, niespodziewanie wysunął im się z rąk i z całym impetem upadł z wysoka na ziemię. Wizerunek wypadł z ram, a płótno rozerwało się w kilku miejscach.

Następnego dnia, gdy wierni zjawili się o świcie, by zapalić świece, zastali ogołoconą ścianę. Delegacja wiernych natychmiast udała się do ks. Sopoćki ze skargą. Ks. profesor, choć sam głęboko zraniony takim traktowaniem szczególnie bliskiego mu wizerunku, uspokoił czcicieli Jezusa Miłosiernego i obiecał przywrócenie obrazu po krótkiej renowacji.

Zajął się tym ze zwykłą sobie rzetelnością. Doprowadził do zwołania komisji, która dokonała oceny obrazu jako cennego dzieła sztuki sakralnej. Konserwatorzy usunęli szkody, a przy okazji oczyścili i zabezpieczyli płótno. Wykonano też kilka kopii. W krótkim czasie obraz powrócił do kościoła, choć zgodnie z wolą biskupa zawisł na bocznej ścianie. Mniej godne miejsce nie ostudziło uczuć wiernych całym sercem lgnących do Jezusa Miłosiernego, u którego szukali pociechy i ocalenia.

Niektórzy z nich rozżaleni niegodnym obejściem się z obrazem zanosili skargi na ojca Salwatora do generała zakonu bernardynów. W odpowiedzi na nie ojciec Salwator otrzymał upomnienie, za które znów winił ks. Sopoćkę i obchodził się szorstko z kapłanem, który nawet o skargach nie wiedział.

W tych ciężkich czasach prześladowań od obcych i swoich ks. Sopoćko doznawał małych pocieszeń. A to grzesznik się nawrócił, a to udało się kilka kopii traktatu przekazać przez kogoś za granicę, a to znów nowa panna poczuła powołanie do zakonu Miłosierdzia. Były też inne pocieszenia, których doznawał w głębi duszy, gdzie spotykał się z Bogiem.

Pewnego dnia siostra Helena Majewska obecna na Mszy św., którą odprawiał ks. Sopoćko, dostrzegła, jak w chwili podniesienia zamiast Hostii na dłoniach kapłana spoczywa Dziecię Jezus. Dzieciątko wyciągało rączki i błogosławiło zebranych. Skupiony na modlitwie kapłan zdawał się niczego nie dostrzegać, lecz siostra Helena omal nie wykrzyknęła z radości. W porę uświadomiła sobie jednak, że oprócz niej nikt nie widzi małego Jezusa.

Mimo nieprzyjemności ze strony rektora, ks. Sopoćko nadal odprawiał nabożeństwa w kościele św. Michała, które gromadziły tłumy wiernych. Długo wysiadywał w konfesjonale i modlił się w potrzebach wiernych, a i nierzadko wspierał ich finansowo. Wiele osób podchodziło do niego z błaganiem, by pomodlił się za chorych czy wywiezionych. Nie odmawiał, ale odpowiadał na każdą prośbę.

Niestety od ojca Salwatora wciąż doświadczał przykrości i upokorzeń. Do eskalacji negatywnych emocji doszło w czasie nabożeństwa Wielkiej Soboty.

Tego dnia ks. Sopoćko długo spowiadał w konfesjonale, a gdy zbliżała się godzina Mszy św., opuścił konfesjonał i ukląkł przed ołtarzem, pogrążony w modlitwie, po czym dołączył do procesji, która właśnie wychodziła z zakrystii. Ojciec Salwator szedł szybkim, nerwowym krokiem, ubrany w świąteczny ornat. Procesja podążała w stronę grobu Pana Jezusa. O. bernardyn podszedł kilka kroków w kierunku grobu, nagle przystanął i odwrócił się. Rzucił piorunujące spojrzenie w stronę ks. Sopoćki. Czerwona twarz zakonnika ukazywała wielkie wzburzenie. Ksiądz profesor nie do końca rozumiał jego przyczynę.

– Jeśli ksiądz nie opuści w tej chwili procesji, to zaraz zdejmę kapę i nie będę odprawiał! – celebrans dał upust swojej złości.

Ks. Sopoćko podniósł zdziwiony wzrok. Rozejrzał się wokół, ale nie dostrzegł innego kapłana. Dziesiątki oczu skierowało się w jego stronę. Na twarzach wiernych rysowało się to osłupienie, to drwiący uśmiech kogoś, kto wyczuł w tej scenie posmak sensacji. Ks. Sopoćko, by nie narażać kościoła na większe zgorszenie, pochylił głowę, spuścił wzrok i skierował się ku bocznej nawie. Spokojnie przeszedł do tyłu i pozwolił zakonnikowi odprawić Mszę św.

W cieniu stalli zniknął powoli z oczu tłumu, który skupił swoją uwagę na celebransie. Jego oczy zaszły mgłą, a serce napełniło się goryczą. Upokorzony, niedopuszczony do ołtarza, przeżywał w cichości doznaną krzywdę. Serce biło niespokojnie, a roztrzęsione myśli rozbiegły się w wielu kierunkach i trudno mu było skupić się na nabożeństwie. Przed oczami stanął mu ogrom pracy, jaki wykonał pisząc traktat o Miłosierdziu. Teraz był odbijany na powielaczu. Dziesiątki kopii zaścieliły podłogę i powoli znikały, rozdawane księżom i osobom udającym się w różne, często odległe miejsca na świecie, niosąc ze sobą wieści o objawieniach i nowinie o Jezusie Miłosiernym. Obrazki i modlitwy rozchodziły się szybko wśród wiernych. Każdy chciał mieć też małego „agnuska", czyli kopię obrazu w rozmiarze medalika. Matki wszywały je żołnierzom w pagony, inni zakładali je na szyję na rzemykach i łańcuszkach lub nosili w kieszeniach i podręcznych torebkach.

Ks. Sopoćko siedział z kamienną twarzą, wpatrzony w jeden punkt, a przed jego oczami przesuwały się twarze osób i ich głosy, wciąż brzmiące w jego uszach.

– Jest jeszcze kilka osób, które myślą podobnie: Adela Alibekow, Izunia Naborowska i Zofia Komorowska, ale ona została aresztowana i nie wiemy, co z nią będzie – mówiła Jadwiga Osińska.

Ks. Sopoćce wydawało się, że słyszy wyraźnie jej głos. Miłosierny Jezus już rozpoczął dzieło powołania do nowego zakonu. Tak jak zapowiedziała s. Faustyna, osoby przychodziły ze świata i same mówiły mu o swoim powołaniu, potrzebowały tylko kierownictwa duchowego. Pochylił głowę i pogrążył się w gorącej modlitwie za te osoby, a szczególnie za Zofię Komorowską, której los zawisł na włosku.

Ks. Sopoćko zdawał sobie sprawę, że całe zajście było wynikiem nieporozumienia. Niestety, mimo że był niesprawiedliwie posądzony, nie doczekał się przeprosin. Wręcz przeciwnie, wrogość rektora doprowadziła do tego, że wkrótce arcybiskup zakazał ks. Sopoćce odprawiania nabożeństw w kościele św. Michała.

Jakkolwiek raniąca i przykra była to decyzja, nawet słowem się nie poskarżył, ale przyjął decyzję z pokorą. Po czym zwrócił się do proboszcza św. Anny o możliwość odprawiania Mszy św. w jego kościele, a gdy ten się nie zgodził, poszedł do sąsiedniego kościoła św. Franciszka, gdzie ostatecznie został przyjęty.

Takie przykrości i upokorzenia bolały, ale skrywał je głęboko w sercu i pokrywał milczeniem. Stał się tylko bardziej milczący, patrzył szklanymi oczami, utkwionymi gdzieś poza oczami rozmówcy. Zawsze był skupiony i małomówny, a przykre doświadczenia sprawiały, że odpływał w głąb siebie jeszcze dalej.

Dzięki Bogu pociech nie brakowało. Wierni okazywali mu ogromną wdzięczność, że przyprowadzał ich do Jezusa Miłosiernego, aby nawrócili się, odzyskali zdrowie i ocaleli z wojennej pożogi.

***

Przyszła wiosna. Znów wszystko się zazieleniło, parki, skwery i ogrody. Zakwitły owocowe drzewa. Śliwy były jak co roku obsypane białym kwieciem. Kwitły kasztanowce i liliowe bzy, które rozlewały słodki zapach, który koił nerwy i pozwalał choć na chwilę oderwać się od grozy codziennego dnia. W przydomowych ogródkach i na miejskich skwerach rozchylały swoje wonne główki peonie. Ich zapach przyjemnie drażnił nozdrza i wywoływał uśmiech na smutnych, pobladłych twarzach. Wiosna niosła nadzieję. Pocieszające było jak ptaki niewiele robiły sobie z wojny. Nawet jeśli wystraszone wystrzałem podrywały się do lotu, to wracały szybko do swoich gniazd, gdzie zostawiły pisklęta. Pokonywały strach i wracały do domu.

W początkach czerwca 1941 roku sowieci rozpoczęli nową serię aresztowań. Pewnego dnia o świcie pogrążonego we śnie ks. Sopoćkę obudziło głośne łomotanie do drzwi. Na ten odgłos poderwał się z pościeli i wyjrzał przez okno. Na ulicy zatrzymało się kilka ciężarówek, a przy wejściu do kamienicy stało około dwudziestu funkcjonariuszy sowieckiej policji. Wiele razy go ostrzegano, żył w świadomości, że aresztowanie może się zdarzyć w każdej chwili. Powierzył się w myślach opiece Matki Bożej, gdy wtem drzwi uchyliły się cichutko i stanął w nich wylękniony Bolesław Szostało.

– Policja się dobija – poinformował szeptem.

– To po mnie, otworzę drzwi, a ty ukryj się szybko na strychu.

Zdając się na Boże Miłosierdzie powoli podszedł do drzwi i nie spiesząc się, otworzył je na oścież.

– Szukamy wejścia do klasztoru – mówił twardym głosem policjant.

– Klasztoru…? – zapytał zdezorientowany ksiądz, zdziwiony, że nie rzucają się na niego i nie wyprowadzają, by wepchnąć do ciężarówki – wejście jest z drugiej strony – odpowiedział zgodnie z prawdą, zupełnie zbity z tropu.

Patrzył zaskoczony, jak odwracają się na pięcie i idą we wskazanym w kierunku. Po krótkim czasie wyprowadzili 20 sióstr nazaretanek, ukrywających się w klasztorze, które wsiadły posłusznie do samochodów, nie stawiając oporu. Po czym samochody odjechały, a na ulicy został tylko strażnik.

Był to początek wielkiej fali aresztowań. W ciągu kilku czerwcowych dni sowieci aresztowali niemal 50 tys. osób, które wywieźli na Syberię. Po ulicach jeździły ciężarówki pełne cywilnej ludności, którą dowożono na dworzec kolejowy.

Ks. Sopoćko opuścił Wilno i udał się do Miednik Królewskich, by uniknąć podobnego losu. Po tygodniu jednak powrócił.

69 POD OKUPACJĄ NIEMIECKĄ

„Rozpoczęło się prześladowanie Żydów, z których wielu pragnęło przyjąć chrzest św. I zgłaszało się do mnie o przygotowanie."[69]

Następnego dnia przed południem ziemią wstrząsnęły detonacje bomb lotniczych. Głuche dudnienie dochodziło na razie z daleka. Niemieckie samoloty bombardowały lotnisko wojskowe w pobliskim Porubanku. Po południu bomby spadły na Wilno. Ludność zdążyła już schronić się do piwnic i suteren, do podziemi kościołów i klasztorów. Przez wiele długich godzin ziemia trzęsła się od wybuchów. Drżały ściany budynków, a huk wybuchów wdzierał się do piwnic. Bomby spadały na domy, szkoły, szpitale, kościoły, klasztory i dworce.

Zaskoczeni sowieci w panice uciekali z Wilna. W ogromnym pośpiechu dworzec kolejowy opuszczały pociągi załadowane ludnością przeznaczoną na zesłanie w głąb Rosji. W jednym z nich, ściśnięta w bydlęcym wagonie, osłabiona i wynędzniała po miesiącach przesłuchań i poniewierki więziennej siedziała Zofia Komorowska, która została skazana na 15 lat katorgi za działalność konspiracyjną w Armii Krajowej. W ogólnym zamęcie ktoś zapomniał przyłączyć ten wagon do składu i pozostał on na peronie. Gdy dworzec opustoszał z sowieckich żołnierzy i zniknęła straż, która umknęła w popłochu wraz z wojskiem, konduktorzy otworzyli wagon i pozwolili zalęknionym, ale też uradowanym niespodziewaną wolnością pasażerom rozejść się do domów. Wśród cudownie ocalonych była Zofia Komorowska.

Bombardowanie poprzedziło o kilka dni wkroczenie wojsk niemieckich, którzy zajęli Wilno i rozpoczęli swoje rządy na wzór tego, co robili na innych okupowanych ziemiach. Wprowadzili bezwzględną eksterminację Żydów oraz niszczenie wszelkich przejawów kultury polskiej, a jakiekolwiek oznaki sprzeciwu karali śmiercią. Naród żydowski z jednej strony ogarnęła panika i rozpacz, a z drugiej odrętwienie i niedowierzanie. Niektórzy szukali ratunku w przyjęciu religii chrześcijańskiej.

Katechizacją Żydów ks. Sopoćko zajmował się od wielu lat, ale nigdy jeszcze nie miał w tej dziedzinie tak wiele pracy. Zgłaszały się do niego dziesiątki osób, które przed przyjęciem chrztu przechodziły kurs

---

[69] Tamże, s.118.

katechetyczny. W tych zajęciach pomagali mu Bolesław Szostało i Jadwiga Osińska. Z ogromnym poświęceniem i narażeniem życia uczyli prawd wiary, modlitw i zasad życia chrześcijańskiego. Zwykłym następstwem przyjęcia chrztu, była konieczność ukrycia się. Ks. Sopoćko wykorzystywał swoje znajomości na prowincji lub w klasztorach, aby zapewnić im bezpieczne lokum. Czyniło tak wielu księży w Wilnie, których zachęcał do podobnych aktów miłosierdzia arcybiskup Jałbrzykowski.

W Wilnie już w ciągu kilku tygodni po wkroczeniu Niemcy zorganizowali miejsce kaźni na Ponarach. Rękami ochotników litewskich rozpoczęli zagładę niewinnej ludności. Nastały niewyobrażalne czasy pogardy człowieka. Z drugiej strony nie zabrakło też ludzi, którzy całą swoją energię poświęcili, by ratować prześladowanych. W zupełnej konspiracji członkowie AK wyrabiali fałszywe dokumenty, kapłani i siostry zakonne ukrywali ludność w salkach przy kościołach i w klasztorach. Wielu przypłaciło to śmiercią wraz z tymi, którym próbowali pomóc, tak jak prof. Świrkowski, który po aresztowaniu wysyłał ostrzeżenia dla ks. Sopoćki, że jest poszukiwany przez Gestapo.

Pewnego dnia siostra Helena poprosiła ks. Sopoćkę, by poszedł z nią do prywatnego mieszkania, by udzielić chrztu żydowskiemu lekarzowi.

– Pan też chce przyjąć chrzest? – zapytał zaskoczony, kiedy w posiwiałym przedwcześnie człowieku rozpoznał znajomego lekarza, docenta USB Juliusza Genzela – och, nie powinienem pytać – usprawiedliwił się szybko.

– Słusznie ksiądz się dziwi, bo mogłoby się wydawać, że proszę o chrzest dla ratowania życia, ale proszę mi wierzyć, że ta prośba jest wynikiem szczerego nawrócenia. Dużo czytałem, poznałem Ewangelię i wierzę, że Jezus Chrystus jest obiecanym Mesjaszem.

– Zbyt dobrze pana znam, by wątpić w te słowa. Chciałbym pomóc panu i pana rodzinie wydostać się stąd i udać się najlepiej do Ameryki. Możemy wyrobić fałszywe dokumenty i przerzucić przez granicę, choć nie będzie to łatwe.

– Z całego serca dziękuję, ale postanowiłem pozostać w getcie. Jestem potrzebny moim rodakom jako lekarz nie tylko ciał, ale i dusz. Muszę im głosić Dobrą Nowinę o zmartwychwstaniu i namawiać do chrztu krwi podczas rozstrzelania.

Ksiądz Sopoćko spoglądał z podziwem na mężczyznę, który jak mu się wydawało, postarzał się nagle o dziesiątki lat, zgarbił się i posiwiał. Udzielił mu chrztu i pobłogosławił na drogę, która otwierała się teraz przed nim już nie jako droga męki i terroru, ale jako droga zwycięstwa w Chrystusie.

Jadwiga Osińska wraz z koleżankami również zaangażowała się w pomoc prześladowanym. Współpracowała z ks. Sopocką, któremu pomagała w ukrywaniu Żydów. Załatwiała fałszywe dokumenty tożsamości lub zaświadczenia o legalnej pracy, które chroniły przed wywózką do Niemiec.

Dla ks. Sopoćki, u którego w mieszkaniu często przebywali Żydzi, każda wizyta Gestapo mogła skończyć się aresztowaniem. Niestety kilka razy zdarzyło się, że Niemcy nachodzili mieszkanie kapłana.

Pewnego razu było w nim jedenaścioro Żydów, w tym jedno dziecko. Na odgłos głośnego rabanu do drzwi „goście" wraz z księdzem ukryli się w kuchni.

– Ks. Profesora nie ma w domu, jest na wykładach – poinformowała gospodyni.

– Po powrocie niech się natychmiast zgłosi do biura.

Poszedł na Gestapo następnego dnia. Okazało się, że ktoś złożył donos, że ukrywa żydowskie dziecko, ale już go wycofał, gdyż do końca nie był pewien.

Innym razem ukrył się pod pierzyną i gestapowcy, chociaż weszli do pokoju, nie zauważyli go. Znów uratował życie. Kilka razy zupełnie „przypadkiem" uniknął aresztowania.

Raz zdarzyło się również, że został zatrzymany. Przebywał kilka dni w areszcie. Został jednak zwolniony, co wydawało się cudem za sprawą Miłosierdzia Bożego i modlitw panny Jadwigi jej koleżanek.

70 UCIECZKA DO CZARNEGO BORU

„Cudem wprost uniknąłem niebezpieczeństwa[…]."[70]

Na dzień przed świętem św. Kazimierza, 3 marca, Niemcy zaplanowali obławę na duchownych i kleryków. W tym dniu aresztowano wszystkich proboszczów z Wilna, kleryków i profesorów seminarium. Zaledwie kilka osób uniknęło aresztowania, jak prof. Świrski, który ukrył się wcześniej na wsi jako robotnik w gospodarstwie.

Tego dnia ks. Sopoćko zaczynał wykłady po 11.00, miał więc czas z rana, by odprawić Mszę św. o godz. 7.00, a potem spowiadać wiernych,

---

[70] Tamże, s.119.

którzy ustawili się w długiej kolejce przed konfesjonałem.

Dochodziła 10.00, gdy zdecydował się już wracać, by przed wyjściem na uczelnię zajść jeszcze do domu. W drzwiach kościoła zatrzymała go jakaś kobieta.

– Proszę pomodlić się za mojego męża. Jest ciężko chory, a nie chce pojednać się z Bogiem.

– Chodźmy zatem – ks. Sopoćko zawrócił – poprośmy Miłosierdzie Boże o zmiłowanie nad nim.

W bocznej nawie był ołtarz świętego Antoniego, przed którym klęczała już grupka wiernych. Pogrążony w modlitwie kapłan poczuł, że nachyliła się nad nim jakaś postać.

– Źle ojcze – usłyszał szept pani Bronisławy – w mieszkaniu są Niemcy z Litwinami, a paru z nich przyszło szukać księdza do kościoła.

Teraz dopiero usłyszał stukot żołnierskich butów po kamiennej posadzce. Przeszli z hałasem zaglądając do konfesjonałów. Chociaż spojrzeli przelotnie na grupę modlących się w bocznym ołtarzu, nie rozpoznali księdza. Usłyszał jak wychodzą. Nie mógł teraz wrócić do mieszkania. Na jakiś czas musiał się ukryć. Posłuszeństwo nakazywało mu jednak poinformować o tym przełożonych.

Mimo niebezpieczeństwa udał się do arcybiskupa, by powiadomić go o wyjeździe. Przeszedł ulicą, nie zwracając niczyjej uwagi. Do mieszkania arcybiskupa prowadziły wysokie schody, gdy podniósł wzrok, zobaczył na górze gestapowców. Dostrzegli go. Niestety już było za późno na ucieczkę. Zawahał się. W tej chwili wyprzedził go jakiś ksiądz. Ks. Sopoćko podążył za nim. Gdy Niemcy zaczęli legitymować pierwszego księdza, przeszedł za ich plecami i spokojnie skierował się do gabinetu arcybiskupa.

– Właśnie aresztowali notariusza – żalił się arcybiskup.

– Są w moim mieszkaniu, muszę się ukryć na jakiś czas!

– Z serca błogosławię i polecam opiece Matki Najświętszej – arb. Jałbrzykowski wykonał nad nim znak krzyża – idź już bracie i uważaj na siebie.

Schody były wolne, gestapowcy gdzieś poszli. Zbiegł pospiesznie na dół i udał się w stronę seminarium, by usprawiedliwić się u ks. rektora z powodu nagłego wyjazdu.

Na ulicy dostrzegł w oddali nadchodzącą gospodynię w towarzystwie dwóch gestapowców. Nie mógł już zawrócić, ale minął ich nierozpoznany. Kobieta żadnym gestem nie dała po sobie poznać, że zna kapłana.

W pobliżu seminarium stały na ulicy ciężarówki. Zaniepokoił się. Nagle w drzwiach ukazali się klerycy. Za nimi szli profesorzy. Gestapowcy wyprowadzili wszystkich z seminarium i kazali wsiadać do samochodów.

– Wywożą ich do więzienia – rzekł konspiracyjnym tonem dozorca, który wielką miotłą zamiatał ulicę.

Ksiądz rozejrzał się. Wokół panował spokój, tylko jego serce waliło jak młotem. „Zdrowaś Maryjo, łaskiś pełna…”, szepnął w myślach i zawróciwszy skierował się w ulicę Skupówki, prosto do klasztoru sióstr urszulanek.

Ulica była pusta, niezauważony przez nikogo zapukał do furty klasztornej. Oczekiwało na niego już kilka osób. Tego dnia do klasztoru przybyła Jadwiga Osińska z koleżankami w nadziei, że spotka tam księdza. Jednak po przyjściu pani Wąsowskiej, która opowiedziała o swojej wizycie u księdza w mieszkaniu, gdzie oczekiwało na niego Gestapo, ogarnął je niepokój. Kiedy niespodziewanie stanął w drzwiach, kobiety na jego widok poderwały się z miejsc, podbiegły i uściskały go mocno, a pani Wąsowska pochyliła się, by pocałować go w rękę. Pewnie by je skarcił za te wylewne oznaki czułości, gdyby nie był tak wewnętrznie roztrzęsiony przeżyciami tego przedpołudnia.

– Jak dobrze, że ks. profesora nie aresztowali – mówiła panna Jadwiga – bo już byłyśmy pewne, że ojciec wpadł w ręce Niemców.

– Wygląda na to, że urządzili sobie dziś polowanie, ale tak łatwo mnie nie dostaną – powiedział z udawaną brawurą w głosie, chociaż bladość twarzy wskazywała, że zdawał sobie sprawę z tego, że właśnie otarł się o śmierć i że jego dalszy los jest jedynie w rękach Bożego Miłosierdzia.

– Byłam u księdza w mieszkaniu, chciałam dać na Mszę, ale siedzieli tam i czekali na księdza. Trzymali mnie pół dnia.

– Puścili panią wolno? – zdziwił się – pewnie myśleli, że zaprowadzi ich pani do mnie.

– A ja pomyślałam, żeby ksiądz pojechał ze mną do Czarnego Boru. Przyjechałam furmanką. Tylko niech się jakoś okryje, żeby ojca nie rozpoznali.

– To dobra myśl – podchwyciła panna Jadzia – tylko że oni panią śledzą. Jeśli pojedziecie razem, mogą was zatrzymać i co wtedy?

– To ja pójdę piechotą, a ksiądz niech wyjedzie furmanką z drugiej strony. Woźnica będzie wiedział jak jechać. Spotkamy się na rogatkach miasta.

Plan wydawał się najlepszy z możliwych. Omawiali jeszcze szczegóły, gdy nagle ks. Sopoćko dostrzegł jak panny przygotowujące się do założenia nowego zgromadzenia posmutniały. Wyglądały jak stadko owieczek pozostawionych na pastwę losu w środku ciemnego lasu, gdy zabrano im pasterza.

– Pod moją nieobecność proście o opiekę ks. Żebrowskiego. Wiem jak miłe mu jest Boże Miłosierdzie i wam nie odmówi.

– Zrobimy tak – odpowiedziała panna Jadzia.

– Będziemy w kontakcie – zapewnił – a teraz niech nas wszystkich miłosierny Bóg ma w swojej opiece. Czas się zbierać, żeby was nie narażać, gdyby zechciało im się tutaj mnie szukać.

Siostry urszulanki przyniosły szary habit, czepek na głowę i wielką szarą chustę, którą otuliły księdza, a gdy pochylił głowę, był zupełnie nie do rozpoznania.

Pani Wąsowska wyszła wcześniej i podążała chodnikiem próbując zmieszać się z tłumem. Po pewnym czasie obejrzała się i dostrzegła gestapowca, który szedł za nią w niewielkiej odległości. Nieopodal jechała furmanka, na której siedział otulony w chustę ks. Sopoćko. Świadomość niebezpieczeństwa oblała ją zimnym potem. Kobieta przyspieszyła kroku, ale z młodym gestapowcem nie miała szans, by ratować się ucieczką.

Wtem na spokojnej ulicy Dominikańskiej rozległ się zgrzyt hamulców i ryk klaksonu, zmieszany z głośnym rżeniem wystraszonego ciężarówką konia, który odskoczył na przeciwny pas ruchu i zatarasował ulicę. Karambol unieruchomił wszystkie pojazdy, jadące w obu kierunkach. Gestapowiec śledzący Wąsowską potknął się o kogoś, kto nieopatrznie zatrzymał się tuż przed nim, by popatrzeć na kolizję. Niemiec ofuknął przechodnia, ale gdy podniósł wzrok, kobieta zniknęła.

Wąsowska biegła co sił w dół ulicy Żydowskiej, a na pierwszym zakręcie znów wpadła w boczną uliczkę. Ks. Sopoćko widział, jak kobieta skręca, więc postanowili z woźnicą czekać na nią kilka przecznic dalej. Stali parę minut, ale nieopodal Niemcy prowadzili do samochodu aresztowanych księży z kościoła Wszystkich Świętych, więc ruszyli czym prędzej i udali się za rogatki miasta, żeby tam zaczekać, jednak gdy nie nadchodziła, po pewnym czasie zdecydowali się odjechać.

Woźnica popędził konia i w niecałą godzinę przybyli do domu sióstr urszulanek w Czarnym Borze. Ksiądz postanowił nie wchodzić do środka, ale posłał woźnicę, aby zawołał matkę przełożoną.

– Ściga mnie Gestapo – wyjaśnił naprędce, gdy zakonnica uniosła brwi na jego niecodzienny strój.

– Wiem o wszystkim, Wąsowska tu jest, powiedziała nam, że księdza profesora aresztowali. Wszyscy są w kaplicy, odmawiają koronkę do Miłosierdzia Bożego w ojca intencji.

– Niech mnie siostra jakoś ukryje!

– Zaprowadzę ojca do komórki, a po zmierzchu odprowadzę do „Opatrzności".

– Bogu miłosiernemu niech będą dzięki – westchnął kapłan unosząc do góry wzrok.

Był szarobury marcowy dzień. Niebo zasnute ciężką powłoką chmur, z których leciały drobne jak gwiezdny pył płatki śniegu. Jego chusta pokryła się srebrną koronką, a twarz posiniała od chłodu.

– Przyniosę zaraz ojcu co ciepłego do zjedzenia i kożuch, bo zimno okropne.

Dobrze zaopatrzony przez siostrę, przesiedział tam do nocy. Gdy nastały zupełne ciemności i drogę oświetlał jedynie księżyc, wyzierający zza chmur i śnieg skrzący się od mrozu, matka przełożona odprowadziła księdza do domu pani Węsławowicz, oddalonego o dwa kilometry, który siostry urszulanki dzierżawiły w zamian za opiekę nad staruszką. Szli przez las zasypaną śniegiem ścieżką.

– Może tu ojciec zostać jak długo zechce, nigdzie nie będzie tak bezpiecznie – zapewniła odchodząc.

– Bóg zapłać siostro. Ryzykujecie życie pomagając mi.

Matka przełożona westchnęła tylko na te słowa. Od początku wojny każdy dzień był jak spacer po polu minowym. Każdy krok mógł być ostatnim, a jednak z woli Bożej żyli i ratowali życie innym. Jak długo miało to potrwać, wiedział tylko Bóg. Pożegnali się lekkim skinieniem głowy, po czym siostra odwróciła się i jak szara plamka popłynęła po białej wstążce ośnieżonej drogi.

***

Mimo trudów ostatniej nocy ks. Sopoćko przebudził się wczesnym rankiem. Gdy wyjrzał przez okno, jego oczom ukazała się rozległa łączka przecięta sinym, zamarzniętym strumykiem, a za nią ściana lasu, przy której wiła się ścieżka, która znikała gdzieś pomiędzy drzewami.

Dostrzegł na niej ciemną postać, która zmierzała prosto do jego ukrycia. Po długiej szarej spódnicy rozpoznał siostrę urszulankę.

– Mróz zelżał, ale zima jeszcze nie odpuszcza – powiedziała siostra, otrzepując śnieg z butów.

Pani Felicja nastawiła szybko czajnik na herbatę.

– Zaraz się siostra rozgrzeje.

– Matka przełożona przysyła ojcu prezent.

Była to mała walizeczka z kaplicą polową, którą na początku wojny pozostawił w klasztorze jakiś wojskowy kapelan.

– Będę mógł odprawić Mszę św. – ucieszył się ks. Michał – Bogu niech będą dzięki za tę łaskę.

Po wyjściu siostry ks. Sopoćko w przebraniu siostry zakonnej udał się na spacer wokół posesji, aby lepiej zorientować się w jej położeniu. Panowała tam cisza i błogi spokój. Wciągnął do płuc orzeźwiający aromat wiecznie zielonych świerków i sosen. Zapach lasu napełnił serce radością i przywołał na pamięć leśniczówkę nad Mereczanką, gdzie na krótko zamieszkał w czasie I wojny światowej. Klucząc ścieżkami wokół „Opatrzności", zapoznawał się z okolicą i zastanawiał się, czy domek pani Felicji jest dość bezpieczną kryjówką. Z pewnym zdziwieniem uświadomił sobie, jak doskonale jest ukryty pośród lasu. Dostatecznie oddalony od głównych szlaków, a prowadzi do niego jedynie polna dróżka, widoczna na pół kilometra. Nawet gdyby ktoś podejrzany nadchodził, był czas, aby zbiec przez kuchenne drzwi, które wychodziły wprost do lasu.

***

Pierwsze dni upłynęły na modlitwie, medytacji i rozmyślaniach. Aktywny z natury, nie mógł sobie znaleźć miejsca w pokoju, wychodził więc na podwórko i wyręczał panią Felicję w uciążliwych czynnościach. Odgarniał śnieg, rąbał drzewo i nosił wodę. Starał się zadośćuczynić kobiecie za ofiarność i ryzyko jakie podjęła, przyjmując go pod swój dach.

Już po kilku dniach odwiedziły go jego córki duchowe: Jadwiga Osińska i Izabela Naborowska. Rozpoznał je z daleka. Gdy nadchodziły, serce zaczęło mu bić radośniej, jakby ujrzał własne dzieci.

– W Wilnie wszyscy proboszczowie, profesorowie seminarium i alumni aresztowani – przyniosły mu smutne wieści.

– To droga krzyżowa, którą pierwszy przeszedł nasz Pan – powiedział głęboko poruszony.

– Dobrze, że ojcu udało się uciec – pocieszyła go Jadwiga.

– Widocznie Miłosierny Bóg potrzebuje mnie na wolności, bo cudem się uratowałem. Trzy razy przechodziłem obok gestapowców, którzy chcieli mnie aresztować i nie rozpoznali.

– My też ojca potrzebujemy, bo ks. prałat Żebrowski aresztowany. Na razie jesteśmy pod opieką siostry Heleny Majewskiej. Między sobą nazywamy ją „naszą mateczką", bo dba o nas jak prawdziwa mama – mówiła z uśmiechem Iza.

– To dobrze, Bóg troszczy się o wszystko i nie pozostawił nas samych. Napiszę dla was słowa do rozważań i podam przez zaufane osoby.

– Chciałyśmy ojca prosić, aby przygotował dla nas tekst ślubowania, bo wszystkie pragniemy złożyć śluby.

– Teraz, kiedy na każdym kroku grozi niebezpieczeństwo?

– Chciałyśmy ofiarować się Bogu, aby jeszcze pełniej Mu służyć modlitwą i uczynkami miłosierdzia.

Ks. Sopoćko podniósł głowę i popatrzył na nie z powagą w swoich poszarzałych, zasnutych mgłą oczach.

– Dobrze, ułożę dla was tekst ślubów, zgodnie z uwagami s. Faustyny i przekażę je przez siostry urszulanki, a wy, jeśli będziecie mogły, przychodźcie i odwiedzajcie mnie. Będę jeszcze potrzebował trochę książek, bo mam tu doskonałe warunki do pracy naukowej. Czy mogłybyście mi je dostarczyć?

– Oczywiście i będziemy ojca odwiedzać, ale nie za często, żeby ks. profesora nie narażać.

Kiedy wyszły, zadumał się nad ich odwagą, niezłomnością i pogodą ducha mimo czyhających zewsząd niebezpieczeństw. Potem zamyślił się nad losem miasta, seminarium i osób w więzieniach, obozach i getcie. Starał się nieustannie trwać na modlitwie. Cokolwiek robił, łączył się duchowo z Jezusem Miłosiernym, ofiarowując mu każdą pracę, każdą chwilę i polecając jego opiece swoich najbliższych i wszystkich potrzebujących.

Dni mijały szybko. Z dnia na dzień mocniej przygrzało słońce, topiąc resztki lodu. Łąka zazieleniła się, kryjąc kępki zeschniętej zeszłorocznej trawy. Przez jej środek wesoło popłynął szemrzący strumyk. Pojawiły się pierwsze wiosenne kwiaty i zioła, które odurzały zapachem i napełniały serce nieoczekiwaną, nieuzasadnioną radością. Leśne poszycie zasłało się kobiercem zawilców, fiołków i konwalii, a korony drzew ożyły koncertem leśnego ptactwa.

Pewnego dnia ten dziewiczy obraz świata zakłócił warkot samolotów, które jak stado czarnych kruków poleciały w kierunku Wilna. Już po chwili powietrze rozdarł huk wybuchów. Tym razem miasto było bombardowane przez lotnictwo rosyjskie. Bomby wznieciły liczne pożary, a czarne, skłębione dymy długo unosiły się nad horyzontem.

Ks. Sopoćko obserwował je z daleka, polecając w gorącej modlitwie biednych mieszkańców miasta, a szczególnie drogie sercu córki duchowe.

W niedługim czasie po bombardowaniu odwiedziła go Zofia Komorowska. Była najstarszą z szóstki, ponad 40-letnią kobietą, którą na początku wojny mocno poruszyły konferencje ks. Sopoćki i pod ich wpływem postanowiła wstąpić do zgromadzenia, którego pragnął Jezus.

– Przyniosłam ojcu książki – powiedziała, wyjmując z podręcznej torby kilka grubych tomów.

– Bardzo mi się przydadzą – ucieszył się.

– Sowieci zbombardowali Wilno, widział ojciec?

– Tak, widziałem z daleka dymy i mogę sobie tylko wyobrazić, co tam się działo – potwierdził.

– Trafili kilka kościołów, zginął ks. Czybiras, arb. Reinys został ranny i jeszcze inni…

– Ks. Czybir zmienił nazwisko na litewskie, znałem go jeszcze w seminarium. Oddał mi swój płaszcz, całkiem jeszcze dobry. Chodziłem w nim przez całe seminarium – rzekł zamyślony.

– Był Litwinem, dlatego pozostał w mieście, prawie wszyscy polscy księża zostali wywiezieni z miasta do obozów. Może niejeden z nich przez to ocalał. Teraz już wypuścili proboszczów, ale księży profesorów wywieźli do obozów pracy, a alumnów wysłali na roboty do Niemiec. Ks. prałat Żebrowski jest już na wolności. Modliliśmy się za nich nowenną do Miłosierdzia Bożego. Księdza profesora muszę ostrzec, bo Gestapo wraz z Litwinami wciąż poszukują ojca po całej Litwie i Białorusi.

Ks. Sopoćko znów zamyślił się, ale nie odpowiedział nic na te słowa. Z jego poważnej, skupionej twarzy łatwo było odczytać głębokie współczucie dla zabitych, rannych i uwięzionych księży, niezależnie od ich narodowości.

– Panno Zofio, czy pani nadal utrzymuje kontakty z AK.

– Tak, moje aresztowanie niczego nie zmieniło, jeśli mogę komuś pomóc, nie waham się, służę Miłosierdziu Bożemu.

– Być może będę potrzebował zmienić tożsamość.

– Jeśli ojciec się zdecyduje, przyślemy fotografa i AK wyrobi fałszywe dokumenty. Dobrze byłoby zmienić coś w wyglądzie, np. zapuścić brodę.

– Też o tym myślałem – przyznał ks. profesor, któremu mocno ciążyło kobiece przebranie.

∗∗∗

Dzięki determinacji i poświęceniu córek duchowych ks. Sopoćko mógł nadal pracować naukowo. Zaopatrywały go w potrzebne książki i materiały piśmiennicze, a on tworzył rozprawy, kazania, referaty, które zamierzał wygłosić lub opublikować w przyszłości, gdy nadejdzie sprzyjający czas. Nie czuł się też zupełnie odosobniony, ani odcięty od świata, z którym poprzez siostry utrzymywał stały kontakt.

Pewnego razu przyszła siostra Majewska, która opowiedziała mu o pierwszych święceniach szóstki panien, będących pod jej opieką.

– To była piękna uroczystość – zapewniła.

– Proszę mi opowiedzieć ze szczegółami.

– Śluby odbyły się w kapliczce sióstr karmelitanek. Ks. prałat Żebrowski odprawił Mszę św. i przyjął śluby, a one były tak radosne i szczęśliwe, jakby sam Pan Jezus utwierdził je w wyborze tej niełatwej drogi.

– Oto spełnia się żądanie Pana, które pragnęła wypełnić siostra Faustyna.

– Wielkie cuda dzieją się na naszych oczach – przyznała siostra Helena.

∗∗∗

Ks. Sopoćko kilka miesięcy ukrywał się w habicie siostry zakonnej, jednak, gdy czas pobytu przedłużał się, zapuścił brodę i wtedy do „Opatrzności" przybył zaufany fotograf, który zrobił zdjęcie do nowego dokumentu tożsamości na nazwisko Wacława Rodziewicza z Podbrodzia. Po pewnym czasie zameldował się w urzędzie litewskim jako kuzyn pani Felicji Węsławowicz.

Długa siwa broda i strój robotnika zmieniły go nie do poznania. Mógł teraz bez większych obaw poruszać się po gospodarstwie pani Felicji i po lesie. Tam jednak coraz częściej można było spotkać partyzantów i spadochroniarzy sowieckich, którzy nocami niszczyli tory i pociągi transportujące amunicję na front. Zdarzały się też wizyty Niemców, którzy przeczesywali lasy w poszukiwaniu partyzantów.

Jednak oprócz kilku nieproszonych gości, nikt nie zakłócał sielskiego spokoju zagrody pani Felicji. Ks. Sopoćko mógł spokojnie oddawać się pracy naukowej, a w popołudniowych godzinach zajmować się stolarką. Wykonywał proste meble, a także łopaty, grabie i inne narzędzia, które nabywali u niego okoliczni gospodarze. Zarobione pieniądze oddawał siostrom, które zapewniały mu utrzymanie.

Pewnego razu do „Opatrzności" przyszli hitlerowcy w towarzystwie Litwinów. Ksiądz zajęty był pracą w ogrodzie i dostrzegli go pierwsi, więc uznał, że za późno na ucieczkę.

– Pójdziesz z nami – rzekł do niego Litwin – potrzebujemy ludzi do pracy na lotnisku.

Ks. Sopoćko westchnął tylko do Miłosiernego Boga, ale już gotował się w myślach do drogi, gdy nagle żołnierz niemiecki przyjrzał mu się uważnie i zatrzymał wzrok na długiej, siwej brodzie.

– Za stary – rzekł do Litwina – mało będzie z niego pożytku.

Zastanawiali się jeszcze przez chwilę, co z nim zrobić, ale wreszcie odwrócili się zrezygnowani i poszli do wioski szukać kogoś młodszego i silniejszego.

Znów dziękował Miłosierdziu Bożemu.

Kilka razy Gestapo zachodziło do domu, raz nawet chcieli zabrać na roboty ukrywającą się tam siostrę urszulankę, ale na prośbę ks. Sopoćki i zapewnienie, że jest bardzo chora, zostawili ją.

– Niech siostra dziękuje Jezusowi Miłosiernemu, bo do Niego w duchu zanosiłem modlitwę, gdy rozmawiałem z Niemcem – rzekł, gdy niebezpieczeństwo minęło.

***

Jesienią nadeszły wieści o obronie Stalingradu. Front wojny zatrzymał się nad Wołgą. Po kilku miesiącach dramatycznej obrony armia niemiecka została okrążona i doszczętnie rozbita. W 1943 roku Stany Zjednoczone przystąpiły do wojny. Wielka potęga niemiecka zachwiała się. Na wschodzie Niemcy ponosili kolejne klęski. Zacięte walki pod Kurskiem nieodwracalnie osłabiły niemiecką armię. Następował stopniowy odwrót.

Ks. Sopoćko stał się w Czarnym Borze wziętym cieślą i stolarzem, który najmował się do różnych prac remontowych. Był ceniony jako dobry fachowiec. Siostrom urszulankom służył też posługą duchową. Wygłaszał konferencje, odprawiał Msze św. i posługiwał w konfesjonale.

Otoczony dobrocią i serdecznością odwdzięczał się opieką duchową i pracą fizyczną, a także przekazywał siostrom zarobione pieniądze, które w czasie wojny pomagały utrzymać ochronkę dla dzieci. Z jego inicjatywy i przy znacznym wkładzie pracy z jego strony w „Opatrzności" zabłysło światło elektryczne. Własnoręcznie ściął i zdjął korę z pni drzew, które posłużyły za słupy elektryczne.

Ks. Sopoćko mógł teraz wieczorami pracować naukowo, gdyż przy nikłym świetle łuczywa wzrok szybko się męczył. W długie, zimowe wieczory przyjemniej też było spędzać czas na wspólnych pogawędkach. Po kolacji domownicy przesiadywali przy kuchennym stole, by słuchać barwnych historii, jakie snuł ks. Sopoćko, wspominając przygody ze swojego życia. W tym małym gronie: księdza, dwóch ukrywających się sióstr i pani Felicji skromne ściany „Opatrzności" wypełniały się ciepłem, serdecznością i rodzinną atmosferą.

Wiosną 1944 roku front wojny cofał się na zachód. Wreszcie w lipcu rozgorzała krwawa bitwa o Wilno. Najpierw ciszę przerwał warkot samolotów i huk spadających bomb, potem orkiestra dział artyleryjskich i trzask wystrzałów. Ks. Sopoćko rozpoznawał przeciągły świst katiuszy. Obserwował je z daleka, jak wypluwały z długich luf wielkie pociski, które później rozrywały się na mniejsze, niszcząc i równając z ziemią wszystko, co napotkały po drodze.

Przez kilka dni nad Wilnem unosiły się czarne obłoki dymu. 60% domów legło w gruzach. Niemcy uciekli w popłochu, a na ich miejsce przybyli sowieci.

Mieszkanie ks. Sopoćki ocalało, lecz zajęli je Litwini. Ocalała też cela s. Faustyny, chociaż większość budynków zakonu Matki Bożej Miłosierdzia została zniszczona. Wszystkie córki duchowe ks. Sopoćki również przeżyły. Mieszkańcy wracali powoli do zrujnowanego miasta i na gruzach budowali nowe domy. Życie wracało w zadziwiającym tempie, jak na spalonym stepie, gdy przychodzi pora deszczowa.

71 WYZWOLENIE

"Zaznaczam tylko, że z żalem opuszczałem Opatrzność, gdy się dowiedziałem (po powrocie Arcypasterza z Mariampola), że mam wracać do Wilna."[71]

Mimo upalnego lipcowego dnia ks. Sopoćko pracował od rana przy sianokosach. Około 15.00 odłożył jednak grabie, którymi zagrabiał siano na skoszonej przez siebie łące. Obmył przy studni twarz i poszedł prosto do pokoju przeznaczonego na kapliczkę, by odmówić koronkę do Miłosierdzia Bożego.

Klęcząc starał się wyciszyć i oddalić od siebie wszystkie myśli i wrażenia przeżytego dnia. "Krzyżu Chrystusa" rzekł szeptem to wykonanego przez siebie krzyża. Tyle czułości było w ruchu narzędzia, tyle miłości w każdym geście, gdy go ociosywał i polerował. Pokochał ten krzyż, tak jak krzyż swojego życia, który niósł z wdzięcznością. Potem wzrok padł na klęcznik, który również sam wykonał. Wiele godzin spędził tutaj, wspierając o niego dłonie. Pogładził drewno klęcznika, przeżegnał się i zaczął bezgłośnie odmawiać słowa koronki.

Pod wieczór dostrzegł na ścieżce matkę przełożoną. Ks. Sopoćko uśmiechał się patrząc na nią z daleka. Pobyt na "Opatrzności" zmienił go. Stał się weselszy, z jego oczu tryskała radość, a serce wypełniał głęboki pokój.

Wyszedł naprzeciw, by zapytać o nowiny.

— Profesorowie wrócili. Wypuścili też arcypasterza z internowania w Mariampolu — mówiła chwytając oddech.

— W takim razie muszę mu się pokłonić — odrzekł i zastanowił się nad wyjazdem do miasta.

— Wojna jeszcze nie skończona, ale życie wraca powoli do normalności. Tylko dla nas pod sowietami niepewny los — żaliła się.

— Jeśli wypuścili księży to znak, że i mnie trzeba wracać — zdecydował.

— W mieście o mieszkanie okropnie trudno. Tylko gruzy i pogorzeliska, ludzie koczują w piwnicach, gdzie kto może. Niech się ojciec nie spieszy z przeprowadzką — radziła z dobrego serca.

Na początek postanowił wybrać się do Wilna, by się nieco rozejrzeć i odwiedzić arb. Jałbrzykowskiego, który choć schorowany i słaby, rozpoczął organizowanie diecezji.

---

[71] Tamże, s.119.

Widok miasta przyprawił go o ból serca. Gdzie nie spojrzał, wszędzie straszyły ruiny wypalonych i zburzonych domów, wśród których snuły się wynędzniałe postacie.

U ordynariusza zjawił się jeszcze w przebraniu i z długą brodą.

– A brat z jakiego zgromadzenia? – zapytał arcybiskup na widok jego siwej brody.

– Jestem Michał Sopoćko, Jego Ekscelencja nie poznaje mnie?

Obaj uśmiechnęli się na tak skuteczne przebranie.

– Chętnie bym zostawił zarost na stałe, tak się do niego przyzwyczaiłem – zwierzył się kałan.

– Na to nie mogę się zgodzić – odrzekł szybko przełożony – trzeba nam teraz myśleć nad wznowieniem działalności seminarium... – zmienił tok rozmowy.

W tych dniach ks. Sopoćko odwiedził też w Wilnie swoje córki duchowe. Wszystkie miały pracę i starały się przetrwać, a przy tym wspomagać potrzebujących i opiekować się najbliższymi.

– Panno Jadziu słyszałem, że była pani w Wilnie podczas bombardowania.

– Tak, robiłam co mogłam. Pomagałam gasić pożary, wynosić mienie i opatrywać rannych. Ojca mieszkanie zajęli Litwini, ale zdążyliśmy przenieść wszystkie książki i mniejsze sprzęty. Ukryliśmy je bezpiecznie na strychu u przyjaciół.

– Bóg zapłać. Tyle w pani męstwa i odwagi, panno Jadziu – rzekł z podziwem, spoglądając na drobną postać Osińskiej.

– Wszystkie staramy się żyć tak, jak na służebniczki Bożego Miłosierdzia przystało i troszczymy się, aby to co robimy, podobało się Bogu.

– Podoba się z pewnością – pochwalił.

Ks. Sopoćko zamierzał jeszcze przez pewien czas zatrzymać się na „Opatrzności", dopóki nie znajdzie mieszkania w Wilnie. Trudno też było pozostawić pachnące lasy i przenieść się do miasta straszącego kikutami domów i ulicami podziurawionymi przez wybuchy bomb i gąsienice czołgów. Jego powrót przyspieszyły jednak wystrzały, które omal nie pozbawiły go życia.

Pewnego dnia na skraju lasu dostrzegł kilku młodzieńców. Chwilę potem ktoś strzelił w jego kierunku. Kula świsnęła mu koło ucha, chybiając celu zaledwie o kilka centymetrów. Kilka dni później sytuacja powtórzyła się. Ktoś wyraźnie czyhał na jego życie.

Nie czekając dłużej, opuścił gościnny domek w lesie, który w czasie wojny udzielił mu schronienia i stał się oazą duchowych przeżyć i rozmyślań, miejscem kontemplacji i najbogatszych poruszeń serca. Z

211

rozrzewnieniem wspominał śnieżne zimy, jesienne szarugi, ulewne deszcze i dni letniej spiekoty; wilki podchodzące pod zagrodę, sarny przemykające wśród drzew, krążące wysoko jastrzębie i chmary ptactwa buszujące w gałęziach. Te wrażenia pozostały w pamięci, kiedy przenosił się z powrotem do ciasnego pokoju w Wilnie, gdzie początkowo zamieszkał kątem u przyjaciół, a z czasem na plebanii kościoła św. Jana.

Już następnego dnia po przyjeździe, 15 sierpnia, odprawił Mszę św. w Ostrej Bramie, dziękując przez ręce Matki Miłosierdzia Najmiłosierniejszemu Zbawicielowi za ocalenie.

Od 1.10.1944r. rozpoczęło swoją działalność seminarium duchowne. W atmosferze niepewności i zagrożenia ze strony władz alumni i profesorzy powrócili do przerwanych przez hitlerowców zajęć. W celu zdobycia środków na utrzymanie trzeba było wyjeżdżać na prowincję z kwestą, którą regularnie zajmowali się klerycy i profesorowie. Wierni z okolicznych wsi mimo własnego ubóstwa dzielili się tym, co posiadali, często składając ofiary w produktach żywnościowych, co pozwoliło seminarium przetrwać kilka trudnych miesięcy.

W seminarium znalazło schronienie około czterdziestu członków AK, którym groziła śmierć z rąk bolszewików. Jednemu z nich ksiądz Sopoćko oddał nawet własną sutannę. Sześciu z nich odkryło powołanie do kapłaństwa i zostało księżmi.

Ks. Sopoćko zorganizował cotygodniowe spotkania i katechezy dla służebniczek Miłosierdzia Bożego. W listopadzie został poproszony przez nie o odprawienie rekolekcji, przygotowujących do odnowienia ślubów.

***

W dniu święta Matki Bożej Miłosierdzia w mroku listopadowego świtu, zanim jeszcze późny brzask rozjaśnił granatowe niebo, mimo godziny policyjnej sześć panien pośpieszyło z różnych stron miasta do klasztoru sióstr karmelitanek, gdzie już 2,5 roku wcześniej składały pierwsze proste śluby na ręce ks. Żebrowskiego.

Była tam maleńka kapliczka i aby wszystkim było wygodnie swobodnym półkolem otoczyć ołtarz, jedna z sióstr naprędce wyniosła klęczniki. Ks. Sopoćko przyglądał się tej pracy, ale nie przeszkadzał. Jego wzrok przykuł skromny strój panien. Znoszone sukienki, wypłowiałe, pocerowane sweterki i mocno schodzone buty. Na głowach mimo młodego wieku srebrzył się już niejeden siwy włos.

Kapłan w skupieniu odprawił Mszę św., a potem, gdy siostry uklękły przed ołtarzem, powoli odczytał tekst ślubów. Powtarzały za nim skupione i przejęte ceremonią oddania się Bogu na wyłączność, wyrzeczenia się siebie, swoich planów, swojego życia, a ofiarowania się na służbę Jezusowi Miłosiernemu, który wybrał je z tysięcy i milionów innych, aby nazwały go swoim Oblubieńcem.

– ... w poczuciu swej nicości ślubuję czystość i przyrzekam ubóstwo i posłuszeństwo, krzewienie czci Miłosierdzia Bożego i wykonywanie uczynków miłosiernych ... – powtarzały głośno, drżącymi ze wzruszenia głosami.

Po skończonym ślubowaniu ks. Sopoćko zamilkł i rozejrzał się wokół. Wodził wzrokiem po pustej, uprzątniętej z klęczników kaplicy, patrzył na ubogie ściany i na sześć klęczących kobiet, wpatrujących się w obraz Jezusa Miłosiernego. Nagle zmarszczył czoło, jego podbródek zadrżał lekko, a oczy zaszkliły się od łez. Przypomniał sobie postać zmarłej siostry Faustyny, która słabym, zgaszonym przez chorobę głosem opowiedziała mu o swojej wizji sześciu ubogich panien, które w pustej kaplicy, bez klęczników składają śluby zakonne. Wszystko co mu przekazała i co napisała w dzienniczku, wypełniło się z całą dokładnością. Osoby przyszły same ze świata. Ich serca płonęły gorącym pragnieniem służby Miłosierdziu Bożemu. Czy mógł być większy znak?

– Jezu ufam Tobie – zakończył i ukradkiem otarł z policzków łzy.

Jego córki duchowe były uszczęśliwione. Gratulowały sobie łask, życzyły wytrwałości i opowiadały wesoło o pewności, jaką wlał w ich dusze Jezus Miłosierny. Siostry karmelitanki zaprosiły je na mały poczęstunek. Przy herbacie i skromnym posiłku promieniowały radością, wybuchały śmiechem, a ich twarze jaśniały wewnętrznym blaskiem. W rozmowach snuły już plany na przyszłość.

– Teraz musimy tylko założyć własny dom zakonny i zamieszkać razem.

– Rząd Polski Ludowej i Republiki Litewskiej podpisał porozumienie o przesiedleniu ludności polskiej z Litwy na ziemie odzyskane w Polsce. Tam jeszcze pozwalają na funkcjonowanie zakonów. U nas jest z tym coraz większy problem.

– W takim razie i my musimy wyjechać. Bez domu zakonnego trudno będzie prowadzić życie wspólnotowe, nie mówiąc już o nowicjacie i nowych powołaniach.

Temat ten wzbudził wiele emocji, z jednej strony niepewność, a z drugiej nadzieję na rozwój nowego zgromadzenia.

***

Ks. Sopoćko nadal aktywnie angażował się w szerzenie Miłosierdzia Bożego. Przy każdej okazji opowiadał o s. Faustynie, jej widzeniach i objawieniach Jezusa Miłosiernego. Jego słowa o Miłosierdziu Bożym zyskiwały ogromny oddźwięk wśród słuchaczy. Ludzie przyjmowali je z otwartym sercem, wielu nawracało się, wielu zmieniało swoje życie. Z drugiej strony starał się na każdym kroku okazywać miłosierdzie, gdy troszczył się o biednych, a także osierocone dzieci swego rodzeństwa, choć robił to dyskretnie. Często po prostu wkładał do ręki potrzebującym pieniądze w taki sposób, by nikt inny tego nie zauważył.

W Kraju Rad coraz trudniej było przetrwać Polakom z powodu prześladowań ze strony władz. W styczniu milicja aresztowała arcybiskupa Jałbrzykowskiego. Kilka tygodni później bolszewicy wraz z litewską policją wtargnęli do seminarium. Wszystkim kazano się rozejść, a działalność seminarium nazwano nielegalną. Gdy następnego dnia ordynariusz wrócił z aresztu, zdecydował o przeniesieniu seminarium do Polski. Wszyscy alumni i profesorowie zostali zaopatrzeni w karty ewakuacyjne.

– Jest kilka powodów, dla których wolałbym pozostać w Wilnie – ks. Sopoćko prosił arcybiskupa.

– Nie mam nic przeciwko temu – odrzekł przełożony po zastanowieniu – jeśli otworzą litewskie seminarium, ktoś musi zająć się klerykami polskiego pochodzenia.

W maju rozpoczęły się zajęcia w seminarium duchownym w Białymstoku. Jego kadrę i alumnów stanowili przesiedleni z Wilna profesorowie i klerycy. W lipcu również arc. Jałbrzykowski został zmuszony do wyjazdu, a zarządcą archidiecezji wileńskiej został arcybiskup Reinys. Chociaż Litwin, był on czcicielem Miłosierdzia Bożego.

Ks. Michał, mimo zagrożenia ze strony komunistycznej władzy, nadal prowadził intensywną działalność apostolską, odprawiał Msze św., posługiwał w konfesjonale i opiekował się swoimi córkami duchowymi.

W tym czasie Osińska z Naborowską, które pracowały w zakładzie krawieckim prowadzonym przez Zgromadzenie Sióstr od Aniołów, zamieszkały razem. One dwie widziały siebie w zakonie klauzurowym i gorliwie wdrażały się do życia wspólnotowego, podczas gdy pozostałe z szóstki rozważały swoją służbę w instytucie świeckim. Ks. Sopoćko z największą pokorą i ostrożnością wspierał obie formy służby Bogu, mając nadzieję, że Jezus Miłosierny, który sam od początku był twórcą tego dzieła, poprowadzi siostry i wskaże rozwiązania.

***

Po zakończeniu działań wojennych i ustaleniu nowych granic rozpoczął się exodus ludności z kresów na ziemie odzyskane. Mimo deklarowanej dobrowolności wyjazdu, represje i aresztowania zmuszały do opuszczenia swoich domów i udania się na tułaczkę w nieznane.

Z szóstki pierwsza wyjechała Zofia Komorowska w lipcu 1945 roku, której ze względu na wcześniejszą działalność w AK, groziło aresztowanie. Wkrótce po niej Wilno opuściły Ludmiła Roszko i Adela Alibekow.

Na miejsce wysiedlonych Polaków przybywały tysiące przesiedleńców ze wschodu. Byli to często ludzie polskiego i litewskiego pochodzenia, którzy utracili już znajomość mowy przodków, lecz w sercu zachowali żywą wiarę katolicką. Wielu z nich zwracało się do ks. Sopoćki o odprawienie nabożeństwa w języku rosyjskim.

Widząc w tym pole do ewangelizacji, ks. Sopoćko poprosił arb. Reinysa o pozwolenie na sprawowanie Eucharystii w języku rosyjskim, a uzyskawszy zgodę, od połowy marca 1946 roku w kościele św. Trójcy w niedziele i święta odprawiał Msze św. i głosił katechezy w tym języku. Kazania o Miłosierdziu Bożym przynosiły bogate żniwo. Zdarzało się wiele nawróceń. Kilka panien zgłosiło nawet chęć wstąpienia do zakonu. Ks. Sopoćko zapraszał je na spotkania formacyjne, które odbywały się w jego mieszkaniu. Była też pewna grupa młodzieńców, którzy poruszeni ideą Miłosierdzia Bożego przyjęli chrzest i zgłosili gotowość wstąpienia do stanu kapłańskiego. Wielu ateistów słuchając nauczania o Miłosierdziu Bożym, przyjęło wiarę katolicką. Zdarzały się spowiedzi zatwardziałych grzeszników, nawróconych na łożu śmierci po modlitwie do Jezusa Miłosiernego.

Ks. Sopoćko prowadził również działalność wychowawczą na kursach katechetycznych dla młodzieży, gdyż widział ogromne zagrożenie ateizacją tej grupy społeczeństwa.

W sierpniu 1946 roku Jadwiga Osińska i Izabela Naborowska zdecydowały o wyjeździe do Polski. Przed odjazdem poprosiły swoich opiekunów o listy polecające, natomiast do ojca duchownego zwróciły się z prośbą o napisanie choćby ramowej konstytucji, która stałaby się pomocą w organizowaniu wspólnego życia w przyszłym zakonie.

Na dwa dni przed wyjazdem kandydatki do nowego zgromadzenia przyszły do ks. profesora się pożegnać.

– Chciałyśmy podziękować za opiekę i wszystko, czego nie wypowiedzą słowa.

– Drogie córki duchowe – powiedział zatroskany – czeka was uciążliwa tułaczka. Do Wrocławia daleko, a pociągi towarowe wloką się jak żółwie. Na granicy trzeba będzie czekać kilka dni, zanim wszyscy z dobytkiem przesiądą się na kolej wąskotorową.

– Nie boimy się trudów. Najważniejsze, że mamy listy od ks. prałata Żebrowskiego, naszej mateczki s. Majewskiej i matki Gilewskiej, którzy napisali bardzo dobre opinie o nas.

– A ja, tak jak prosiłyście, mam tutaj konstytucję dla waszego zakonu. Jest w języku łacińskim. Tak będzie bezpieczniej. Zgłoście się z nią do pasterzy kościoła z prośbą o otwarcie domu zakonnego. Pamiętajcie, że celem zgromadzenia jest przede wszystkich oddawanie czci i szerzenie kultu Miłosierdzia Bożego.

Wiele jeszcze pragnął im przekazać, ostrzec przed niebezpieczeństwem, tak jak ojciec, który żegna swoje dzieci, gdy wyruszają w daleki świat.

– Jak tylko dojedziemy, napiszemy do ojca – obiecała Jadwiga.

– Niech was Matka Miłosierdzia ma w swojej opiece, a miłosierny Bóg błogosławi w imię Ojca i Syna i Ducha Świętego – rzekł na koniec, podniósł rękę i naznaczył w powietrzu znak krzyża.

Pokrzepione spotkaniem i uradowane konstytucją zgromadzenia, w poczuciu wielkiej misji, jaka została im powierzona przez samego Jezusa Miłosiernego, z drżącymi sercami przygotowały się do drogi.

26 sierpnia w dniu Matki Bożej Częstochowskiej wyruszyły do kraju, w którym Ona była Królową. Gdy pociąg ruszył łagodnie w stronę polskiej granicy, przeżegnały się i ściśnięte między tobołkami w wagonie towarowym odjechały na spotkanie wielkiej przygody.

***

Ks. Sopoćko nadal pracował nad szerzeniem kultu Miłosierdzia Bożego, o którym opowiadał w czasie homilii, a także na spotkaniach i konferencjach, jakie prowadził w zakrystii kościoła św. Jana. Również codziennie w godzinach popołudniowych prowadził kursy z katechetyki i pedagogiki, na które zapisało się kilkadziesiąt osób.

Przy każdej okazji starał się opowiadać o Miłosierdziu Bożym. Jego rozmówcami często byli Rosjanie lub zrusyfikowana ludność pochodzenia polskiego lub litewskiego, która nie rozumiała już języka przodków.

W tamtym czasie niósł posługę duchową chorym ze szpitala zakaźnego przy ul. Baksztа. Pacjentami szpitala byli głównie radzieccy żołnierze, którzy przebywali na rubieżach kraju, z daleka od rodzin. Łaknęli oni rozmowy na tematy duchowe, która dodawała im sił do walki z chorobą.

– Czy wierzysz w Boga? – pytał chorego.

Gdy ten przecząco kręcił głową, opowiadał o Miłosiernym Ojcu.

– Tylko ufaj – dodawał i wkładał do ręki obrazek Jezusa Miłosiernego – ten Jezus, którego widzisz na obrazku, żyje. Niedawno objawił się siostrze Faustynie i prosił, by mówiła ludziom o Bogu, który jest dobry szczególnie dla chorych, cierpiących i dla grzeszników. Daje im wodę i krew, o tutaj z rany w sercu – mówił ks. Sopoćko wskazywał wstęgi na obrazku – woda oczyszcza duszę, a krew jest życiem duszy.

Ks. Sopoćko chętnie powtarzał historię siostry Faustyny, chociaż mówił już o niej tyle razy, ale za każdym razem z niegasnącym entuzjazmem.

Pewnego razu, kiedy wracał do Wilna z odległej miejscowości i nigdzie nie widać było furmanki, którą mógłby podjechać, nagle ujrzał radziecką ciężarówkę. Podniósł rękę i wtedy kierowca nacisnął na hamulec.

– Zapraszam do szoferki – zawołał Rosjanin.

Ks. Sopoćko sprawnie wspiął się na wysoki schodek, jedną ręką podtrzymując sutannę i usiadł na niezbyt wygodnym siedzeniu, zadowolony, że szybciej dotrze do domu, gdzie już wkrótce miały się zebrać osoby na katechizację.

– Jesteście osobą duchowną, ale czy szczerze wierzycie w Boga? – prowokacyjnie zagadnął kierowca.

– Z całą pewnością wierzę – odpowiedział wesoło kapłan.

– Czy można wierzyć z całą pewnością? Jestem aktywnym ateistą i choć często rozmawiam o wierze, to jeszcze nie słyszałem argumentu, który by mnie do końca przekonał. Czy możecie mi podać taki argument?

W pytaniu Rosjanina ks. profesor dostrzegł trochę przekory, ale pod nią szczere pragnienie poznania prawdy. Wymienił kilka psychologicznych argumentów, po czym odwołał się do głosu sumienia.

– Tym, co wprost wskazuje na istnienie Najwyższego Prawodawcy jest sumienie, które jest takie samo u wszystkich ludzi. Na przykład, gdybyś chciał mnie zabić, nie zrobisz tego, bo sumienie ci na to nie pozwoli.

– Zabiłem w czasie wojny wielu ludzi – rzekł kierowca po namyśle – ale nie zabiłbym kogoś niewinnego.

– Nawet gdybyś zabił – pociągnął temat ks. Sopoćko – możesz otrzymać przebaczenie.

– I nie zostanę ukarany?

– Jeśli wyznasz swój grzech i okażesz szczerą skruchę, otrzymasz rozgrzeszenie i w oczach Boga będzie ci to zapomniane, ponieważ Jezus już za twój grzech zapłacił.

Ks. Sopoćko opowiedział Rosjaninowi o obrazie Jezusa Miłosiernego i o objawieniu. Zapewnił, że Bóg kocha każdego człowieka, a szczególnie skruszonego grzesznika.

– Przekonaliście mnie – rzekł mężczyzna, który jeszcze przed chwilą był niewierzący.

Czas już było się rozstać, kapłan poprosił kierowcę, aby się zatrzymał. Na twarzy mężczyzny rysowało się zdumienie, chciał zadać więcej pytań, ale ksiądz już zeskoczył z wysokiego stopnia na ulicę i odszedł swoją drogą.

***

Sala na plebanii kościoła św. Jana jak co dzień wypełniła się ludźmi. Każdego popołudnia dawał tutaj wykłady z katechetyki i pedagogiki.

Kursy prowadzone były w warunkach konspiracji, lecz wieść o nich szybko rozchodziła się wśród wiernych pocztą pantoflową.

Kiedy ks. profesor pojawił się w drzwiach, gwar umilkł, wszyscy zajęli miejsca, a kapłan powiedział spokojnym głosem.

– Doniesiono mi, że w Republice Litewskiej ma być wprowadzony zupełny zakaz katechizacji dzieci i młodzieży. Młode pokolenie ma być poddane wszechstronnej ateizacji – rzekł na wstępie.

– Co możemy zrobić? – posypały się pytania.

– Nie możemy pozwolić, aby nasze dzieci zapomniały o Bogu. To wy musicie ich uczyć wiary i przede wszystkim modlitwy – odpowiedział.

Na sali zaszumiało od szeptów, westchnień i cichych rozmów. Ks. Sopoćko skupiony i milczący powiódł wzrokiem po twarzach zebranych. Wszystkie oczy wpatrywały się w niego, jakby szukały ratunku.

– Nadeszły trudne lata, ale Jezus Miłosierny obiecuje nam, że Kościół zatriumfuje i nakazuje nam ufność w Jego Miłosierdzie. Mamy wiernie trwać przy Nim, robić, co możemy i nie kłopotać się zbytnio o jutro.

Na sali jakby powiało ciepłym wiatrem. Ludzie odetchnęli z ulgą, wydawało się, że zobaczyli Mocarza, który zasłonił ich przed nieprzyjacielem. Z Nim wszystko przetrwają.

Ks. Sopoćko znów skupił się na katechezie. Pragnął przekazać jak najwięcej wiedzy, którą oni zaniosą swoim dzieciom. Cieszył się, że przychodziło ich tak wielu, że wiadomość o kursie była przekazywana z ust do ust i przyciągała nowe osoby.

***

Wieczorem w jego mieszkaniu zebrała się inna grupa wiernych, która przychodziła tu codziennie na konferencje o Bożym Miłosierdziu. Rozpoczynał od wykładu w oparciu o słowa Pisma Świętego, a następnie opowiadał o objawieniach siostry Faustyny. Tyle żaru i miłości było w jego słowach, że wiara i ufność przelewały się wprost w serca słuchaczy i wielu się nawracało.

Pewnego dnia, gdy opowiadał o objawieniach siostry Faustyny, nagle do pokoju wtargnął zdenerwowany mężczyzna.

– Księże profesorze! Błagam, niech ksiądz szybko idzie ze mną! Mój sąsiad, leśniczy, jest umierający, a nie chce pojednać się z Bogiem. Może ojca posłucha.

– Teraz?

– Tak, bo potem może być za późno!

– W takim razie chodźmy.

Wielokrotnie już proszono go do umierających, którzy nawracali się na łożu śmierci, więc i tym razem nie odmówił.

– Proszę wszystkich, abyście modlili się za chorego koronką do

Miłosierdzia Bożego, którą s. Faustyna uważała za szczególnie skuteczną przy konających.

Ludzie przyklękli do modlitwy, a ksiądz, zabrawszy stułę, oleje i komunikanty, pospieszył do potrzebującego.

– Jak się pan czuje panie Ganecki? – przywitał leśniczego, jakby byli starymi znajomymi.

– Chyba przyszła na mnie ostatnia godzina – wyszeptał z trudem umierający.

– Jezus Miłosierny czeka na ciebie bracie. Czy chciałbyś się z Nim pojednać?

– Od 40 lat nie byłem u spowiedzi, a teraz nie jestem przygotowany.

– Pomogę ci – zachęcił kapłan.

Chory skinął głową.

– Czy żałujesz za swoje grzechy?

Starzec potwierdził.

Ksiądz Sopoćko udzielił mu rozgrzeszenia i namaścił olejem. Chwilę później chory odszedł do nowego życia, a ksiądz Sopoćko powrócił na konferencję, gdzie zebrani wciąż trwali na modlitwie.

– Byłem dziś świadkiem cudownego nawrócenia po 40 latach życia z daleka od Boga – powiedział do zebranych – ten zatwardziały grzesznik pojednał się z Panem.

***

Ks. Sopoćko pracował bez wytchnienia i nie zważał na raniące słowa od niektórych rodaków, którzy krytykowali go za Msze św. odprawiane w języku rosyjskim, zarzucając mu współpracę z wrogiem. Jakkolwiek bolesne i nieprawdziwe były to zarzuty, ks. Sopoćko przynaglany potrzebą głoszenia Miłosierdzia Bożego, nie zwracał uwagi ani na język ani narodowość, ale w każdym człowieku widział dziecko Boże, spragnione Jego miłości i Miłosierdzia.

Taka działalność stała się solą w oku komunistów, którzy postanowili rozprawić się z kaznodzieją, lecz kapłan, choć ostrzegany wielokrotnie przez przyjaciół, nie zważał na niebezpieczeństwo.

***

Nadeszło lato 1947 roku. W białostockim seminarium brakowało profesorów. Arb. Jałbrzykowski wysłał do ks. Sopoćki telegram w języku rosyjskim: „Prijeżdżaj, rabota ożidajet!"

W duchu posłuszeństwa ks. profesor odszukał kartę ewakuacyjną i z właściwym sobie spokojem, kładąc swój los w ręce Wszechmogącego, przygotował się do wyjazdu. Spakował najcenniejsze książki i, dzięki kontaktom w ministerstwie, przesłał je do Polski. Niestety udało się wysłać tylko niewielką część zbiorów. Kilka domowych sprzętów i

219

podręczny bagaż zabrał ze sobą do pociągu.

W drodze towarzyszył mu ks. prałat Sawicki, który właśnie wrócił z obozu w Workucie. Na dworcu pełnym odjeżdżających i żegnających się ludzi dostrzegł w tłumie znajomą twarz księdza Cijunajtisa. Był wśród więźniów politycznych skazanych na katorgę. Ks. Sopoćko poznał go dawno temu w Janiszkach, gdy rozpoczynał swoją drogę kapłańską. Poruszony litością i współczuciem podszedł, by pocieszyć brata w kapłaństwie.

– Precz stąd! – krzyknął żołnierz i wymierzył do niego z karabinu.

Ks. profesor zatrzymał się. Patrzył z bólem serca na sponiewieraną postać duchownego. Komuniści równie brutalnie obchodzili się zarówno z polskimi jak i litewskimi kapłanami. Zdarzenie to było tylko potwierdzeniem, że jego wyjazd jest opatrznościowy i ratuje go przed podobnym losem.

Mijały blisko 23 lata, odkąd na prośbę biskupa Matulewicza wracał niechętnie z Warszawy do Wilna, które wydało mu się wówczas pogrążonym w wewnętrznych niesnaskach, pełnym wrogości miastem. Wspomniał na pracę, którą wykonał tu jako kapelan wojskowy i opiekun młodzieży, ojciec duchowny, nauczyciel, wykładowca i budowniczy kościołów, spowiednik i kaznodzieja, autor książek i artykułów.

Łza stanęła w oku na wspomnienie siostry Faustyny, która przekazała mu zadanie, powierzone przez Pana Jezusa, by rozgłosić na cały świat prawdę o Bożym Miłosierdziu. Pojmował, że wiele uczynił, ale nie powinien się chlubić i przypisywać sobie tych wszystkich osiągnięć, gdyż stały się one rzeczywistością dzięki łasce Miłosiernego Pana, z którą on tylko współpracował. Przyznawał z pokorą, że sam bez Boga był tylko grzeszną nicością, pełną niewierności.

72 DO POLSKI

„Niby był to wyjazd dobrowolny, ale wobec strasznego ucisku i aresztów każdy szukał czegoś lepszego[...]"[72]

W ciepły, sierpniowy dzień pociąg potoczył się spokojnie po torach, a ksiądz z różańcem w ręku polecał swoją drogę Matce Miłosierdzia i z

---

[72] Tamże, s.120.

całą ufnością spoglądał przed siebie ku nowym wyzwaniom. Mimo wszystko w sercu był głęboko przekonany, że wyjeżdża na krótko i że niebawem powróci do miasta, w którym przeżył swoją najważniejszą formację kapłańską i gdzie Bóg powierzył mu życiową misję.

Pasażerowie upakowani wraz z dobytkiem do wagonów towarowych z cierpliwością znosili uciążliwą tułaczkę. Pociąg jechał okrężną drogą przez Kowno i Prusy Wschodnie. Na granicy zatrzymali się na kilka dni w Insterburgu, dawnym polskim mieście Wystruć, dla przepakowania na kolej wąskotorową.

Dotarli tam późnym popołudniem i po całym dniu jazdy z ulgą wyszli na peron. Ks. Sopoćko wybrał się na krótki spacer po mieście. Ze smutkiem spoglądał na ruiny, jakie wciąż straszyły po minionym huraganie wojny. Wtem dostrzegł w oddali wieżę kościoła i mimo nadchodzącego wieczoru skierował tam swoje kroki. Gdy podszedł bliżej, zobaczył na stopniach świątyni radzieckich żołnierzy, którzy grali w karty.

– Co robicie?! – zawołał z wyrzutem – przyszedłem się modlić, a wy tu w karty gracie!

– Modlić? Do kogo? Przecież Boga nie ma! – odrzekł zuchwale żołnierz w randze oficera.

– Udowodnij mi to! – kapłan zawołał prowokacyjnie do Rosjanina.

– To ty udowodnij, że Bóg jest!

– Dobrze, bardzo chętnie! – ks. Sopoćko podjął wyzwanie.

Zamilkł na chwilę, by zebrać myśli i rozejrzał się wokół. Nagle zza zakrętu wyjechała ciężarówka.

– Popatrzcie na ten samochód. Sam jedzie, czy ktoś nim kieruje?

– Prowadzi go kierowca, który siedzi za kierownicą.

Kapłan wzniósł oczy ku górze i wskazał dłonią na firmament nieba usłany gwiazdami.

– A czy ciała niebieskie poruszają się same, czy też jest Ktoś, kto nimi kieruje?

Żołnierze dali się zaskoczyć prostotą porównania. Jedni uśmiechali się ironicznie, inni wzruszali ramionami, ale nikt nie zaprzeczył słowom duchownego. Rozmówców otoczyła już grupka gapiów, którzy ciekawie przysłuchiwali się dyskusji.

– Jutro o 9.00 odprawię Mszę św. w moim wagonie, zapraszam wszystkich, powiadomcie bliskich i sąsiadów.

Następnego dnia, którym była niedziela, na dworcu zebrał się pokaźny tłum osób pragnących wziąć udział w nabożeństwie. Przybyli pasażerowie pociągu, rosyjscy żołnierze i osiedleńcy, oraz niemieccy jeńcy wojenni, którzy pracowali przy odgruzowaniu Insterburga. W mieście nie było księdza, więc w sercach ludzi zebrało się wiele tęsknoty za Eucharystią. Pewna Rosjanka z wdzięczności ofiarowała kapłanowi chleb z serem na drogę.

Przenosiny do drugiego pociągu trwały kilka dni. Przy okazji władze kontrolowały przewożone mienie. Wreszcie pociąg ruszył przez Olsztyn oraz Ostrołękę do Białegostoku.

***

Utrudzony długą podróżą w spartańskich warunkach, odetchnął z ulgą, gdy pociąg zatrzymał się wreszcie na jego docelowej stacji. Z Białymstokiem kojarzył mu się piękny kościół p.w. Wniebowzięcia Najświętszej Maryi Panny, zapamiętany z czasu ostatniej wizyty w tym mieście blisko trzydzieści lat wcześniej. Teraz miasto to miało stać się jego nowym domem. Jednak w sercu pragnął, by trwało to niezbyt długo. Coś w jego wnętrzu buntowało się przeciwko tej przeprowadzce.

Ks. Sopoćko bez trudu dotarł na ulicę Słonimską, gdzie mieściło się seminarium duchowne. Wobec ogromnych trudności lokalowych w budynku nie było dla niego zakwaterowania. Podróżny sam musiał się zatroszczyć o mieszkanie, o które w zniszczonym wojną mieście było niezwykle trudno. Tymczasowo pozwolono mu zostawić bagaż w rozmównicy seminaryjnej i spędzić noc w salce wykładowej, dopóki nie znajdzie sobie mieszkania.

Znużony i wymęczony podróżą zasnął jak mrówka na liściu, który porwały fale i niosą w niewiadomym kierunku. W uszach miał wciąż stukot wagonów, w oczach uciekające krajobrazy, a nozdrza pełne zapachu dymu, ciągnącego się szarą smugą za pociągiem. Do snu utuliły go ciepłe myśli o Matce Pocieszenia. Na tym tymczasowym posłaniu zasnął lekkim snem, ufny w Boże Miłosierdzie i własną zaradność, która niezawodnie pomoże mu odnaleźć się w obecnych warunkach i na nowej placówce głosić ludziom Boże Miłosierdzie.

Nie zdążył jeszcze wyszukać sobie mieszkania, gdy został wysłany na misje do pobliskich parafii. Z entuzjazmem zanurzył się w pracy apostolskiej, lecz po kilku tygodniach zachorował na zapalenie okostnej, które wymagało specjalistycznego leczenia. Zabiegi mogły być wykonane tylko w Warszawie. Musiał więc przerwać misje i udać się do stolicy.

Po kilku zabiegach poczuł się na tyle dobrze, by odwiedzić znajomych, a przede wszystkim siostry z zakonu Matki Bożej Miłosierdzia, które wciąż mieszkały w domu przy ul. Żytniej.

Dojazd tam był utrudniony z powodu słabo przejezdnych, częściowo wciąż zawalonych gruzem ulic i słabej miejskiej komunikacji. Dostał się tam jedną z przepełnionych ludźmi ciężarówek, które kursowały po stolicy w zastępstwie autobusów.

– Nie ustajemy w głoszeniu Miłosierdzia Bożego, opowiadamy o objawieniach i wierzymy, że s. Faustyna szybko zostanie wyniesiona na ołtarze – zapewniła matka przełożona.

– Z mojej strony też robię, co mogę w tym kierunku – dodał pospiesznie.

– Pomaga nam o. Andrasz, który również całym sercem zaangażował się w to dzieło. Ostatnio wydał broszurkę, w której wspomina nawet o księdzu profesorze.

Siostra sięgnęła do półki, gdzie ułożony był pokaźny stosik ulotek.

– Rozdajemy je po Mszy św., a słowa te padają na podatny grunt.

Ks. Sopoćko ucieszył się widząc, że wiele osób pracowało dla dzieła Miłosierdzia. Przez moment skupił się na czytaniu. Jednak w miarę jak przeglądał kolejne strony, uśmiech znikał z jego twarzy. Na próżno szukał informacji o pokucie, jako warunku Bożego Miłosierdzia. W sercu rodziły się zastrzeżenia.

– Ojciec Andrasz niepotrzebnie rozpisuje się o mnie – rzekł strapiony.

– On całe serce wkłada w to dzieło – siostra broniła krakowskiego spowiednika wizjonerki.

– Ten obraz nie zgadza się z objawieniami – rzekł ks. Sopoćko wpatrując się w reprodukcję umieszczoną na pierwszej stronie broszurki – s. Faustyna napisała, że Pan Jezus wyłania się z mroku i poleciła namalować obraz na ciemnym tle, a tutaj jakiś krajobraz.

Matka przełożona tylko wzruszyła ramionami w odpowiedzi.

– Pan Hyła przedstawia Jezusa jako lekarza, który wędruje po świecie i uzdrawia ludzi, a to z pewnością przemawia do wyobraźni.

– Ale w wizji siostry Faustyny Pan Jezus ukazuje się apostołom w wieczerniku i ustanawia sakrament pokuty, jako warunek Bożego Miłosierdzia. Muszę niezwłocznie spotkać się z ojcem Andraszem i tym malarzem.

– Musiałby ojciec jechać do Krakowa.

– Jednak złożę im wizytę.

***

Zaniepokojony dużą dowolnością w interpretacji widzeń postanowił jeszcze przed rozpoczęciem roku akademickiego wyruszyć do Krakowa, by wyjaśnić sporne kwestie.

Jego zarzuty spotkały się jednak ze zdecydowanym sprzeciwem artysty.

– Maluję takie obrazy, jakie zamawiają klienci – tłumaczył się malarz.

Ks. profesor przyjął te słowa w duchu pokory. Rozmowa uświadomiła mu jednak, jak wiele czeka go pracy, by nie tylko głosić, ale też korygować zbyt swobodne interpretacje słów zmarłej wizjonerki.

Z Krakowa udał się do Wrocławia, gdzie los rzucił jego córki duchowe:

Jadzię i Izabelę, lecz młode kandydatki do zakonu opuściły miasto zaledwie kilka tygodni wcześniej i udały się do domu zakonnego w Myśliborzu, przydzielonego im przez administratora apostolskiego ks. dr Nowickiego.

Korzystając z pobytu w mieście odwiedził znajomego, żydowskiego lekarza, którego uratował od holokaustu.

– Musi się ojciec u nas zatrzymać – nalegał ocalony, gdy dowiedział się, że ks. profesor nie znalazł jeszcze miejsca na nocleg.

Ks. Sopoćko ucieszył się, że żydowska rodzina postanowiła wychować córkę na chrześcijankę. Była już po Pierwszej Komunii. Rozczarował go jednak zupełny brak praktyk religijnych u jej rodziców, którzy nie chodzili do kościoła.

Następnie podążył śladem swoich córek duchowych. Po drodze, w Gorzowie, złożył wizytę ks. Nowickiemu, by podziękować za opiekę nad kandydatkami do zakonu, które zostały przez niego potraktowane jak zakonnice i zameldowane u władz jako Siostry Jezusa Miłosiernego.

– Są dla nas wielką pomocą – zapewnił administrator – w parafiach brakuje katechetów, a takie wykształcone siostry to prawdziwy skarb.

Wreszcie z Gorzowa ruszył pociągiem do Myśliborza, od którego dzieliła go już niespełna godzina drogi. Jadzia i Izabela czekały na niego na dworcu. Były ubrane w skromne, lecz eleganckie czarne sukienki, miały gładko przyczesane włosy, a na nogach mocno zdeptane pantofle. Witały go promiennymi uśmiechami, a z oczu biła radość i duma. Mimo nadmiernie wychudzonych sylwetek, tryskały humorem i entuzjazmem, którym pragnęły się podzielić ze swoim założycielem.

– Zdziwi się ojciec, jaki dostałyśmy lokal! Modliłyśmy się o taki właśnie dom do św. Józefa i wszystko jest tak, jak pragnęłyśmy, tylko piękniejsze, większe i lepiej zorganizowane, że nawet nie umiałybyśmy o to poprosić.

– Jestem ogromnie ciekaw – przyznał z nieudawaną szczerością.

– To niedaleko, możemy pójść spacerkiem.

– Chętnie popatrzę na miasteczko.

– Jest urocze… – Izabela na jednym wydechu zaczęła opowiadać, jakie wrażenie zrobił na nich Myślibórz, gdy przybyły tu w dniu urodzin siostry Faustyny i w jakim zachwycie wciąż trwają, nie mogąc uwierzyć swemu szczęściu.

Ksiądz słuchał uważnie, z lekko pochyloną głową. Ojcowskim okiem dostrzegł pobladłą twarz Jadwini. Znów pościła zbyt dużo. Żeby tylko nie osłabła za bardzo, gdy tyle pracy w nowym domu, a i katechezy wymagają sporo energii. Tak rozmyślał przysłuchując się gaworzącym wesoło dziewczęcym głosom, lecz gdzieś z tyłu głowy wciąż przywoływał w pamięci słowa s. Faustyny, którymi wizjonerka opisywała wygląd pierwszego domu zgromadzenia.

Z daleka dostrzegł czerwone dachy poniemieckich budynków tak charakterystyczne dla ziem odzyskanych. Nad małym, gotyckim kościółkiem górowała niewysoka wieża. Obok świątyni stał piętrowy budynek pokaźnych rozmiarów, który siostry wskazywały jako swój dom.

Pierwsze kroki skierował jednak do świątyni, ukłąkł przed ołtarzem i przyjrzał się uważnie witrażowi w oknie za ołtarzem. Wtem nagłe wzruszenie ścisnęło mu piersi. Właśnie taki kościółek, przy którym miał powstać pierwszy dom zakonny, opisywała s. Faustyna. Witraż przedstawiał ukrzyżowanego Pana, u którego stóp wyrastał krzak róży. Czerwone kwiaty oplatały łagodnie drzewo krzyża, pod którym klęczała Maria Magdalena. Jedną dłonią obejmowała krzyż, a drugą wyciągała z czułością w górę, w stronę konającego Mistrza. Po bokach stali Matka Boża i św. Jan, wznoszący głowy ku Jezusowi.

Ks. Sopoćko wpatrywał się w każdy szczegół witraża z rosnącym zdumieniem. Bywał w wielu kościołach, ale nigdzie nie widział podobnego wizerunku. Gdy później zwiedzał budynek oddany siostrom w użytkowanie, jego zaskoczenie i podziw wzrosły jeszcze bardziej. Najmiłosierniejszy Zbawiciel wspaniale wyposażył zakon we wszystkie potrzebne pokoje i sprzęty.

Mógł teraz ze spokojnym sercem powrócić do Białegostoku i oddać się nowym zadaniom, wiedząc, że Bóg czuwa nad swoją maleńką trzódką.

– Piszcie mi o wszystkim – prosił – niedługo znów was odwiedzę, ale teraz już muszę wracać. Rusza rok akademicki i czas podjąć wyznaczone mi obowiązki. Całe szczęście, że pociągi skracają odległości, bo do Białegostoku daleka droga.

Wracając zajechał jeszcze do Poznania, gdzie zamieszkała i prowadziła świecką działalność apostolską Adela Alibekow, a następnie do Warszawy, gdzie miał spotkać się z osobą, która twierdziła, iż została uzdrowiona za wstawiennictwem s. Faustyny. Należało zebrać dowody medyczne od lekarzy i pomyśleć o wszczęciu procesu beatyfikacyjnego wizjonerki. Pragnął jeszcze wstąpić do prymasa Hlonda i podziękować za duchowe wsparcie dzieła Miłosierdzia. Ku jego zaskoczeniu Prymas wręczył mu wydany własnym sumptem jego traktat o Miłosierdziu Bożym napisany po łacinie. Na pierwszej stronie widniała dedykacja: „Czcigodnemu Autorowi życzliwy Wydawca ks. August Hlond".

73 PIERWSZE LATA W BIAŁYMSTOKU

„[…]4 X rozpocząłem wykłady w Seminarium Duchownym (katechetykę, pedagogikę, psychologię, historię filozofii)."[73]

Sporo czasu trwało poszukiwanie mieszkania, aż wreszcie udało mu się wynająć dość duży pokój w drewnianym, jednopiętrowym budynku przy ul. Złotej, oddalony od seminarium o blisko kilometr. Jak na powojenne czasy, pokój wydawał się zupełnie przyzwoity. Mieściło się tam biurko, krzesło, łóżko, regał na książki, a z kąta spoglądał na niego przyjaźnie kaflowy piec. Mieszkanie wymagało renowacji, ale z pomocą braci ze Zgromadzenia Sług N.M. Panny udało mu się szybko doprowadzić je do porządku. Miał dach nad głową, lecz nie sądził, że zostanie tutaj już na zawsze. Był przekonany, że w tym sennym, dźwigającym się z gruzów mieście spędzi nie dłużej niż rok, najwyżej dwa.

Czwartego października rozpoczęły się zajęcia w seminarium. Ks. Sopoćko wczesnym rankiem wyruszył na Słonimską. Rześki poranek rozbudził go gęstą mgłą i chłodną wilgocią jesiennej mżawki. Nawet nie rozłożył parasola i pozwolił, by krople dżdżu osiadały na policzkach, czarnym filcowym kapeluszu, czarnej pelerynie i butach.

Inauguracja roku akademickiego rozpoczęła się uroczystą Mszą św., po której nastąpiły przemówienia ks. arcybiskupa i ks. rektora, a także zaproszonych gości. Każda wypowiedź tchnęła nadzieją i dumą z faktu, że mimo komunistycznego reżimu seminarium nadal funkcjonuje, a Pan Bóg nie skąpi powołań. Zapowiadał się kolejny rok wytężonej pracy. Lud potrzebował oddanych i mężnych duszpasterzy, dobrze przygotowanych do pracy w najtrudniejszych warunkach, którzy będą prawdziwymi pasterzami ludu Bożego w tych niełatwych czasach.

***

Początkowo odległość do seminarium wydała mu się dość uciążliwym wyzwaniem, gdyż z braku miejskiej komunikacji musiał pokonywać ją pieszo kilka razy dziennie. Z czasem przyzwyczaił się, a nawet polubił te przymusowe spacery, które wzmacniały siły i okazały się zbawienne dla jego wątłego zdrowia.

Październik złocił się i czerwienił rudymi liśćmi, które przyjemnie szeleściły pod stopami. Mijał dzieci z tornistrami, które rozgadaną gromadką podążały do szkoły, kobiety z siatkami zakupów i mężczyzn

---

[73] Tamże, s.121.

spieszących do pracy.

– Niech będzie pochwalony Jezus Chrystus! – słyszał pozdrowienia.

– Na wieki wieków – odpowiadał z uśmiechem.

W wyglądzie kapłana nie było nic szczególnego. Chodził spokojnym, lekko ociężałym krokiem, który z biegiem lat stawał się coraz krótszy i bardziej posuwisty. W lekko sfatygowanym czarnym kapeluszu, sutannie i ciemnej pelerynie stał się znakiem duchowej rzeczywistości w białostockiej dzielnicy Bojary.

***

Wykładał różne przedmioty, takie jak: katechetyka, pedagogika, psychologia, homiletyka, historia filozofii, łacina czy rosyjski. Z właściwą sobie troską o gruntowne wykształcenie przyszłych księży solidnie przykładał się do zajęć. Szczególnie dużo czasu zajmowało mu przygotowanie wykładów z historii filozofii, która nie była jego wyuczoną specjalnością. Jednak jego lekcje zapadały w pamięć. Z katechetyki i homiletyki prowadził ćwiczenia praktyczne, na których alumni byli zobowiązani do przygotowania wzorowych katechez i kazań oraz głoszenia ich na forum grupy, która po wysłuchaniu przeprowadzała ożywioną dyskusję i oceniała te wystąpienia.

Na poddaszu budynku seminaryjnego zagospodarował małe pomieszczenie, w którym z wielkim namaszczeniem odprawiał codziennie Mszę św. Miał własne przybory, przywiezione z Wilna, a ołtarz zbudował własnoręcznie z kilku desek. Umieścił pod nim relikwie św. Tereski od Dzieciątka Jezus z Lisieux, szczególnie bliskiej jego sercu. Do Mszy św. służyli mu klerycy, którzy przy okazji uczyli się trudnej sztuki ministranckiej i przygotowywali do odprawiania Eucharystii.

Na korytarzu seminaryjnym można było dostrzec księdza profesora ubranego w zwykłą czarną sutannę, o posiwiałej głowie z mocno zaznaczoną łysiną, podkreśloną jeszcze starannie wygoloną tonsurą lekko poniżej czubka głowy, gdzie wyrastały gęściejsze włosy.

Pozdrawiany przez kleryków, czasem zatrzymywał się i nawiązywał krótką rozmowę.

– A ksiądz z jakiej parafii? – zwracał się tym tytułem nawet do najmłodszych kleryków, wiernie przestrzegając zasad panujących w wileńskim seminarium – kto jest tam proboszczem?

Gdy już zagaił rozmowę, wypytywał o warunki mieszkaniowe, zdrowie, rodziców, samopoczucie. Potem szedł dalej, jakby zatopiony we własnym świecie. Jednak gdy dowiedział się o problemach, modlił się, pomagał i często udzielał materialnego wsparcia.

***

Pierwsza jesień w Białymstoku popłynęła spokojnym rytmem

codziennych zajęć. Nadeszły urodziny, już 59-te, a tym samym wkroczył w 60 rok życia. Nie czuł jeszcze upływu lat, ale zauważył większą podatność na infekcje i przeziębienia, choć nigdy nie miał dobrego zdrowia. Na dodatek umartwienia i ascetyczny tryb życia, który sobie narzucał, wszystko to powodowało, że nie było takiej zimy, aby nie popadł w przeziębienie lub nie złapał grypy albo zapalenia gardła. Zwykle otulał się szalikiem, a mimo to kaszlał i kichał. Latem każdego roku starał się na kilka dni wyjechać nad morze czy jakiegoś uzdrowiska dla podratowania zdrowia.

***

Pewnego dnia wśród korespondencji odnalazł list z Londynu. Pan Chróścichowski mocno przejął się ideą Miłosierdzia Bożego i chciał wydać za granicą broszurę na ten temat. Księdzu Sopoćce, jako znawcy przedmiotu, przysłał jej szkic do sprawdzenia. Ksiądz doświadczył pociechy, że Bóg zaprzągł do dzieła Miłosierdzia osoby, które działają na różnych polach i w różnych częściach świata. Z drugiej strony broszura wymagała poprawy i gruntownego przeredagowania, ale podjął się tego z radością.

W oknie przy ul. Złotej długo paliła się samotna lampka. W pewnym momencie ks. Sopoćko podniósł wzrok i zapatrzył się w mały obrazek Jezusa Miłosiernego. Przyszedł mu do głowy nowy tytuł: „Miłosierdzie Boże jedyną nadzieją ludzkości". Zapisał go z boku na marginesie i westchnął cicho. Wiedział, że broszurka pójdzie w świat i będzie żyła własnym życiem, będzie dotykała serc i przekazywała dobrą nowinę o Miłosiernym Bogu.

***

Szybko zaaklimatyzował się w nowym mieście i wprowadził do porządku dnia stałe elementy: Msza św., wykłady, posiłki, przygotowanie do zajęć na dzień następny, wieczorne wykłady, posługiwanie w konfesjonale... Tak jak w Wilnie i tutaj również posługiwał zgromadzeniom zakonnym. Był cenionym kierownikiem duchowym. Pomiędzy licznymi zajęciami nie zaniedbywał modlitwy brewiarzowej. Chętnie udzielał się w akcjach trzeźwościowych. Został dyrektorem Archidiecezjalnego Bractwa Trzeźwości. Zaangażował się również w akcję dokształcania wiernych. Dawał wykłady w starym kościele farnym, na które uczęszczali głównie nauczyciele i białostocka inteligencja.

Ks. Sopoćko równym, spokojnym krokiem przemierzał dystans pomiędzy swoim domem a seminarium, tam i z powrotem. Tylko po to by chwilę odpocząć i znów wyruszyć na popołudniowe zajęcia, a potem wieczorne wykłady w kościele. Jeśli udało się wspomnieć i rozwinąć temat Miłosierdzia Bożego, uśmiechał się w duchu, zadowolony z dobrze

228

wykonanego zadania.

Tak mijały pracowite dni, wypełnione po brzegi modlitwą, pracą i krótkimi chwilami odpoczynku, gdy przysiadał na krześle i przymykał znużone oczy, by chwilę się zdrzemnąć. Dopiero nocą krótki, ale głęboki sen regenerował jego siły.

***

– Proszę, niech Ekscelencja spojrzy, co rozprowadzają siostry – powiedział ks. rektor i podał arcybiskupowi świeżo wydaną ulotkę.

– „Miłosierdzie Boże jedyną nadzieją ludzkości" – odczytał powoli ordynariusz – ksiądz Sopoćko nie zamierza odpuścić – dodał kręcąc głową w zadumie.

– Takich druków i obrazków jest coraz więcej. Nie przestaje drukować artykułów o Bożym Miłosierdziu, a wszystko to wypływa z inspiracji nie zatwierdzonymi przez Kościół objawieniami siostry Faustyny.

– W takim razie jestem zmuszony wydać dekret o zakazie rozprowadzania ulotek i obrazków nawiązujących do niezatwierdzonego przez Kościół objawienia – rzekł z naciskiem.

Palce jego dłoni nerwowo zastukały o blat biurka, a wyraz twarzy zmienił się na surowy.

– To z pewnością go powstrzyma, o ile wiem skrupulatnie przestrzega zasady posłuszeństwa – zapewnił ksiądz.

– Nie jestem pewien... – w głosie arcybiskupa zabrzmiała nuta wątpliwości.

Z kolei wiadomość o zakazie rozpowszechniania druków nie zaskoczyła księdza Sopoćki, jakkolwiek spowodowała bolesny skurcz serca, który odebrał mu oddech na dłuższą chwilę, ale pocieszył się westchnieniem do siostry Faustyny. To tylko małe upokorzenie, a takich było i będzie wiele aż do samej śmierci, jak przepowiedziała mu zakonnica. Dziś nie wolno mu o niej wspominać, ale nikt nie może mu zabronić głoszenia orędzia zgodnego z nauką Kościoła i mówić o Miłosierdziu Bożym, a tym bardziej czynić dobro potrzebującym.

***

Zbliżał się początek roku akademickiego, kiedy w skrzynce pocztowej ks. profesora pojawił się list z pieczątką Uniwersytetu Warszawskiego. Zawierał propozycję objęcia Katedry Teologii Moralnej na Uniwersytecie Warszawskim po odchodzącym na emeryturę profesorze Borowskim. W serce ks. profesora wstąpiła nadzieja. W stolicy miałby większe możliwości szerzenia kultu.

– Straciliśmy ostatnio wielu profesorów, którzy odeszli na stolice biskupie – odpowiedział arcybiskup na prośbę ks. Sopoćki o zgodę na przeniesienie do stolicy – a poza tym władza ludowa coraz głębiej zanurza swoje szpony i ingeruje w życie uniwersyteckie. Losy wydziału teologicznego w Warszawie są dziś niepewne. W związku z tym nie wydaje się to właściwym krokiem.

– W ubiegłym roku odszedł do Warszawy nasz profesor.

– Tak, no właśnie, nasze seminarium też potrzebuje nauczycieli.

Słowa te długo jeszcze brzmiały w uszach ks. Sopoćki, gdy wolniejszym niż zwykle krokiem wracał do swojego mieszkania. Pocieszał się, że wszystko dzieje się zgodnie z wolą Bożą. Deszcz i mokre, pożółkłe liście, które przyklejały się do butów napełniły go nostalgią, przypominały mu tamtą jesień, kiedy umierała siostra Faustyna. Szklistymi od łez oczami znów widział siostrę, która mówiła mu, że to wszystko stać się musi.

– Jezu ufam Tobie, Twoja wola niech się stanie – szeptał słowa modlitwy.

Powoli jego myśli skierowały się ku czekającej go pracy. Przypomniał sobie, że musi dokończyć artykuł i jak najszybciej przesłać go do czasopisma. Wkrótce rozpoczynają się rekolekcje w Nowym Mieście nad Pilicą, gdzie będzie głosić słowo o Miłosierdziu Bożym. Czy zdąży odwiedzić siostry w Myśliborzu, zanim rozpocznie się rok akademicki? Skupiony na czekającej go jeszcze tego dnia pracy, przyspieszył kroku.

74 TRUDNE CZASY

„Oświadczyłem się wówczas za dobudową werandy[…]"[74]

Odkąd ks. Sopoćko ukończył 60 lat, czas jakby przyspieszył. Poniedziałki jeden za drugim stąpały sobie po ogonach, a piątki wyskakiwały z kalendarza jak jaskółki ze swoich gniazd, by zatoczyć koło i znów powrócić.

Kapłan przysiadał czasem, by odetchnąć i zaglądał do swego dziennika. Nad jego kartkami wzdychał głęboko, a wtedy jakiś ciężar ulatywał z jego piersi. Wspominał dawne dni, młodość i ulotne, lecz niezapomniane chwile. Jakże trafnie ocenił niegdyś swoje życie jako drobny strumyk wlewający swe bystre wody do wielkiego jeziora, w którym jego nurt szybko znika pośród większej masy wodnej. Jakże

---

[74] Tamże, s.128.

niewidoczna jest jego praca, jak małymi kroplami zasila wody jeziora. Tylko Bóg, który widzi wszystko i każdej pracy może nadać sens, kiedyś oceni jego wysiłek, a teraz trzeba robić najlepiej jak tylko można to, co wydaje się najważniejsze.

Chwile zamyślenia i refleksji nie trwały długo. Wystarczyło, że ksiądz zerknął na plan zajęć, a zaraz powracał do rzeczywistości z chwilowego odrętwienia. Praca w seminarium miała wiele aspektów i wymagała wielu godzin przygotowań, lecz była jego pasją. Ukochał kleryków, widział w nich przyszłych księży i przyszłość Kościoła. Ze swojej strony starał się stawiać im wysokie poprzeczki, zgodnie ze standardami Uniwersytetu Stefana Batorego w Wilnie.

Czasy, w których przyszło mu żyć i pracować, nie były łatwe. Rząd komunistyczny nie ustawał w działaniach, by wyrwać Boga z serc i świadomości ludzi, a szczególnie młodego pokolenia. Ważnym krokiem w kierunku laicyzacji życia było usunięcie religii ze szkół i przeniesienie jej do punktów katechetycznych, w których niestety brakowało katechetów.

Ks. Sopoćko natychmiast zareagował na tę potrzebę. W katedrze ruszyły kursy dla nauczycieli religii. Wykłady przyciągały wielu chętnych. Ks. Sopoćko w nauczaniu kładł nacisk na Boże Miłosierdzie. Gdy mówił o Nim, zapalał się wtedy jakby wewnętrznym światłem, oczy zachodziły mgłą, a często i łzy spływały po policzkach. To co głosił pochodziło z głębi jego duszy rozmiłowanej w Najmiłosierniejszym Zbawicielu.

W pierwszych latach komunizmu Kościół był szczególnie nękany i inwigilowany przez UB. Pewnego roku w szeregach kleryków pojawił się kapuś. Miał na imię Józio. W nowym środowisku, od pierwszego dnia wraz z całym nowym rocznikiem został otoczony serdecznością i troską przez społeczność seminaryjną. Nawiązał bliskie relacje z kilkoma klerykami, nie wzbudzając niczyich podejrzeń. Wyróżniał się krytykowaniem władzy i reżimu komunistycznego.

– Powinniśmy zdecydowanie potępiać komunizm i uświadamiać naród o zagrożeniach tego systemu – zapalał się w głoszeniu swoich antypaństwowych poglądów.

Jego koledzy, szczególnie Rysiek i Genio dawali się łatwo wciągać w długie dyskusje prowokowane przez Józia.

– A słyszałeś kazania ks. prof. Pietkuna?

– Nie… – Józio nadstawił uszu – chciałbym ich posłuchać.

– W niedzielę w katedrze. Jeżeli chcesz możemy wybrać się razem.

Nie minęło wiele czasu, gdy ks. prof. Pietkun został wezwany na UB, gdzie musiał złożyć wyjaśnienia. Na szczęście tym razem skończyło się na ostrzeżeniu. Koledzy Józia w niedługim czasie również zostali aresztowani. Rysiek został skazany na rok pozbawienia wolności. Ks. Sopoćko przeżywał mocno sprawę aresztowania kleryków, a w szczególności wyrok Ryśka, który był jego penitentem, a także szczerym wielbicielem Bożego Miłosierdzia.

W niedługim czasie Józio zniknął z seminarium. Wkrótce któryś z księży spotkał go na UB, gdy w randze oficera przesłuchiwał aresztowanych.

– Okazaliśmy ci tyle serca, a ty zdradziłeś swoich braci! – rzekł z wyrzutem, ale wydawało się, że Józio przyjął te słowa z pogardliwą obojętnością.

Nie wiadomo jednak czy dobro i miłość jakich doświadczył w seminarium sprawiły, że nie mógł już dłużej żyć ze swoją winą, bo sam wydał na siebie okrutny wyrok i niedługo potem powiesił się.

Historia ta potwierdziła tylko fakt, że walkę ze złem można prowadzić tylko dobrem, a rolą Kościoła jest szerzyć miłość i miłosierdzie, tak jak nauczał Najmiłosierniejszy Zbawiciel.

***

Ksiądz Sopoćko słyszał niekiedy lekceważące komentarze z ust kolegów profesorów, którzy nie pojmowali jego przywiązania do jednej tylko cechy Boga.

– Jak to możliwe, żeby taki poważny profesor brał za prawdę wizje prostej zakonnicy. Być może miała jakieś sny, ale rozgłaszać coś, co nie jest uznane przez Kościół, to już chyba o krok za daleko.

Ks. Sopoćko słyszał wokół siebie głośne komentarze i słowa jakby skierowane w próżnię, ale wypowiedziane na tyle głośno, że dobiegały do jego uszu. Były to często pojedyncze, prowokacyjnie rzucane zdania, by wywołać dyskusję. Ks. Sopoćko jednak ignorował takie wypowiedzi.

– Zapraszam szanownych kolegów na dzisiejsze spotkanie Koła Homiletycznego. Klerycy będą rywalizować w głoszeniu kazań, przydaliby się nam jurorzy, którzy ocenią najlepsze z nich. Myślę, że będzie czego posłuchać.

Kapłan umiejętnie zmieniał temat, po czym rozmowa schodziła na inne tory.

Mimo nieprzychylnego nastawienia arcybiskupa oraz jego zakazu głoszenia Miłosierdzia Bożego w diecezji wileńskiej, a także mimo rezerwy władz kościelnych i sprzeciwu wielu biskupów słowo o Miłosierdziu Bożym jak ziarno cierpliwie rzucane w ziemię kiełkowało i wypuszczało coraz to nowe pędy.

***

Któregoś dnia spadł obfity śnieg. Sypał wielkimi płatami przez całą noc. Rano doskonale nadawał się do bitwy w śnieżki. Klerycy uradowani jak dzieci, wybiegli do ogrodu, by oddać się ulubionej zimowej rozrywce. Szybko podzielili się na dwa zespoły. Młodsi przeciwko starszym i zaczęła się prawdziwa bitwa. Pospiesznie zlepione pociski wylatywały w górę i najczęściej trafiały przeciwników. Wkrótce walczący w oblepionych śniegiem sutannach bardziej przypominali bałwany niż przyszłych księży. Na koniec, nie uzyskawszy rozstrzygnięcia, drużyny zawarły rozejm. Młodzi ludzie uścisnęli sobie mocno dłonie i w radosnych nastrojach udali się z powrotem na zajęcia do seminarium. Świeże powietrze i mróz rozpaliły ich twarze i napełniły młode serca radością.

W następnych dniach śniegu jeszcze dosypało. Seminaryjny ogród pokrył się grubą warstwą miękkiego puchu, który wciąż zachęcał do zabawy.

– Ulepmy bałwana – padła propozycja.

– Największego bałwana na świecie! – dorzucił ktoś z entuzjazmem – który miałby wszystkie bałwany pod sobą!

Wszyscy pojęli w lot, o kogo chodzi. Ogród napełnił się gromkim śmiechem młodzieży. Klerycy, podwinąwszy sutanny zabrali się ochoczo do pracy. Wokół wysokiego słupka do siatkówki układali wiele śniegowych kul, które wkrótce utworzyły podstawę kolosalnej pięciometrowej konstrukcji. Głowę bałwana ozdobili sterczącą czupryną, a z drobnych gałązek ułożyli szczeciniaste brwi i sumiasty wąs.

Dumni ze swojego dzieła nie omieszkali pochwalić się nim przed swoim wychowawcą.

– Ks. profesorze zbudowaliśmy bałwana olbrzyma – mówił Staś – musi go ojciec zobaczyć.

Kleryk Stanisław Strzelecki był penitentem ks. profesora i darzył go ogromnym szacunkiem. Kiedy trzy lata temu ciężko zachorował na zapalenie otrzewnej i leżał w szpitalu, czekając na śmierć, gdyż lekarze nie dawali mu już żadnej nadziei, w seminarium modlono się za niego, a ks. Sopoćko odprawił w jego intencji Mszę św. Lekarze nie ukrywali, że było to cudowne ozdrowienie. Odtąd obok szacunku serce kleryka wypełniała synowska wdzięczność.

– No to chodźmy – zgodził się ks. Sopoćko, który mimo wypełnionego planu dnia, zwykle miał czas dla swoich podopiecznych.

Z pobliskiego ogrodu już z daleka spoglądała na nich monstrualna figura śniegowej kukły, która przewyższała ogrodzenie i była widoczna dla przechodniów.

– Nieźle, nieźle – powtarzał z uznaniem, ku uciesze chłopaków – zastanawiam się, jak wam się to udało, że bałwan trzyma się tak prosto – jako znawca w sprawach budownictwa pytał o techniczne szczegóły konstrukcji.

– Fundamentem jest zamarznięta ziemia.

– Kręgosłup to słupek naszej bramki.

– Mokry śnieg lepi się jak cement.

Jeden przez drugiego z dumą wyjaśniali sekrety swego dzieła. Potem spacerowali jeszcze po ogrodzie wśród wesołych przechwałek i żartów.

– Cieszy mnie, że mimo chłodu spędzacie czas na świeżym powietrzu. Trzeba hartować ciało, bo zdrowie w naszym powołaniu to ważna sprawa. Nie możemy w życiu liczyć na wygody, a wręcz przeciwnie, tylko ascetyczny tryb życia zyska dla nas szacunek wiernych i pociągnie ich ku Bogu, a dla nas to warunek, aby być bliżej Niego. Będąc Jego namiestnikami tutaj na ziemi mamy naśladować Chrystusa w Jego cnotach, modlitwie, poście, ale przede wszystkim w Jego Miłosierdziu.

Klerycy rzucili sobie porozumiewawcze spojrzenia i uśmiechnęli się półgębkiem. Ks. Sopoćko nie byłby sobą, gdyby nie wspomniał o Bożym Miłosierdziu.

***

Siostry zakonne Zgromadzenia Świętej Rodziny poprosiły go pewnego razu, by odprawił w ich kaplicy Mszę św. Zgodził się chętnie i pewnej jesiennej soboty pojawił się w ich maleńkiej kaplicy.

Ku jego zaskoczeniu zebrała się tam tłumnie na nabożeństwo również okoliczna ludność. Niewielkie pomieszczenie nie było w stanie pomieścić ponad stu osób. Ks. Sopoćko zasmucił się widząc wiernych cisnących się przy drzwiach, a nawet stojących mimo chłodu na zewnątrz. W jednej chwili dostrzegł potrzebę rozbudowy kaplicy.

W niedługim czasie, gdy znów odwiedził ten dom zakonny, a gościła w nim matka generalna, nawiązał do tematu.

– Może by tak pomyśleć o rozbudowie kaplicy – zaproponował – ludzie tu mają daleko do kościoła, a wiadomo, że brak opieki duchowej skutkuje w rozprężeniu moralnym, a to już początek nieszczęść.

Matka przełożona Maria Czechowska szybko określiła w pamięci przybliżone koszty, po czym wspomniała na długą liczbę potrzeb zakonu i skromny budżet, którym dysponuje.

– Komu potrzeba niech buduje – szorstko skwitowała propozycję ks. profesora – dla nas wystarczy taka, jaka jest.

Ks. Sopoćko wydawał się być zupełnie niezrażony jej słowami.

– Chętnie się tego podejmę, jeśli tylko siostra wyrazi zgodę – odpowiedział z naciskiem.

– My ze swojej strony wedle możliwości będziemy wspierać księdza – odezwała się miejscowa przełożona siostra Cecylia.

– Tak, z całego serca będziemy pomagać – dodała siostra Felicja, zastępczyni lokalnej przełożonej.

Matka generalna uniosła tylko brwi, długo wpatrywała się gdzieś ponad głowami zebranych i powstrzymała się od komentarza. Jej milcząca zgoda wystarczyła, by rozpocząć starania wokół rozbudowy kaplicy.

Ks. Sopoćko z właściwą sobie energią zajął się sporządzeniem planu sytuacyjnego. Wyznaczył plac pod werandę wielkości 120 m², która niemal dziesięciokrotnie przewyższała rozmiar kapliczki. Własnym kosztem wystarał się o projekt u miejscowego architekta i złożył go w Urzędzie Miejskim. Zanim jeszcze otrzymał odpowiedź, wraz z robotnikami stanął z łopatą w ręku, by wykopać fundamenty i ogrodzić plac. Prace te zostały jednak zamrożone przez władze, które nie wydały pozwolenia na budowę. Nie tracąc wiary, siostry rozpoczęły kwestę w okolicznych parafiach na cele budowy, przy wsparciu modlitewnym miejscowej ludności.

Minął rok, fundamenty zaczęły niszczeć, a sprawa pozwolenia utknęła w martwym punkcie, lecz wierni nie ustawali w modlitwie.

– Minister Sztachelski przebywa z wizytą w Białymstoku. Pamiętam, że w czasie okupacji opiekowałam się jego rodzicami – s. Felicja zwierzyła się ks. Sopoćce.

– To doprawdy opatrznościowe zdarzenie. Niech siostra złoży mu wizytę i poskarży się na Zarząd Miejski, który blokuje naszą budowę.

– Ale czy on mnie wysłucha?

– Byłby niewdzięcznikiem, a ja wierzę, że o swojej matce nikt nie może zapomnieć, a ludzie, którzy wyświadczyli jej dobro, pozostają w pamięci.

Rozmowa s. Felicji z ministrem zaowocowała jego interwencją w sprawie pozwolenia i od tej chwili budowa otrzymała zielone światło. Ks. Sopoćko zamówił nowy projekt, który w krótkim czasie został zatwierdzony i przystąpiono do pracy.

Ks. profesor zakładał fartuch roboczy i z łopatą w ręku na równi z robotnikami, służąc fachową radą i pomocą, spędzał każdą wolną chwilę na budowie.

– Zapraszamy ks. profesora do refektarza na obiad – powiedziała siostra, która przyniosła robotnikom zupę z pajdą razowego chleba.

Na księdza profesora czekał bardziej wyszukany posiłek w zakonnej stołówce.

– Zjem razem z robotnikami to co wszyscy – odpowiedział z naciskiem, nie zgadzając się na szczególne traktowanie.

Siostry wzruszyły ramionami na te dziwactwa, ale uszanowały jego decyzję. Wyniosły dla niego taką samą porcję pożywienia jak dla innych pracowników.

Miejscowa ludność garnęła się ochotnie do pomocy i w kilka letnich miesięcy udało się rozbudować budynek klasztorny o werandę, przekraczającą rozmiarem metraż całego domu.

W dniu święta Chrystusa Króla kaplica została wyświęcona. Odtąd mogły się już tam odbywać regularne Msze św. dla okolicznych mieszkańców. Ks. Sopoćko wydzierżawił małe mieszkanie w pobliżu, gdzie zaprosił znajomego księdza, by tam mieszkał i na stałe posługiwał w kaplicy, jednak siostry misjonarki nie zaakceptowały wyznaczonego kapłana. Na ich prośbę ks. Sopoćko sam podjął się odprawiania tam nabożeństw, chociaż jego mieszkanie było oddalone od klasztoru o około kilometr. Pokonywał ten dystans nie skarżąc się i ufając Jezusowi, bo najwyraźniej taka była wola Boża, by jego los splótł się z tym niepozornym budynkiem przy ul. Poleskiej.

Ks. Sopoćko widział potrzebę budowy kaplic i kościołów w innych jeszcze dzielnicach szybko rozwijającego się i wzrastającego w liczbę Białegostoku. Nosił też w sercu pragnienie by powstała tu świątynia pod wezwaniem Miłosierdzia Bożego. Skrupulatnie gromadził na nią fundusze i niestrudzenie rozglądał się za miejscem, które byłoby dogodne dla jej budowy.

75 NOWE OBRAZY MIŁOSIERDZIA BOŻEGO

„[..] obraz ma przedstawiać Chrystusa w momencie ukazania się Apostołom w Wieczerniku i ustanowienia sakramentu pokuty [...]."[75]

Ks. Sopoćko zamyślał się czasem nad losami wileńskiego obrazu Miłosierdzia Bożego, malowanego pod okiem siostry Faustyny, która miała przed oczami samego Chrystusa. Tamten wizerunek namalowany przez Kazimirowskiego był mu szczególnie bliski. W pierwszych latach pozostawał w jego mieszkaniu, później w kościele, którego był rektorem. W tamtych dniach rodziło się w nim zrozumienie dla teologicznych prawd wyobrażonych na obrazie, który ukazywał wielkość Bożego Miłosierdzia.

Po kilku latach pobytu w Białymstoku, zaakceptował, że jego pobyt przedłuży się o nieznane mu jeszcze lata, choć nie tracił nadziei, że to

---

[75] Tamże, s.124.

wygnanie skończy się i dane mu będzie jeszcze pokłonić się Matce Miłosierdzia u jej tronu w Ostrej Bramie. Wówczas próbował sprowadzić obraz do Białegostoku, ale ostatecznie wszelkie próby spaliły na panewce.

Kopia obrazu Jezusa Miłosiernego na wzór obrazu wileńskiego wisiała w białostockim kościele Najświętszego Serca Jezusowego. Zawiązało się tam ognisku kultu Jezusa Miłosiernego. Mała grupka wiernych spotykała się regularnie, by modlić się modlitwami przekazanymi przez siostrę Faustynę i podejmować działania szerzące kult Miłosierdzia Bożego. Ks. Sopoćko patronował tej grupie, często spotykał się z jej członkami i wspierał modlitwą.

Tymczasem w Krakowie powstał obraz Jezusa Miłosiernego pędzla Adolfa Hyły. Piękny, malowany wdzięcznym sercem, jako podziękowanie za łaskę ocalenia rodziny w czasie wojny, ale ks. Sopoćko trapił się tym, że obraz zawierał wiele niezgodności z wizją s. Faustyny, jak choćby tło: łąki, pola, domy, podczas gdy w wizjach zakonnicy zjawiał się na ciemnym tle, jakby wyłaniał się z mroku. Siostra widziała Jezusa, jako pięknie zbudowanego mężczyznę, którego oczy patrzyły w dół, jak wtedy w wieczerniku, gdy zastał Apostołów spoczywających w półleżącej pozycji przy kolacji. Lekko wznosił dłoń, by delikatnym gestem błogosławić.

Po ostrym wystąpieniu biskupa Bardy na konferencji plenarnej Episkopatu Polski w 1953 roku, który surowo zganił szerzenie wśród wiernych czci dla niezatwierdzonych objawień i obrazu, który miałby być ich ilustracją, biskupi podjęli decyzję, by usunąć z kościołów obrazy Jezusa Miłosiernego. Zgodnie z tą decyzją księża w wielu kościołach to uczynili.

Tak ostra i otwarta krytyka wymagała zdecydowanej odpowiedzi. W niedługim czasie po zakończeniu obrad Episkopatu, ks. Sopoćko udał się osobiście z wizytą do przemyskiego biskupa.

– Zgadzam się co do krytyki obrazów Jezusa Miłosiernego, którego cześć szerzy się w Kościele, ale obawiam się, że wylewamy dziecko z kąpielą.

– Proszę mówić otwarcie – zachęcił bp. Barda – nie sądzę, że przyjechał tu ks. profesor, aby mnie chwalić.

– Przede wszystkim nie lękam się ani trochę o wynik mojej pracy, bo nie o swoją cześć zabiegam, ale Jezusa Miłosiernego, który w swojej litości pochyla się nad biednym grzesznikiem i poprzez sakrament spowiedzi przywraca mu godność dziecka Bożego.

– Podzielam zdanie ks. profesora, że ta prawda ewangeliczna powinna być przybliżana i wciąż przypominana, ale nie akceptuję sposobu jej wyrażania.

– A ja zgadzam się w tej kwestii z ks. biskupem. Dzieła, które powstają nie mają wiele wspólnego ze sceną ukazania się Jezusa Apostołom w wieczerniku.

– Wobec tego proponuję, aby powstał nowy wizerunek, poprawny pod względem liturgicznym, który stałby się wzorem dla artystów.

– To jest możliwe – ks. profesor westchnął z ulgą – widzę w tym wolę Bożą.

Za poradą i przyzwoleniem biskupa Bardy ks. Sopoćko ogłosił konkurs na wykonanie nowego obrazu Jezusa Miłosiernego. Do konkursu przystąpiło kilku malarzy, ale ostatecznie komisja składająca się z biskupów oraz ks. Michała uznała za najlepszy obraz dzieło malarza prof. Ludomira Ślendzińskiego. Został on zatwierdzony przez Episkopat Polski jako wzór dla tego typu obrazów. Ks. Sopoćko wykonał jego kolorowe reprodukcje i wraz z orzeczeniem Episkopatu przesłał do wszystkich ordynariuszy.

Wydawało się, że sprawa kultu wizerunku Miłosierdzia Bożego wynurza się z głębin topieli piękniejsza i silniejsza niż wcześniej, ku zaskoczeniu tych, którzy pragnęli ujrzeć ją jako zamkniętą.

Ks. Michał pocieszony takim obrotem spraw mógł ze spokojnym sercem zanurzyć się w codziennych obowiązkach. Zbliżał się koniec roku akademickiego i związane z tym zaliczenia i egzaminy kończące semestr. Znów popłynęły zwyczajne dni. Spacer do seminarium, Msza św. przy ołtarzu z relikwiami św. Tereski z Lisieux, skupienie, by jak najlepiej przeżyć czas przemienienia chleba i wina w Ciało i Krew Pańską, a potem dzień już toczył się spokojnie, zgodnie z rytmem codziennych zajęć.

Dzień święceń kapłańskich w 1955 roku zakłóciła smutna wiadomość. Uroczystości przewodniczył biskup Suszyński, gdyż arc. Jałbrzykowski złożony był ciężką chorobą. Kilka godzin później odbywała się w kościele św. Rocha uroczystość 50-lecia kapłaństwa ks. Adama Abramowicza. W trakcie nabożeństwa dotarła do zebranych wieść o śmierci ordynariusza, który odszedł po długiej chorobie. Mijało właśnie 10 lat od jego przyjazdu do Białegostoku.

Arcybiskup pragnął, by jego pogrzeb był nadzwyczaj skromny. Chciał być pochowany w zwykłej, sosnowej trumnie bez ozdób, a na pogrzebie nie powinno być żadnych przemówień. Zgodnie z testamentem zamiast mowy pożegnalnej, biskup Suszyński odczytał jego ostatnią wolę.

Sercem ks. Sopoćki targały mieszane uczucia. Zmarły był niezwykle zasłużonym i niezłomnym pasterzem Kościoła, który zgodnie z własnym sumieniem przysporzył mu zmartwień, położył na jego drodze wiele przeszkód i utrudniał dzieło Miłosierdzia. Ks. profesor wzdychał ciężko, nie pojmując dlaczego, ale w sercu wiedział, że z woli Bożej był doświadczany, tak jakby sam Bóg był przeciwny temu dziełu. Ale czy siostra Faustyna nie przepowiedziała mu tych trudności? Czy teraz będzie mógł bez przeszkód opowiadać o widzeniach siostry Faustyny we własnej diecezji?

Po śmierci arc. Jałbrzykowskiego zarząd diecezją objął ks. bp. Sawicki, który reprezentował podobne zapatrywania na kult Miłosierdzia Bożego jak jego poprzednik. Zmagania ks. Sopoćki wciąż prowadziły pod górkę.

Wakacje rozpoczął krótkim odpoczynkiem nad morzem, gdzie przygotował się do kolejnych rekolekcji, kazań, konferencji, które miał zaplanowane niemal na każdy dzień wolnych miesięcy. Podróżował po całej Polsce do zaprzyjaźnionych zakonów, parafii, do wielu miast, gdzie mógł bez przeszkód głosić słowo o Miłosierdziu Bożym. W takie miesiące wygłaszał po kilkadziesiąt konferencji i kazań.

Tymczasem z Myśliborza napłynęły dobre wieści. 2.08.1955r. miejscowy ordynariusz zatwierdził zgromadzenie na prawie diecezjalnym. Zakon, o którym z taką troską myślała siostra Faustyna, zaistniał po jej śmierci i teraz uzyskał status prawny. 6.08.1955r. odbyły się obłóczyny, a 21.08.1955r. świętowano śluby wieczyste dwóch sióstr: s. Benigny i s. Faustyny, złożone na ręce bp. Zygmunta Szelążka. W tym uroczystym dniu nie mogło zabraknąć również księdza Sopoćki. Był piękny, słoneczny poranek, siostry, ubrane w białe habity, wyglądały jak niewinne gołąbki, chór śpiewał podniosłe hymny, a zgromadzeni ludzie ocierali łzy ze wzruszenia.

Ks. Sopoćko nawet nie przeczuwał, że wkrótce powróci w te strony w zupełnie innych okolicznościach.

***

Telegram przyszedł wieczorem. W nim było jedno krótkie zdanie, które wstrząsnęło kapłanem do głębi: „Faustyna nie żyje, pogrzeb 29 grudnia." Naprędce spakował podręczny bagaż. Wyruszył przed świtem pierwszym pociągiem do Warszawy. Śpieszył się, gdyż czekało go kilka przesiadek. Mróz i śnieg utrudniły komunikację. Na stacjach czekał długie godziny, zmarznięty i głodny. Spędził w podróży cały dzień i całą noc. Następnego dnia rano pociąg zatrzymał się na stacji Krzyż. Zesztywniały z zimna i żałoby, siedział bezradny na małej stacji, oddalonej zaledwie kilkadziesiąt kilometrów od Gorzowa, gdzie odbywał się pogrzeb, duchem obecny z osieroconymi siostrami. Na cmentarz przybył godzinę po ceremonii, by samotnie pomodlić się nad świeżym grobem zmarłej zakonnicy.

Na stacji spotkał siostry, które wciąż czekały na powrotny pociąg do Myśliborza.

239

– Jak to się stało? – pytał wciąż niedowierzając.

– Wszystko odbyło się tak nagle – mówiła z przejęciem s. Benigna – w pierwszy dzień świąt była radosna, wręcz szczęśliwa, a w drugi dostała silnego bólu, że musiałyśmy wezwać lekarza. Stwierdził skręt kiszek. Pogotowie zabrało ją do szpitala. Jeszcze tego samego dnia była operowana, ale niestety... Bez niej...– załkała i łzy popłynęły jej po policzkach.

– Jezus Miłosierny przeprowadzi was przez każdą przeszkodę, trzeba tylko ufać – pocieszał ksiądz Sopoćko.

– Ufać, tak, zawsze ufać.

– Ufać do końca.

– Jezu ufam Tobie.

– Jezu ufam Tobie – powtarzały jedna przez drugą.

76 GRAVISSIMUM MONITUM

„Dekret ten dla mnie nie był niespodzianką, albowiem kult Miłosierdzia Bożego nie poszedł po linii właściwej."[76]

Wydawało się, że wreszcie uporał się z nieufnością duchowieństwa wobec obrazu Jezusa Miłosiernego. Obraz Ślendzińskiego został zatwierdzony przez Episkopat Polski jako wzór, a biskupi uzyskali zgodę na wprowadzanie tego typu malowideł do kościołów. Ks. Sopoćko z nową siłą przystąpił do ewangelizacji w wielu miastach. Nie zaniedbywał też działalności publicystycznej. Pisma, których nie mógł wydać w Polsce, ukazywały się za granicą.

Kolejny cios przyszedł niespodziewanie. Pewnego dnia wśród bogatej korespondencji odnalazł list od poznańskiego arcybiskupa. Uniósł brwi przyglądając się pieczątkom na kopercie. Wiele pokrzepiającej pomocy doświadczał od poznańskiego wydawnictwa, gdzie drukował swoje książki i broszury. Z nadzieją otworzył kopertę. Jednak czytając pismo stopniowo zapadł się w krzesło, jakby chciał się skurczyć, zmniejszyć, stać się na chwilę niewidzialnym.

Arcybiskup natknął się na włoskie tłumaczenie jego broszurki o Bożym Miłosierdziu wydanej w Londynie staraniem Chróścikowskiego.

---

[76] Tamże, s.123.

Bez wiedzy autora ktoś w tym wydaniu dodał słowa zmarłego prymasa Augusta Hlonda, jakoby Prymas na łożu śmierci zalecał propagowanie kultu Miłosierdzia Bożego. Arcybiskup był świadkiem ostatnich chwil Prymasa i twierdził z całą pewnością, w zgodzie z własnym sumieniem, że zmarły podobnych słów nie wypowiedział, z czego wysnuł prostą konkluzję, że ks. Sopoćko posłużył się wymyślonymi faktami.

Ks. Michał zdjął druciane okulary i ostrożnie przetarł oczy, po czym ukrył twarz w dłoniach. Siedział tak dłuższą chwilę wsłuchany w siebie i przyspieszony stukot własnego serca. Wreszcie wyciągnął kartkę papieru i przywoławszy swoje emocje do porządku, skreślił równym pismem kilka zdań taktownego wyjaśnienia, że zaszło tu nieporozumienie, że on o niczym nie wie, że wypowiedź Prymasa ktoś przytoczył bez jego wiedzy.

Wydawało się, że na tym sprawa powinna się zakończyć.

Ks. Sopoćko był posłuszny swoim przełożonym, choć pozostał niestrudzonym kapłanem Najmiłosierniejszego Zbawiciela, nadal żył tą ideą i był przezroczystym znakiem Miłosierdzia. Interesowały go sprawy duchowe i materialne ludzi żyjących wokół niego. Wspomagał swoich penitentów, ale też regularnie wysyłał pieniądze członkom rodziny, w tym także swoim siostrzenicom, które przebywały w zakonie. Jego czujne oko dostrzegało problemy innych, rozumiał trudności finansowe i wspierał dyskretnie. Zdarzało się, że udzielał schronienia klerykom, którzy musieli opuścić seminarium i tymczasowo nie mieli się gdzie podziać.

W styczniu 1958 roku dwóch alumnów zostało usuniętych z seminarium z powodu nieobecności na wieczornych modlitwach, choć zaniedbanie to wynikało z kursów, na jakie uczęszczali, by uzupełnić konieczne wykształcenie.

– Możecie do matury zamieszkać u mnie, a potem… pomyślimy co dalej – pocieszał zgnębionych młodzieńców.

Pokój został przedzielony kotarą, za którą ex-klerycy znaleźli mały kącik, gdzie pod opieką ks. Sopoćki mogli ukończyć kurs i zdać maturę. Ten uczynek miłosierdzia naraził go na krytyczne uwagi profesorów, którzy ukarali kleryków, ale ks. Sopoćko przyzwyczaił się, by puszczać mimo uszu kąśliwe uwagi. Losy dwóch młodych ludzi pałających chęcią służby Bogu były dla niego ważniejsze niż drobne nieprzyjemności, których i tak nieustannie doświadczał.

Pewnego razu znalazł w dzielnicy Nowe Miasto przy ulicy Wiejskiej miejsce na kościół. Czyżby jego marzenie o budowie świątyni Miłosierdzia Bożego mogło się wreszcie spełnić? Wiele zachodu kosztowały go starania, by doprowadzić do kupna placu. Zainwestował w niego kilkadziesiąt tysięcy własnych oszczędności. Co prawda, władze nie dały jeszcze pozwolenia na budowę, ale ksiądz nie tracił nadziei, że taka świątynia powstanie.

W tym czasie pojawiła się też możliwość budowy kaplicy w dzielnicy Bażantarnia. Dwie siostry, właścicielki posesji przy ul. Celowniczej postanowiły ofiarować swój plac na rzecz sióstr z Myśliborza. Powstała szansa otwarcia nowego domu zgromadzenia w Białymstoku.

– Zanim przyjmiemy darowiznę, trzeba tam wybudować kaplicę. Bez niej plac jest dla nas bezużyteczny. Musimy jednak przechytrzyć władze, które teraz nie dają pozwoleń na podobne obiekty.

– Ale jak to zrobić?

– Łatwiej będzie wybudować magazyn na owoce, a potem przekształcić go w kaplicę. To jedyna szansa.

– Niestety nie posiadamy na to funduszy – odpowiedziały zmartwione.

– Koszty sam pokryję – zapewnił.

Ks. Sopoćko podejmował ogromne ryzyko. Gdyby podstęp został wykryty, jego wieloletnie oszczędności mogłyby pójść na marne.

Wśród takich starań toczyło się codzienne życie ks. profesora. Kolejny rok akademicki dobiegał końca, a z tym związany okres egzaminów i przygotowań do święceń kapłańskich, które wieńczyły ostatni rok studiów seminaryjnych. Zbliżały się zasłużone wakacje, które dla ks. Michała znów oznaczały, po krótkim wypoczynku nad morzem, wzmożony czas działalności w dziele szerzenia kultu Miłosierdzia Bożego.

Na początku lipca przewodniczył rekolekcjom kapłańskim. Wiązało się to z koniecznością kilkudniowych kazań i konferencji. Niestety wyczerpanie roczną, intensywną pracą oraz ogrom stresu i napięć, jakim był poddany w ostatnim okresie, zbyt przeciążyły organizm. Podczas jednej z konferencji niespodziewanie odczuł przeszywający ból w okolicach żuchwy, który zniekształcił mu twarz i uniemożliwił mówienie. Był zmuszony przerwać wykład. Starał się o zastępstwo, ale wszyscy rozjechali się już na wakacje. Mimo potwornego bólu i wykrzywionej twarzy, z lekko opadniętym lewym policzkiem musiał dokończyć rekolekcje.

Udał się do lekarza. Niestety żadne zabiegi, ani środki znieczulające nie dawały widocznych rezultatów. Paraliż nerwu trójdzielnego był trudną do leczenia chorobą, a na dodatek niezwykle bolesną i przykrą dla pacjenta. Mimo trepanacji czaszki i operacji głowy cierpienia nie ustały. Porażenie nerwu twarzowego pozostawiło też widoczny ślad w postaci opadniętego policzka.

Do cierpień fizycznych wkrótce dołączyły cierpienia moralne. Ks.

Sopoćko nie był świadomy, że sprostowanie w sprawie publikacji, które wysłał ubiegłej jesieni do poznańskiego arcybiskupa, nie znalazło zrozumienia. W lutym 1959 roku ks. profesor został pilnie wezwany do Warszawy. Kardynał Stefan Wyszyński przekazał mu przykrą wiadomość, jaka nadeszła ze stolicy apostolskiej.

– Jestem zobowiązany przez Święte Oficjum udzielić księdzu gravissimum monitum... – powiedział Prymas, po czym odczytał surowe upomnienie, zakazujące głoszenia kultu Miłosierdzia według objawień siostry Faustyny.

Ksiądz w milczeniu wsłuchiwał się w te raniące słowa jak niesłusznie oskarżone dziecko, które nie wie jak się bronić, bo zamiast pomocy dostało reprymendę od swego rodzica.

– Czekam na karę – rzekł i pochylił głowę, by przyjąć kolejny cios.

Ksiądz Prymas był szczerze zakłopotany. Milczał przez chwilę i przyglądał się uważnie staremu profesorowi.

– Wysłuchanie tego dokumentu jest już wystarczającą karą – rzekł ze współczuciem w głosie.

Wiosną tego roku opublikowano dekret, który stosował się do całego Kościoła. Biskupi zostali pouczeni, aby z rozwagą zdejmować obrazy, by nie obrażać uczuć wiernych, a tam, gdzie obrazy są czczone, czynić to ze szczególną ostrożnością i bez pośpiechu.

Dekret uderzał także w młode zgromadzenie sióstr Jezusa Miłosiernego, którego dalsze istnienie stanęło pod znakiem zapytania. Ks. Sopoćko pisał pocieszające listy, a także mimo bolesnej choroby udał się z wizytą do Myśliborza. Zapewniał siostry, że nawet cieszy się, że do tego doszło, bo na ich oczach spełniają się słowa siostry Faustyny i wszystko, co się dzieje, jest tylko dowodem jej świętości. Co więcej, kult Miłosierdzia Bożego jest oparty na Piśmie Świętym i pismach Ojców Kościoła i dlatego nie można zaprzestać głoszenia idei, która wkrótce z nową mocą zabłyśnie w całym Kościele.

Zgromadzenie, które ledwo zdążyło się otrząsnąć po śmierci matki Jadwigi Osińskiej, stanęło wobec nowego zagrożenia. Matka Naborowska, choć na zewnątrz z uśmiechem na twarzy wspierała inne siostry, w sercu dręczyła się wątpliwościami.

– Ojcze, mam w duszy pragnienie, aby przejść do innego klasztoru i żyć w zupełnym ukryciu – zwierzyła się ks. Sopoćce podczas jego wizyty w zakonie.

– Chce siostra zostawić zgromadzenie, które właśnie zostało zatwierdzone przez Kościół? – zdumiał się – teraz nie wolno siostrze tego uczynić – rzekł stanowczo.

– Czuję w duszy szczere pragnienie, by odejść, choć innym siostrom tego nie zdradzam.

– Obecne trudności są tylko przejściowe – zapewnił – wydaje się, że żyjemy tak, jakbyśmy nie żyli. Jest to czas siania i obumierania, a jeśli boli, to znaczy, że ziarno już pęka i kiełkuje. Tym bardziej trzeba nam iść naprzód i nie wolno oglądać się za siebie.

– Dziękuję ojcu za światło – odpowiedziała s. Naborowska, gdyż słowa księdza rozwiały jej wątpliwości i umocniły na wybranej drodze.

Innych pocieszał, sam jednak w sercu nosił ciężar, który jak kamień wiszący u szyi zginał go ku ziemi. Jego kroki stały się krótsze, sylwetka pochyliła się, a ruchy spowolniały.

W Nowym Mieście nad Pilicą z niepokojem pytał swojej bratanicy, siostry Teresy z zakonu niepokalanek.

– Czy tutaj też usuwają obrazy?

– W jednych kościołach tak, a w innych nie – odpowiedziała szczerze.

– To dzieło musi przejść przez różne próby. W kościele czas płynie powoli i ja tego nie dożyję, ale zwycięstwo będzie nasze – zapewnił.

Nauczył się żyć ufnością. Jak siewca, który z miłością powierza matce ziemi nasiona, chociaż nie rozumie jak to się stanie, że z maleńkich ziaren wyrosną bochenki chleba. Żadne przykrości i upokorzenia nie powstrzymały go, by słowem i czynem szerzyć Boże Miłosierdzie.

W kościele Najświętszego Serca Jezusowego na Wygodzie, gdzie zbierała się grupa czcicieli Miłosierdzia Bożego, której od lat patronował, zachęcał do wrażliwości na potrzeby bliźnich. W przedsionku kościoła umieścił skrzynkę, w której znajdowały się karteczki z wypisanymi uczynkami miłosierdzia. Szczególnie dzieci, ale też każdy dorosły mógł wyciągnąć karteczkę i w danym dniu spełnić określony dobry uczynek.

Matce jednego z kleryków pozwolił zamieszkać za darmo w wynajmowanym przez siebie pokoiku przy Poleskiej, gdy musiała przebywać w Białymstoku z powodu leczenia. Odprawił Mszę św. za alumna, który przeżywał wahania, co do wyboru drogi kapłańskiej, po której wątpliwości minęły.

– Masz powołanie, tylko go nie zmarnuj – rzekł do kleryka, który później został gorliwym kapłanem.

Nadal angażował się w pracę duszpasterską, spowiadał, głosił kazania, przyjmował zaproszenia do szkół na pogadanki i spotkania z młodzieżą, której tłumaczył jak zgubne są skutki sięgania po alkohol.

Chodził w czarnej sutannie. Schludny, starannie wygolony, w wypastowanych butach, kapeluszu jaki zwykle nosili profesorowie i ze skórzaną teczką, ale przy bliższym spojrzeniu łatwo było dostrzec wytarte rogi profesorskiego neseserka, który pamiętał szczęśliwsze, przedwojenne czasy, sfatygowany kapelusz i rozdeptane buty, które latami szlifowały białostockie deptaki.

Pewnego dnia siostry zakonne sprezentowały mu nowe buty, ale przy pierwszej okazji oddał je pewnemu biedakowi, który mimo chłodu nie miał żadnego obuwia. Siostry kupiły mu też nową sutannę, ale ofuknął zakonnice, że wcale jej nie potrzebuje.

Żył oszczędnie. Na swoim koncie miał zgromadzonych wiele tysięcy złotych. Jako profesor za swoją pracę otrzymywał regularną pensję. Co więcej, jego dochody obejmowały wpływy z publikacji i ofiary za intencje mszalne. Jednak jego budżet znacznie obciążały częste wyjazdy i podróże po całym kraju z misją Miłosierdzia. Przynajmniej dwa, trzy razy do roku odwiedzał siostry w Myśliborzu oraz Szczecin i Chojny, gdzie zamieszkali członkowie jego rodziny. W Białymstoku zainwestował około 200 tys. złotych na budowę kaplicy w dzielnicy Bażantarnia, które niestety stracił, gdy władze zażądały rozebrania budynku. Dopłacił też około 90 tys. złotych za plac przy ul. Wiejskiej z myślą o budowie kościoła pod wezwaniem Miłosierdzia Bożego. Gorące pragnienie budowy świątyni pod takim wezwaniem, jakie nosił w sercu przez znaczną część swojego kapłańskiego życia, ziściło się dopiero po jego śmierci.

77 GRAD UPOKORZEŃ

„Wikariusz Kapitulny[…] zwolnił mnie z obowiązków profesora seminarium po 35 letniej w nim pracy bez żadnego uposażenia."[77]

Rok akademicki 1961/62 przyniósł ze sobą wiele zmian. Decyzją władz miasta, seminarium zostało przeniesione z budynku przy ul. Słonimskiej do pomieszczeń przy ul. Warszawskiej. Teraz klerycy zamieszkali w domu należącym do sióstr pasterzanek przy ul. Orzeszkowej i dochodzili na wykłady, które odbywały się w salach przy kościele św. Wojciecha. Ks. Sopoćko nadal pieszo pokonywał dystans do seminarium, ale odległość wzrosła o ponad połowę.

Profesorowie seminarium przejęli teraz obsługę kościoła św. Wojciecha. Co kilka tygodni w niedzielę jeden z nich głosił tam przez cały dzień kazania. Ksiądz Sopoćko musiał zaakceptować ten warunek,

---

[77] Tamże, s.131.

jeśli chciał nadal pozostać wykładowcą, choć z powodu paraliżu nerwu trójdzielnego głoszenie 6 kazań dziennie było ogromnym wyzwaniem.

Nastały dżdżyste, jesienne dni. Uciążliwą drogę skracał sobie szeptaniem zdrowasiek. Jego palce powoli przesuwały paciorki różańca, gdy szedł lekko pochylony, poważny, zatopiony w modlitwie. W takie dni bardziej dokuczał mu reumatyzm, ale cierpliwie znosił fizyczne i duchowe dolegliwości, które przyjmował z pokorą.

Praca z młodzieżą seminaryjną przynosiła mu głęboką radość i poczucie spełnienia. Był szczęśliwcem, który całe swoje życie żył pasją. Oddawał hojnie swój czas dla wychowanków. Uważny i przenikliwy w dostrzeganiu ich potrzeb, z pogodą ducha reagował na ich swawolne żarty, gdy z polotem naśladowali jego sposób mówienia.

Na wykładach z homiletyki uczył dykcji i poprawnej wymowy, ale sam miał problem z głoską „eś", którą wymawiał jak „es", co nieraz bawiło słuchaczy i prowokowało do powtarzania błędów profesora.

– Wiem, że nie wymawiam „eś" – przyznawał smutno, gdy naśladowali głośno jego kresową wymowę.

Nie gniewał się za takie żarty.

– Ćwiczyć trzeba, ćwiczyć trzeba – powtarzał nie zbity z pantałyku.

Często wymagał, aby w czasie każdego wykładu wyznaczony kleryk wstawał w środku wykładu i przypominał, by wszyscy przez chwilę modlili się do Miłosierdzia Bożego. Przerywali wtedy zajęcia i polecali się Najmiłosierniejszemu Zbawicielowi.

Stawiał wysokie wymagania i często zdarzało się, że karcił opieszałych, ale zawsze traktował kleryków z szacunkiem.

***

W początkach nowego roku wyjechał do Zakopanego na zjazd profesorów teologii pastoralnej. Mimo podeszłego wieku i fizycznych niedomagań nie folgował sobie. Aktywnie angażował się we wszelkie inicjatywy, gdzie mógł przyczynić się do rozwoju kultu Miłosierdzia Bożego. Nieszczęśliwie, gdy przechodził przez ulicę, wpadł pod rozpędzony samochód. Został mocno poobijany i przeżył wstrząs psychiczny. W szpitalu powoli doszedł do siebie, ale po wypadku wzmogły się potworne bóle głowy.

Poturbowany fizycznie i psychicznie wrócił obolały do Białegostoku. Z czasem stłuczenia zagoiły się, ale ból głowy wciąż dokuczał. Gdy mówił głośno i długo, po dwóch lub trzech kazaniach rwący ból dosłownie rozsadzał mu głowę. Mimo całego męstwa, hartu ducha i wypracowanej przez lata obojętności na fizyczne i duchowe cierpienia, nie mógł dłużej przemawiać.

– Nie jestem w stanie – zwracał się do asystującego kapłana – czy może mnie ksiądz zastąpić?

Jedno spojrzenie na zbolałą twarz celebranta wystarczyło, by wyręczyć księdza seniora.

Tak z życzliwą pomocą młodszych braci w kapłaństwie dotrwał do końca semestru, lecz kontynuacja tego stanu rzeczy w następnym roku była nie do pomyślenia. Już na kończącej rok akademicki sesji profesorów podjął temat swojej dalszej posługi w kościele.

– Rozumiem ogromne trudności, z jakimi wszyscy się teraz borykamy, ale jest kilka powodów – zaczął nieśmiało – dla których muszę prosić o zwolnienie z obowiązku wygłaszania kazań w kościele. Po pierwsze, odległość mojego mieszkania … w moim wieku… stoi na przeszkodzie, bym w następnym roku łączył te dwie posługi.

– Wszystkim nam wiadomo, że ksiądz dochodzi na nabożeństwa do kaplicy na Poleskiej, więc jeśli może dojść na Poleską, to może i tutaj – rzekł jeden z wykładowców.

– Ze swojej strony dołożę starań, aby zapewnić ks. profesorowi mieszkanie w pobliżu seminarium, ale jeśli chodzi o obsługę kościoła, to ten obowiązek ciąży na nas wszystkich – stanowczo rozstrzygnął sprawę ks. kanonik.

Ks. Sopoćko pokornie pochylił głowę. Zamilczał o bólu fizycznym, bo jakoś w tej chwili nie chciał o tym mówić. Zdawało się, że sam Bóg odwrócił od niego wzrok, jakby i On był obojętny na cały trud głoszenia Miłosierdzia Bożego, który przyczynił się do jego problemów.

Wikariusz kapitulny dotrzymał słowa i przygotował lokum przy kościele św. Wojciecha, ale był to ciemny i zimny pokój, który dla chorego na reumatyzm księdza był nie do przyjęcia. Wolał pozostać w swoim ciepłym, świeżo wyremontowanym mieszkaniu przy ul. Złotej.

Nadeszło lato, czas odpoczynku i regeneracji po wyczerpującym roku akademickim. Wybrał się nad morze dla poratowania zdrowia, gdyż zawsze po powrocie stamtąd czuł przypływ sił witalnych. Niestety pobyt nad Bałtykiem mocno zakłócili mu przedstawiciele władzy. Nachodzili i nękali kościół w Oliwie, przy którym zatrzymał się nielegalnie, gdyż trudno było wówczas uzyskać pozwolenie na wjazd do strefy nadgranicznej, jaką był pas nadmorski. Obawiając się szpiegów wyjechał wcześniej niż zamierzał.

Po powrocie odnalazł list od wikariusza kapitulnego, który stwierdzał, że pracę w seminarium należy traktować jako nierozłączną z obsługą kościoła.

Rozgoryczony udał się na rozmowę do ks. biskupa.

– W moim przypadku jest to fizyczną niemożliwością – rzekł otwarcie.

Niestety przełożony nie przychylił się do jego prośby. Zamiast tego podjął decyzję o zwolnieniu ks. profesora z jego obowiązków.

Ks. Sopoćce wydawało się, że może jeszcze odwrócić ten stan rzeczy. Postanowił nawet zrezygnować z posługi w kaplicy przy Poleskiej. Nie wyobrażał sobie, aby mógł już odejść na emeryturę. Czuł, że ma jeszcze wiele do zaoferowania przyszłym kapłanom. Jednak nie znalazł zrozumienia.

Sytuacja ta nie wywołała oficjalnych protestów innych wykładowców, jedynie cichy żal ogarnął kleryków, którzy szczerze szanowali i lubili swojego profesora i spowiednika. Ks. senior poczuł się zwolniony z pracy wbrew własnej woli.

Wydawać by się mogło, że jego aktywne i wypełnione obowiązkami życie w jednej chwili zmieni się w cichą i spokojną egzystencję, że stanie w miejscu, jak pociąg, który niegdyś gnał w wielu kierunkach, lecz nagle został zatrzymany i odstawiony na boczy tor, by zarosnąć byliną i pokryć się rdzą.

***

Odleciały ptaki. Szare mgliste poranki łączyły się z wcześnie zapadającym zmierzchem. Krople deszczu spływały po szybie. Niekiedy siwy szron pokrywał gałęzie drzew i zeschnięte źdźbła traw. Nadchodziła długa, smutna zima z chłodnymi, samotnymi wieczorami i tęsknotą. Bez energii i żartów młodzieży, pełna westchnień i zadumy.

Mimo wszystko, nie zamierzał się poddawać. Wciąż nie wypełnił do końca swojej misji. Święto Miłosierdzia Bożego jeszcze nie było ustanowione. Nie wszyscy wiedzieli jak dobry jest Bóg, jak wielką miłość i litość ma dla swojego stworzenia, jak mocno pragnie przytulić, pocieszyć i podnieść z każdego brudu i upadku. Czeka tylko na szczery akt żalu grzesznika.

Zaczął od przeglądania, poprawiania i przygotowania do druku swoich notatek. Nie raz widziano go, jak z coraz większym trudem wspinał się na schody kurii, by zabiegać o imprimatur na druk swoich artykułów i książek. W Białymstoku nie zawsze takie pozwolenia otrzymywał, wtedy prosił o nie innych biskupów, którzy w swoich diecezjach pozwalali na ich rozpowszechnianie. Jeśli nie udało się w Polsce, korzystał z pomocy przyjaciół za granicą.

Wciąż posługiwał w kaplicy na Poleskiej, gdzie niestrudzenie opowiadał o dobrym Bogu. Nadal kilka razy w roku odwiedzał siostry Jezusa Miłosiernego w Myśliborzu, a także rodzinę mieszkającą na Pomorzu. Uczestniczył w rekolekcjach i sympozjach.

A najważniejsze co czynił to cicha praca niewidoczna dla innych, gdy w kręgu światła nocnej lampki pozostawiał na papierze sznurki liter, które łączyły się w wyrazy, katechezy, referaty, artykuły i książki. Pan

Jezus w widzeniu wewnętrznym pokazał siostrze Faustynie te wersy jako rzędy róż zakwitające pod palcami księdza.

Szybko przeminęły dwa lata i nagle skrzynka pocztowa wypełniła się bogatą korespondencją. Z wielu miast i stron świata zaczęły napływać listy gratulacyjne, bo właśnie mijała 50-ta rocznica święceń kapłańskich.

W seminaryjnym kościele św. Wojciecha odbyła się uroczysta Msza św. W tym dniu młodsi kapłani obchodzili 25-lecie kapłaństwa. Byli to wychowankowie ks. Michała, którzy zostali wyświęceni w Wilnie w 1939 roku. Radość więc była podwójna. Biskup Władysław Suszyński wygłosił przemówienie, w którym wspomniał o wielu zasługach ks. profesora. Owoce życia zaśniły blaskiem przed oczami słuchaczy, nawet jeśli mówca tylko pokrótce napomknął o sprawie Miłosierdzia Bożego.

78 SAMOTNĄ DROGĄ

„Tymczasem woda się wygotowała i zaczęło się biurko palić od rozgrzanej do czerwoności blachy kubka."[78]

W listopadowe dni wilgotne powietrze przenikało obolałe ciało księdza. Dotkliwie dawały o sobie znać bóle reumatyczne. Za oknem huczał porywisty wiatr, a ogołocone z liści gałęzie głośno stukały w szyby okien.

Wreszcie po trzech miesiącach oczekiwania nadeszła odpowiedź z kurii. Odmowna. Brak zgody na publikację książki o Miłosierdziu Bożym napisanej po łacinie. W drżącej, zniekształconej przez reumatyzm dłoni trzymał kartkę papieru. Długo wpatrywał się w kategoryczne słowa odmowy i wciąż mimo tylu lat, nie rozumiał dlaczego odrzucają jego wysiłki, gdy naukę o Miłosierdziu Bożym opiera na pismach uznanych przez Kościół. Tam za granicą już czekają na jego manuskrypt. Będzie wydany we Francji.

Włożył maszynopis do dużej, brązowej koperty i następnego dnia zaniósł na pocztę. Przed okienkiem ustawił się spory ogonek. Pomyślał, że zanim nadejdzie jego kolej zdąży odmówić cząstkę różańca.

— Księże profesorze proszę stanąć przede mną! — usłyszał kobiecy głos.

— I przede mną! — zawołał ktoś inny.

---

[78] Tamże, s.240.

Przez chwilę przyglądał się twarzom ludzi, młodszych i starszych. Nie rozpoznawał nikogo, ale oni znali i kochali swego księdza, który ze łzami w oczach od wielu lat opowiadał im o dobrym i miłosiernym Ojcu.

– Bóg zapłać – uśmiechnął się na taką życzliwość, a różaniec odmówił w drodze powrotnej do domu.

Po odejściu z seminarium miał niewiele stałych obowiązków. Jedynie odprawienie porannej Mszy świętej w kaplicy na Poleskiej i posługę w konfesjonale. Szczególnie teraz, gdy był panem większości mijających godzin, potrzebował ścisłego planu dnia, aby dobrze wykorzystać ofiarowany mu przez Boga czas. Starał się, aby każdy dzień był wypełniony modlitwą i pracą.

Tegoroczna uroczystość Niepokalanego Poczęcia Najświętszej Maryi Panny była dla Kościoła podwójną okazją do świętowania. W Rzymie odbyła się ceremonia zakończenia Soboru Watykańskiego II. Na uroczystej akademii w seminarium księża profesorowie żywo komentowali to wydarzenie.

– Radio Wolna Europa transmitowało całą ceremonię – dzielił się swoimi wrażeniami ks. Sopoćko – nowe czasy nadchodzą dla Kościoła. Jest nadzieja na zjednoczenie kościołów zachodniego i wschodniego.

– Ksiądz profesor zawsze z takim optymizmem patrzy w przyszłość – zauważył jeden z młodszych wykładowców.

– Trzeba ufać Bożemu Miłosierdziu, bo dla Niego wszystko jest możliwe.

Znów zapaliła się iskierka nadziei, bo właśnie został wezwany do Krakowa, gdzie miał złożyć zeznania w sprawie s. Faustyny. Proces informacyjny tej Sekretarki Miłosierdzia Bożego nabierał rozpędu.

W zimny, grudniowy dzień wsiadał do pociągu z gorącym sercem. Sprawy toczyły się w dobrym kierunku. W przesiąkniętym zatęchłym zapachem przedziale wyjął różaniec, by wypełnić godziny podróży modlitwą. Za oknem zapadał już wczesny zimowy zmierzch. Śnieg pokrył się niebieskim cieniem. Do Warszawy zajedzie około 20.00. Potem przesiądzie się do nocnego pociągu do Krakowa, gdzie dotrze mrocznym jeszcze świtem. Tę trasę pokonywał już wielokrotnie, znał na pamięć mijane stacje, odgłos konduktora i kolejarzy stukających w kółka wagonów, twarze podróżnych. Za każdym razem inne, ale wciąż tak samo znużone i wyczekujące swojej stacji.

W Krakowie spędził trzy dni. Wracał zadowolony z przebiegu przesłuchania i spotkań z ludźmi zaangażowanymi w sprawę Miłosierdzia. Podróż zajęła mu cały dzień. Wrócił przemarznięty i tak zmęczony, że nie miał nawet siły rozpalić w piecu, ani przygotować sobie posiłku. Na chwilę położył się do łóżka w ubraniu, by się rozgrzać, ale sen tak mocno skleił mu powieki, że obudził się dopiero rankiem następnego dnia.

Adwent zbliżał się ku końcowi, nadchodziło radosne Boże Narodzenie. Wspólna wigilia księży zbiegła się z imieninami ks. ordynariusza. W starym kościele farnym kapłani przełamali się opłatkiem i złożyli sobie życzenia. Tego roku zabrakło zwykłej spontaniczności i wesołości. Na twarzach obecnych malował się smutek i powaga, jakby chłód panujący w świątyni zmroził serca obecnych.

Dni świąteczne stały się okazją do gorących kazań o Miłosierdziu Boga, który posyła na ziemię swego Syna, by odtąd w Imieniu Jezus ludzkość odnalazła zbawienie.

– Boże Miłosierdzie nie polega na tym, aby źli stali się dobrzy – mówił ze łzami w oczach – ale że Bóg jest dobry dla grzeszników. Każdy, choćby był cały pokryty trądem nieprawości, gdy zwróci się do Najmiłosierniejszego Zbawiciela, utonie w morzu Jego Miłości.

Tłumy ludzi przychodziły słuchać tych słów pełnych nadziei. Życie księdza było świadectwem tej prawdy.

Po Mszy świętej drobnym krokiem z głową wciśniętą w kołnierz czarnego palta wracał zadumany do siebie. Samotne godziny w mieszkaniu przynosiły na myśl wiele wspomnień. Rodzinny dom, lata chłopięce, szkolne, trudne czasy wojny, życie w konspiracji. Wracały wspomnienia z przeszłości jak dawni dobrzy znajomi, którzy wpadli na herbatkę, by rozgrzać serce starego człowieka.

Nowy Rok to nowe plany. Już w pierwszych dniach stycznia złożył zamówienie u malarza Ślendzińskiego na dwa kolejne obrazy Jezusa Miłosiernego. Wraz z postępem procesu beatyfikacyjnego siostry Faustyny czuło się ocieplenie atmosfery wokół dzieła Bożego Miłosierdzia. Dla księdza Sopoćki był to kolejny impuls, by ze wzmożoną energią dołożyć wszelkich starań i ze swojej strony zrobić jak najwięcej.

Czasy wciąż nie były łatwe. Na świecie szerzył się komunizm. W kraju rządy Bieruta były trudne dla duchowieństwa i dla wierzących. Rząd blokował budowę kościołów.

Sroga zima nie zachęcała do wychodzenia z domu. Oprócz koniecznych porannych spacerów do kaplicy ksiądz większość czasu spędzał w swoim mieszkaniu, gdzie oddawał się modlitwie, lekturze i twórczej pracy. Czytał książki religijne, sięgał też po literaturę piękną.

Regularnie pozostawiał notatki w swoim dzienniku. Zapisywał różne przemyślenia, refleksje na temat przeczytanych lektur, relacje z ważniejszych wydarzeń i wspomnienia, które przypadkowo odżywały w jego pamięci, często za sprawą ich rocznic. Rodzinny dom, pierwsza komunia, chłód zimowej nocy, gdy przemarznięty do szpiku kości czekał kilka godzin na otwarcie kościoła w święto Niepokalanego Poczęcia, choć miał zaledwie 15 lat.

Mimo zimowej aury wybrał się znów do Myśliborza, by odwiedzić siostry i mieszkającą niedaleko rodzinę. Znów wiele godzin spędził w pociągu wsłuchany w przygodne rozmowy i stukot wagonów. Wrócił późno. Zimno i zmęczenie zwaliło z nóg 78-letniego człowieka do tego stopnia, że nie był w stanie odmówić wieczornych modlitw.

W Wielkim Poście uczestniczył w pogrzebie znajomego księdza. Uświadomił sobie bliskość kresu własnego życia, ale też fakt, że na tym świecie nic go już nie cieszy i nie zatrzymuje. Choć dzieło życia niedokończone, to tak już pozostanie do śmierci. Dopiero z Nieba będzie oglądać triumf Bożego Miłosierdzia.

Święta Wielkanocne przyniosły ciepły powiew wiosny. Łatwiej już było pokonać dystans między kaplicą a jego mieszkaniem na Złotej.

W maju napisał list do arcybiskupa krakowskiego Karola Wojtyły, w którym opowiadał o siostrze Faustynie i swoim zaangażowaniu w dzieło Miłosierdzia, by wspomóc proces beatyfikacyjny zakonnicy.

W początkach czerwca pojechał do Szczawna Zdroju na kurację. Wybrał się dogodnym połączeniem kolejowym do Krakowa przez Warszawę. Przy okazji miał wiele spraw do załatwienia. Przede wszystkim odwiedził prof. Ślendzińskiego, który już prawie wykończył zamówione obrazy. Niemal półtora miesiąca zabawił poza domem. Po kuracji odbył jeszcze rekolekcje kapłańskie, a potem odebrał gotowe obrazy od malarza. W Warszawie przekazał je biskupowi z prośbą, by jeden z nich z podpisem „Pax Vobis" został przekazany papieżowi, a drugi po zatwierdzeniu przez Ojca Świętego został ofiarowany biskupom na Konferencji Episkopatu Polski jako wzór dla innych malarzy.

Wracał jak zawsze wewnętrznie ubogacony i wzmocniony duchowo i fizycznie do dalszej posługi kapłańskiej. Był to jednak tylko zaledwie początek wakacji. Po krótkim odpoczynku odwiedził rodzinę w Piszu, gdzie zamieszkał Wacław Grzybowski, syn siostry Zofii. Dwa tygodnie później wyjechał na Hel, gdzie zatrzymał się na werandzie u ks. proboszcza. Czas pobytu nad morzem to była okazja, by rozpowszechniać wśród księży, a także głosić wiernym słowo o Miłosierdziu Bożym. Po dwóch tygodniach nad morzem czas było opuszczać pachnące morskimi algami wybrzeże. Skierował się w stronę Szczecina, gdzie w pobliżu tego miasta, w Chojnach, mieszkała bratowa z córkami. Następnego dnia był już w Myśliborzu, gdzie wygłosił konferencję do ukochanego Zgromadzenia Sióstr Jezusa Miłosiernego. Zatrzymał się jeszcze we Włocławku i w Warszawie, skąd udał się już do domu.

Nie odpoczywał długo. Dwa dni później znów był już w Warszawie, by rozmawiać z Prymasem i biskupami przed konferencją Episkopatu Polski, która miała się rozpocząć następnego dnia. Kilka dni później dowiedział się, że mimo usilnych zabiegów sprawa obrazów nawet nie została poruszona na Konferencji Episkopatu. Znów uniżył się przed wolą Bożą. Pogrążył się w pracy, by poprawić maszynopis nowej książki. Jeździł na okoliczne odpusty, by tam głosić słowo o Miłosierdziu Bożym.

Jesień przyniosła poczucie osamotnienia. W seminarium rozpoczęły się zajęcia, ale znów bez niego… Jednak szybko otrząsnął się z takich uczuć. Miał teraz więcej czasu na inne sprawy. W początkach października wyjechał do Częstochowy na Sympozjum Miłosierdzia Bożego, gdzie wygłosił konferencję. Przy okazji rozmawiał z biskupami. Nie zrażał się tym, że niektórzy traktowali jego misję z przymrużeniem oka.

Początek roku akademickiego przyniósł wznowienie wykładów dla inteligencji w kościele farnym. Przygotowanie referatów zajmowało sporo czasu, ale teraz miał go w nadmiarze.

Na krótko wyjechał do Myśliborza. Spędził w pociągu dwie nieprzespane noce. Zmęczenie i jesienny chłód wyczerpały go. Z jego skłonnością do przeziębień nie był wcale zaskoczony, że zaczęło już drapać w gardle. Tymczasem pokój zastał wyziębiony i przesiąknięty wilgocią.

Chciał tylko zaparzyć zioła. Postawił na stole kubek wody, włożył do niego małą, podróżną grzałkę, a tymczasem zajął się rozpalaniem w piecu. Ogień już buzował w palenisku, gdy dostrzegł, że pokój napełnił się dymem. Docisnął drzwiczki pieca, gdyż wydało mu się, że to właśnie stąd ulatnia się dym. Nagle przypomniał sobie o grzałce. Kubek był już rozżarzony do czerwoności, a z blatu stołu tryskały płomyki ognia. Zamarł na chwilę w bezruchu. Po czym wyłączył grzałkę i kubłem wody zalał tlący się blat stołu. Nie przygotował już sobie lekarstwa. Długo wietrzył zadymione mieszkanie. Kiedy zmęczony i głodny położył się wreszcie na spoczynek, w powietrzu wciąż dało się wyczuć nieprzyjemny odór spalenizny.

Zasypiał wdzięczny Bogu za uratowanie od pożaru, świadomy jak bliski był nieszczęścia. Gdyby położył się choćby na chwilę, z pewnością by zasnął, jak to często zdarzało mu się po podróżach i wtedy nie ugasiłby ognia. Miłosierdzie Boże wciąż czuwało nad coraz bardziej niedołężnym kapłanem.

W listopadzie pojechał na kolejne sympozjum do Częstochowy. Po powrocie wziął udział w obchodach 1000-lecia wprowadzenia chrześcijaństwa w Polsce. Do Białegostoku przybyło wielu biskupów.

Tłum 75 000 wiernych zebrał się na zewnątrz katedry mimo wyjątkowo złej aury. 20 lat komunistycznych rządów nie osłabiło przywiązania ludzi do Kościoła.

Po uroczystościach popłynęły spokojne dni obcowania tylko z Bogiem w zaciszu czterech ścian. Zbierał materiały do monografii o ks. Lubiańcu, którego uważał za najświątobliwszego kapłana diecezji. Radością napełniały listy od osób, które znały tego profesora, wykładowcę i działacza społecznego.

Na początku grudnia znów był w Warszawie na audiencji u Prymasa w sprawie obrazów Jezusa Miłosiernego. Bezowocnie. W dzienniku systematycznie pojawiały się zapiski, coraz krótsze. Często jedno zdanie, jedna myśl.

Dni wydawały się szare i niewykorzystane, tym usilniej starał się świadczyć miłosierdzie. Jeśli gdzieś słyszał o potrzebujących, zaraz wyciągał pomocną dłoń, a gdy sam nie mógł poradzić, prosił o pomoc inne osoby, jak w przypadku chorych Anny i Józefa Dopczyńskich, których polecił opiece sióstr Jezusa Miłosiernego.

Wigilię spędził samotnie. Gdy odprawiał Mszę św. zauważył, że pamięć zupełnie zawodzi. Potrzebował kartki, by nie zapomnieć, o czym ma mówić. Przywitał kolejny rok smutną refleksją, że mógł w życiu zrobić więcej, ale nie wykorzystał wszystkich okazji. Wciąż musiał się uczyć pokory i umartwiać. Czuł zbliżający się koniec życia, ale nie tracił nadziei, że jeszcze powróci do domu, do Wilna. Była tak silna, że zdawała się być niemal przeczuciem tego, co z pewnością nastąpi.

79 BRZEMIĘ LAT

„Mam trudności w głoszeniu konferencji, pamięć mi nie dopisuje [...]"[79]

Pewnego styczniowego poranka usłyszał we śnie głos tajemniczego dzwonka. Walczył przez chwilę z przemożną sennością, której ostatecznie się poddał. Kiedy wreszcie się przebudził, niebo pobladło, a odgłosy życia uświadomiły mu, że zaczął się już nowy dzień. Zaspał. Natychmiast usiadł na łóżku, roztarł zesztywniałe kolana, ubrał się i

---

[79] Tamże, s.261.

pospiesznie wyszedł do kaplicy, by odprawić Mszę świętą.

Następnego dnia dowiedział się z radia o śmierci biskupa Michała Klepacza, wileńskiego kolegi. Nie czuł się na siłach, by jechać na pogrzeb.

Coraz dotkliwiej doświadczał starości. Zdrowie szwankowało, pamięć zawodziła, pogarszał się słuch, nawiedzały silne bóle głowy po głośniejszym kazaniu. Posługiwał się notatkami, nawet gdy głosił krótkie kazania. Gdy był młodszy zawsze mówił z pamięci, chociaż jego kazania były wcześniej przemyślane i starannie opracowane. Nie akceptował spontaniczności w pracy kapłańskiej.

W lutym mrozy zelżały, co pozwoliło mu odwiedzić siostry w Nowym Mieście nad Pilicą z katechezą. Tam też doświadczył przemijania. Niektóre osoby umarły. Gdy wrócił spotkał na ulicy kondukt żałobny znajomego księdza. Pogrzeby uświadamiały mu o nadchodzącym kresie własnego życia.

Cieplejsze dni dodały mu energii do działania. Dwa obrazy, wcześniej namalowane przez Ślendzińskiego, wymagały odnowienia. Zastanawiał się, komu należałoby je powierzyć, aby mogły być przekazane Ojcu Świętemu.

Przeziębił się w czasie wyjazdu do Supraśla i przeleżał kilka dni na Poleskiej z temperaturą prawie 39°C. Nie doszedł jeszcze do siebie po chorobie, gdy postanowił wykorzystać odbywającą się właśnie Konferencję Episkopatu Polski, by znów prosić kogoś o pomoc w sprawie misji Miłosierdzia i przekazaniu obrazów papieżowi. Ale nie udało się. Znane uczucie zawiedzionej nadziei zalało serce starego człowieka. Znękany wrócił do Białegostoku.

Kilka dni później poważnie zapadł na zdrowiu. Spuchły mu nogi. Stan był tak ciężki, że musiał udać się do szpitala, gdzie przeleżał blisko miesiąc. Przez długi czas przyjmował antybiotyki, które w końcu napełniały go takim wstrętem, że mimo zaleceń lekarzy przyjmował zmniejszone dawki.

W dniu urodzin siostry Faustyny, 25 sierpnia, dowiedział się o śmierci Benigny Naborowskiej, drugiej założycielki Zgromadzenia Sióstr Miłosierdzia. Miała zaledwie 54 lata. Wiadomość ta przyprawiła go o jeszcze większą słabość. Nie był w stanie pojechać do Myśliborza.

Dochodził do siebie przez kilka miesięcy. Był wtedy wyłączony ze swojej zwykłej aktywności apostolskiej. Powoli jednak wracał do zdrowia. W miarę możliwości odprawiał Msze św. na Poleskiej.

Późną jesienią, gdy wreszcie poczuł się nieco lepiej, odwiedził siostry w Myśliborzu i rodzinę w Chojnach i Szczecinie. Powrócił nocnym pociągiem do Białegostoku. Czekał na niego zimny pokój, ale był zbyt zmęczony, by rozpalać w piecu. Położył się na kilka godzin w ubraniu. Nie było to czymś nowym. Drakoński reżim, asceza i wyrzeczenia od lat były jego codziennością.

Znów przyszły zimne poranki i pojawił się mróz na szybach. W kaplicy na Poleskiej panował przenikliwy chłód. Jak zawsze pełen inicjatywy wybrał się do gazowni, by załatwić sprawę ogrzewania. Dzięki jego staraniom w kaplicy zamontowano gazowe ogrzewanie. Siostry nie marzły już, a i wierni chętniej przychodzili na modlitwę.

Na początku grudnia uczestniczył w konferencji, gdzie wygłosił słowo do kapłanów. Zmobilizowało go to do pisania homilii, o które prosiły zakonnice.

W swoim dzienniku zastanawiał się nad wolną wolą i pokorą. Zauważył paradoks, że modlitwa to aktywna bierność, w której wszystko się dokonuje. Człowiek wyzbywa się wolnej woli i pozwala działać Bogu.

Nadeszła kolejna Wigilia i czas wspomnień. Wiele samotnych, smutnych Wigilii przyszło mu na myśl.

W początkach stycznia spotęgował się mróz, a temperatura spadła do -30 C. Szron wdarł się na szyby i wymalował na nich fantastyczne wzory. Białe kwiaty i liście pozostawały tam całymi dniami, jednak tylko choroba mogła go powstrzymać od wyjścia z domu. Regularnie pojawiał się w kaplicy, spowiadał, wygłaszał konferencje dla różnych zgromadzeń, pisał artykuły i głosił rekolekcje.

Pewnego dnia listonosz przyniósł mu IV, ostatni tom serii „Miłosierdzie Boga w dziełach Jego". Gładził w dłoniach grzbiet książki. Oby trafiła do ludzkich serc.

Dłużyły się szare dni przedwiośnia, a życie w Kościele toczyło się własnym rytmem. Środa Popielcowa i Wielki Post to znów potrzeba nowych konferencji. Inspiracje czerpał ze swojego wieloletniego doświadczenia, które było skarbnicą wiedzy, szczególnie, gdy w kazaniach czy rozmowach uchylał rąbka osobistych wspomnień, co wierni niezwykle cenili i darzyli sędziwego kapłana głębokim szacunkiem.

Niespodziewanie zakwitł maj, miesiąc poświęcony Maryi. Codziennie po wieczornej Mszy św., tak jak to praktykował od niepamiętnych lat, zbierał garstkę wiernych i klękał przed obrazem Matki Bożej w bocznym ołtarzu. Intonował śpiewaną Litanię Loretańską. Wierni podchwytywali melodię. Wciąż potrafił pięknie śpiewać.

Jak co roku siostry przygotowały dzieci do I Komunii. Celebrował uroczystą Mszę św. zapatrzony w dzieci, które jak białe kwiaty otaczały ołtarz. Po nabożeństwie były pamiątkowe zdjęcia i podziękowania.

Krople słodyczy dla steranego serca.

Niespodziewanie bp. Sawicki zachorował i znalazł się w szpitalu. Mimo starczej niedołężności ks. Michał pospiesznie odwiedził chorego. Trzy dni później ordynariusz białostocki zakończył życie. Jego następca do kultu Miłosierdzia podchodził z równym dystansem co poprzednik. Ks. Sopoćko znów pokornie zgodził się z wolą Bożą.

Latem poczuł się na siłach, by wyjechać do Międzyzdrojów na kurację. Nad morzem najlepiej regenerował swoje nadwątlone zdrowie. W drodze powrotnej jak zawsze odwiedził rodzinę, a potem siostry w Myśliborzu, gdzie przez trzy dni pracował nad dostosowaniem konstytucji zgromadzenia do wymogów Soboru Watykańskiego II. Po powrocie do Białegostoku odkrył pełną skrzynkę pocztową. Kilka wieczorów zajęło mu odpisanie na listy. W międzyczasie poprawiał konstytucję.

Po słonecznej złotej jesieni niespodziewanie niebo rozpłakało się. Zrobiło się zimno i dżdżysto. Pod koniec października 1968 roku nadeszła wieść o śmierci bp. Suszyńskiego. Jeden po drugim odchodzili jego wileńscy znajomi i przyjaciele.

Tydzień po pogrzebie znów ruszył w podróż do Myśliborza. Kilka dni później był już na sympozjum Miłosierdzia Bożego w Ołtarzewie. Po drodze znalazł kilka godzin, by odwiedzić chorych w warszawskim szpitalu.

Na konferencji jego idea spotkała się z żarliwą polemiką. Ks. Sopoćko zdecydowanie bronił swoich racji, ale tym razem nie czuł się osamotniony. Rektor KUL-u ks. Wincenty Granat obsypał go pochwałami, wyrażając uznanie dla jego wieloletniego trudu. Ks. Michał przyjął te słowa zakłopotany, ale z nadzieją, że ta pochwała wyrażała jakąś głębszą przemianę w podejściu do sprawy kultu.

Wciąż głosił Miłosierdzie w Białymstoku na Poleskiej, ale kilka razy w roku również wyjeżdżał do odległych miast w kraju. Gdy tylko miał dość sił, odwiedzał siostry w Myśliborzu, jak czuły ojciec, który chce być obecny i przez to umacniać, dodawać ducha.

Zimą 1970 roku, która była wyjątkowo ostra, siostry Misjonarki Świętej Rodziny nakłoniły go wreszcie, by zamieszkał w domu zakonnym na Poleskiej. Z wdzięcznością przyjął ich troskliwą opiekę.

Mrozy nie przeszkodziły mu jednak w wyjazdach. Już na początku stycznia otulony szalikiem, podpierając się laską, maszerował na dworzec PKP. Tym razem jechał do Łodzi, by spotkać się z czcicielami Miłosierdzia Bożego i uczestniczyć w sympozjum.

Rozpalał go wewnętrzny ogień, chociaż ubywało sił i czuł się coraz słabszy fizycznie. Badania krwi i moczu były niepokojące, dokuczało przeziębienie, a zima tego roku była wyjątkowo sroga i długa. Nawet marzec był mroźny i śnieżny. W swoim dzienniku ubolewał nad leśną zwierzyną, która, jak donosiła prasa, padała z głodu i wyziębienia.

Nowy ordynariusz bp. Henryk Gulbinowicz był przychylny Miłosierdziu Bożemu. Serce księdza napełniło się wdzięcznością dla Najmiłosierniejszego Zbawiciela.

Zdawało mu się, że zmniejszyła się jego gorliwość w odprawianiu Mszy św. Zupełnie zawodziła pamięć, nie potrafił obyć się bez karteczek podczas najkrótszych kazań. Mimo to coraz częściej ktoś zauważał jego wkład w dzieło szerzenia kultu Miłosierdzia. Nalegano, by spisał swoje wspomnienia.

W skrzynce na listy wciąż pojawiała się korespondencja z wielu stron świata. Na kopertach kolorowe znaczki. Ciekawsze odklejał delikatnie, żeby ich nie uszkodzić. Znał zapalonych filatelistów, dla których były skarbem.

Przed Mszą św., gdy Gutek zapalał świece, a jego młodszy brat Wojtek rozkładał Mszał, przywołał chłopca gestem dłoni. Był to pobożny młodzieniec, podobnie jak jego młodszy brat, który mając zaledwie 6 lat, dzielnie służył jako ministrant.

– Mam dla ciebie kilka znaczków.

– Dziękuję proszę księdza – zawołał wesoło Gutek.

Oczy ministranta rozbłysły. Znów wzbogaci swoje zbiory cennym nabytkiem najpewniej z zagranicy, a przy okazji będzie mógł porozmawiać z tym dobrotliwym księdzem seniorem i usłyszeć kilka niesamowitych historii.

Miał już 84 lata, gdy został mianowany Kanonikiem Gremialnym Kapituły Wileńskiej. Nominację potraktował z wielką rezerwą i nadal chodził w swojej starej, znoszonej sutannie. Strój kanonika zakładał od wielkiego dzwonu.

Świat powoli otwierał oczy na ideę Miłosierdzia Bożego, nawet papież Paweł VI życzliwie o tym wspominał w swoich homiliach. Ks. Sopoćko przez łzy czytał w katolickich pismach teksty tych kazań.

Wciąż podróżował i przyjmował gości, którzy przyjeżdżali do niego. Pisał artykuły, które ukazywały się w różnych czasopismach katolickich i głosił Boże Miłosierdzie. Troszczył się o obrazy Jezusa Miłosiernego namalowane przez Ludomira Ślendzińskiego, które mogłyby być wzorem dla innych malarzy. Latem będąc w Szczecinie, zdecydował się lecieć do Krakowa samolotem, by zabrać obraz Jezusa Miłosiernego, który został właśnie usunięty z kaplicy w klasztorze franciszkanów. Już nie miał siły podróżować pociągiem.

Inny obraz pędzla Ślendzińskiego znajdował się w Warszawie. Prosił warszawskiego ks. bp. Kraszewskiego o pieczę nad tym dziełem.

– Ks. biskupie proszę... Chciałbym mieć pewność, że wierni mają dostęp do tego naczynia łaski.

– Na razie zabiorę go do swojego mieszkania.

– Wierzę, że nadejdzie czas, kiedy powróci do kościoła, do ludu.

– Będę o tym pamiętał.

Wzrok starego księdza wyrażał wdzięczność, łza kręciła się w oku, jakby posyłał w świat wypiastowane, ukochane dziecko.

Jesienią znów ruszył w podróż na sympozjum o Miłosierdziu Bożym, by przy okazji kolejny raz zgłosić wniosek do Konferencji Episkopatu Polski o utworzenie święta Miłosierdzia Bożego. Temat ten i tym razem nie został podjęty. Nie minęło wiele czasu, gdy pukał do drzwi ks. Prymasa w Warszawie, gdzie na ręce kardynała Wyszyńskiego złożył podanie do Konferencji Episkopatu o ustanowienie święta Miłosierdzia Bożego.

Nie było czasu do stracenia. Nadwyrężając słabnący wzrok, zesztywniałymi ze starości palcami wciąż wystukiwał na maszynie artykuły, które pojawiały się w kościelnych periodykach. Czując, że ubywa sił, prosił wielu księży o kontynuację swego dzieła.

Życzliwy idei ordynariusz poradził mu, by zwrócił się do profesorów seminarium duchownego. Napełniony otuchą przybył w porze obiadu, by przy posiłku w nieformalnej rozmowie wybadać grunt. Udało się ustalić datę zebrania grona wykładowców na początek lutego. Prawdziwą radość sprawiło mu spotkanie ks. Strzeleckiego, w którym widział kandydata na godnego następcę.

– Bardzo chętnie je zobaczę – rzekł do swego wychowanka, gdy rozmawiali na temat mieszkania ks. Stasia.

Ks. Strzelecki był nieco zakłopotany, bo miał inne plany na ten dzień.

– Niestety mieszkam na trzecim piętrze.

– Nie szkodzi, to żaden problem dla starego żołnierza – rzekł z udawaną brawurą.

Powoli, drobnym krokiem, opierając się na lasce, podtrzymywany przez młodego księdza człapał w stronę domu byłego penitenta.

– Nie sądziłem, że dożyję takiej chwili, kiedy temat Miłosierdzia Bożego będzie na ustach papieża. To rzecz niezwykle aktualna. Tylko w Miłosierdziu Bożym widzę ratunek dla dzisiejszego świata, który zalewa fala obojętności religijnej.

– Zupełnie się zgadzam z księdzem profesorem – zapewnił ks. Strzelecki.

Gdy weszli na klatkę schodową, ks. Sopoćko podniósł głowę i popatrzył na strome schody.

– No to w drogę! – powiedział wesoło, jakby chciał dodać sobie odwagi.

Mozolnie wspinał się przy pomocy ks. Stasia, zatrzymując się co chwila dla złapania oddechu. Wreszcie dotarli na miejsce.

Gość pochwalił mieszkanie oraz słodki wypiek mamy księdza gospodarza, który popił łykiem gorącej herbaty i przeszedł do głównego celu swojej wizyty.

– Powiem otwarcie, że szukam następcy. Znam możliwości księdza i byłbym wdzięczny, gdyby zechciał podjąć się kontynuacji mojego dzieła.

Zapadła długa, pełna napięcia cisza. Przerwały ją szybkie, uprzejme zdania ks. Stasia, który jak najdelikatniej, najserdeczniej, by nie zranić uczuć sędziwego kapłana, odmówił księdzu profesorowi. W odpowiedzi rozległo się głośne westchnienie.

Pozostało tylko zejść z tych przeraźliwie stromych schodów. Ks. Strzelecki chętnie służył ramieniem. Tym bardziej, że poczuł piekący wyrzut sumienia, ale misja, jaką zaproponował jego nauczyciel, wydała mu się zbyt trudna. Uprzejmie odprowadził seniora i pomógł wsiąść do autobusu.

Z podobną prośbą ks. Sopoćko zwrócił się do kilku innych profesorów, lecz z miernym skutkiem. Gdy mimo usilnych starań, nie znalazł następcy, nie zrażał się, ale robił swoje. Stworzył i przekazał seminarium listę tematów prac magisterskich, podejmujących temat Miłosierdzia Bożego, które w przyszłości mogłyby być opracowane przez alumnów. Tym razem się nie zawiódł, szybko znaleźli się młodzi księża, którzy z entuzjazmem wybrali temat Miłosierdzia Bożego dla swoich prac.

Pewnego dnia student teologii na KUL-u ks. Józef Zabielski wraz ze swoimi kolegami Antonim Szczęsnym i Janem Filewiczem zapukali do drzwi skromnego pokoiku, w którym zamieszkiwał dobiegający kresu życia sędziwy profesor.

– Zdecydowałem się jako temat pracy magisterskiej podjąć zagadnienie kultu Miłosierdzia Bożego według pism ks. Sopoćki – powiedział śmiało ks. Zabielski – czy mógłby mnie ksiądz profesor nieco ukierunkować.

Ks. Sopoćko spojrzał na przejętą twarz młodego teologa.

– Chciałby ksiądz pisać o Miłosierdziu Bożym? – wydawał się zaskoczony, ale też uradowany.

Chwilę potem wybrał ze swego księgozbioru wiele pozycji, które wręczył zainteresowanym, wdzięczny, że powstaną pierwsze prace magisterskie poświęcone Bożemu Miłosierdziu.

Gdy ojcowie franciszkanie z Krakowa zwrócili obraz Jezusa Miłosiernego, ze czcią przechował go w swoim mieszkaniu, póki konserwatorzy nie odnowili dzieła. Następnie 3 września 1973 roku wizerunek ten został umieszczony w katedrze białostockiej, a ordynariusz diecezji bp. Henryk Gulbinowicz dokonał jego uroczystego poświęcenia.

Ks. Sopoćko mimo sędziwego wieku wciąż odprawiał Msze święte. Wzrok pogorszył się do tego stopnia, że trudno mu było odczytać modlitwy z brewiarza. Na rok przed śmiercią zamiast brewiarza zaczął odmawiać codziennie trzy części różańca.

Mimo niedołężności fizycznej jego duch był nadal silny i zdeterminowany. Wciąż szukał wśród białostockich księży następcy, który mógłby kontynuować misję Miłosierdzia. Nie wiedział, że finał tego dzieła stoi tuż za drzwiami, a Bóg, jakby tylko czekał na jego odejście, by odkryć przed światem piękne czyny swego wiernego sługi.

Niektórzy kapłani już za życia docenili jego pracę. W czasie obchodów 60-lecia kapłaństwa padło wiele pochlebnych słów. Ks. Sopoćko wzbraniał się przed ich przyjęciem. Odpowiedział po łacinie słowami Psalmu 115:

– „Nie nam, o Panie, nie nam, lecz Twemu imieniu daj chwałę."

Pod zwiotczałymi powiekami zaiskrzyły łzy. Czy dobrze wykonał zadanie? Na myśl przychodziły mu najdrobniejsze zaniedbania. Dręczyła świadomość, że mógł zrobić więcej. Ogarnął go lęk przed Bożym Majestatem.

80 KROK KU WIECZNOŚCI

„Nic nas nie może powstrzymać w naszej wędrówce ku Bogu."[80]

U progu wieczności ks. Sopoćko był schorowanym, pochylonym ku ziemi, wspierającym się na lasce staruszkiem, lecz do ostatnich dni, gdy tylko pozwalały na to siły, sprawował posługę apostolską w kaplicy sióstr Misjonarek Świętej Rodziny na Poleskiej. Odprawiał nabożeństwa, spowiadał i głosił kazania. W zaciszu swojego pokoju wciąż pracował nad tekstami artykułów, katechez i homilii. Resztką sił wspinał się na schody kurii, by zabiegać o imprimatur dla swoich tekstów. Prosił też

---

[80] Tamże, s.295.

inne osoby o korektę, czy tłumaczenie na język francuski, a także łacinę, gdyż tracił już wzrok i pamięć.

W grudniu 1974 r. przy pomocy rodziny i zaprzyjaźnionych sióstr zlikwidował mieszkanie przy ul. Złotej. Swój księgozbiór ofiarował bibliotece seminaryjnej. Rozdał wszystko, co cenniejsze najbliższym, a resztę ubogim. Siostry, nie mówiąc mu o tym, jego podkoszulki przeznaczyły na szmaty do sprzątania, gdyż były tak zużyte i wielokrotnie pocerowane, że nie nadawały się do noszenia.

Na trzy dni przed śmiercią zaniemógł tak bardzo, że nie zdołał już zejść do kaplicy. Siostry wezwały lekarza, który przekazał im smutną wiadomość.

– Niestety, rozpoczęła się agonia, niewiele już mogę pomóc.

– Jak długo to potrwa?

– Może kilka godzin albo kilka dni.

– Trzeba powiadomić bliskich.

Ks. Sopoćko wyspowiadał się i przyjął wiatyk. Opatrzony olejami, spokojnie oczekiwał chwili spotkania z Bogiem.

Trzy dni konający jakby ociągał się z odejściem, jakby zastanawiał się, czy coś jeszcze pozostało do zrobienia. Zostawiał niedokończone dzieło. Nie udało mu się nakłonić hierarchów Kościoła do ustanowienia święta Miłosierdzia Bożego. Najważniejsze zadanie jakie przekazała mu do wypełnienia siostra Faustyna, wciąż nie było wykonane.

U schyłku lat w poczuciu własnej grzeszności skrupulatnie rozliczał się ze swojego życia. Gdyby zrobił więcej…, gdyby był bardziej odważny…, pokorny…, gdyby miał większą wiarę…, gdyby… Z goryczą w sercu, pełen poczucia winy szukał przebaczenia w Bożym Miłosierdziu.

Przy łóżku chorego siostry misjonarki trwały na modlitwie. Jak najśpieszniej przybyły też siostry Służebniczki Jezusa Miłosiernego i dołączyły do czuwania przy umierającym.

Trzeciego dnia agonii, gdy zgromadzone siostry skończyły odmawiać różaniec, cicho i spokojnie odszedł na spotkanie Tego, któremu już jako dziecko oddał swoje życie i któremu wiernie służył do końca swoich dni.

Był 15 luty 1975 roku, dzień imienin siostry Faustyny. Czy czekała na niego z imieninowym przyjęciem?

***

Następnego dnia była niedziela. Wierni tłumnie nawiedzali kaplicę, by oddać hołd i pomodlić się przy zwłokach zmarłego. Pogrzeb odbył się w środę przy asyście biskupów i kilkudziesięciu księży, z których wielu było wychowankami zmarłego. Długie przemówienia przedłużały uroczystości pogrzebowe, które najpierw były odprawiane w katedrze, a potem kontynuowane na cmentarzu farnym. Kazania wygłosili: w katedrze ks. kanonik Dr Hipolit Chruściel, a na cmentarzu ks. prałat Mieczysław Paszkowski.

Był mroźny, lutowy dzień i wierni ukradkiem pocierali zsiniałe policzki, przestępowali z nogi na nogę i rozcierali ręce, które skostniały z zimna, jednak cierpliwie czekali na zakończenie ceremonii, aby oddać hołd zmarłemu kapłanowi. Na koniec grudy zmarzniętej ziemi zadudniły o dębowe deski. Ludzie podchodzili do grobu, aby starym zwyczajem rzucić na trumnę garść piasku, jako ostatnie pożegnanie.

Ks. Sopoćko został pochowany w alejce obok innych księży.

***

doczesnych szczątków ks. Michała Sopoćki. Po czynnościach właściwych toczącemu się od roku procesowi kanonizacyjnemu oraz zabezpieczeniu zwłok, ciało ks. Sopoćki spoczęło w nowo przygotowanym grobowcu w budującym się jeszcze kościele Miłosierdzia Bożego, znajdującym się przy ul. Radzymińskiej w pobliżu kaplicy, w której kapłan spędził ostatnie lata swojego życia.

20 lat później 28. 09. 2008 roku ks. Michał Sopoćko został ogłoszony błogosławionym, a w lutym 2016 roku patronem Białegostoku – Miasta Miłosierdzia.

BARBARA VUJCIC

Absolwentka Filologii Polskiej na Katolickim Uniwersytecie Lubelskim w latach 1985-1990. Autorka powieści obyczajowych: „W kraju róży" i „Niebieski zeszyt" oraz wierszy i opowiadań drukowanych w czasopiśmie „Akant".

Made in the USA
Columbia, SC
16 September 2025

61758925R00147